RAINER M. SCHRÖDER

LIBERTY 9

SICHERHEITSZONE

RAINER M. SCHRÖDER

LIBERTY 9

SICHERHEITSZONE

cbj

cbj ist der Jugendbuchverlag
in der Verlagsgruppe Random House

MIX
Papier aus verantwortungsvollen Quellen
FSC® C014496

Verlagsgruppe Random House FSC-DEU-0100
Das für dieses Buch verwendete FSC®-zertifizierte Papier *Super Snowbright*
liefert Hellefoss AS, Hokksund, Norwegen.

Gesetzt nach den Regeln der Rechtschreibreform

1. Auflage 2012

Ein Projekt der AVA international GmbH
Autoren- und Verlagsagentur
www.ava-international.de
Lektorat: Frank Griesheimer
Umschlaggestaltung: Isabelle Hirtz
Umschlagfotos: © plainpicture/Andrea Buknat; Shutterstock
SK · Herstellung: UK
Satz: Buch-Werkstatt GmbH, Bad Aibling
Druck und Bindung: GGP Media GmbH, Pößneck
ISBN: 978-3-570-15464-9
Printed in Germany

www.cbj-verlag.de

Für Dagmar und Axel,
die Auserwählten des Auserwählten,
mit Stolz und Liebe

»Die wichtigsten ›Manhattan-Projekte‹ der Zukunft werden umfangreiche, von der Regierung geförderte Untersuchungen darüber sein, was die Politiker und die daran teilnehmenden Wissenschaftler ›das Problem des Glücklichseins‹ nennen werden, mit anderen Worten, wie man die Menschen dahin bringt, ihr Sklaventum zu lieben.«

Aldous Huxley: *Schöne neue Welt*

»Was heute Utopie ist,
wird morgen von Fleisch und Blut sein.«

Victor Hugo: *Die Elenden*

1

KENDIRA SCHRECKTE AUS DEM SCHLAF UND richtete sich mit einem Ruck im Bett auf. Ihr Herz raste. Sie fuhr sich über die Augen und lauschte in die Nacht. Im Alpha-Dorm der Lichtburg, das sie mit vierundzwanzig anderen auserwählten Mädchen zwischen sechzehn und achtzehn teilte, herrschte bis auf die üblichen Schlafgeräusche und das beständige Summen der Klimaanlage nächtliche Ruhe – trotz der Schüsse aus dem Totenwald.

Das trockene Stakkato der Schnellfeuergewehre, mit denen die Guardians von Liberty 9 ausgerüstet waren, unterschied sich deutlich von den scharfen, krachenden Detonationen der veralteten Waffen, mit denen die Nightraider auf die Feuerstöße der Libertianer antworteten.

Das Feuergefecht, das sich eine Nachtpatrouille mit einer Gruppe Nightraider irgendwo in der Ferne lieferte, wo die dichten dunklen Wälder allmählich in die Felsenberge der Sierra übergingen, hatte keine der Electoren aus dem Schlaf gerissen. Auch Kendira nicht. Die gelegentlichen Versuche beutehungriger Nightraider, aus der Dunkelwelt in ihr Tal einzudringen, die Schutzanlagen zu überwinden und in der Sicherheitszone zu brandschatzen und zu morden, gehörten so selbstverständlich zu ihrem Leben in Liberty 9 wie die ungemütlichen winterlichen Morgenappelle und der Tanz der Tausend Stäbe im Schwarzen Würfel. Kendira war vielmehr aus einem Albtraum geflüchtet, dessen beklemmende Bilder mit dem Erwachen augenblicklich verblassten und sich dem Zugriff ihrer Erinnerung entzogen.

Sie schaute auf ihre Uhr. Die grünen Leuchtziffern sagten ihr, dass es bis zum Fahnenappell vor der Lichtburg noch eine knappe Stunde hin war. An Einschlafen war jedoch nicht mehr zu denken, dafür war sie schon zu wach.

Kurz entschlossen schlug sie die Decke zurück, stand auf und trat zu ihrem offenen Kleiderspind, der rechts neben ihrem Bett stand. Eine Bettreihe weiter, wo ihre beste Freundin Nekia schlief, fiel durch hohe Rundbogenfenster milchiges Mondlicht in den Schlafsaal. Ein zusätzlicher schwacher Lichtschein kam von den kleinen quadratischen Nachtlichtern. Sie leuchteten in Kniehöhe an den Seiten der achteckigen Steinsäulen, die den Schlafsaal in drei Bereiche mit jeweils acht Betten unterteilten, und neben der Tür zum Gang. Genug Licht auch in finsterster Nacht, um den Weg zu den Toiletten und Waschräumen draußen auf dem Gang zu finden.

Kendira schlüpfte in ihren hellgrauen Body und streifte ihre wadenlange Kutte über den Kopf. Das edle fließende Gewebe, das im Winter wärmte und im Sommer kühlte, schimmerte selbst bei schwachem Licht in einem metallisch silbrigen Blauton. Vorschriftsmäßig band sie sich den Gürtel aus weißen geflochtenen Kordeln mit einem dreifachen Knoten um die Hüften und fuhr in ihre Ledersandalen.

Das Hologramm, das etwa halb so groß war wie ihre Handfläche, flimmerte schwach über ihrer linken Brust. Es stellte einen sich drehenden Kubus dar, der in allen Spektralfarben leuchtete. Sie berührte das Hologramm kurz, als müsste sie sich selbst nach zwei Monaten vergewissern, dass sie das Hyperion-Symbol auch tatsächlich an ihrer Kutte trug.

Sie war stolz darauf – wie auf den weißen Gürtel, der ebenfalls ihren hohen Rang kennzeichnete. Denn nur wenige im Konvent der Electoren erreichten schon in ihrem Alter den Alpha-Level und damit die höchste Stufe der Ausbildung, die sie für den Dienst im Lichttempel der Erhabenen Macht befähigen würde.

Aufmerksam und auf Zehenspitzen, um ja keine ihrer Electoren-Schwestern zu wecken, huschte Kendira über die Holzdielen zu der doppelflügeligen Tür, in deren dunkles Holz das gut meterhohe Alpha-Zeichen gefräst war.

Auf dem Weg dorthin kam sie am Bett von Fay vorbei. Es stand im Schlagschatten einer der mächtigen Säulen, die zur hohen Gewölbedecke aufstiegen. Die hochgewachsene Fay mit dem ebenso anmutigen wie athletisch durchtrainierten Körper gehörte zu den ältesten Mädchen im Alpha-Dorm. Sie war mit ihren achtzehn Jahren fast anderthalb Jahre älter und wurde von vielen bewundert und von nicht wenigen beneidet. Denn Fay erzielte bei den Prüfungen im Schwarzen Würfel als *driver* regelmäßig traumhafte Ergebnisse, sogar bei ihren Solos. Nie fiel sie bei einem *run* unter 94 Prozent, und einmal hatte sie sogar traumhafte 97,4 Prozent erreicht. Von den tausend Stäben waren ihr damit nur sechsundzwanzig entwischt, was einfach unglaublich war! Das hatte bisher noch keiner vor oder nach ihr erreicht, auch keiner aus den Reihen der männlichen Electoren. Dafür bewunderte Kendira sie. Aber mehr noch beneidete sie Fay um ihr herrlich blondes Haar, das ihr weit über die Schultern fiel.

Unwillkürlich blickte sie im Vorbeigehen zu Fay hinunter – und hielt überrascht inne. Denn Fay lag wach in ihrem Bett – und legte einen Finger auf die Lippen, als sie Kendiras Blick auffing. Dabei zwinkerte sie ihr zu. Fay lag nicht allein in ihrem Bett, sondern mit der zierlichen schwarzhaarigen Samarra.

Kendira zog die Brauen hoch. Sie schüttelte den Kopf, lächelte aber. Schließlich taten Fay und Samarra nichts Verbotenes. Solange zwei Electoren ihre Zuneigung diskret zeigten, egal ob sie dem anderen oder dem eigenen Geschlecht galt, und solange sie bei den im Schwarzen Würfel und in den anderen Unterrichtsfächern gute Leistungen brachten, bewegten sie sich im Rahmen des Erlaubten.

Kendiras Verblüffung hatte einen anderen Grund. Bisher hatte sie nämlich den Eindruck gehabt, dass Fay ein Auge auf Carson geworfen hatte. Sie nun mit Samarra im Bett zu sehen, war daher schon eine Überraschung – und zwar gar keine unangenehme. Denn Carson, der mit seinen siebzehn Jahren ebenfalls frühzeitig den Alpha-Level erreicht hatte, gefiel auch ihr.

An Fays rechtem Handgelenk leuchtete das elastische *token*-Armband mit seinen vierundzwanzig kleinen, quadratischen Feldern. Jeder Elector trug so ein Armband. Aber niemand sammelte so viele Token im Unterricht und bei den Runs im Schwarzen Würfel wie Fay. Bei den meisten leuchteten zwischen all den matten, deaktivierten Feldern des Armbands nur einige wenige aktivierte Token-Segmente, und selbst die nur in den minderen Farben Grün und Gelb, mit denen man sich in der Tube nichts wirklich Spektakuläres kaufen konnte. An Fays Armband flimmerten dagegen neben den grünen und gelben mindestens vier blaue und sogar zwei rote Leuchtsegmente und mit diesen Token in Blau und Rot konnte man in der Tube atemberaubende fantastische Erlebnisse abrufen.

Kendira unterdrückte einen Seufzer. Fay hatte wirklich in allem den Bogen raus! Aber ihr gönnte sie es, auch wenn sie sich selbst noch ein paar mehr Token gewünscht hätte. Die afrikanische Safari hatte sie ihr letztes blaues Leuchtsegment gekostet. Drei gelbe Token waren alles, was ihr danach noch geblieben war, und dafür gab es nur irrwitzige Verfolgungsjagden oder Egoshooter, auf die die Jungs so standen. Mit diesen Adventastik-Programmen konnte sie nichts anfangen und musste deshalb warten, bis wieder einmal ein blauer Token, womöglich sogar ein roter Supertoken an ihrem Armband aufleuchten würde.

Kendira schlich den kühlen Gang hinunter, vorbei an den

Schlafsälen ihrer Mitschwestern, die zum Beta-, Gamma- und Delta-Level gehörten. Im Delta-Dorm schliefen die Jüngsten, die Zwölf- bis Vierzehnjährigen, die nach den alljährlichen winterlichen Selectionen zu Electoren der Erhabenen Macht ernannt worden waren. Im Frühling waren sie aus dem sorglosen Leben in Eden in den Konvent der Lichtburg übergesiedelt. Die männlichen Electoren bewohnten den nördlichen Trakt des Gebäudegevierts. Dazwischen lag der Trakt ihrer Master und Prinzipalen.

Es war still auf dem langen, dämmerigen Flur. Kendira ging jedoch nicht über das breite steinerne Treppenhaus hinunter ins Erdgeschoss, sondern nahm die schmale, steile Hinterstiege, die die Servanten nehmen mussten, wenn sie in diesem Teil der Lichtburg Arbeiten zu verrichten hatten. Dort jemandem zu dieser Nachtstunde zu begegnen, insbesondere einer »Rotkutte«, wie sie ihre Master und Prinzipalen wegen der Farbe ihrer Kutten etwas respektlos nannten, war noch unwahrscheinlicher als auf der Haupttreppe.

Unten im Erdgeschoss wandte Kendira sich nach rechts und tauchte in den dunklen Flur ein, der am Refectorium vorbeiführte. Dort hatten die Servanten am Abend zuvor schon die Tische für das Frühstück gedeckt.

Einige Dutzend Schritte weiter passierte sie die Abzweigung zum Kreuzgang der Lichtwelten. Sie warf einen Blick den Gang hinunter und überlegte kurz, ob sie sich die Zeit nicht besser dort vertreiben sollte. Dann entschied sie sich jedoch dagegen und schlüpfte durch den Hinterausgang hinaus ins Freie.

Die frische, selbst jetzt im Juli noch beinahe frostige Nachtluft schlug ihr wie ein kalter Schwall Wasser ins Gesicht. Der Atem entwich ihrem Mund wie feiner Nebel. Über ihr spannte sich ein fast wolkenloser, sternenklarer Nachthimmel. Milchiges Mondlicht fiel auf die wild gezackten, schneebedeckten Gipfel der mehrere Tausend Meter hohen Bergketten der Sierra Nevada, die das Liberty Valley jenseits der Wälder von allen Seiten umschlossen.

Was für ein erhabener Anblick!

Das einzig Störende waren die grellen Lichtfinger der Suchscheinwerfer. Sie stachen von den hohen Wachtürmen in die Dunkelheit. Alle fünfhundert Meter erhoben sie sich über die Umzäunung der Sicherheitszone, die mit Starkstrom, Betongräben, stählernen Todesstacheln und Selbstschussanlagen bewehrt war. Der gebündelte Strahl ihrer Suchscheinwerfer wanderte auf der Suche nach sich anschleichenden Nightraidern über das freie vorgelagerte Feld. Gute zweihundert Meter weit erstreckte es sich von der Umzäunung bis an den Saum des Totenwalds, der sich auf allen Seiten kilometerweit die zerklüfteten Berghänge hinaufzog und in der Ferne am Fuß der nackten Felswände endete.

Im Totenwald war mittlerweile wieder nächtliche Stille eingekehrt. Ohne Zweifel hatten die Guardians von Liberty 9 die Gruppe der Nightraider vertrieben oder vielleicht sogar getötet. Vor allem aber hoffte Kendira, dass sie keine Gefangenen gemacht hatten. Denn mehr noch als das schreckliche Cleansing eines Libertianers, der einen Code-10-Verstoß begangen hatte und deshalb der Gunst der Erhabenen Macht nicht mehr würdig war, hasste sie die öffentlichen Hinrichtungen gefangener Nightraider.

Hinrichtungen fanden stets vor der Umzäunung oben auf Rockcastle Hill statt, und der Anblick der Leichen, die dann dort wochenlang von dem rostigen Stangengitter hingen, bis von ihnen nur noch abgenagte und ausgebleichte Knochen übrig waren, war entsetzlich. In den viereinhalb Jahren, die Kendira nun schon in der Lichtburg lebte, hatte es drei derartige Hinrichtungen gegeben. Und jedes Mal hatte sie alle Willenskraft aufbieten müssen, um sich nicht vor Ekel öffentlich zu übergeben.

Bei den Gedanken an die Hinrichtungen und das Cleansing lief ihr ein Schauer über den Rücken. Sie verdrängte die entsetzlichen Bilder mit aller Macht.

Mit einer energischen Bewegung schlug sie ihre Kapuze hoch, strich sich eine Strähne ihres kastanienbraunen Haars aus dem Gesicht und machte sich auf den Weg zu einem ihrer Lieblingsplätze.

2

DIE KLAUSUR DER LICHTBURG MIT DEM WEITläufigen Obsthain, den drei mit Holzbrücken verbundenen Fischteichen und dem alten, mannshohen Heckenlabyrinth im hinteren Teil des Ziergartens hatte Kendira schnell hinter sich gelassen.

Der ausgetretene Weg zum Vista Hill, den sie nach so vielen Jahren hier im Liberty Valley wohl selbst im Schlaf gefunden hätte, führte einige Hundert Meter am Rabbit Creek entlang. Der kleine Wasserlauf wand sich über die ganze Länge durch das Tal und speiste den Liberty Lake, der sich hinter dem Kletterfelsen am Vista Hill erstreckte.

Der Rabbit Creek lieferte zwar auch Strom, aber nur in einem sehr bescheidenen Umfang. Der überwiegende Teil der Energie kam von den Modulen im untersten Tiefgeschoss des Schwarzen Würfels sowie von dem großen Solarfeld.

Kurz vor der scharfen Biegung des Tals, das aus der Vogelperspektive wie ein angewinkelter Arm von vierzehn Kilometer Länge aussehen musste, erstreckte sich das Solarfeld zwanzig glitzernde Reihen tief über die ganze Breite der Sicherheitszone. Und das war nicht wenig, betrug die Breite von der Umzäunung im Osten bis zu den Schutzanlagen im Westen doch im Durchschnitt gute dreieinhalb Kilometer.

Das tief gestaffelte Solarfeld stellte auch eine innere Grenze dar. Es trennte nämlich den Südteil von Liberty 9 mit seinem *Embrolab,* dem lichtdurchfluteten Rundbau der Aufzucht, und den großen landwirtschaftlichen Betrieben namens Eden 1 bis Eden 24 vom etwas kleineren, mehr naturbelassenen Nordteil des Tals, in dem sich die Lichtburg mit der Lichtbasilika und die umliegenden Gebäude befanden – der Schwarze Würfel, die Tube und das ihnen gegenüberliegende Oval des Gym.

Dass die Kaserne der Guardians, ein lang gestrecktes zweistöckiges Gebäude aus mattgrauen geriffelten Metallplatten mit schmalen, schlitzförmigen Fenstern, genau in der Mitte des Solarfeldes errichtet worden war, markierte die innere Grenze noch zusätzlich. Es war eine Grenze, die scharf kontrolliert wurde und die nur passieren durfte, wer dazu berechtigt war und sich entsprechend ausweisen konnte.

Die Frauen unter den Servanten in Eden, die überwiegend im Embrolab arbeiteten, aber auch in den landwirtschaftlichen Betrieben, erhielten eine solche Erlaubnis zum Betreten der nördlichen Talhälfte unter keinen Umständen. Von dieser Regel gab es keine Ausnahme. Für Arbeiterinnen war das Gelände jenseits des Solarfeldes streng verbotenes Gelände. Und keiner der Electoren konnte sich daran erinnern, jemals von irgendwelchen Älteren auch nur das *Gerücht* gehört zu haben, dass einmal eine Servantenfrau in diesem Teil gesehen worden wäre.

Kendira überquerte den gerade mal vier Schritte breiten Rabbit Creek auf einer Bohlenbrücke und wandte sich dann nach Nordwesten. Das Gelände stieg nun schnell an, wurde hügelig und war von dichten Waldstücken durchzogen. Man hatte hier im Norden noch viel ursprüngliche Natur belassen. Hier und da wuchs Felsgestein aus dem Boden. Manche Brocken, teilweise von Moos bewachsen, überragten Kendira sogar. An einigen Stellen fand man hoch oben im Geäst Baumhäuser. Manche waren vor vielen Jahren zusammengezimmert worden, längst baufällig und moderten vor sich hin, andere wurden immer wieder ausgebessert und von Cliquen als Treffpunkte genutzt. Auch Liebespaare wussten diese einsamen Rückzugsorte zu schätzen.

Kendira umging ein großes Waldstück, das mit seinem verfilzten Unterholz unwegsam und zudem auch noch von vielen Felsspalten durchzogen war, und gelangte schließlich auf eine flache Hügelkuppe, die zu dieser Stunde zwischen Nacht und Morgengrauen im tiefschwarzen Schlagschatten mehrerer Lebenseichen lag.

Dahinter fiel das buschbestandene Gelände sanft ab, öffnete sich und gab den Blick auf einen sandigen Platz frei. An seinem nördlichen Ende erhob sich der Vista Hill mit seiner steinernen Südflanke, die aus einer gut fünfzig Meter breiten und dreißig Meter hohen Felswand bestand.

Die Felswand, zum Teil nachträglich mit künstlichen Rissen und schmalen aufgesetzten Griffstücken als Kletterwand für besonders Mutige präpariert, stieg fast senkrecht auf. Dabei verjüngte sie sich allmählich und wies in knapp dreißig Meter Höhe zwei Überhänge auf.

Devil's Lip – diesen Namen hatten die Electoren der am weitesten hervorragenden Felsplatte gegeben, die sich an ihrem Ende zudem noch ein Stück abwärts neigte. Der andere, entschieden kürzere und leichter zu bewältigende Vorsprung sah mehr wie eine wulstige Felsauswölbung aus und hatte daher den Namen *Devil's Wart* erhalten.

Mehrere farblich markierte Kletterrouten zogen sich in wilden Zickzacklinien über den Fels. Es gab eine grüne, gelbe, rote und schwarze Aufstiegsroute. Die schwarz markierte führte hinauf zur bedrohlichen Devil's Lip und brach zwei Meter unter dem Überhang ab. Von dem Punkt an musste jeder, der dort hinaufzuklettern wagte, sich seine weitere Route ohne vorgegebene Markierungen selbst suchen.

Kendira hatte es noch nie gereizt, sich an der Kletterwand zu versuchen. Nicht, weil ihr es an Mut oder den nötigen sportlichen Fähigkeiten gefehlt hätte. Im Gym und auf den äußeren Sportanlagen gab es wenige, die sie in den Schatten stellten. Sie sah einfach keinen Sinn darin, sich am Fels beweisen zu müssen. Zudem ruinierte man sich bei den Klettertouren leicht die Fingernägel, wie sie von ihren Freundinnen Nekia, Colinda und Hailey wusste, die sich hier schon gelegentlich auf waghalsige Klettertouren eingelassen hatten.

Was Kendira nach Vista Hill zog, war vielmehr der traumhafte Ausblick, der sich einem dort oben von der Hügelkuppe aus bot, insbesondere in klaren Nächten. Ein Trampelpfad schlängelte sich links neben der Kletterwand in engen Serpentinen den Hang empor. Hatte man den Vista Hill über den Pfad oder die Felswand erklommen, dann lag einem einige Schritte weiter der Liberty Lake buchstäblich zu Füßen. In einer solchen mondhellen und sternklaren Nacht glitzerte der See, als wäre er aus flüssigem Silber. Und in der Ferne ging der Blick ungehindert zu den majestätischen Gipfeln im Nordwesten, die so sprechende Namen trugen wie Diamond Peak, Twin Bridges, Porcupine Peak und White Wolf Mountain.

Gerade wollte Kendira aus dem Schatten der Eichen und hinaus auf den sandigen Vorplatz treten, als sie eine Bewegung zu ihrer Linken registrierte.

Sofort blieb sie stehen. Sie war erschrocken – aber auch verblüfft, dass sie an diesem Ort nicht allein war. Keine zehn Schritte von ihr entfernt trat eine Gestalt zwischen den Sträuchern hervor.

Ein junger Mann, aber keiner aus den Reihen der männlichen Electoren, sondern ein Servant, wie die grobe dunkelbraune Kutte und der schlichte Ledergürtel um die Hüften auf den ersten Blick verrieten!

Missbilligend runzelte Kendira die Stirn. Was hatte ein Servant hier zu suchen? Die Kletterwand gehörte zu den Anlagen, die ausschließlich Electoren vorbehalten warten! Servanten waren der Zutritt und die Benutzung streng verboten. Warum also trieb sich der Typ hier herum?

Sie wollte ihn schon scharf anrufen und zur Rede stellen, als er auf den Vorplatz hinaustrat, sodass sie erkennen konnte, wer der junge Mann war.

Es war Dante!

Kendira zögerte.

Seit zwei Wochen war dieser junge Mann der Bedienstetengruppe zugeteilt worden, die im Refectorium aufdeckte, das Essen auftrug, abräumte und andere leichte Arbeiten verrichtete. Er war ihr vom ersten Tag an aufgefallen. Weniger wegen seines guten Aussehens. Er hatte zwar markante Gesichtszüge und seidenschwarzes Haar, das er im Nacken mit einem kupferfarbenen Band zu einem kurzen Zopf zusammengebunden hielt. Aber was das Aussehen betraf, konnten Carson, Duke und einige andere aus ihrem Alpha und dem Beta-Level leicht mithalten. Außerdem schenkte Kendira Servanten, die sich bei ihren Diensten so regelmäßig abwechselten wie die Jahreszeiten, gewöhnlich keine besondere Aufmerksamkeit. Schon weil es sich für einen Elector, der zum hochwürdigen Dienst im Lichttempel berufen war, nicht gehörte, sich mit Servanten einzulassen. Man hatte ihnen bereits im Embrolab beigebracht, mit Servanten freundlich, aber unverbindlich umzugehen und jederzeit die gebotene Distanz zu wahren.

Was ihr an Dante aufgefallen war und ihn in ihren Augen von den anderen Servanten unterschied, vermochte sie noch nicht in Worte zu fassen. Er war einfach irgendwie anders als die anderen, das spürte sie. Vermutlich hatte ihr Eindruck viel mit seinen dunklen, ausdrucksstarken Augen zu tun.

Aber da war noch etwas anderes, etwas ... nun ja, Geheimnisvolles, das ihn umgab. Gut möglich, dass sie sich das nur einbildete. Jedenfalls war sie sich seiner Gegenwart im Refectorium stets wesentlich bewusster als der irgendeines anderen Servanten.

Reglos blieb Kendira nun im Schatten der Eichen stehen, während Dante seinen schlichten Ledergürtel löste, die braune Kutte über den Kopf zog und sie achtlos am Rand des Vorplatzes ins Gras fallen ließ. Das hautenge schwarze Servantentrikot mit dem knielangen Bein umschloss einen schlanken, aber muskulösen Körper mit kräftigen Schultern und Oberarmen.

Mit einer seltsamen Mischung aus Entrüstung und Spannung sah Kendira zu, wie der Dante kurz darauf in die Felswand einstieg.

Was für ein Frevel!

Aber auch was für eine Körperbeherrschung!

Schon nach wenigen Augenblicken hegte sie nicht den geringsten Zweifel, dass er sich nicht zum ersten Mal die senkrechte Wand hinaufhangelte. Er verharrte nirgendwo lange, um zu überlegen, wie und wo er seinen Aufstieg fortsetzen sollte. Seine Griffe kamen schnell und flüssig und seine nackten Zehen fanden mit der Sicherheit eines geübten Kletterers Halt.

Verblüfft schüttelte sie den Kopf. Eigentlich hätte sie ihn auf der Stelle herunterrufen müssen. Aber stattdessen stand sie stumm da und verfolgte gespannt, wie er weiter in die Höhe stieg.

Erst sah es so aus, als wollte Dante der gelben Linie folgen, die um die Devil's Wart herum auf die Felsspitze und das Plateau vom Vista Hill führte. Doch plötzlich bewegte er sich seitwärts, kreuzte die rot markierte Route und schwang sich hinüber auf die schwarze.

Unwillkürlich hielt Kendira den Atem an, als ihr bewusst wurde, dass er die Devil's Lip bezwingen wollte, und das ohne die Hilfe von Spreizhaken mit bequemen Griffstücken. Nicht einmal Duke und Carson, die sonst vor keiner Mutprobe zurückschreckten, hatten die Devil's Lip ohne diese Hilfsmittel zu erklimmen gewagt!

Hatte er den Verstand verloren?

Für wen hielt sich dieser Bursche bloß?

Ungläubig starrte sie zu Dante hinauf, während er sich mit unnatürlich gekrümmtem Körper in die Wölbung des Überhangs hinaufzog.

Er klebte förmlich am Fels, wie ein Wesen mit Saugnäpfen an den Händen und Füßen. Bald waagerecht zum Erdboden unter dem Überhang hängend, arbeitete er sich zum Ende des Vorsprungs vor. Dann fanden seine nackten Füße nirgendwo mehr Halt, und er überließ sich ganz der Kraft seiner Finger, die nun das volle Gewicht seines Körpers zu halten hatten.

Kendira schluckte, als sein Körper unter dem Überhang in der Luft hin und her schwang. Er pendelte aus, hing einen Augenblick still hoch oben unterhalb der Felsnase – und griff dann nach einer höher gelegenen Spalte im Gestein.

Plötzlich rutschten die Finger seiner rechten Hand ab.

Kendira zuckte zusammen. Scharf sog sie die kühle Nachtluft ein.

Zwei, drei Wimpernschläge lang hing er nur mit der linken Hand am äußeren Ende des Überhangs. Das ganze Gewicht seines Körpers zerrte an den vier Fingern, die sich in den Fels krallten.

Kendiras Herz begann zu rasen.

Dante versuchte, sich mit der Linken an der Felsplatte weit

genug hochzuziehen, um irgendwo weiter oben einen Halt für seine rechte Hand zu finden. Doch offenbar war da war nichts in greifbarer Nähe. Und dann gab er auf und ließ sich fallen.

Um ein Haar hätte Kendira einen Schrei ausgestoßen, aber gerade noch rechtzeitig schlug sie die Hand vor den Mund.

Auch Dante kam kein Schrei über die Lippen. Ohne einen Laut von sich zu geben, stürzte er in die Tiefe.

3

AUF DEM SCHREIBTISCH IM ERKERZIMMER DER Lichtburg brannte nur eine Kerze. Ihr schwacher Schein fiel auf ein in Leder gebundenes, aufgeschlagenes Tagebuch mit gelblichen linierten Seiten und auf einen silbernen Stift, der zitternd über dem Ende eines Absatzes verharrte.

Nicht dass es in diesem Zimmer nicht ausreichend Leuchtkörper gegeben hätte, die er mit einem Tastendruck hätte einschalten können. Aber in dem unbarmherzig hellen Licht hätte er noch weniger Mut gefunden, sich zur Wahrheit zu bekennen und sie auf den Seiten dieser geheimen Beichte niederzuschreiben. Das bescheidene Kerzenlicht machte es ein wenig erträglicher, sich der eigenen Schande zu stellen und die auch mit unverfälschter Wahrhaftigkeit in Worte zu fassen.

In diesem Buch durfte es keinen Raum für Lügen, Ausflüchte und Rechtfertigungen geben. Er hatte sich schonungslose

Entblößung geschworen – seiner eigenen Untaten wie auch die der anderen, und das schloss die geheimen Machenschaften des Wächterrats mit ein. Die feinen Ratsherren, die an der Küste von Norcal1 die Macht über die *Supreme Republic of Hyperion* ausübten, durften nicht ungeschoren davonkommen!

Er hätte seine Geständnisse eigentlich in das Mikro seiner Videokamera sprechen sollen, aber das erbarmungslose Auge der Linse hätte er nicht ertragen. Es hatte ihn auch so schon all seinen Mut gekostet, überhaupt mit der Niederschrift zu beginnen.

Die Angst vor den entsetzlichen Konsequenzen, die eine zufällige Entdeckung zur Folge haben würde, verließ ihn seitdem nicht mehr, trotz des perfekten Verstecks, über das er in seinen Privaträumen verfügte und in dem mehr Verbotenes als nur dieses eine Tagebuch verborgen lag, darunter so manches Seelengift.

Meist lauerte seine Angst tief in seinem Unterbewusstsein, um ihn dann plötzlich anzuspringen und sich wie eine eiserne Klammer um seine Brust zu legen, sodass ihm der kalte Schweiß ausbrach und er zu ersticken glaubte.

Und er hatte allen Grund, Angst zu haben. Denn wenn man ihm durch einen verhängnisvollen Zufall auf die Schliche kam oder man an seiner bedingungslosen Ergebenheit auch nur zu zweifeln begann, drohte ihm die Vernichtung. Dann war ihm seine völlige Auslöschung sicher und unausweichlich war auch die Verbannung seiner Familie in die Dunkelwelt der Trümmerstädte. Und Mary-Anne würde dort in wenigen Wochen elendig sterben.

Bei dem Gedanken zitterte seine Hand so stark, dass er es aufgab, in seinem Bericht fortzufahren. In dieser Nachtstunde fehlte ihm einfach die Kraft dazu.

Er ließ den Stift fallen, trat ans Erkerfenster und starrte hinaus in die Nacht. Sein Blick folgte den ruhelos hin und her irrenden Lichtbahnen der Suchscheinwerfer. Nicht mehr lange und ein neuer Tag brach in der Sicherheitszone von Liberty 9 an.

Sicherheitszone!

Was für ein Hohn! Wer war denn hier sicher vor wem?

Er lachte bitter auf. Aber was machte so ein verlogenes Wort in einem Sumpf von Lügen schon noch aus? Und dieser Sumpf aus Täuschungen und verbrecherischen Illusionen wurde mit jedem neuen Tag größer, tiefer und ekelhafter!

Wie hatte er sich für dieses ehrlose Leben nur hergeben können?

Die Antwort war beschämend einfach. Er hatte sich kaufen lassen, sich buchstäblich das Gewissen abkaufen lassen für ein Leben in Luxus und Sorglosigkeit. Sie alle, die sie hier in Liberty 9 Tag für Tag das fein gesponnene Netz der Lügen bewahrten, sie alle hatten sich kaufen lassen!

4

MIT WEIT AUSGESTRECKTEN ARMEN UND BEInen landete Dante im zwei Meter über dem Boden aufgespannten Fangnetz. Viermal ließ er sich vom Netz ein Stück in die Höhe schnellen, dann hatte das elastische Gewebe seine Fallenergie aufgezehrt.

Einen kurzen Moment blieb er reglos liegen. Dann hieb er mit der Faust ärgerlich neben sich auf die engmaschigen Schlingen, federte sich an den Rand und sprang vom Fangnetz, indem er eine Rolle rückwärts vollführte.

Er landete, mit dem Gesicht zum Netz, keine zwei Schritte von Kendira entfernt auf dem sandigen Boden.

»Ganz schön schwach«, sagte Kendira bissig. »Jedenfalls scheinst du mehr Mut als Kraft zu haben.«

Dante fuhr zu ihr herum und starrte sie an. Der Schreck darüber, unvermittelt einen Elector vor sich zu sehen und dann auch noch einen aus dem hohen Alpha-Level, verschlug ihm im ersten Moment die Sprache.

»Vielleicht hättest du es sogar geschafft, wenn du dir irgendwo auch noch Spreizhaken gestohlen hättest!«, fügte sie hinzu.

Nun fand Dante seine Sprache wieder. »Ich brauche nichts zu stehlen!«, entgegnete er und seine Gestalt straffte sich merklich. Gleichzeitig verdrängte ein Ausdruck von Trotz das Erschrecken aus seinen Augen. »Ich hätte es auch so geschafft, wenn in der Ritze nicht ein verfluchter Steinsplitter gesteckt hätte, der mir die Fingerkuppen aufgeritzt hat.«

»Dann scheinst du hier ja schon oft heimlich geübt zu haben!«

»Und wenn es so wäre?«, fragte Dante herausfordernd.

Kendira zögerte kurz. »Dann hättest du gegen die Gesetze verstoßen und einen Code-10-Verstoß begangen. Und dann ... dann müsste ich dein Vergehen unseren Oberen melden.«

Er lachte kurz auf. »Das müsstest du doch auch jetzt schon, selbst wenn ich hier noch nie heimlich in die Wand gestiegen wäre.«

»Stimmt«, räumte sie ein. Sie fühlte sich zunehmend unwohl. Eigentlich hätte sie ohne langes Nachdenken wissen müssen, was sie zu tun hatte. Und das wusste sie ja auch. Eigentlich.

»Und? Wirst du mich verraten?«

»Was heißt denn *verraten*?«, erwiderte sie. »Es ist meine Pflicht als Elector, dich unseren Oberen zu melden! Tue ich es nicht, verstoße ich selbst gegen die Regeln. Und das ist immerhin ein Code-9-Verstoß. Zwei von der Sorte, und ich bin selbst ...« Sie führte den Satz nicht zu Ende.

»Mich melden? Das klingt so harmlos!« Dante lachte bitter auf. »Du weißt genau, was dann passiert: Sie werden mich auslöschen! Das ist es, was dann passiert!«

Kendira biss sich auf die Lippen und wich seinem Blick aus. Die Vorstellung, dass sie für sein Cleansing verantwortlich sein sollte, verursachte ihr ein elendes Gefühl in ihrer Magengegend.

»Willst du mich wirklich auf den Stuhl bringen, weil ich es gewagt habe, heimlich eines eurer vielen Spielzeuge zu benutzen?«, hielt er ihr vor. »Und das keine drei Monate, bevor man mich für den Rest meines Lebens nach Eden zurückschickt?«

Die Verbitterung, die in seiner Stimme lag, gab Kendira das paradoxe Gefühl, dass sie es auf einmal war, die sich verteidigen musste. »Was kann denn ich dafür, dass jeder Servant mit Beendigung seines achtzehnten Lebensjahrs diesen Teil des Tals verlassen und zur Farmarbeit nach Eden zurückkehren muss!«, erwiderte sie. »Und genauso wenig ist es meine Schuld, dass du es bei den Selectionen nicht in die Berufung zum Elector geschafft hast. All diese Gesetze habe doch nicht *ich* aufgestellt!«

»Schon gut«, murmelte er und schien mehr zu sich selbst zu sprechen, als er fortfuhr: »Wobei wohl zu fragen wäre, warum die Gesetze so gemacht worden sind und zu welchem Nutzen ... besser gesagt, zu *wessen* Nutzen!«

Verwirrt sah sie ihn an. »Aber das ist doch klar! Natürlich nur zu unserem Guten! Wie kannst du bloß solche dämlichen Fragen stellen? Ob Electoren oder Servanten, ob Master,

Prinzipal oder Primas, wir sind doch alle Libertianer und dienen alle der Erhabenen Macht.«

Er verzog spöttisch das Gesicht. »Ja, jeder auf seinem Platz, nicht wahr?«

Kendira nickte mit ernster Miene. »Genau! Jeder hat nun mal seine besonderen Aufgaben. Nur so können wir hier in der Sicherheitszone von Liberty 9 unsere Freiheit bewahren, uns gegen die zerstörerischen Kräfte der Dunkelwelt behaupten und unseren hochwürdigen Dienst für die Erhabene Macht ...«

Grimmig fiel Dante ihr ins Wort. »Und was ist, wenn die Freiheit, von der du und die Oberen ständig redet, gar nicht das ist, was sie zu sein scheint – und was man uns all die Jahre darüber erzählt hat?«

Seine Frage machte sie sprachlos. Sie konnte kaum glauben, was dem Servanten Dante da gerade über die Lippen gekommen war. Wie um alles in der Welt konnte er anzweifeln, was sie alle von Kindesbeinen an in der Aufzucht von Eden und dann hier in der Lichtburg gelernt hatten?

»Hast du dich schon mal gefragt, warum wir nie aus der umzäunten Sicherheitszone hinausgehen und unsere Welt erweitern, wo wir doch mehrere Hundert Leute sind und eine ganze Kompanie schwer bewaffneter Guardians zu unserer Verfügung haben? Warum also wagen wir uns nicht hinaus, wo es sich doch bei den gelegentlichen Angreifern aus dem Totenwald immer nur um kleine Gruppen von Nightraidern handelt?«

»Was redest du denn da für einen Unsinn?«, fuhr sie ihn an. »Jedes kleine Kind weiß doch, dass die Nightraider bloß darauf warten, dass wir so eine Dummheit begehen. Da draußen in den Wäldern, die ja nicht ohne Grund ›Totenwald‹ heißen, lauern mehr Dunkelmenschen, als es den Anschein hat – von den wilden Tieren ganz zu schweigen. Und sie alle wollen unseren Tod und unsere Vernichtung. Oder hast du vergessen, was mit Liberty 4 und vor allem mit Liberty 7 auf der anderen Seite der Schneeberge geschehen ist?«, erinnerte sie ihn. »Ihr Servanten habt den Videoclip in der Lichtbasilika während der Gedenkmesse für die Opfer doch auch gesehen!«

»Ja, schon ...«

»Niedergebrannt und geplündert haben sie Liberty 7 und jeden Libertianer dort gnadenlos abgeschlachtet. Nichts als zerstückelte Leichen, Trümmer und verbrannte Erde von einem Ende des Tals bis ans andere Ende haben sie zurückgelassen! Und in Liberty 4 sah es nicht viel besser aus!«

Er schien etwas darauf erwidern zu wollen, besann sich aber offenbar anders. »Dann sag mir doch wenigstens, was genau mit denjenigen von euch Electoren geschieht, die mit dem Lichtschiff zur Erhöhung abgeholt und zum Dienst im Lichttempel gebracht werden? Wo liegt überhaupt dieser mysteriöse Ort? Warum gibt es davon und von der Dunkelwelt und den Städten unter Hyperions Schutz keine Karten? Und schon gar keine genauen Berichte über das, was da geschieht?« Er redete sich regelrecht in Fahrt. »Verdammt noch mal, was hat es überhaupt mit diesem hochwürdigen Dienst auf sich, für den ihr jahrelang so hart im Schwarzen Würfel trainiert?«

Ungläubig schüttelte Kendira den Kopf. »Eine solche Frage kann wohl nur von einem Servanten kommen«, antwortete sie. Nach allem, was er eben an Äußerungen von sich gegeben hatte, konnte sie es sich einfach nicht verkneifen, ihre Stellung als Elector im Alpha-Level deutlich herauszukehren und ihm ihre Überlegenheit unmissverständlich vor Augen zu führen. »Das ist doch gerade das Mysterium, das uns nach unserer Erhöhung von der Erhabenen Macht im Lichttempel offenbart wird! Aber das sind natürlich Dinge, die für dich zu hoch sind.«

»Mag sein«, knurrte er widerwillig und mit teils ärgerlichem, teils mitleidigem Blick. »Aber vielleicht bist du trotz allem gut beraten, dir über die Dinge hier in der Sicherheitszone ein paar kritische Gedanken zu machen.«

»Ich wüsste nicht, wieso ich mir kritische Gedanken machen sollte!«

»Weil nicht wenige großartige Träume mit einem bösen Erwachen enden.«

Sie runzelte die Stirn. »Und was soll das jetzt heißen?«

Er wollte etwas darauf erwidern, erhielt jedoch keine Gelegenheit mehr dazu.

Denn in dem Moment kam aus der Richtung, wo der Pfad hinauf zur Hügelkuppe mit den Eichen führte, ein Geräusch. Es klang nach dem Knacken von trockenem Unterholz. Jemand näherte sich ihnen von dort!

Er winkte ab. »Vergiss es!«, stieß er hastig hervor. »Was ist nun mit mir und der Wand? Wirst du mich verraten und auf den Stuhl bringen oder schweigst du darüber und lässt mich davonkommen, Elector Kendira?« Er griff nach ihrer Hand, hielt sie fest in der seinen und sah sie eindringlich an.

Sie glaubte, Angst in seinen Augen zu sehen. Sein Leben lag

im wahrsten Sinne des Wortes in ihrer Hand. Was immer sie jetzt tat oder unterließ, würde weitreichende Konsequenzen haben – für sie beide. Schwieg sie über sein schweres Vergehen, verstieß sie gegen ihr Treuegelöbnis und beging selbst einen Code-9-Verstoß. Meldete sie ihn dagegen den Oberen, bedeutete das zwangsläufig seine Auslöschung.

Ihr Herz schlug jetzt fast so schnell wie vorhin, als sie aus dem Albtraum hochgeschreckt war. Und dann hörte sie sich zu ihrer eigenen Verwunderung antworten: »Nein, du kannst beruhigt sein. Ich habe nichts gesehen.«

»Danke!«, flüsterte er. Er ließ ihre Hand los und lief zu der Stelle hinüber, wo er seine braune Kutte ins Gras hatte fallen lassen. Hastig warf er sie sich über, griff zu seinem schlichten Ledergürtel und fuhr in seine Sandalen.

Im selben Augenblick tauchte aus der Schwärze bei den Eichen eine Gestalt in der blausilbrigen Kutte eines Electors auf. Der weiß leuchtende Gürtel verkündete den Alpha-Status.

Kendira blieb vor Schreck fast das Herz stehen. Von einem Mitbruder oder einer Mitschwester aus dem Electorenkonvent erwischt zu werden, war kaum weniger schlimm, als in dieser Lage von einer Rotkutte zur Rede gestellt zu werden.

Doch schon im nächsten Moment, als mehr Mondlicht auf die näher kommende Gestalt fiel, atmete sie erleichtert auf. Denn das Mädchen mit den rabenschwarzen, extrem krausen Haaren und der Haut von der Farbe heller Schokolade war ihre beste Freundin Nekia.

»Sag mal, haben mir meine Augen einen Streich gespielt oder habe ich dich gerade wirklich bei einem Date mit einem

Servanten ertappt?«, fragte Nekia spöttisch, während sie zu Dante hinüberblickte, der sich eiligst aus dem Staub machte und sich im nächsten Augenblick auch schon in der Dunkelheit auflöste.

»Spinnst du? Das war kein Date!«

»Aber ein Servant war er schon! Und zwar dieser gut aussehende mit dem kleinen Zopf und mit den melancholischen Augen, oder?«

Kendira nickte. »Ja, das war der Servant Dante und er ist mir hier zufällig über den Weg gelaufen. Aber dass er melancholische Augen haben soll, ist mir neu.«

»Vielleicht schaust du ihn dir ja mal näher an, wenn er dir mal wieder bei Tageslicht über den Weg läuft.«

»Sehr witzig.« Kendira verzog das Gesicht, nahm ihr die Frotzelei jedoch nicht übel. Nekia war in Ordnung und auf ihre tiefe Freundschaft war Verlass. Aber was hier wirklich vorgefallen war, behielt Kendira trotzdem lieber für sich.

Und darum wechselte sie jetzt eiligst das Thema: »Sag mal, wie kommt es, dass auch du dich hier so früh am Morgen herumtreibst?«

Nekia grinste. »Ich musste mal dringend. Und da sah ich dich den Gang zur Servantenstiege hinunterschleichen. Am liebsten wäre ich dir sofort hinterhergelaufen. Aber ich wusste ja ohnehin, wo ich dich zu dieser Nachtstunde finden würde – natürlich hier oben auf dem Vista Hill.«

Kendira nickte und zwang sich zu einem Lächeln. Dabei war sie mit ihren Gedanken immer noch bei den sonderbaren Fragen und Bemerkungen, mit denen Dante sie verstört hatte.

Nekia blickte kurz nach Osten. »Was meinst du, ob wir noch genug Zeit haben, um uns oben ...«

Sie brauchte die Frage gar nicht mehr zu beenden, um eine Antwort darauf zu erhalten. Die Antwort kam jedoch nicht von Kendira, sondern aus der Richtung der Lichtburg.

Denn in diesem Moment zerrissen sphärisch klingende Fanfarenstöße in einem an- und abschwellenden Rhythmus die Stille der Nacht. Gleichzeitig stiegen Lichtkaskaden in den Himmel und tauchten die Lichtburg und das umliegende Gelände in gleißende Helle. Der Tag in der Sicherheitszone von Liberty 9 begann für alle früh, und zwar immer und zu jeder Jahreszeit in der kurzen halbstündigen Spanne zwischen Nacht und Morgengrauen.

»Los, jetzt heißt es rennen!«, rief Kendira gegen das Getöse der Sphärenfanfaren an und packte ihre Freundin am Arm. Sie war erleichtert, Nekia nicht länger Rede und Antwort stehen zu müssen. »Sonst kriegen wir Ärger mit Master Seyward, wenn wir nicht pünktlich zum Appell auf dem Platz sind und er den Alpha-Block nicht als vollzählig angetreten melden kann!«

»Ach, der kleine Seyward wird es auch noch lernen, weniger nervös zu sein, wenn mal eines seiner Schäfchen zu spät kommt!«, spottete Nekia. »Und wenn er erst mal ein volles Jahr bei uns ist, wird er vielleicht auch nicht jedes Mal wie eine reife Tomate anlaufen, wenn mir die Kutte im Unterricht mal bis über die Knie hochrutscht – was natürlich rein zufällig geschieht.«

Sie lachten beide schallend, dann rannten sie los.

5

ALS DIE BRÜCKE ÜBER DEN RABBIT CREEK hinter Kendira und Nekia lag, fiel ihr Blick ungehindert auf das imposante Gebäude aus rotbraunem Sandstein, das seit ihrer Berufung zum Elector ihr Zuhause war. Die Lichtburg, ein mächtiges dreistöckiges Geviert mit dem Kreuzgang der Lichtwelten in der Mitte und der angrenzenden Lichtbasilika an seiner nördlichen Flanke, bot einen faszinierenden Anblick.

Zahlreiche Strahler von unterschiedlicher Größe, Leuchtkraft und Lichtfarbe, die überall in die mit Erkern und kleinen Türmen verzierte Fassade eingelassen sowie rund um das Gebäude in den Boden versenkt waren, warfen von allen Seiten großartige Lichtkaskaden auf das Bauwerk. Solange die sphärischen Fanfarenklänge aus den Lautsprechern drangen, umhüllte vielfarbiges Licht das Gebäude. Dabei veränderte es sich im Rhythmus der weit durch das Tal schallenden Klänge und wogte in bunten Lichtwellen über die Fassaden und in alle Räume im Inneren.

Der Weckruf der Fanfaren verklang, als Kendira mit ihrer Freundin an den Fischteichen vorbeihastete. Augenblicklich wechselten die Strahler von vielfarbigem Licht zu reinem strahlenden Weiß. Die Leuchtfinger umhüllten das Heim der Electoren und ihrer Oberen und ließen den Sandstein so intensiv aufleuchten, als glühe er von innen heraus. Und über dem Gebäude verbanden sie sich zu einer gigantischen Lichtsäule, die geradewegs in den Nachthimmel aufstieg und bis tief in den Kosmos zu reichen schien.

Obwohl Kendira längst daran hätte gewohnt sein müssen, war sie jeden Morgen aufs Neue überwältigt von dem spektakulären und erhebenden Anblick der Lichtburg, die ihren Namen wahrlich zu Recht trug. Zugleich erfüllten sie Stolz und Dankbarkeit, zu den Auserwählten zu zählen, die an diesem besonderen Ort leben durften und für den Dienst im Lichttempel ausgebildet wurden.

Wie bitter es doch sein musste, in den Selectionen gescheitert und zu einem Leben als Servant verurteilt zu sein! Dass Dante sich heimlich ein wenig von ihrer wunderbaren Welt nahm, konnte sie natürlich keineswegs billigen, insgeheim aber verstehen – und auch verzeihen.

»Ich glaube, wir schaffen es noch rechtzeitig!«, rief Nekia, während sie durch die penibel gepflegten Grünanlagen rannten.

Kendira nickte und rief: »Sehen wir zu, dass wir uns möglichst unauffällig unter die anderen mischen, wenn wir gleich auf den Platz kommen.«

Ganz so unauffällig, wie sie es sich gewünscht hätten, gelang ihnen das jedoch nicht. Aber zumindest war es keine Rotkutte, die sie bemerkte.

Es war die Nervensäge Zeno, ein Bursche von gedrungener Gestalt aus dem Beta-Level. Er hatte gerade eine Schubkarre, die ein nachlässiger Servant aus der Gartenkolonne offenbar am Abend zuvor nahe an der Freitreppe der Lichtburg stehen gelassen hatte, vom Platz geschoben. »He, ihr zwei! Wo kommt ihr denn her?«, fragte er überrascht und schaffte es, sie dabei anzugrinsen und gleichzeitig misstrauisch zu beäugen.

Zeno war mit einem runden, recht plump wirkenden Gesicht geschlagen, das selbst im Sommer trotz all ihrer sportlichen Aktivitäten im Freien seine teigige Farbe behielt. Zudem hatte er kurze, stämmige Beine und Hände mit dicken Fingern.

Aber so dumm, wie Zeno aussah, war er nicht. Ganz im Gegenteil. Er hatte einen der höchsten IQ von allen Electoren und auch seine motorischen Fähigkeiten und seine Nervenstärke lagen weit über dem Durchschnitt. Trotz seiner scheinbar plumpen Hände erzielte er bei so gut wie jedem Run im Schwarzen Würfel hervorragende Ergebnisse.

Aber beliebt machte ihn das trotzdem nicht, denn er hatte die Angewohnheit, auf leisen Sohlen herumzuschleichen, Gespräche zu belauschen und seine Nase auch sonst in Dinge zu stecken, die ihn nichts angingen. Was ihn jedoch vor allem unbeliebt machte, war, dass er keine Gelegenheit ungenutzt ließ, um sich bei ihren Mastern und Prinzipalen einzuschmeicheln. Jedes kleine Vergehen eines anderen Electors meldete er unverzüglich. Zwar wurde das von ihnen allen erwartet, aber Zeno gehörte zu den wenigen, die sich auch tatsächlich konsequent daran hielten.

»Wir sind vom Himmel gefallen, das siehst du doch!«, gab ihm Nekia, die ihn auf den Tod nicht ausstehen konnte, zur Antwort.

Zenos Grinsen wurde noch eine Spur breiter, erreichte jedoch seine wässrigen, murmelkleinen Augen nicht. »Natürlich, alles Gute kommt von oben, nicht wahr? Aber wenn dem so ist, dann schließt das ja eindeutig aus, dass jemand wie *du* vom Himmel fallen kann, Nekia!«, erwiderte er, um dann an Kendira gewandt hinzufügen: »Dir dagegen würde ich es vielleicht abnehmen.«

Kendira wollte etwas erwidern, doch ihre Freundin kam ihr zuvor. »Wenn du glaubst, uns bei den Oberen anschwärzen zu können, dann hast du dich geschnitten. Wir sind durch den Hinterausgang raus, weil auf der Treppe so ein wüstes Gedränge war!«

Zeno legte den Kopf schief. »Was du nicht sagst! Und das soll ich euch glauben?«

»Beweise uns doch das Gegenteil! Und jetzt zieh bloß Leine und lege deine Schleimspur gefälligst woanders aus, Mondgesicht! Du nervst – wie immer!« Nekia packte Kendira am Arm und zog sie mit sich fort.

Als sie sich Augenblicke später auf dem Vorplatz unter ihre Mitschwestern vom Alpha-Level mischten, zischte sie Kendira erbost zu: »Dass Zeno es einfach nicht lassen kann, einen blöde anzumachen! Am liebsten hätte ich ihm eins auf seine dicke Nase gegeben, damit ihm das Grinsen vergeht!«

»Du musst einfach nichts drauf geben. Zeno ist eben Zeno. Du nimmst ihn viel zu ernst«, sagte Kendira und versuchte, ihre Freundin zu beruhigen. Sie konnte Nekias Groll nicht teilen. Zeno konnte zwar sehr nerven, war es ihrer Meinung nach aber nicht wert, dass man sich so aufregte. »Und was kümmert es dich, was ein übereifriger Beta-Boy wie Zeno für Sprüche loslässt? Da stehst du doch drüber, oder?«

»Ja, sollte ich eigentlich, aber ich kann dieses glotzende Mondgesicht einfach nicht ertragen. Und der will Elector sein und bald in den hochwürdigen Dienst im Lichttempel treten! Ist mir ein Rätsel, wie er es in die Berufung geschafft hat!«

Kendira zuckte mit den Achseln. Dann reihten sich die beiden in den Alpha-Block der Mädchen ein.

Mit der Präzision langjähriger Übung nahmen die Electoren beiderlei Geschlechts auf dem Platz vor dem Halbrund der zwölfstufigen Freitreppe Aufstellung. Jeder Level bildete einen Block aus sechs exakt ausgerichteten Viererreihen. Die beiden Alpha-Blöcke der Mädchen und der Jungen standen, mit Blick zur Treppe und zum Portal, in Front. Hinter ihnen schlossen sich die Electoren aus dem Beta-, Gamma- und Delta-Level in derselben Formation an.

Vor jedem Block stand ein Master als Blockwart, der sich rasch davon überzeugte, dass sein Level vollzählig angetreten war. Diese Aufgabe hatten stets jene Ausbilder zu übernehmen, die erst zu Beginn des letzten Winters nach Liberty 9 gekommen waren, daher unter den Oberen des Konvents den niedrigsten Rang bekleideten und dementsprechend einen sandfarbenen Gürtel zur Rotkutte trugen.

Bei Kendiras Block war das der linkische Master Seyward, ein schlaksiger junger Mann mit kurz geschorenem Haar und einem rotfleckigen Gesicht.

Auf der Seite der Alpha-Jungen war es Master Sherwood, der sich bei den Electoren schnell unbeliebt gemacht und sich den bezeichnenden Spitznamen »Die Bulldogge« eingehandelt hatte. Den verdankte er nicht nur er seinem breiten und plattnasigen Gesicht und seiner gedrungenen Gestalt, sondern zu einem Großteil auch seiner kompromisslosen Strenge. Er verlangte die buchstabengetreue Einhaltung aller Vorschriften. Und wehe, er ertappte einen Elector auch nur bei einer geringfügigen Übertretung. Während andere Master großzügig über unerhebliche Regelverstöße hinwegblickten oder es bei einer milden Ermahnung beließen, war die Bulldogge Sherwood schnell mit seinem Tablet bei der Hand, um den Überltäter durch Deaktivierung von einem oder gar mehreren Token zu bestrafen. Zum Glück waren er und Master Brewster, der für ihre Sportausbildung zuständig war, die unleidlichen Ausnahmen.

Ein Master blieb gewöhnlich vier Jahre in der Sicherheitszone, bevor er ausgewechselt wurde und mit dem Lichtschiff nach Hyperion zurückkehrte. Einige wenige von ihnen bewarben sich darum, am Ende ihrer vier Jahre zum Prinzipal berufen zu werden. Dann trugen sie als Zeichen ihrer besonderen Stellung im Konvent statt des sandfarbenen Gürtels die schwarzen Kordeln zu ihrer dunkelroten Kutte. Jeder der acht Prinzipalen hatte die Oberaufsicht und Verantwortung für ein Level von Mädchen oder Jungen und blieb für mindestens sechs, meist jedoch acht Jahre in Liberty 9.

Allein die Dienstzeit ihres höchsten Oberen, Primas Templeton, unterlag offenbar keiner Beschränkung. Er schien schon seit einer Ewigkeit der Herr über die Sicherheitszone zu sein. Zumindest wusste keiner, wann er nach Liberty 9 gekommen war und wie lange er dieses Amt wohl noch ausführen würde. Er gebot im Tal ohne jede Einschränkung über Leben und Tod und befehligte alle, die Kompanie Guardians und ihren Commander Wellington eingeschlossen.

Beim Morgenappell folgten hinter den Electoren die Servanten und ihre Aufseher, die aus den Reihen der Servanten hervorgegangen waren und mit Senior Servant angesprochen wurden. Sie nahmen ohne Differenzierung ihrer Aufgaben und ihres Alters Aufstellung und bildeten einen zehn Mann langen und sieben Reihen tiefen Riegel aus braunen Kutten.

Abschließend gesellten sich, wie bei jedem Morgenappell, rechts und links von dem Karree aus Electoren und Servanten aus der Kaserne zwei zwölfköpfige Züge Guardians hinzu, jeweils angeführt von einem Sergeanten. In ihren Overalls aus stumpfer nachtschwarzer Kunstfaser, mit den geschulterten mattgrauen Sturmgewehren und den schwarzen Helmen, deren verspiegelte Visiere keine Gesichter erkennen ließen, sahen sie bedrohlich aus – und zugleich doch auch beruhigend unbezwingbar.

Oben auf der dritthöchsten Treppenstufe hatten sich nach den Blockwarten mittlerweile auch die anderen, dienstälteren Master eingefunden. Die Rotkutten reihten sich rechts und links vom Portal aneinander, ließen aber in ihrer Mitte eine gut drei Meter breite Lücke. Sie gewährte einen ungehinderten

Blick auf die Plattform vor den beiden mächtigen Flügeln des Eingangs. Nun warteten alle auf das Erscheinen der acht Prinzipalen und des Primas.

Das Gemurmel und leise Gekicher, ja sogar das Gähnen der noch nicht gänzlich Wachen erstarb schlagartig, und es wurde still auf dem Platz, ohne dass es dazu eines Kommandos bedurft hätte.

Gleich kommt Templeton mit den Prinzipalen und dann flammt der Lichtdom auf!, sagte sich Kendira und spielte in Gedanken das Spiel mit sich selbst, mit dem sie sich fast jeden Morgen die Zeit des Wartens vertrieb. Es mochte kindisch sein, aber sie wurde doch nie müde, es immer wieder zu spielen. Wetten, sagte sie sich, heute kommen sie in genau ... na, sieben Sekunden! Und stumm begann sie von sieben an rückwärts zu zählen.

Heute Morgen verlor sie die Wette mit sich selbst. Denn es vergingen nicht sieben, sondern gute sechzehn Sekunden, bevor die hohen Flügel des Portals zurückschwangen und Primas Templeton heraustrat, gefolgt von den acht Prinzipalen. Die nahmen hinter den Magistern auf der obersten Treppenstufe Aufstellung.

Primas Templeton war ein hagerer, hochgewachsener Mann mit einem knochigen, asketischen Gesicht und vollem eisengrauem Haar. Mit seiner schneeweißen Kutte und der in schillernden Spektralfarben gehaltenen Seidenschärpe um die Hüften bildete er einen starken Kontrast zu den ihn umgebenden dunkelrot gekleideten Master und Prinzipalen.

Im selben Augenblick, als Templeton auf die Plattform heraustrat, den kaum erkennbaren Bügel seines Funkmikrofons vor dem Mund zurechtrückte und die weit ausgestreckten Hände zum Gruß hob, flammten mehrere Dutzend Scheinwerfer auf. Das Aufleuchten kam aus vier Richtungen: vom riesigen Flachdach des Schwarzen Würfels, vom obersten Ring der Tube und vom Dach des Gym sowie vom Giebeldach der Lichtbasilika.

Die starken Lichtkegel kreuzten sich mehrfach und bildeten über dem Appellplatz ein Gitter, das einem Dach aus Licht gleichkam und deshalb von den Electoren »Lichtdom« genannt wurde.

Mit einer kurzen Verzögerung und einem ungewöhnlichen Flackern setzten die Laser ein. Sie projizierten unter den weißen Lichtdom den tausendstäbigen Kubus, das allgegenwärtige Hyperion-Symbol. Es rotierte unter dem Lichtdach wie von einer unsichtbaren Hand zum Kreisen gebracht und flimmerte dabei mit seinen sich ständig verändernden Spektralfarben.

»Gelobt und gepriesen sei die Erhabene Macht!« Die Stimme des Primas hallte aus den Fassadenlautsprechern vom Portal herab. Sie war von dunkler Färbung und selbst ohne technische Verstärkung beeindruckend kraftvoll, was jeder, der ihm vorher noch nicht begegnet war, bei einem Mann mit so hagerer asketischer Figur niemals erwartet hätte.

»Gelobt und gepriesen sei die Erhabene Macht!«, kam es mit donnernder Lautstärke und wie aus einem Mund von der Versammlung auf dem Platz zurück.

Mit geradezu militärischer Zackigkeit meldeten nun die

Master der versammelten Electoren, beginnend mit der Bulldogge Sherwood und dem nach einem Dreivierteljahr noch immer nervösen Seyward, ihre Blöcke als vollzählig zum Appell angetreten. Wilford, der schlaksige und allseits beliebte Master des Delta-Blocks, klang hörbar erleichtert, dass er an diesem Morgen wieder Vollzähligkeit melden konnte und keine neuen Krankmeldungen wegen schwerer Erkältungen verkünden musste wie in der Woche zuvor.

Primas Templeton nahm die Meldungen mit einem knappen Nicken zur Kenntnis. Dann wandte er sich an die versammelten Electoren, Servanten und Guardians und begann mit dem Morgenlob:

»Söhne und Töchter des Lichts, treue Diener der Erhabenen Macht und unverbrüchliche Gefolgschaft Hyperions, seiner hochwürdigen Exekutive auf Erden ...«

Er hielt inne und ließ eine kurze wirksame Pause verstreichen, während derer seine Worte von den Berghängen als Echo zurückgeworfen wurden, bevor er mit demselben kraftvoll mitreißenden Tonfall fortfuhr: »Lasst uns den neuen Tag mit Demut und Dankbarkeit, aber auch mit Freude und der unerschütterlichen Entschlossenheit beginnen, unserem hohen Auftrag, der jedem auf seine Art gegeben ist, gerecht zu werden und unablässig und unermüdlich nach noch größerer Vollkommenheit und Hingabe zu streben.«

»Das geloben wir!«, schallte es aus Hunderten von Kehlen zurück.

»So lasst uns denn gemeinsam das Treuegelöbnis sprechen!«, forderte der Primas die Gemeinschaft wie gewohnt auf, legte die knochigen Arme auf den Rücken und stimmte mit gehobener Stimme das allmorgendliche Wechselrezitativ an: »Was war vom Anfang aller Zeiten?«

»Die Erhabene Macht!«, antwortete ihm der Chor aus Prinzipalen, Mastern, Electoren, Servanten und Guardians.

Templeton: »Was ist das einzig Unvergängliche bis ans Ende aller Zeiten?«

Die Versammlung: »Die Erhabene Macht!«

Templeton: »Wem dienen wir in unverbrüchlicher Treue?«

Die Versammlung: »Der Erhabenen Macht!«

Templeton: »Was schenkt uns die Erhabene Macht?«

Die Versammlung: »Alles, was wir sind, alles, was wir haben!«

Templeton: »Was geben wir der Erhabenen Macht ohne Zögern und frohen Herzens?«

Die Versammlung: »Alles, was wir haben! Alles, was wir sind!«

Templeton: »Wer ist bis in den Tod zum treuen Dienst bereit?«

Jeder Libertianer, vom einfachen Servanten bis zum dienstältesten Prinzipal, hob augenblicklich den rechten Arm und führte ihn mit gestreckter, flacher Hand in Herzhöhe vor die Brust, sodass der Daumen zum Körper hin zeigte und die Handfläche nach unten gerichtet war.

Dann rief die Versammlung: »Erhabene Macht, wir sind bereit!«

Templeton: »Wer ist bereit?«

Die Versammlung: »Erhabene Macht, wir sind bereit!«

Templeton: »Wer ist bereit?«

Die Versammlung: »Erhabene Macht, wir sind bereit – allzeit bis in Ewigkeit!«

Der Primas ließ eine fünf, sechs Sekunden lange Pause verstreichen, in der absolute Stille herrschte.

Dann rief er: »Söhne und Töchter des Lichts, die Augen geradeaus zum Fahnengruß!«

Die Versammlung verharrte mit der flachen Hand vor der Brust, während sich die Augen in die Höhe richteten, hinauf zu dem großen Fahnentuch, das am stählernen Mast über dem Portal aufstieg, sich im schwachen Wind der kühlen Morgenluft entfaltete und auf weißem Grund den Spektralfarben-Kubus zeigte, das Symbol des Staates Hyperion.

Als die Fahne ihren höchsten Punkt am Mast erreicht hatte, ließ Templeton noch einige weitere Sekunden der Stille verstreichen. Dann brach er das andächtige Schweigen, indem er der Gemeinschaft zurief: »So geht denn hin und dient!«

»Lob und Dank sei dir, Erhabene Macht!«, donnerte es zum Abschluss über den Vorplatz. Die Arme fielen herab, und von einer Sekunde auf die andere löste sich die Ordnung vor dem Portal auf und verwandelte sich in eine laut lärmende Menge, die zur Treppe strömte.

Die Electoren drängte es zum Frühstück ins Refectorium. Die Servanten, die ihr schnelles Frühstück in ihrer Container-Cafeteria stets schon vor dem Appell einnahmen, hatten sich unverzüglich auf ihren Arbeitsstellen einzufinden, und die Guardians mussten die Nachtpatrouillen und die Posten auf den Wachtürmen ablösen.

6

IN DEM GEDRÄNGE AUF DER GESCHWUNGENEN Freitreppe vor dem Portal wurde Kendira von Nekia getrennt. Eine Gruppe von Mädchen und Jungen aus dem Delta-Level, die sich aus Spaß ein spontanes Wettrennen lieferten und sich dabei gegenseitig wegzuschubsen versuchten, stieß als ein Keil quirliger Leiber zwischen sie und ihre Freundin.

Kendira fand sich plötzlich mitten im Getümmel wieder. Eiligst machte sie den ungestümen zwölf- bis vierzehnjährigen Electoren Platz und wich zur Seite aus, um sich in dem Gerangel nicht einen Rippenstoß oder Tritt einzufangen. Als sie endlich die Plattform vor dem Portal erreichte, sah sie Fay neben sich die Treppe hochkommen.

Kopfschüttelnd blickte Fay der Nachhut aus dem Delta-Block nach, die soeben durch das Portal stürmte und unter ausgelassenem Geschrei Anschluss an ihre Gruppe zu finden versuchte. »Haben wir uns auch so aufgeführt, als wir Delta waren?«

»Ich fürchte ja.«

Erneut schüttelte Fay ihren herrlich blonden Lockenschopf. »Nein, das kann ich nicht glauben. Wir waren selbst mit zwölf schon viel disziplinierter und hatten Respekt vor jedem, der das Hologramm und den weißen Gürtel eines Alpha-Electors trug!«

Kendira lachte. »Na, ich weiß nicht. Wir waren bestimmt kein bisschen besser als die Delta-Küken heute, wollen das aber jetzt natürlich nicht mehr wahrhaben.«

Fay grinste. »Mag sein, dass du recht hast.«

»Und?«, fragte Kendira.

»Und was?« Fay gab sich ahnungslos, doch um ihre Mundwinkel zuckte es schon.

Kendira verdrehte die Augen. »Tu doch nicht so ahnungslos! Du weißt schon, was ich meine.«

»So? Was denn?«

Kendira senkte ihre Stimme. »Natürlich das mit dir und Samarra. Wie lange läuft das schon zwischen euch?«

Fay zuckte mit den Achseln. »Seit ein paar Tagen. Es hat sich einfach so ergeben.«

»Einfach so ergeben?«, wiederholte Kendira. »Versteh mich nicht falsch, Fay! Das mit dir und Samarra ist ja völlig in Ordnung. Aber ich hätte bis letzte Nacht geschworen, dass dein Geschmack in eine völlig andere Richtung geht.«

Mit einem belustigten Funkeln in den moosgrünen Augen sah Fay sie an. »Das eine schließt doch das andere nicht aus.

Wenn dich jemand bei geschlossenen Augen küsst und dich streichelt, kannst du dann unterscheiden, ob es Carson ist oder aber Samarra?«

Gegen ihren Willen errötete Kendira leicht. Sie mochte Carson sehr, und manchmal gab sie sich Wachträumen hin, in denen Carson eine zentrale Rolle spielte. Trotzdem war sie in Beziehungsdingen doch sehr zurückhaltend ... besser gesagt, zurückhaltend *geworden*. Das zermürbende wochenlange Eifersuchtsdrama mit Byrd, der sie wie sein persönliches Eigentum betrachtet und sie wegen jeder Kleinigkeit zur Rede gestellt hatte, wirkte noch immer in ihr nach. Sie war geradezu erlöst gewesen, als Byrd im Oktober zum Dienst im Lichttempel abberufen worden war. Damals hatte sie sich geschworen, sich nie wieder so bevormunden und vereinnahmen zu lassen. Wenn sie sich das nächste Mal mit einem Jungen einließ, dann wollte sie sich vorher absolut sicher sein, dass sie zusammenpassten und auch dieselben Vorstellungen von dem hatten, was ihre Beziehung ausmachen sollte.

»Vergiss mal, dass Carson sich schon rasieren muss und du das natürlich fühlen würdest, wenn er mit dir schmust«, fügte Fay hinzu.

»Mit mir schmust keiner, weder Carson noch sonst jemand! Und so schnell wird sich daran auch nichts ändern, das habe ich mir geschworen.«

Fay lachte sie an. Sie wusste, was Kendira mit Byrd erlebt hatte. »Na, das wird schon wieder. Und du und Carson, ihr passt doch eigentlich gut zusammen.«

»Kann sein, kann auch nicht sein.«

Fay nickte. »Klar, lass dir nur Zeit. Aber zurück zu meiner Frage: Würdest du es denn mit geschlossenen Augen sagen können?«

Kendira musste nun selbst lachen. »Nein, es sei denn, er hat schwielige Hände.«

»Siehst du! Und bis der strahlende Alpha-Prinz in mein Leben tritt und mein Flehen erhört, vertreibe ich mir die Zeit mit Samarra. Oder könnte ich vielleicht dich dafür gewinnen?«

Kendira gab keine Antwort. Nicht etwa, weil Fays Anmache sie vor Verlegenheit sprachlos gemacht hätte. Nein, was sie schweigen ließ, hatte vielmehr mit dem zu tun, was gerade im Westen jenseits der Sicherheitszone geschah und ihr plötzlich in den Blick geraten war, weil sie mit dem Rücken zum Portal stand.

Schräg gegenüber vom Westtor, das auf beiden Seiten von einem Wachturm geschützt wurde, waren zwei Trikes und ein Quad-Cart aufgetaucht. Gleichzeitig hatten die beiden Suchscheinwerfer auf den Wachtürmen ihr ruheloses Auf- und Abwandern eingestellt, verharrten nun auf den Fahrzeugen und tauchten sie in ein helles Lichtbad.

Die Trikes trugen an den Rahmen und Metallverkleidungen den üblichen Tarnanstrich aus grünen, grauen und braunen Flecken. Mit diesen dreirädrigen Fahrzeuge gingen Guardians regelmäßig innerhalb des Tals und in den Ausläufern der umliegenden Wälder auf Patrouillenfahrt, zusätzlich zu den regulären Streifen. Im Gegensatz zu den Trikes, auf denen die Guardians innerhalb der Sicherheitszone ihre Kontrollrunden drehten, besaßen die Räder der Quad-Carts ein grobes Stollenprofil, sodass sie auch mittelschweres Gelände problemlos bewältigen konnten.

Jeweils drei Guardians saßen auf so einem Gefährt. Genau genommen saß nur einer von ihnen, nämlich der Fahrer. Denn die beiden anderen standen hinter der Hinterachse Rücken an Rücken in einem brusthohen, ausgepolsterten Aluminiumgestell, ihre Sturmgewehre schussbereit im Anschlag und ihre heruntergeklappten Nachtsichtgeräte vor dem Visier.

Dass die beiden Trikes der Westpatrouille jetzt im einsetzenden Morgengrauen in die Sicherheitszone zurückkehrten, war für sich genommen nichts, was einen zweiten Blick wert gewesen wäre. Doch das Quad-Cart mit den breiten Reifen und der kurzen Ladefläche hinter der Fahrerbank, das dort mit den beiden Trikes aus dem Einschnitt im Wald auftauchte, gab der Szene eine dramatische Bedeutung.

Fay stutzte, als sie von Kendira keine Antwort erhielt, und bemerkte nun, dass ihre Mitschwester an ihr vorbeiblickte. »Was hast du denn? Du bist ja richtig blass geworden!«

Schweigend streckte Kendira die Hand aus.

Fay wandte sich um, blickte in die Richtung, in die Kendira deutete, und zog überrascht die Brauen hoch, als auch sie augenblicklich erkannte, was die Rückkehr der beiden Trikes in Begleitung eines Quad-Cart bedeutete.

Sie atmete laut hörbar aus. »Da scheinen unsere tapferen Guardians heute Nacht mal wieder ein siegreiches Gefecht hinter sich gebracht zu haben!«, stellte sie fest, ohne jedoch allzu begeistert zu klingen.

»Wenn es nur das wäre!«, murmelte Kendira.

»Keine eigenen Verluste, wie es aussieht, und sie haben Gefangene gemacht!« Fay spähte wie Kendira angestrengt hinüber auf das freie, schwarz verkohlte Feld zwischen Wald und Sicherheitszone, über das die beiden Trikes und das Quad-Cart nun auf das Tor zuhielten. »Fragt sich nur, ob sie noch am Leben oder schon tot sind. Schwer zu sagen. Was meinst du?«

Kendira hatte ebenfalls die Umrisse von zwei reglosen Körpern bemerkt, die mit den Gesichtern nach unten auf der Ladefläche lagen. Und diese Beobachtung hatte sie ja so betroffen gemacht. Aber ob die beiden noch lebten oder nicht, ließ sich aus der Entfernung nicht feststellen. Jedenfalls schienen die Gefangenen an Händen und Füßen gefesselt zu sein.

Abrupt wandte sich Kendira von dem Anblick ab. »Gebe die Erhabene Macht, dass sie schon tot sind.«

Fay nickte. »Ja, das würde uns das Magenumdrehen bei ihrer öffentlichen Hinrichtung ersparen«, sagte sie trocken. »Aber ich fürchte, es wird uns nicht erspart bleiben.«

»Hoffentlich liegst du falsch damit.«

Fay schüttelte den Kopf. »Sie können nicht tot sein. Sonst hätte man sich nicht die Mühe gemacht, sie in die Sicherheitszone zu bringen. Die Kadaver toter Nightraider hätten die Guardians wie üblich im Wald zurückgelassen, zum Fraß für die Wölfe, Bären, Aasgeier und all das andere Getier, das da im Totenwald herumfleucht.«

Kendira schauderte.

Fay legte ihr eine Hand auf die Schulter. »Na, komm schon. Hinrichtungen und solche Sachen gefallen mir auch nicht, das kannst du mir glauben. Aber wir haben ja keine Wahl!«

Kendira schwieg.

»Immerhin sind es diese verfluchten Nightraider, die uns an die Gurgel wollen, nicht umgekehrt. Da ist nun wirklich kein Mitleid angebracht! Am besten, du nimmst es so, wie es ist, und denkst einfach nicht mehr daran. Und jetzt wird es höchste Zeit, dass wir ins Refectorium kommen. Ich hasse nichts so sehr wie kalten Sirup über kalten Pancakes.«

»Heute ist mir das egal. Ich bekomme sowieso keinen Bissen hinunter!«, murmelte Kendira.

»Warten wir es ab! Und nun komm!«

7

MIT EINEM SCHWUNG VON ANDEREN NACHZÜGlern betraten Kendira und Fay das Refectorium. Es war ein lang gestreckter Raum mit holzgetäfelten Kassettenwänden und schmiedeeisernen Kronleuchtern unter einer hohen Gewölbedecke. Schon auf dem Gang war ihnen die vertraute an- und abschwellende Geräuschkulisse aus Stimmengewirr, Geschirrklappern, scheppernden Kannendeckeln, Stühlerücken und zu Boden fallendem Besteck entgegengedrungen. Nun umgab sie fröhlich beschwingter Lärm von allen Seiten.

An jedem Ende des Refectoriums saß ein junger Master an einem erhöhten Einzeltisch. Sie führten Aufsicht, aber solange der Lärm sich in Grenzen hielt und es keinen Streit gab, hielten sie sich gewöhnlich mit Ordnungsrufen zurück. Nur wenn Master Sherwood Aufsicht hatte und er unablässig seinen stechenden Blick durch den Raum schickte, ging es hier anders zu. Dann wurde fast nur geflüstert und jeder Krach tunlichst vermieden.

Ein halbes Dutzend Servanten lief zwischen der Küche und den Tischen hin und her, um das reichhaltige Frühstück aufzutragen und für Nachschub zu sorgen. Es roch nach heißer Schokolade, Milchkaffee, Früchtetee, Pancakes, Waffeln, Ahornsirup, nach Toast, Speck, Rühreiern und anderen Speisen. Das Essen in der Lichtburg ließ nichts zu wünschen übrig.

»Bis später im Kurs«, rief Fay Kendira noch zu und begab sich zu ihrem angestammten Tisch.

»Ja, bis später«, rief Kendira zurück und wandte sich in Richtung des Tisches, an dem sie zumeist mit ihrer Clique aus dem Alpha-Dorm die Mahlzeiten einnahm. Auf dem Weg dorthin wanderte ihr Blick unwillkürlich durch den Raum – und blieb an Dante hängen. Der Servant kam gerade mit je einer Kanne heißer Schokolade und Früchtetee in den Händen den Mittelgang herunter.

Ihre Blicke trafen sich, als hätten sie beide im selben Moment Ausschau nacheinander gehalten. Und für zwei, drei Sekunden sahen sie sich über die Köpfe der an den Tischen sitzenden und laut schwatzenden Electoren hinweg an.

Kendira war, als müssten alle im Saal ihnen ansehen, dass sie ein schändliches Geheimnis teilten. Was natürlich völliger Unsinn war. Niemand konnte von dem Code-10-Verstoß des Servanten und ihrem kaum weniger sträflichen Schweigen darüber wissen. Aber dennoch fühlte sie sich wie ertappt, und sie spürte, wie ihr das Blut ins Gesicht schoss.

Schnell wandte sie sich ab und begab sich an ihren Tisch

nahe der Längswand mit hohen Bogenfenstern, wo sie zwischen Nekia und der stupsnasigen Colinda mit der rehbraunen Pagenfrisur Platz nahm.

Nekia schob ihr eine Warmhalteplatte mit noch dampfenden Pancakes zu, und schon um nicht reden zu müssen, lud Kendira sich zwei Pancakes auf ihren Teller, goss Sirup darüber und begann zu essen – zu ihrer eigenen Verwunderung sogar mit zunehmendem Appetit.

Indessen ließen sich ihre Mitschwestern über die Fächer aus, die an diesem Tag auf dem Lehrplan standen.

»Ich wünschte, die beiden Stunden Materialwissenschaft bei Master Draper heute Morgen lägen schon hinter uns!«, seufzte Colinda mit vollem Mund. »Schlimm genug, dass der Stoff so fürchterlich trocken ist …«

»Ach, das gleicht der dicke Draper doch mühelos durch seine sprühend feuchte Aussprache aus«, warf Leota von gegenüber spöttisch ein.

Alle am Tisch lachten. Master Draper, klein und von rundlicher Gestalt, lispelte stark, und dabei flog so manch feuchter Speichelpartikel von seinen wulstigen Lippen.

»Der spuckende Draper ist mir zehnmal lieber als Master Coffin«, sagte Nekia in das Gelächter und stach mit ihrer Gabel nachdrücklich in die Luft, als wollte sie jemanden damit aufspießen. »Dieser total humorlose Knochen, der nie seine miesepetrige Miene verzieht und nie auch nur ein persönliches Wort von sich gibt, macht den Kurs ›Kühlaggregate IV‹ nun wirklich zu einer elenden Qual!«

»Und er seinem Namen alle Ehre!«, fügte Leota hinzu. »Denn

sterbenslangweiliger als bei Coffin geht Unterricht nun wirklich nicht!«

Nekia nickte und spießte ein kleines Frühstückswürstchen mit der Gabel auf.

»Ihr beide habt gut reden«, meldete sich nun Hailey zu Wort, eine kräftig gebaute Rothaarige mit milchheller Haut, einem Meer von Sommersprossen im Gesicht und einem recht burschikosen Wesen, das manchmal ausgesprochen stachelig werden konnte. »Ihr sitzt ja beim Regenmacher Draper nicht wie ich vorne in der ersten Reihe!«

Colinda winkte ab. »Klar, sein Speichelflug ist und bleibt eklig, Hailey. Aber Nekia hat trotzdem recht. Draper ist zwar eine arge Zumutung, aber Coffin ist *ab-so-lut* unerträglich. Zum Glück haben wir heute zwischen den beiden Nervtötern ein paar spannende Stunden ›Angewandte Technische Mechanik‹ bei Master Brownstone unten in der Werkstatt.«

»Ein schwacher Trost«, murmelte Nekia.

»Seien wir froh, dass wir keinen Unterricht bei der Bulldogge haben«, sagte Kendira. »Gegen den ist doch selbst Master Coffin ein Sonnenschein!«

»Da sagst du was!«, pflichtete Hailey ihr bei. »Die armen Gamma-Electoren, die mit ihm geschlagen sind. Die haben wirklich was zu leiden.«

»Kein Wunder, dass in der Tube bei den Ballerröhren längst nicht mehr so großer Andrang herrscht, seit Sherwood im Tal ist und hauptsächlich im Delta- und Gamma-Level unterrichtet«, sagte Colinda.

Nekia nickte. »Möchte nicht wissen, wie viele Token die Bulldogge bei ihnen schon kassiert oder aufs Negativkonto geschrieben hat! Das dürfte einsamer Rekord sein.«

»Zum Glück sind unsere anderen Oberen nicht so«, sagte Leota mit einem dankbaren Seufzen. »Und wenn er es weiter so übertreibt mit seinen Disziplinierungsmaßnahmen, dann wird Templeton ihn bestimmt zur Ordnung rufen und ihm vor Augen halten, dass wir immerhin Electoren und zum hochwürdigen Dienst im Lichttempel berufen sind.«

Colinda winkte ab. »Ach was, Templeton wird sich hüten. Er ist doch selbst für Zucht und Ordnung.«

»Und wenn schon«, sagte Nekia. »Was soll es uns kümmern? In ein paar Monaten holt uns das Lichtschiff, spätestens im Oktober. Und dann haben wir mit alldem nichts mehr zu schaffen. Dann sind wir Lichttempler!«

Hailey seufzte. »Gebe die Erhabene Macht, dass die Zeit bis dahin wie im Flug vergeht!«

Colinda lachte spöttisch. »Schön wär's, aber der Sommer wird noch lang, das sage ich euch.«

Plötzlich trat Dante auf der Seite, wo Kendira saß, an ihren Tisch. »Fehlt bei euch noch was?«, erkundigte er sich höflich, wie es zu den Aufgaben eines Servanten im Refectorium gehörte.

»Ja, Sirup und Kakao – und das schon seit 'ner Ewigkeit!«, maulte Hailey und schob ihm die leere Metallkanne und den Sirupgießer zu, ohne ihn eines Blickes zu würdigen, und fuhr im nächsten Atemzug mit ihrer Geschichte über ein Erlebnis im Waschraum fort, die sie gerade zum Besten gab.

Als Dante wenig später mit einer vollen Kanne Kakao und

einem aufgefüllten Sirupgießer zurückkam, stellte er das Gefäß mit dem warmen Ahornsaft vor Kendira hin, schaute auf ihren leeren Becher, auf dessen Boden nur noch ein Rest heißer Schokolade zu sehen war, und fragte: »Soll ich dir gleich eingießen, Elector Kendira?«

An der Frage war nichts, was am Tisch Aufmerksamkeit oder gar ein Stutzen hätte erregen können. Die Electoren respektvoll anzureden, sie zu bedienen und alle anderen lästigen Arbeiten zu erledigen, dafür waren die Servanten nun mal da. Und bis auf eine Ausnahme schenkte deshalb keine der Mitschwestern der Szene auch nur flüchtige Beachtung.

Kendira nickte wortlos und ohne zu ihm aufzublicken.

Als Dante einige Minuten später einen Korb mit Toastbrot und eine Schüssel dampfendes Rührei brachte, stellte er beides scheinbar zufällig in Kendiras unmittelbarer Nähe auf den Tisch und zog sich dann rasch wortlos wieder zurück.

»Schau an, schau an!«, raunte Nekia und stieß ihr verstohlen in die Seite, als Dante sich entfernt hatte, während sich die anderen am Tisch laut über die nächste Lichtmesse unterhielten und darüber, wer wohl diesmal zu den auserwählten Lichtträgern gehören würde.

Kendira runzelte die Stirn und fragte über den Rand ihres Bechers zurück: »Schau an *was?«*

Nekia lehnte sich zu ihr herüber. »Na, dieser Dante schwänzelt ja ziemlich um dich herum. Bist du dir sicher, dass das vorhin am Vista Hill nicht vielleicht doch ein romantisches Date war?«

Kendira schoss ihr einen ungehaltenen Blick zu. »Blödsinn!

Was du dir nur wieder zusammenfantasierst! Der tut seine Arbeit, so wie immer, und sonst nichts.«

»Na, ich weiß nicht«, flüsterte Nekia und zwinkerte ihr zu. »Jedenfalls scheint er eine Schwäche für dich ...«

Ihr Satz blieb unbeendet. Denn in dem Augenblick kamen Carson und Duke von der anderen Seite, wo sich die Tische der männlichen Electoren aneinanderreihten, zu ihnen herüber. Ihre aufgeregten Mienen verrieten, dass sie irgendwelche Neuigkeiten hatten, die sie ihnen unbedingt mitteilten mussten.

Carson und Duke waren wie die fünf Mädchen am Tisch nicht nur Electoren im Alpha-Level, sondern auch Teil ihrer Clique, zu der gewöhnlich auch noch ein Mädchen namens Joetta sowie der mandeläugige Chilo und die Zwillinge Fling und Flake gehörten. Carson und Duke waren unkompliziert im Umgang, ausgesprochen gute Sportler und zählten beim Tanz der Tausend Stäbe im Schwarzen Würfel zu den Top 5 Prozent aller Electoren, was schwerer alles andere wog.

Insbesondere der dunkelblonde Lockenkopf Carson, der sich meist unbekümmert gab und gern den Eindruck erweckte, überhaupt nicht ehrgeizig zu sein und seine beachtlichen Leistungen ohne jede Anstrengung aus dem langen Kuttenärmel zu schütteln, zeichnete sich fast jedes Mal bei den strapaziösen Runs aus. Er galt als einer der Top Driver der Lichtburg.

Duke war sein bester Freund. Er hatte eine ähnlich schlanke und sehnige Gestalt, war jedoch mit einem dunklen, störrisch struppigen Haarschopf geschlagen, der jedem noch so entschlossenen Zähmungsversuch durch Kamm oder Bürste erfolgreich widerstand. Auch Duke stand in der *lounge,* dem

Warte- und Entspannungsraum im Schwarzen Würfel, mit seinem Namen des Öfteren auf der Leuchttafel mit den zehn besten Ergebnissen der Woche. Aber im Gegensatz zu Carson hatte er es noch nie unter die ersten drei geschafft. Er erkannte neidlos an, dass er Carson und Fay einfach nicht das Wasser reichen konnte, sosehr er sich bei den Soli auch ins Zeug legte.

»Hey, habt ihr schon das Neueste gehört?«, rief Carson aufgekratzt und stellte sich zwischen Leotas und Haileys Stühle, sodass er Kendira, Nekia und Colinda auf der anderen Tischseite im Blick hatte.

»Und das wäre?«, fragte Colinda mit mäßigem Interesse.

»Wir haben da gerade eben eine brandheiße Sache aufgeschnappt!«, sagte Carson mit verschwörerisch gedämpfter Stimme und hielt seinen Blick dabei auf Kendira gerichtet. Seit ein paar Wochen gab er vorsichtig zu erkennen, dass er mehr als nur an ihrer Freundschaft in der Clique interessiert war. Und sie hatte ihm, mit der ihr eigenen Zurückhaltung in diesen Dingen, zu verstehen gegeben, dass sie zwar nicht abgeneigt war, sich darauf einzulassen, aber nicht daran dachte, sich jetzt kopfüber in eine Beziehung mit ihm zu stürzen. »Das muss aber erst mal unter uns bleiben, okay?«, fügte Carson noch hinzu.

Duke lehnte sich über die Schulter seines Freundes und sekundierte wie üblich. »Ja, ihr müsst darüber die Klappe halten, bis Templeton sich dazu über Intercom gemeldet und die Sache offiziell gemacht hat.«

»Na los, macht es nicht so spannend!«, forderte Hailey die beiden auf. »Als ob ihr nicht wüsstet, dass wir den Mund halten können!«

Carson fuhr sich mit der gespreizten Hand durch seine Locken, beugte sich vor und verkündete leise, aber mit grimmiger Genugtuung in der Stimme: »Die Guardians haben den verfluchten Nightraidern letzte Nacht nicht nur ordentlich eingeheizt, sondern bei dem wüsten Gefecht sogar zwei Gefangene gemacht!«

Duke nickte bekräftigend. »Das wird der elenden Bande eine Lehre sein, wenn sie aus der Ferne mit ansehen, wie ihre Komplizen hier hingerichtet und ihre Leichen dann oben auf Castlerock Hill auf das Gitter gebunden werden.«

Kendira schluckte.

»Also ist heute mal wieder Schlachttag«, kommentierte Hailey die Nachricht betont trocken und abgebrüht – und aß scheinbar ungerührt weiter.

Mal wieder gut die Eisprinzessin geschauspielert, Hailey!, sagte sich Kendira im Stillen. Den anderen kannst du vielleicht was vormachen, aber ich falle auf deine Masche schon lange nicht mehr rein.

Kendira wusste, dass Hailey solche Hinrichtungen genauso übel auf den Magen schlugen wie ihr. Nach der letzten Erschießung eines gefangenen Nightraiders vor gut einem Jahr hatte Hailey sich in eine der Servantentoiletten geflüchtet und sich dort übergeben – nicht wissend, dass Kendira denselben Gedanken gehabt hatte. In der Nachbarkabine die Zähne zusammenzubeißen und den Würgereiz zu unterdrücken, bis ihre Mitschwester nichts mehr im Magen gehabt und sich endlich wieder davongeschlichen hatte, war ein qualvoll erkämpfter Sieg des Willens über den Widerstand ihres Körpers gewesen.

»Ach, du Schreck!«, stieß Nekia hervor und ließ das Besteck sinken. »Eine Hinrichtung! Ekelhaft! Das hat uns gerade noch gefehlt!«

»Was heißt denn ekelhaft?«, protestierte Duke. »Solche Hinrichtungen sind nun mal nötig, damit diese Brut aus der Dunkelwelt nicht meint …«

»Nee, aus dem grausigen Spektakel wird nichts, Freunde«, fiel ihm da eine helle, dünne Stimme ins Wort.

»Dafür sei der Erhabenen Macht Lob und Dank!«, fügte eine zweite, ähnlich helle und dünne Stimme hinzu.

Die Stimmen gehörten den Zwillingen Fling und Flake, die hinter Duke und Carson aufgetaucht waren und wussten, worum es ging. Zwei hagere Jungs mit kurzem Borstenhaarschnitt und schmalen, knochigen Gesichtern. Ihre übergroßen rosigen Ohren standen in einem ähnlich ungleichen Verhältnis zu ihrem Kopf und dem Rest ihres dürren Körpers wie die Ohren einer Fledermaus zu ihrem schmächtigen und zerbrechlich wirkenden Leib.

Sie sahen einander so ähnlich wie ein Ei dem anderen. Einzig eine kleine Narbe, die Flake über dem rechten Auge aus den borstigen Brauen wuchs, unterschied ihn von Fling. Er war einige Minuten älter als sein Zwillingsbruder. Beide seien angeblich im Embrolab im letzten Moment aus einer Petrischale gesprungen, die schon für den Verbrennungsofen vorgesehen gewesen war, hieß es spöttisch. Sie galten bei den Runs im Schwarzen Würfel als die nervenstärksten und besten *deep space catcher*, die sich ein Driver und sein Team nur wünschen konnten.

Verblüfft fuhren Carson und Duke zu ihnen herum. »Wieso soll daraus nichts werden?«, fragte Carson verwirrt. »Wir haben doch aus erster Hand erfahren, dass die Guardians zwei Gefangene gemacht und gerade in die Sicherheitszone gebracht haben.«

Flake zuckte die Achseln. »Nun, wenn ich mich nicht sehr täusche, kann man Tote man ja wohl nicht hinrichten, oder?«

Duke machte große Augen. »Was? Die beiden Nightraider sind tot?«

Fling nickte. »Die beiden Kerle waren wohl schon übel zugerichtet, als sie unseren Guardians im Totenwald in die Hände gefallen sind.«

»Es soll kaum noch ein Funke Leben in ihnen gewesen sein, als man sie abtransportiert hat«, warf Flake ein. Wenn die Zwillinge etwas zu sagen hatten, wechselten sie sich dabei stets ab.

»Jedenfalls haben sie den Transport nicht überlebt«, teilte Fling ihnen mit.

»Das Geballer draußen vor dem Tor fällt damit also aus«, fügte Flake noch hinzu. »Und ich bin nicht mal traurig darüber.«

Kendira und auch Nekia nickten zustimmend.

»Und woher habt ihr das?«, wollte Carson wissen, sichtlich ein bisschen verstimmt, weil sich seine sensationelle Nachricht plötzlich als Falschmeldung herausgestellt hatte.

»Ein Servant, dessen Kumpel beim Fuhrpark arbeitet und dort die Trikes und Quads wartet und auflädt, hat uns das gerade gesteckt«, sagte Fling.

Carson verzog das Gesicht. »Na ja, oben aufs Gitter von

Rockcastle Hill kommen sie aber auf jeden Fall! Der Anblick wird die Nightraider hoffentlich dazu bringen, uns die nächste Zeit in Ruhe zu lassen und einen großen Bogen um unser Tal zu machen!«

»Vielleicht für eine Weile, aber nicht auf Dauer«, sagte Duke, der einen nüchterneren Blick für die Realität besaß als sein Freund Carson. »Früher oder später werden sie es wieder versuchen.«

»Wer weiß, vielleicht sind wir bis dahin gar nicht mehr hier, sondern schon vom Lichtschiff zum Dienst in den Lichttempel an der Küste gebracht worden!«, sagte Colinda mit einem verträumten Lächeln auf dem stupsnasigen Gesicht.

»Ja, hoffentlich kommen wir bald hier weg!«, pflichtete Duke ihr bei, um dann unheilvoll zu orakeln: »Denn irgendwie habe ich das dumme Gefühl, dass sich die einzelnen Banden der Nightraider irgendwann auch hier zusammenschließen und dann die Sicherheitszone überrennen, so wie sie es mit Liberty 7 und anderswo schon getan haben.«

Betroffene Stille trat ein.

Bevor jemand etwas sagen und Dukes finstere Befürchtung für dummes Zeug erklären konnte, erklang im Refectorium und in den Gängen der Lichtburg der Gong. Die drei aufsteigenden, nachhallenden Töne verkündeten das Ende des Frühstücks und riefen die Electoren in die Unterrichtsräume.

Lautes Stühlerücken und Sandalengetrappel setzte ein. Ein Elector hatte umgehend jeder Anweisung seiner Oberen zu folgen und allzeit pünktlich zum Unterricht und auch zu allen anderen Pflichtveranstaltungen zu erscheinen.

Kendira war schon zur Tür hinaus und auf dem breiten Gang, als jemand in ihrem Rücken ihren Namen rief. Sie blieb stehen und drehte sich um.

Es war Dante, der ihr nachgelaufen kam. Er hielt etwas in der Hand.

»Dein Hologramm, Elector Kendira!«, rief er.

Halb ungläubig und halb erschrocken fasste sie an ihre Brust und blickte an ihrer Kutte zu der Stelle hinunter, wo eigentlich ihr Alpha-Rangabzeichen hätte hängen müssen. Aber da war es nicht!

Im nächsten Moment stand Dante vor ihr und hielt ihr das Hologramm hin. »Du hast es am Tisch verloren, Elector Kendira«, sagte er mit der förmlichen Höflichkeit des Servanten. »Ich habe es unter deinem Stuhl gefunden.«

Sofort schoss es ihr durch den Kopf: Das wüste Gedränge auf der Treppe vor dem Portal nach dem Morgenappell! Da musste sich die Spange auf der Rückseite des Hologramms geöffnet haben.

»Danke, Servant«, sagte sie mit einem Lächeln, nahm ihr Rangabzeichen und heftete es sich rasch wieder an ihre Kutte.

»Gern geschehen, Elector Kendira«, antwortete Dante, um dann mit leiser Stimme zu fragen: »Reden wir noch mal? Ich meine, unter vier Augen?« Ein erwartungsvoller Blick stand in seinen dunklen Augen.

Sie zögerte kurz und zuckte dann mit den Achseln. »Ja, warum nicht? Worüber willst du denn reden?«

Er ging nicht darauf ein, sondern fragte: »Nach dem Mittagessen, gleich zu Anfang der Rekreation?«

Die mittägliche Rekreation war eine volle Stunde Freizeit, in der die Electoren tun und lassen konnten, was ihnen beliebte. Eine zweite Rekreation gab es am Nachmittag und eine dritte nach dem Abendessen.

Sie nickte. »Und wo?«

»Bei dem alten Geräteschuppen hinter dem Heckenlabyrinth«, schlug er vor.

»In Ordnung.«

Erst als sie sich umdrehte und weiter den Gang hinunterging, setzte die Erkenntnis ein, was sie soeben getan hatte – nämlich sich mit einem Servanten zu einem heimlichen Treffen verabredet!

Erhabene Macht, was um alles in der Welt war nur in sie gefahren, sich auf so etwas einzulassen? Was sie da getan hatte, war verrückt und einfach ... nun, einfach unmöglich! Und deshalb würde sie diese Verabredung natürlich auch nicht einhalten, sondern schnell wieder vergessen.

8

»ACHTUNG, DURCHSAGE! DIE FOLGENDEN ZEHN Electoren aus dem Alpha-Level haben sich umgehend zum Run bei Master Chapman im Schwarzen Würfel zu melden: Carson, Chilo, Duke, Flake und Fling sowie ...« Die nasale, stets blasiert klingende Stimme von Prinzipal Whitelock, Stellvertreter des Primas und dessen rechte Hand, legte nach der Aufzählung der männlichen Kandidaten eine kurze Pause ein. Kurz hörte man über das Intercom das Rascheln von Papier, als er offenbar auf seinem Schreibtisch nach der Liste mit den fünf Mädchennamen suchte. Dann setzte er die Aufzählung in der üblichen alphabetischen Reihenfolge fort: »... Colinda, Hailey, Kendira, Leota und Nekia!« Er wiederholte die Namen ein zweites Mal wie auch die Aufforderung, sich unverzüglich bei Master Chapman im Schwarzen Würfel einzufinden.

Die Durchsage kam kurz vor Ende der Unterrichtseinheit

»Technische Mechanik/Praxiskurs IV« bei Master Brownstone in der Werkstatt. Und die Freude bei den zehn Genannten war entsprechend groß.

»Besser hätte das keiner timen können!«, jubelte Nekia. »Der Run wird uns locker über die zwei Horrorstunden bei dem Langweilier Coffin bringen!«

Auch Kendira strahlte und klatschte die Hand ihrer Freundin ab, die ihre Rechte zum High Five gehoben hatte. Auch die anderen tauschten High Fives aus und beeilten sich, die Maschinen abzustellen und die Werkstücke, an denen sie geschweißt, gefeilt oder gefräst hatten, in das Fach mit ihrem Namen zu legen. Die anderen aus ihrem Level, die sich gleich Master Coffins staubtrockenem, monotonen Wortstrom ausgesetzt sahen, blickten ihnen mit unverhohlenem Neid nach, als sie beschwingt die hellen Werkräume verließen.

Aber so war das nun mal. Bei 192 Electoren und nur acht Sim-Kabinen, von denen zudem gerade drei Kabinen mit Simulatoren für komplette Fünfer-Teams mit High-Speed-Kapazität ausgelegt waren, wusste keiner von ihnen, wann er zu einem Test in den Schwarzen Würfel gerufen wurde. Manchmal vergingen Tage, bis man wieder an die Reihe kam. Und es gab genug Electoren, die schon beim Gedanken an ihren nächsten Run schweißige Hände bekamen und denen es nur recht war, wenn sie sich nicht allzu oft dem enormen Stress und Konkurrenzdruck vor der schwarzen Wand ausgesetzt sahen.

Kendira und die anderen, die an diesem Vormittag zu Master Chapman gerufen wurden, fieberten dagegen jedem Run mit freudiger Ungeduld entgegen. Und das nicht allein wegen der kostbaren Token, die man sich beim Run verdienen konnte. Ihnen saß die Leidenschaft förmlich im Blut, und sie konnten gar nicht oft genug ihr Können unter Beweis stellen. Niemand brauchte sie anzuspornen, sich noch mehr anzustrengen. Hatten sie einmal einen schlechten Tag gehabt, konnten sie es nicht erwarten, beim nächsten Run wieder ein besseres Ergebnis zu erzielen. Und nach einem ausgezeichneten Run hätten sie sich das euphorische Hochgefühl, das sich dann stets einstellte, am liebsten gleich am selben Tag noch ein zweites Mal an den Konsolen erkämpft.

Als Kendira zusammen mit Nekia und Colinda aus den Werkstatträumen im Untergeschoss der Lichtburg kam und ihr Blick auf die gegenüberliegende Toilettentür fiel, sagte sie: »Ich geh lieber noch einmal ...«

Ein Run ließ sich nicht einfach abbrechen, nur weil einem die Blase drückte.

»Sollen wir warten?«, bot Colinda an. »Bis Chapman das Programm hochgefahren hat, dauert es ja gewöhnlich eine Weile. Da hängen wir doch nur in der Lounge herum.«

Kendira winkte ab. »Ach was, geht nur schon vor. Ich hole euch bestimmt noch ein, bevor ihr aus der Lichtburg und über den Platz seid!«

»Ja, beeil dich, denn ich bringe es heute bestimmt auf 100 Prozent!«, erwiderte Colinda scherzhaft. »Was natürlich voraussetzt, dass Chapman mich heute ausnahmsweise mal als Driver auf seinem Tablet stehen hat!«

»Träum schön weiter, Schwester«, sagte Nekia, hakte sich

bei ihr ein und ging mit ihr zügig den Flur zum Treppenaufgang hinunter.

Kendira eilte in die Toilette. Als sie wieder herauskam, lag der lange Gang ausgestorben vor ihr. Sie wollte schon in Richtung Treppenaufgang loslaufen, als sie plötzlich schwach eine erregte, ihr mittlerweile vertraute Stimme hörte. Es war eindeutig die von Dante. Sie kam nicht aus dem Korridor in ihrem Rücken, sondern irgendwie von unten.

»... natürlich ... zu meinem Wort, Jaydan!« Sie verstand nur Satzfetzen.

Worauf eine zweite männliche Stimme antwortete: »Von wegen! Du lässt ... Kohlen mich ... Feuer holen ... gar nicht infrage!«

Verwundert drehte sie sich um und lauschte in die Richtung, aus der Dantes Stimme und die von jemandem namens Jaydan zu ihr drangen. Im nächsten Moment bemerkte sie einige Schritte hinter sich eine Tür, über die es hinunter in die tiefer gelegenen Kellerräume mit den Versorgungsanlagen der Lichtburg ging. Die Tür stand einen Spalt offen und Licht fiel durch die schmale Öffnung auf den Gang.

Mit wem Dante sich wohl stritt?

Sie zögerte kurz, dann huschte sie zur Tür hinüber. Nun hörte sie, ohne angestrengt lauschen zu müssen, was weiter unten auf der Treppe gesprochen wurde.

»Verdammt noch mal, wir sollten nichts überstürzen, Jaydan!«

»Worauf willst du denn warten, Mann? Vielleicht bis sie uns im Herbst für immer nach Eden abschieben? Dann kommst du aus diesem verfluchten Gefängnis nie wieder heraus, sondern verrottest hier, bis du krepierst – oder wegen irgendwelcher Scheiße auf den Stuhl kommst!«

Kendira runzelte die Stirn.

Gefängnis?

Wovon redeten die beiden bloß?

»Natürlich nicht! Aber wir müssen verdammt vorsichtig sein und dürfen keine Fehler machen« sagte Dante mit leiser, aber beschwörender Stimme. »Oder hast du vergessen, dass wir vorgestern Nacht um ein Haar von den Guardians erwischt worden wären, als wir uns mit dem schweren Kram aus dem Werkschuppen geschlichen haben?«

»Sie haben uns aber nicht erwischt, trotz ihrer Nachtsichtgeräte. Außerdem sind wir vor ihnen sicher, wenn wir erst mal unten sind«, erwiderte Jaydan. »Was du jedoch vergessen zu haben scheinst, ist, dass uns die Zeit davonläuft!«

»Unsinn! Wir haben erst Mitte Juli. Uns bleiben also noch Monate.«

Monate wofür?

Die Sache kam Kendira immer seltsamer vor und ihre Neugier wuchs. Vorsichtig drückte sie die Tür ein Stück weiter auf und spähte die Treppe hinunter. Doch da die nach einem Dutzend Stufen einen Knick nach rechts machte, konnte sie nicht sehen, wer dieser Jaydan war, mit dem Dante sich stritt.

Kurz entschlossen schlich sie auf Zehenspitzen die Treppe hinunter. Sie wollte unbedingt um die Ecke spähen und sehen, um wen es sich bei diesem Jaydan handelte. Zu den Servanten, die zu den regulären Hausdiensten in der Lichtburg eingeteilt waren, gehörte er jedenfalls nicht.

»Und die brauchen wir vielleicht auch«, hielt Jaydan Dante vor, während Kendira leise abwärtsstieg. »Selbst wenn wir uns ins Zeug legen und dabei auch noch das Glück auf unserer Seite ist. Denn wenn wir mit unserer Vermutung falsch liegen, haben wir echte Probleme, Dante! Und dann kann es auf jeden einzelnen Tag ankommen.«

»Du siehst mal wieder schwarz, und völlig ohne Grund. Ich bin sicher, dass wir schon bald den Weg aus dem ...«

Was Dante noch hatte sagen wollen, darüber konnte Kendira später nur rätseln. Denn in dem Moment geriet sie mit ihrer rechten Sandale auf einige kleine Stücke Putz, die unterhalb des Geländerlaufs aus der Wand gebrochen waren und auf einer Treppenstufe lagen. Der Putz zerbröselte unter ihre Schuhsohle, brachte sie ins Rutschen und ließ sie das Gleichgewicht verlieren.

Zwar gelang es ihr gerade noch, den Geländerlauf zu fassen zu kriegen und damit einen womöglich schmerzhaften Sturz zu verhindern. Aber den spontanen Laut des Erschreckens, das laute Knirschen der Putzbrocken und das Klatschen ihrer Sandalen vermochte sie nicht zu verhindern.

»Verdammt!«, kam es von unten, augenblicklich gefolgt von hastig die Treppe hochstürmenden Schritten.

Kendira stand noch nicht wieder richtig auf ihren Beinen, als Dante und der Fremde namens Jaydan um die Ecke gestürzt kamen.

Jaydan war ein Servant von etwas gedrungener, aber sichtlich muskulöser Statur. Er hatte den breiten Brustkorb eines Ringers und sein kantiges Gesicht sah aus wie mit einem Messer grob aus einem harten Stück Holz geschnitzt. Seine gebräunte Haut verriet, dass er seine Arbeit als Servant überwiegend im Freien verrichtete, selbst im Winter.

Mit einem Satz war er bei Kendira, packte sie mit hartem Griff am Oberarm und zischte: »Was hast du hier zu suchen? Schnüffelst du uns nach?«

Sie verzog das Gesicht unter dem brutalen Griff des Servanten. »Lass mich los!«, stieß sie hervor. »Du tust mir weh!«

Ungläubig und sichtlich sprachlos starrte Dante sie an.

»Verdammt noch mal, du magst ein Elector sein«, fauchte Jaydan sie an. »Aber das gibt dir noch lange nicht das Recht, dich heimlich anzuschleichen und uns zu belauschen! Was wir zu bereden haben, ist was Privates unter uns Servanten und geht dich überhaupt nichts an.«

Nun löste sich Dante aus seiner vorübergehenden Starre. »Jaydan! Hast du sie noch alle?«, rief er erschrocken und fiel ihm hastig in den Arm. »Lass Elector Kendira los! Oder willst du, dass wir uns vielleicht die Abschiebung nach Eden einhandeln?«

»Du kennst sie?«, fragte Jaydan grimmig und ließ Kendiras Arm los, wenn auch widerstrebend.

Dante nickte. »Ihr Tisch im Refectorium gehört zu meinem Revier. Sie ... sie ist ganz in Ordnung«, versicherte er und warf ihr dabei einen besorgten Blick zu, als hoffte er inständig, sich darin nicht getäuscht zu haben.

Jaydan schien nicht überzeugt. Mit zusammengekniffenen Augen sah er sie an. »So! Und was hat jemand wie du hier unten im Heizungskeller zu suchen?«

Kendira hatte ihre Fassung wiedergefunden und bedachte ihn mit einem vernichtenden Blick. »Das ist privat und geht einen Servanten wie dich überhaupt nichts an«, antwortete sie schlagfertig. »Aber zum Glück für euch habe ich heute meinen nachsichtigen Tag.« Ihr Blick ging kurz zu Dante hinüber, um dann wieder an Jaydan gewandt fortzufahren: »Deshalb will ich nicht nur über die Unverschämtheit deiner Frage hinwegsehen, sondern dir sogar auch noch sagen, warum ich die Treppe heruntergekommen bin, Servant Wie-auch-immer-du-heißen-magst.« Damit gab sie ihm unausgesprochen zu verstehen, dass sie noch nicht seinen Namen aufgeschnappt hatte.

Jaydan schluckte und presste die Lippen zusammen. Offenbar ging ihm erst jetzt auf, zu welchem respektlosen Verhalten gegenüber einem Elector er sich hatte hinreißen lassen.

»Ich habe oben auf dem Gang zwei Stimmen gehört und dachte, es wären zwei Jungen aus meinem Level, die sich in die Haare geraten waren. Aber das war offenbar ein Irrtum, wie ich sehe.« Sie bedachte beide mit einem betont abschätzigen Blick. »In einem hast du jedoch völlig recht, Servant. Das Geschwätz von zwei Typen, die sich hier unten vermutlich vor der Arbeit drücken und sich über irgendeinen Blödsinn streiten, hat mich wirklich nichts anzugehen. Dafür ist die Zeit für uns Electoren einfach zu kostbar!«

Damit kehrte sie ihnen kühl den Rücken zu und stieg die Treppe wieder hoch.

Nach vier Stufen blieb sie jedoch plötzlich stehen und wandte sich um. »Noch etwas! Wage es nie wieder, mich anzufassen,

Servant! Das nächste Mal kommst du nicht so billig davon, das schwöre ich dir!«

Mit blassen Mienen starrten Jaydan und Dante zu ihr herauf. Keiner wagte ein Wort zu sagen.

9

MIT GERAFFTER KUTTE RANNTE KENDIRA ÜBER den großen Vorplatz und passierte die Tube zu ihrer Rechten. Das etwas zurückgesetzte Rundgebäude mit seiner welligen und fensterlosen Stahlfassade bestand nach außen hin aus vier jeweils mehr als mannshohen Metallröhren. Sie wirkten wie vier gigantische aufeinanderliegende Reifen eines Monster-Quads mit einem Durchmesser von gut und gern dreißig Metern. In ihrem Innern verbargen sich noch acht weitere Röhren, die jedoch einen weitaus geringeren Durchmesser besaßen. Offiziell hieß das Gebäude *Adventastik Ring Arcade,* aber niemand nahm diesen Wörter-Bandwurm in den Mund. Selbst die Oberen nannten es nur die *tube.*

Ein strahlend blauer Himmel spannte sich über dem Liberty Valley. Die dichten Wälder, die sich die Hänge hinaufzogen, leuchteten im saftig grünen Blätterkleid des Frühsommers, und die wild gezackten weißen Kronen der fernen Berggipfel aus Schnee und Eis glitzerten wie auf Hochglanz poliert. Ein Weißkopfadler mit weit gespannten Schwingen zog seine Kreise und ließ sich von einer warmen Luftströmung in immer größere Höhen tragen.

Einen weniger idyllischen Anblick boten die sechs Guardians, die den breiten Streifen freien Geländes zwischen den Schutzanlagen und dem Waldsaum abgingen. Zwei von ihnen trugen metallene Tanks auf dem Rücken und hielten Flammenwerfer in den Händen. Im Vorwärtsgehen schwangen sie diese in einem weiten Halbkreis und fast synchron hin und her. Meterlange Feuerzungen schossen unter rhythmischem Fauchen aus den Rohren, leckten gierig über den Boden und brannten alles nieder, was sich an Gräsern und jungem Gestrüpp aus dem Erdreich gewagt hatte. Der von den Berghängen fallende Wind wehte einen ätzenden Geruch, der von dem scharfen Gestank des Brandtreibers dominiert wurde, über das freie Gelände und in die Sicherheitszone.

Die vier anderen Guardians, ihre Schnellfeuergewehre schussbereit im Anschlag, folgten ihnen über das rauchende, brandgeschwärzte Feld mit mehreren Dutzend Metern Abstand. Sie behielten unablässig den Waldsaum zu ihrer Rechten im Auge, um schon beim ersten Anzeichen einer Gefahr augenblicklich das Feuer eröffnen zu können.

Auch die beiden Leichen der Nightraider, die seit dem Morgen oben auf Rockcastle Hill mit weit gespreizten Armen und Beinen am Stahlgitter hingen, gaben ein schauriges Zeugnis von der allgegenwärtigen Gefahr ab. Man hatte sie entkleidet, um die Abschreckung für ihre Kameraden in den umliegenden Wäldern noch zu erhöhen. Aber selbst wenn man ihnen ihre Kleidung gelassen hätte, wäre ihnen diese schon bald vom Körper gefetzt worden. Denn die Aasgeier hatten nicht lange auf sich warten lassen.

Von alldem nahm Kendira nichts bewusst wahr. Sie war mit ihren Gedanken bei dem Vorfall auf der Kellertreppe und rätselte, worum es bei dem Streit zwischen den beiden Servanten bloß gegangen sein konnte und in welch verbotene Aktivitäten sie verwickelt waren.

Dante hatte gesagt, dass sie nichts überstürzen sollten und sie noch Monate Zeit hätten. Doch *was* sollten sie nicht überstürzen? Und *wofür* hatten sie noch Monate Zeit? Und was hatte es mit dem »schweren Kram« auf sich, den sie heimlich aus dem Werkschuppen geschafft hatten?

Fragen, auf die sie keine Antworten wusste. Für sie ergab dieser kurze Wortwechsel nicht den geringsten Sinn. Ein Streit zwischen zwei Servanten um nichts. Gleichzeitig wusste sie jedoch, dass dem nicht so war und es sich um etwas handeln musste, das streng verboten war und mindestens einen Code-8-Verstoß darstellte! Denn sonst hätte Dante nicht fürchten müssen, erwischt und schon vor Beendigung seines achtzehnten Lebensjahrs nach Eden abgeschoben zu werden.

Kendira gab es vorerst auf, Antworten auf diese Fragen zu finden. Vermutlich ging es nur um irgendeinen illegalen Handel unter den Servanten mit Waren, die nur den Electoren und Konventoberen zustanden und die sie aus einem der Vorratslager entwendeten. Was immer es war, es hatte Zeit bis später. Jetzt gab es Wichtigeres!

Kendira hatte das wuchtige würfelförmige Gebäude erreicht, dessen Wände aus einer gitterförmigen Stützkonstruktion mattgrauer Stahlstreben bestanden. Schwarz lackierte, hochglänzende Metallplatten füllten die freien quadratischen Flächen im Stahlgitter. Zu beiden Seiten des schwarzen Cubes führten Stahltreppen auf das Flachdach hinauf, das wie die seitlichen Treppenaufgänge mit Stahlstreben verstärkt und mit einer aufwendigen Lichttechnik ausgestattet war. Denn dort oben landete immer das Lichtschiff und nahm die glücklichen Electoren an Bord, die es geschafft hatten und bereit für ihren hochwürdigen Dienst im Lichttempel waren.

Kendira warf einen sehnsüchtigen Blick nach oben. Wann würde ihr Name unter der Heckluke des Lichtschiffes aufleuchten und sie aufgerufen werden, mit den anderen Auserwählten über die lichtlodernde Rampe ins Innere hinaufzusteigen und Abschied von Liberty 9 zu nehmen?

Augenblicke später erfasste sie der Sensor über dem Eingang, und mit einem leisen Zischgeräusch fuhren die beiden verspiegelten Türen vor ihr auseinander, verschwanden kurz rechts und links in den Wandtaschen und schlossen sich hinter ihr wieder automatisch und mit demselben Geräusch, dass in ihren Ohren stets etwas schmatzend Saugendes an sich hatte.

Im Laufschritt durchquerte sie eine hohe, von Sonnenlicht durchflutete Vorhalle und betrat die Lounge, den Vorbereitungs- und Warteraum, von dem aus es in Master Chapmans

Kontrollraum und in die Etagen mit den verschiedenen Sim-Kabinen ging.

Mit farbigem Licht hinterleuchtete Wände aus milchfarbenen Plastiksegmenten, die vom Boden bis zur Decke reichten, umschlossen den Raum. Die Decke bestand aus geriffelten Aluminiumplatten. Dagegen hatte man für den Boden der geräumigen Lounge natürliches Material verwendet, nämlich breite und diagonal verlegte Ahornbohlen. Darüber lag unregelmäßig und scheinbar ohne System ein gutes Dutzend schwarzweiß gefleckte Rinderfelle. Schwarz waren auch die rechteckigen Lederpolster und Armlehnen der Sessel, die aus einem schnörkelloses Chromgestell bestanden.

Es gab mehrere Sitzgruppen aus jeweils drei oder fünf derartigen Sesseln, durch einige künstliche Farngewächse und ewig blühende Sträucher optisch ein wenig voneinander abgesetzt. Sie gruppierten sich in lockerer Hufeisenform um die Leuchttafel, die einen Großteil der hinteren Wand einnahm. Sie zeigte die Namen und Run-Zahlen der letzten Kandidaten sowie in zwei separaten Feldern darüber die Ergebnisse der besten Teams und Solo-Runs. Zu beiden Seiten der Anzeigetafel standen schmale Wandtische aus Chrom und Glas. Auf ihnen fanden sich Erfrischungsgetränke sowie Schüsseln, die mit Nüssen, Trockenobst und einem bunten Lakritzgemisch gefüllt waren.

Als Kendira in die Lounge kam, rechnete sie wegen ihrer Verspätung fest mit einer Zurechtweisung von Master Chapman. Doch der kleine, aber wohlbeleibte Mann mit blank rasiertem Schädel und einer schwarzen Hornbrille mit runden Gläsern auf der kurzen Nase war zu ihrem Glück anderweitig stark in

Anspruch genommen und hatte ihr Fehlen vermutlich noch gar nicht bemerkt. Ihn umdrängte nämlich eine laut durcheinanderredende Gruppe von Delta-Electoren, deren aufgeregte Stimmen und stark verschwitzte Gesichter deutlich die hinter ihnen liegende Anstrengung in den Sim-Kabinen verrieten.

Schnell begab Kendira sich zu ihrer Gruppe.

»Da bist du ja endlich! Das hat aber gedauert!«, rief Nekia gedämpft.

»Wir wollten schon ein Suchkommando nach dir losschicken!«, neckte Carson sie aus seinem Sessel heraus. »Kannst von Glück reden, dass Chapman die Hände mit den Delta Kids voll hat. Die hatten wohl ihre ersten großen Team-Runs.« Er machte eine Kopfbewegung in Richtung der Leuchtanzeige.

»Was war's denn? Bist du vor Angst ins Klo gefallen?«, stichelte Hailey, die sich darauf verstand, spitze Pfeile abzuschießen, und gelegentlich fast so nerven konnte wie Zeno.

»Du sollst nicht immer von dir auf andere schließen«, konterte Kendira und hoffte inständig, dass Chapman sie beide nicht in ein Team steckte.

»Hör nicht drauf, Kendira. Du weißt doch, dass unser Möhrchen immer verbal um sich tritt, wenn es nervös ist«, sagte Carson.

»Du kannst mich mal!«, fauchte Hailey, die nichts so sehr hasste, wie »Möhrchen« genannt zu werden, ihr Spitzname aus der Zeit der Aufzucht im Embrolab.

Carson grinste breit. »Danke fürs Angebot, aber kein Interesse. Steh nicht auf deinen Typ«, sagte er lässig und zwinkerte Kendira zu.

»Und ich noch viel weniger auf deinen!«, blaffte Hailey sofort zurück.

Bevor die bissige Frotzelei zu einem ernsthaften Streit ausarten konnte, löste sich Master Chapman aus der Gruppe der Delta-Electoren und rief sie zu sich.

»Wir fahren die Formierung der Spektralstäbe heute wieder mal mit maximalem Speed«, eröffnete er ihnen und gebrauchte mit »Formierung« die offizielle Bezeichnung für das, was die Electoren unter sich nur *Tanz der Tausend Stäbe* oder abgekürzt TTS nannten. »Was bedeutet, dass diese Aufgabe nur im Fünfer-Team zu bewältigen ist.«

»Jetzt wird's spannend«, murmelte Nekia.

»Also, die Zusammenstellung der Teams sieht wie folgt aus ...« Chapman fuhr mit dem Finger über den Touchscreen seines Tablets und tippte das Symbol einer Datei an, die sich darauf öffnete.

Alle Augen waren auf Chapman gerichtet. Jeder hoffte oder bangte, je nach Fähigkeit und Ehrgeiz, welche Position er in einem Team übernehmen musste oder durfte. Nicht jeder drängte sich danach, Driver zu sein und damit die Verantwortung für die Gesamtleistung eines Teams tragen zu müssen.

»Driver in Team 1 ist Carson ...«

In einer Geste stummen Jubels reckte Carson die Faust empor und strahlte über das ganze Gesicht.

»War ja klar«, maulte Duke leise.

»Tja, Ehre, wem Ehre gebührt«, erwiderte Carson achselzuckend, versetzte seinem Freund jedoch einen kameradschaftlichen Rippenstoß, den dieser mit einem etwas schiefen Grinsen und eher lustlos erwiderte. »Du kriegst schon noch deine Chance.«

Hailey stand seitlich von Master Chapman und streckte Carson die Zunge heraus.

»... Duke und Chilo übernehmen die Positionen der Receiver und Bouncer«, fuhr Master Chapman indessen fort. »Und die Catcher im Team 1 sind Leota und Hailey.«

Carson verzog ein wenig das Gesicht, als er hörte, dass er Hailey als Catcher in seinem Team hatte. Er hütete sich jedoch, einen Kommentar dazu abzugeben oder gar in Haileys Richtung eine Grimasse zu ziehen. Viel vom Ausgang seines Runs hing nun davon ab, wie sehr Hailey sich im Team anstrengte. Aber dass er nicht glücklich über ihre Zuteilung war, wusste jeder in der Lounge, Master Chapman mal ausgeschlossen.

»Driver in Team 2 ist Kendira ...«, verkündete Chapman mit Blick auf die Liste.

Kendira empfand ähnliche Begeisterung wie Carson, reagierte jedoch äußerlich mit sehr verhaltener Freude. Schon aus Rücksicht auf Nekia. Wusste sie doch, wie sehr ihre Freundin darauf brannte, nach zwei nicht gerade optimalen Leistungen als Driver endlich wieder einmal diese Position einzunehmen und selbst in die kleine Gruppe derjenigen aufzusteigen, die konstante Ergebnisse jenseits der 92 Prozent erzielten.

»Colinda und Nekia gehen als Receiver und Bouncer in die Formierung. Und Catcher in Kendiras Team sind Fling und Flake«, ergänzte der kleinwüchsige Master.

Fling nickte zufrieden. »Klingt nach einem starken Team.«

Chapman schloss die Liste auf seinem Tablet und blickte mit

einem aufmunternden Lächeln in die Runde. »Allen einen erfolgreichen Run! Möge die Erhabene Macht mit euch sein und euch zu großartigen Leistungen befähigen.«

»Das wird ja heute richtig spannend«, sagte Carson aufgeregt, als sie hinter Chapman den Gang zu den Sim-Kabinen hinuntergingen, und schob sich an Kendiras Seite. »Zum ersten Mal haben wir zur selben Zeit und dann auch noch Kabine an Kabine einen Run! Das hatten wir noch nie, Kendira. Ich hoffe, es macht dich nicht allzu nervös, mich im Nachbarraum zu wissen.«

Sie grinste. »Warum sollte es?«

»Weißt du denn nicht, dass man mich den unerreichten Bezwinger aller rasenden Stäbe oder auch kurz und knapp ›Driver aller Driver‹ nennt?«

Sie lachte. »Nein, das muss mir irgendwie entgangen sein, Carson. Aber dafür weiß ich, dass du heute allen Grund hast, dich gleich besonders anzustrengen, wenn du nicht gegen uns verlieren willst.«

»Ist das eine Herausforderung?«

Sie zuckte mit den Achseln. »Wenn du willst.«

Seine Augen leuchteten auf. »Klar! Aber dann muss für den Sieger auch was herausspringen.«

»Von mir aus.«

»Wer gewinnt, hat beim anderen einen Wunsch frei!«, schlug Carson ohne langes Überlegen vor und ein Funkeln zeigte sich in seinen umwerfend blauen Augen. »Der Verlierer muss tun, was immer sich der Sieger von ihm wünscht. Einverstanden?«

Hailey lachte spöttisch auf. »Kann mir schon denken, was das ist, wenn du was bei ihr frei hast!«

»Was du nicht sagst!«, kam es von Colinda. »Was könnte er sich denn bloß von Kendira wünschen?«

Kendira zögerte kurz. Auch sie ahnte, was Carson im Fall seines Sieges im Sinn hatte. Das schreckte sie jedoch nicht ab. Eher im Gegenteil.

»Einverstanden!«

»Das ist ein Wort!« Carson strahlte sie an, voller Begeisterung und Siegesgewissheit, und blieb kurz vor der Tür zu seiner Sim-Kabine stehen. »Also dann, Freunde! ... Lasst uns den Tanz beginnen!«

10

KAUM HATTE KENDIRA MIT IHREM TEAM IHRE Sim-Kabine betreten, vergaß sie von einer Sekunde auf die andere die Flachserei mit Carson und alles, was sich dahinter an Gefühlen verbarg.

Was sich Sim-Kabine nannte, war in Wirklichkeit ein fensterloser Raum von beachtlichen Ausmaßen. Seine Breite betrug nämlich zwölf Meter. In der Länge wies er fünfzehn Meter auf und vom Boden bis zur Decke waren es immerhin noch zehn Meter.

An der hinteren, zwölf Meter breiten und zehn Meter hohen Wand nahm ein riesiger 3-D-Bildschirm fast die gesamte Fläche ein. Er war fugenlos in die Wand aus mattgrauen Stahlelementen eingelassen und maß zehn mal acht Meter.

Das Cockpit mit den fünf Schalensitzen und den dazugehörigen Konsolen befand sich im vorderen Drittel des Raums.

Das weit zurückgesetzte Schaltpult mit seinen Joysticks und Schiebereglern gewährte einen optimalen Blick auf den gewaltigen Bildschirm.

Die Platte des Schaltpults umschloss in eckigen Abstufungen die fünf Sitzplätze. Vorn in der Mitte befand sich der Schalensitz des Drivers, in dem Kendira nun Platz nahm. In bequemer Reichweite hatte sie vor sich rechts und links je einen Joystick mit ergonomischen Ausbuchtungen für die Finger der zugreifenden Hand. Jeder Joystick verfügte auf der zum Bildschirm weisenden Griffseite über drei Tasten, die mit Zeige-, Mittel- und Ringfinger zu bedienen waren. Sie trugen die Bezeichnungen *Grip, Pusher* und *Lock* und der rot unterleuchtete Auslöser für den Daumen oben auf den Sticks nannte sich *Shooter.*

Neben jedem Joystick waren zwei Schieberegel in die schwarze Platte der Konsole eingelassen. Sie ließen sich über eine Skala mit einer von unten beleuchteten Digitalanzeige schieben. Über die Regler wurden magnetische Kraftfelder in ihrer Stärke und Polung kontrolliert. Während jeder in der Sim-Kabine zwei Joysticks vor sich hatte, verfügte jedoch nur der Driver über diese Magnetfeldregler.

Seitlich hinter Kendira nahmen Nekia und Colinda in den Schalensitzen der Receiver und Bouncer Platz. Ihre Konsolen waren jeweils einen guten Meter nach rechts und links versetzt, sodass auch sie einen ungehinderten Blick auf die Bildschirmwand hatten. Und hinter ihnen wiederum auf beiden Seiten um einen Meter nach außen verlegt, nahmen Fling und Flake ihre Positionen als Catcher ein.

Sie saßen zwar ganz hinten, aber sobald der Bildschirm zum Leben erwachte, waren sie es, die zuerst reagieren und blitzschnell die richtigen Entscheidungen treffen mussten. Und weil die 3-D-Wand dann wie ein Ausblick in die Unermesslichkeit des Universums wirkte, verwendeten die Electoren unter sich statt des schlichten Begriffs Catcher manchmal die klangvollere Bezeichnung *Deep Space Hunter*.

»Da müssen wir uns heute ja mächtig ins Zeug legen, wenn wir Carson und sein Team schlagen wollen.« Flakes dünne Stimme kam von hinten.

Kendira ging nicht darauf ein, denn im nächsten Augenblick fuhr Master Chapman im Kontrollraum die versenkten Lichter an den Seitenwänden der Sim-Kabinen bis auf ein schwaches Hintergrundglimmen herunter. Und dann kam auch schon seine Stimme aus den Deckenlautsprechern: »Team 1, Team 2, haltet euch bereit! Das Programm startet in genau zehn Sekunden, wenn der Computer den Countdown übernimmt.«

Wie angekündigt wurde Chapman von einer leblosen Automatenstimme abgelöst, die unverzüglich mit dem Countdown begann. »Zehn ... neun ... acht ... sieben ...«

Kendira rückte sich noch einmal im Schalensitz zurecht, hielt mit ausgestreckten Armen die Hände waagerecht über den Joysticks und machte mit den Fingern eine letzte Lockerungsübung.

»... sechs ... fünf ... vier ...«

Kendira leckte sich über die Lippen und legte die Hände um die Joysticks. Angespannt starrte sie auf den Bildschirm.

»drei ... zwei ... eins«, zählte die Computerstimme emotionslos rückwärts, um dann ebenso unbeteiligt »Run!« zu verkünden.

Ein kurzes Flickern flimmerte über den Bildschirm, dann bot sich ihnen das vertraute dreidimensionale Bild einer scheinbar endlosen kosmischen Schwärze. Inmitten dieser Illusion eines sternenlosen Universums drehte sich träge und nur vage erkennbar ein quadratisches Gitterfeld um seine eigene Achse. Kleine Pfeile aus weiß pulsierenden Punkten mit unterschiedlichen Markierungen an den Pfeilenden zeigten die zehn verschiedenen Cursor-Positionen der Joysticks an.

Plötzlich tauchten im Hintergrund fünf farbige Punkte aus der Finsternis auf. Wie ein Schwarm winziger Asteroiden trieben sie heran, strebten dann jedoch, statt näher zu kommen, dem rechten Bildrand entgegen.

»Hier kommt der erste Schwarm!«, rief Fling. »Er dreht in deinen Sektor ab, Flake. Mann, da sind zwei verdammt schnelle Burschen darunter! Da, die beiden Roten!«

»Lass sie nur kommen«, antwortete Flake gelassen. »Ich fang sie schon noch früh genug ein.«

Zwei rote Punkte, die sich rasch zu schmalen Strichen entwickelten, lösten sich auf einmal von den drei anderen Punkten, die von gelber und blauer Farbe waren. Sie schienen mit wachsender Geschwindigkeit wieder aus dem Sichtfeld verschwinden zu wollen.

Flake bewegte seine Curser in diesen Bereich und fing die beiden roten Punkte routiniert ab, lange bevor sie ihm am Bildschirmrand entwischen konnten. Mit einer leichten Bewegung seines Joysticks lenkte er sie in sichere Bahnen, und zwar in den

Sektor zwischen Hintergrund und Vordergrund, den Nekia und Colinda überwachten.

»Hier kommt dein erstes Pärchen!«, rief er Nekia zu. Sie hatte das Ausscheren und das Abfangmanöver aufmerksam verfolgt und war bereit, die beiden Roten zu übernehmen. Mittlerweile hatten sich die Punkte in leuchtende Stäbe verwandelt.

Nekia blockte den Flug der beiden roten Stäbe ab und schickte sie mit einem kurzen Bouncen zu Kendira hoch in den zentralen Sektor.

Kendira übernahm sie. Mit dem Zeigefinger drückte sie die Grip-Taste, worauf sich ihre Cursor in rechteckige Zangensymbole verwandelten. Sie griffen nach den Stäben. Es folgte ein Druck auf die Pusher-Taste, begleitet von einer genau dosierten seitlichen Bewegung mit dem Joystick, und die beiden roten Stäbe glitten in ein schwach schraffiertes Feld an der rechten unteren Außenkante des quadratischen Gitters. Schnell drückte sie die Lock-Taste, und die ersten beiden Stäbe saßen an ihrem vorherbestimmten Platz fest verankert.

Indessen trieben die gelben und blauen Stäbe aus der Tiefe des virtuellen Raums heran. Sie einzufangen und an der richtigen Stelle in das Gitternetz des Kubus einzufügen, erforderte von Kendira nach all den Jahren der Übung anfangs keine besondere Anstrengung. Aber sie wusste, wie trügerisch die ersten Minuten waren und dass die wirkliche Herausforderung noch auf sie wartete.

Denn das Programm änderte das Tempo und die jeweilige Zahl der aus der virtuellen kosmischen Tiefe aufsteigenden Farbstäbe in unvorhersehbaren Intervallen. Mal schossen die farbigen Stäbe in rasanter Folge wie Leuchtspurgeschosse oder wie in bunten Schwärmen aus dem schwarzen Rachen, sodass jedes ihrer Teammitgleider alle Hände voll zu tun hatte und mit höchster Konzentration seine Joysticks bedienen musste, um unter dem Ansturm nicht die Übersicht und Kontrolle zu verlieren. Dann wiederum schien der Strom der Spektralstäbe urplötzlich zu versiegen, und es trudelte gerade mal eine Handvoll von ihnen heran, ganz gemächlich durch die tiefe Schwärze floatend. Und je länger der Run dauerte, desto mehr wusste jeder von ihnen diese kurzen Atempausen zu schätzen. Nur dauerten diese immer viel zu kurz, während dagegen die eruptiven Schübe immer mehr an Stärke gewannen.

Anspannung und Belastungen wuchsen, und es wurde in der Sim-Kabine auch kaum noch gesprochen. Gelegentlich gab es einen knappen Zuruf, und dann und wann entfuhr einem von ihnen auch mal ein verärgertes »Mist!« oder »Verdammt!«, aber das war auch alles. Jedes Quäntchen Energie und Aufmerksamkeit wurde für die Arbeit an der Bildschirmwand benötigt.

Die heranfliegenden Stäbe unter Kontrolle zu halten und Kendira zuzuführen, kostete von den Catchern Fling und Flake sowie ihren Receivern und Bouncern Nekia und Colinda eine Menge Kraft und Konzentration. Aber wer wie Kendira im Sitz des Drivers saß, der hatte eine noch viel komplexere und nervenaufreibendere Aufgabe zu erfüllen.

Die Stäbe waren nämlich zusätzlich magnetisch aufgeladen, und das Programm schickte sie, nach dem Zufallsprinzip ausgewählt, mal mit positivem Magnetfeld und mal mit negativem Magnetfeld auf den Bildschirm. Das führte dazu, dass sich die Stäbe einer Farbe gewissermaßen »weigerten«, sich im Gitternetz an ihresgleichen oder an die Stäbe jener Farbe anzufügen, die auf der Skala der Spektralfarben folgte und somit im Kubus ihre natürliche Nachbarin war. Andererseits zogen sich immer wieder Stäbe fast unwiderstehlich an, die nicht zusammengehörten.

Sowie ein Driver diese verkehrten Anziehungskräfte oder Widerstände spürte, die sich erst bei der Annäherung offenbarten, musste er blitzschnell zu den Schiebereglern greifen, die Stärke der Veränderung des magnetische Kraftfelds einstellen und die Umpolung per Daumendruck auf den Shooter aktivieren. All das jagte den Herzschlag hoch und trieb den Schweiß aus den Poren, und nicht wenige, die sich als Driver versucht hatten, waren unter dem enormen Druck mitten im Run zusammengebrochen und hatten aufgegeben.

Kendira besaß die Nervenstärke und die physische Ausdauer, um stundenlang mit höchster Konzentration den Ansturm der heranjagenden Stäbe zu bestehen. Was jedoch nicht hieß, dass ihr dabei nicht immer wieder einige von ihnen entkamen. Kein Driver konnte das vermeiden. Noch nie hatte jemand bei einem Run 100 Prozent erreicht, weder im Team noch bei einem Solo. Die Frage war nur, wie viele man als Driver entkommen ließ.

Das Ende des Runs kam wie immer unerwartet. Der Strom der Spektralstäbe brach ab, ein melodischer Dreiklang drang aus den in der Wand versenkten Lautsprechern – und der Würfel, dessen Spektralfarben fließend ineinander überzugehen schienen, begann von innen heraus zu leuchten. Er bot in dem dreidimensionalen schwarzen Raum einen spektakulären Anblick.

»Perfekt!«, rief Flake begeistert und atmete laut durch. »Was für ein Run! Das gibt ein paar fette Token.«

»Lief wie am Schnürchen«, pflichtete Fling ihm bei. »Tippe auf zwei Blaue.«

Auch von den anderen kam lautes Durchatmen. Jeder streckte und reckte sich und wischte sich Schweiß von Stirn und Händen.

»Ja, aber eben doch nur fast perfekt«, gab Kendira zurück, nahm die Hände von den Joysticks und fiel erschöpft in den Schalensitz zurück.

Dass der Farbwürfel auf dem Bildschirm nicht makellos war, sah jeder von ihnen. Die einzelnen Stäbe hatten zwar ihre eigenständige Form verloren und waren in herrliche, ineinanderfließende Farbfelder aufgegangen. Aber an einigen Stellen, wo gleich mehrere Stäbe fehlten, zeigten sich farbstumpfe Flecken. Sie waren zwar winzig und leicht zu übersehen, aber für die trainierten Augen von Alpha-Electoren doch klar erkennbar. Jedenfalls glaubte Kendira nicht, dass es für einen roten Token am Armband reichte. Aber ein blauer war bestimmt drin.

Der Würfel begann sich um seine innere Achse zu drehen, wuchs in seiner Größe, wurde dabei in seiner Drehgeschwindigkeit immer schneller – und flog plötzlich, wie von einer gewaltigen inneren Explosion zerrissen, nach allen Seiten auseinander.

Es war eine atemberaubende Eruption von Spektralfarben. Gleichzeitig fuhr das Programm die Beleuchtung in der Sim-

Kabine wieder hoch, und als die normale Helligkeit erreicht war, schaltete sich die Bildschirmwand ab.

Langsam wich die enorme Anspannung von ihnen. Der Run hatte zwei Stunden und neun Minuten gedauert, aber erst jetzt spürten sie die körperliche Anstrengung, die der Tanz der Tausend Stäbe ihnen abverlangt hatte.

Als Kendira sich aus ihrem Schalensitz hochstemmte und sich zu ihrem Team umdrehte, blickte sie in verschwitzte, aber zufriedene Gesichter. Sie lächelte ihnen zu, hatte sie doch trotz der verschiedenen farbstumpfen Flecken am Kubus ein gutes Gefühl. »Ich denke, wir haben einen ordentlichen Run hingelegt. Was meint ihr?«

»Ordentlich?« Colindas Augen funkelten. »Von wegen! Das war ein Super-Run! Das gibt blaue Token für alle!«

Flake nickte. »Und jede Wette, dass wir Carson und sein Team geschlagen haben.«

»Abwarten«, kam es trocken von Nekia. »Man soll den Abend nicht vor dem Morgen loben – oder so ähnlich.«

»Dann schauen wir doch mal, was in der Lounge auf der Tafel steht!«, rief Fling.

11

SIE STÜRZTEN AUS DER SIM-KABINE UND TRAFEN im Gang mit Carson und seinem Team zusammen, die ebenfalls als Erste in der Lounge sein wollten. Die anderen versuchten noch, sich an ihnen vorbeizudrängen. Doch es gelang ihnen nicht. Lachend blockierten Colinda und Kendira den nicht sehr breiten Gang, indem sie sich unterhakten und keinen aus dem anderen Team an sich vorbeiließen. Nekia rannte mit Fling und Flake vorweg.

»Lasst sie doch als Erste in der Lounge sein«, sagte Carson hinter ihnen großmütig. »Gönnen wir ihnen den kleinen Trostpreis. Ihre Gesichter werden ganz schön lang werden, wenn sie sehen, was für ein Ergebnis wir gezaubert haben. Das war roter Token auf ganzer Linie!«

»Worauf du einen lassen kannst!«, pflichtete Duke ihm bei.

Die Ernüchterung ließ nicht lange auf sich warten. Kendira

und Colinda waren noch nicht durch die Tür zur Lounge, als Flake vor ihnen schon einen schrillen Jubelschrei ausstieß und triumphierend den Arm hochriss.

»Sauber!«, rief Fling und tauschte mit seinem Zwillingsbruder einen High Five.

»Wir haben sie tatsächlich geputzt!«, rief Colinda und lachte über das ganze Gesicht. »Um satte neun Stäbe! Das ist ein klarer Vorsprung! Also wenn heute einer in der Sim-Kabine ›gezaubert‹ hat, dann waren wir das! Schau dir das an, Kendira!«

»Das kann doch nicht wahr sein!«, stöhnte Carson und stürzte an Kendira vorbei in die Lounge.

»Die wollen uns doch nur verarschen!«, kam es von Hailey, der die Kutte klatschnass am Rücken klebte.

»Ich wünschte, es wäre so«, knurrte Duke, als er im nächsten Moment den Kopf reckte und die Ergebnisse vor Augen hatte. »Die haben uns wahrhaftig abgehängt.«

Ungläubig starrte Carson auf die Tafel.

Kendira neben ihm lächelte stolz. Mit ihren 96,7 Prozent hatten sie Carsons Team nicht nur um 0,9 Prozent Vorsprung klar geschlagen, sondern es war zudem auch das beste Ergebnis, das sie je als Driver erzielt hatte. Damit lag sie nun auf dem zweiten Platz hinter Fay, die mit ihren 97,4 Prozent seit Langem unangefochten den ersten Platz behauptete. Aber der Abstand zu ihr betrug nur noch 0,7 Prozent, und das spornte an, eines Tages selbst diese Marke zu erreichen oder vielleicht sogar noch zu überspringen.

Carson raufte sich die Haare. »Ich glaub's einfach nicht! Und ich war mir so sicher ...« Er schüttelte fassungslos den Kopf.

»Tja, das war dann wohl nichts mit dem Wunsch-frei-bei-Kendira«, sagte Hailey bissig.

»Jetzt hat sie bei dir einen frei«, sagte Colinda und feixte unverhohlen. »Was ist, Carson? Hast du plötzlich die Sprache verloren? Wo bleibt der verbale Siegerkranz für unseren Driver?«

Carson drehte sich zu Kendira und rang sich endlich dazu durch, seine Niederlage und ihren Sieg anzuerkennen. »Okay, okay, du hast mit deinem Team gewonnen. Gratuliere! Tolle Leistung!«, Allerdings konnte er es sich nicht verkneifen, eine Einschränkung hinterherzuschicken. »Aber Chapman hat dir mit Fling und Flake ja auch die besten Leute zugeteilt, die man sich als Deep Space Hunter nur wünschen kann. Denen geht nichts durch die Lappen.«

Die beiden Zwillinge grinsten nur stumm.

Dagegen stemmte Hailey die Fäuste empört in die Hüften. »Vorsicht, Carson! Ich kann mit jedem von den beiden Ohrenseglern mithalten!«

Carson zuckte mit den Achseln. »Nichts gegen dich, Hailey. Du verstehst deinen Job, und du hast dich auch toll ins Zeug gelegt, aber Fling und Flake sind nun mal die besten Fänger. Mit ihnen in meinem Team hätte das Ergebnis anders ausgesehen.«

Colinda lachte ihn aus. »Das ist doch eine faule Ausrede, Carson.«

Auf einmal redeten alle wild durcheinander. Und wenn es auch kein ernster Streit war, so wurde die Diskussion doch mit großem Engagement für das eigene Team geführt.

»Wie gut jemand wirklich ist, zeigt sich sowieso nur bei den Solo-Runs«, warf Nekia irgendwann ein.

»Dann sollten wir Chapman vorschlagen, dass er Carson und Kendira mal im Solo gegeneinander antreten lässt«, schlug Hailey vor. »Das könnte eine spannende Sache werden.«

»Ja, und warum nicht gleich jetzt?«, rief Duke.

Diese Idee fand allgemeine Zustimmung. Selbst Kendira war Feuer und Flamme. An Ehrgeiz hatte es ihr noch nie gemangelt und an Selbstvertrauen ebenso wenig. Schon gar nicht nach dem Traumergebnis, das sie gerade mit ihrem Team erzielt hatte.

Master Chapman zögerte erst, als die beiden Gruppen ihn beknieten, Carson und Kendira jetzt sofort auf einen Solo Run zu schicken. Er kratzte sich an seinem stoppelbärtigen Kinn, rückte umständlich seine Brille zurecht und überlegte.

»Mhm, ja ... wir können das gerne mal machen«, sagte er schließlich. »Aber jetzt wird das nicht gehen. Die Stunde für einen Solo Run haben wir nicht. Ihr werdet duschen und euch umziehen wollen und danach gibt es auch schon bald Mittagessen«, gab er zu bedenken. »Und ihr könnt doch alle zufrieden sein. Im Team 2 hat sich jeder einen roten und einen blauen Token verdient und im Team 1 immer noch jeder zwei blaue.« Dabei tippte er auf sein Tablet und aktivierte die entsprechenden Token im System.

Auf Kendiras Armband leuchteten augenblicklich ein rotes und zwei blaue Segmente auf, ebenso bei den anderen ihres Teams. Bei Carson und seinem Team waren es zwei dunkelblaue Leuchtquadrate. Aber niemand achtete im Moment darauf, ging es jetzt doch um etwas viel Spannenderes.

»Warum schicken sie die beiden dann nicht auf einen besonders schnellen, dafür aber nur halbstündigen Solo Run, Master Chapman?«, schlug Duke vor. »Das reicht doch schon völlig, um zu sehen, wer sich am besten schlägt.«

Von allen Seiten lautstark bedrängt, gab Chapman nach. »Also gut, ihr sollt euren doppelten Solo Run haben! Zweihundert Stäbe, Intervalle und Geschwindigkeit wie bei einem Team Run und dreißig Minuten«, verkündete er. Dieser kurze Wettkampf schien nun auch ihn zu interessieren.

Und so fanden sich Kendira und Carson wenige Minuten später erneut vor einer Schaltkonsole und einer 3-D-Bildschirmwand wieder. Die Sim-Kabine wie auch der Bildschirm waren jedoch nur halb so groß wie in den Teamräumen.

Nervös leckte sich Kendira über die Lippen, während die Computerstimme mit dem Countdown begann. Ihr Mund war trocken, und sie bereute, in der Lounge nicht schnell noch etwas getrunken zu haben. Sie wusste, wie schwer es gleich für sie beide sein würde, nun alle Aufgaben allein ausführen zu müssen – und das nach den zwei strapaziösen Stunden, die schon hinter ihnen lagen. Dass ihnen ein ordentlicher Haufen Stäbe entgehen und der Cube hinterher reichlich fleckig aussehen würde, war von vornherein klar. Die Frage war nur, welcher Spektralwürfel am Ende der dreißig Minuten am wenigsten unvollständig aussah.

»... zwei ... eins ... Null und Run!«

Die Wand vor Kendira erwachte und verwandelte sich in den virtuellen nachtschwarzen Raum. Und wenn es diesmal auch kein Tanz der Tausend Stäbe war, sondern nur ein Wirbel von zweihundert, der mit rasch zunehmender Leuchtkraft und

Geschwindigkeit aus der dreidimensionalen Tiefe aufstieg, so war dies letztlich doch eine viel größere Herausforderung an ihr Reaktionsvermögen und ihre Nervenstärke als der Run im Team.

Zu Anfang unterliefen Kendira jedenfalls einige ärgerliche Patzer, weil sie zu hastig agierte, mehrfach übersteuerte und aufgrund der nötigen zeitraubenden Korrekturen andere Stäbe aus dem zentralen Sektor verlor. Doch dann riss sie sich zusammen, mobilisierte all ihre Konzentration und bediente innerhalb weniger Minuten die Joysticks und Regler mit einer geradezu traumwandlerischen Sicherheit.

Fast ahnend, wo die in der Tiefe aufleuchtenden Punkte wieder aus dem Raum zu floaten versuchten, fing sie diese ab, blockte und bouncte sie auf das Gitterwerk zu, klickte wie in Trance im optimalen Rhythmus Grip, Pusher und Lock und behielt mit den Reglern und dem Shooter die Kontrolle über die Magnetfelder.

Es lief nun bei ihr wie bei einem jener 10 000-Meter-Rennen auf dem Track hinter dem Gym, wenn nach den ersten 5000 Metern der eiserne Wille zum Sieg die Oberhand gewann, den Schmerz und das anfängliche Verlangen nach Aufgeben überwand, die Beine ihren Rhythmus gefunden hatten und sich das Bewusstsein in einer Art von euphorischem Zustand befand.

Doch jäh wurde Kendira aus diesem tranceähnlichen Zustand gerissen, als sich nach neunzehn Minuten das dreidimensionale Bild des Würfels, der noch voll gähnender Löcher war, plötzlich in einen Pixelsalat auflöste. Im selben Augenblick flackerten auch die gedimmten Wandleuchten, begleitet von einem schrillen Laut aus den Lautsprechern. Und dann erlosch alles und totale Finsternis und Stille umgaben sie.

Verstört sprang Kendira auf, hielt sich aber mit einer Hand an der Stuhlkante fest, weil sie sich in der Dunkelheit erst einmal orientieren musste.

»Master Chapman!«

Aus der Nebenkabine kam ein lauter Fluch. Also war auch bei Carson schlagartig der Strom ausgefallen.

Aus dem Intercom drang ein sehr ungesund klingendes Rauschen und hohes Pfeifen. Es vergingen einige Sekunden, dann war Master Chapmans grimmige Stimme zu hören.

»Wir müssen abbrechen, tut mir leid! Ich schalte auf Solarstrom um.« Und während in der Sim-Kabine die Lichter wieder angingen, hörte sie ihn vor sich hin murmeln, als hätte er vergessen, das Mikro im Kontrollraum auszuschalten: »Diese elenden Module! Schon wieder hat das System die Spannung nicht gehalten! Dabei ist es gerade mal zwölf Jahre alt und sollte angeblich doch ein halbes Jahrhundert störungsfrei laufen. Verdammte Pfuscharbeit!«

Kendira traf im Gang auf Carson.

»Ist bei dir plötzlich auch alles weggepixelt und das Licht ausgegangen?«, fragte er.

Sie nickte. »Das war´s dann wohl mit unserem Solo, Carson.«

»Verdammter Mist, ich war so irre gut drauf«, erwiderte er. »Das flutschte nur so! Du hättest mich sehen sollen, mit welchem Tempo ich die Stäbe ins Gitter gehauen habe!«

Kendira verzog spöttisch das Gesicht. »Komisch, bei mir war es genauso.«

»Tja, dann werdet ihr diesen Solo Run eben bei Gelegenheit noch mal wiederholen müssen, wenn ihr wissen wollt, wer von euch der bessere Driver ist«, meinte Hailey, als sie zu den anderen in der Lounge stießen und ihrer Enttäuschung Luft machten.

»Das können wir meinetwegen gerne einmal tun«, kam da aus der Tür zum Kontrollraum die Stimme von Master Chapman. »Aber wer zum Zeitpunkt des Abbruchs vorne gelegen hat, kann ich euch sagen. Die Daten hat das Backup noch erfasst.«

Alle wirbelten zu ihm herum und warteten gespannt.

»Und? Wem gebührt der Lorbeerkranz?«, fragte Flake.

»Carson«, teilte der Master ihnen mit. »Er hatte beim Absturz des Programms einen Vorsprung von 3 Prozent vor Kendira. Aber weil der Run eigentlich über dreißig Minuten hätte gehen sollen und auch noch ganz anders hätte ausgehen können, habe ich jedem von euch einen blauen Token zugewiesen.«

»Ich war ihr schon sechs Stäbe voraus? Wusste ich es doch!«, jubelte Carson. »Hätten wir die vollen dreißig Minuten gehabt, hätte ich bestimmt noch einen größeren Vorsprung herausgeholt!«

»Nein, denn ich hätte dich eingeholt und abgehängt«, erwiderte Kendira. Aber sie wusste, dass sie den Run bereits in den ersten Minuten verloren hatte. Und dass ihr den heutigen Sieg im Team keiner nehmen konnte. »Was hier und jetzt zählt, Carson, sind Master Chapmans Daten. Du hast mich ausgestochen. Deshalb: Gratulation!«

Er lächelte sie an und nun stand eine ganz andere Freude in seinen blauen Augen. »Gratulation angenommen, Kendira. Aber du warst heute auch super in Form, das muss man dir lassen«, sagte er und legte seine Hand auf ihren Arm.

»Wie reizend, jetzt hat jeder von euch beim anderen einen Wunsch frei«, stellte Colinda belustigt fest. »Bin schon gespannt auf eure Wünsche.«

»Mir egal. Ich geh jetzt duschen«, rief Hailey. »Wird Zeit, dass ich aus den verschwitzten Sachen komme.«

Und Flake wandte sich seinem Zwillingsbruder zu. »Was meinst du, verbraten wir später in der Tube einen der blauen Token?«

Fling grinste. »Logo, aber es muss *Space Hunter,* Level 10 sein, okay?«

»Einverstanden.«

»Sag bloß, ihr verjubelt eure Token noch immer für diese öden Weltraumschlachten?«, fragte Duke verwundert. »Mann, ihr solltet euer Können in der Tube lieber mal bei *Urban Warfare, Night Level 4* unter Beweis stellen. Da geht es wirklich rund.«

Carson nickte. »Ist der absolute Hammer!«, bekräftigte er und verabredete sich mit Duke, einen ihrer blauen Token später für einen solchen Run in der Tube zu verspielen.

Colinda und Kendira tauschten einen vielsagenden Blick und verdrehten die Augen.

In dem allgemeinen Durcheinander und Gerede des Aufbruchs hörte Kendira noch, wie Nekia auf irgendetwas, das Duke beim Hinausgehen zu ihr sagte, reichlich spitz erwiderte:

»So? Na, vielleicht wünscht sich Kendira ja, dass er sich gar nichts wünscht!«

Später unter der Dusche erinnerte sich Kendira wieder daran – wie auch daran, dass sich Colinda bei dem kleinen Streit nach dem Team-Run mehr für sie ins Zeug gelegt hatte als Nekia. Und dabei war doch Nekia eigentlich seit Jahren ihre beste Freundin.

Seltsam, dachte sie. Konnte es sein, dass Nekia ihr irgendwas nicht gönnte? Aber diesen Wesenszug kannte sie gar nicht an ihr. Also weshalb sollte sie plötzlich ihr gegenüber missgünstig sein? Und überhaupt – was sollte es sein, das sie ihr nicht gönnte?

12

DER ALTE GERÄTESCHUPPEN BEFAND SICH HINTER dem oberen Ende des Heckenlabyrinths, lag jedoch abseits der gepflegten Wege, die durch die parkähnliche Gartenanlage der Klausur führten. Das niedrige, lang gestreckte Gebäude verbarg sich mit seinen stark rostbefallenen Wellblechwänden und schief in den Angel hängenden Brettertüren hinter dicht stehenden Büschen und Bäumen.

Dante saß vor dem Wellblechschuppen auf einer ausgemusterten Parkbank und hielt ein altes Tablet in den Händen. Ein untergeschobener Baumstumpf ersetzte die Eisenfüße der Bank, die auf einer Seite abgebrochen waren. Die Parkbank war nicht der einzige ausrangierte Gegenstand, der hier seinen vorerst letzten Ruheplatz gefunden hatte.

An der Seite des Schuppens fiel der Blick auf anderes Gerümpel, darunter auf einen verrosteten mannshohen Wassertank, zwei Toiletten mit gerissenen Spülkästen, die verrosteten Reste einer Pumpe, einen Haufen verbogenes Gestänge sowie eine verbeulte und rußgefärbte Metalltonne, die offensichtlich zum Verbrennen von allerlei Abfall benutzt wurde.

Kendira rümpfte die Nase. »Das hier ist ja eine regelrechte kleine Müllhalde! Und hier kannst du in aller Ruhe sitzen und dich in dein Tablet vertiefen?«

»So wunderschöne Plätze, wie sie euch Electoren überall drinnen und draußen zur Verfügung stehen, gibt es für uns Servanten nun mal nicht. Das hat man wohl irgendwie übersehen«, erwiderte Dante sarkastisch. »Ein Libertianer zweiter Klasse wie ich muss sich deshalb mit solchen Plätzen zufriedengeben.«

Sie ging erst gar nicht darauf ein. Und fast ärgerte sie sich, dass sie nun doch gekommen war. Aber nach dem rätselhaften Vorfall im Heizungskeller war ihre Neugierde einfach stärker gewesen als die ihr anerzogene Denkweise, dass man strikte Distanz zu Servanten wahrte und sich nicht um deren Angelegenheiten kümmerte.

»Warum kippt ihr all den Schrott nicht irgendwo draußen in eine Schlucht?«

»Zu mühsam und zu aufwendig.«

»Wieso denn das?«

»Weil dann ja jedes Mal ein bewaffnetes Guardian-Kommando mit uns ausrücken müsste, wenn irgendwo ein Haufen Schrott anfällt. Außerdem könnten die Leute in den Wäldern aus dem Schrott ja irgendetwas Brauchbares herausfischen und womöglich gegen uns verwenden, und das darf nicht sein.«

Sie zuckte mit den Achseln. »Wenigstens stinkt es hier nicht auch noch.« Nun, das war nicht gerade eine gelungene Bemerkung! Verdammt, warum war sie in Gegenwart dieses Servanten bloß so angespannt und verlegen? Es gab doch überhaupt keinen Grund, sich so unbehaglich zu fühlen!

Der Anflug eines Lächeln zeigte sich auf seinem Gesicht. »Du scheinst ja ein feines Gespür für die kleinen Freuden des Servantenlebens zu haben, Elector Kendira.«

Sie spürte, dass sie leicht errötete. »Den Elector kannst du ruhig weglassen, zumindest wenn keiner in der Nähe ist.«

Er nickte und lächelte verhalten. »Das werde ich gern tun ... Kendira.«

Sie nickte und stand unschlüssig da.

»Was ist, willst du dich nicht setzen?« Er machte eine einladende Bewegung. »Das ist eine Bank für vier Leute.«

»Ich bin nicht blind.«

»Was ich meine, ist, dass da also Platz genug ist, um mir nicht so dicht auf die Pelle rücken zu müssen.«

Kendira zögerte kurz. »Also gut, aber nur für ein paar Minuten.« Sie setzte sich zu ihm auf die Bank, jedoch weder ganz ans andere Ende noch direkt neben ihn, sondern genau in die Mitte der freien Sitzfläche. Er sollte bloß nicht glauben, sie hätte diese unmögliche Situation nicht völlig im Griff!

Sie schwiegen einen langen Augenblick.

Schließlich brach er das unbehagliche Schweigen. »Schön, dass du gekommen bist.«

Die Freude in seiner Stimme, diesmal völlig frei von jeglichem sarkastischen Unterton, überraschte sie – und steigerte ihre Verlegenheit leider noch.

»Und warum?«, fragte sie knapp.

»Normalerweise sprechen Electoren nicht mit uns, ausgenommen sie wollen, dass wir etwas für sie erledigen oder ihnen etwas Verbotenes besorgen – ganz zu schweigen davon, dass sie nie auch nur einen kleinen Finger für einen von uns riskieren würden. Es ist nett von dir, dass du nicht so bist.«

Sie zog die Augenbrauen in die Höhe und bedachte ihn mit einem herausfordernden Blick. »Und wie bin ich dann?«

Ruhig sah er in ihr Gesicht, zuckte mit den Achseln und antwortete: »Nun, anders eben.«

Kendira erinnerte sich daran, dass sie zu einer ganz ähnlichen Meinung über ihn gekommen war, als sie ihn am Kletterfelsen entdeckt hatte. Komisch, auch er erschien ihr irgendwie anders als die anderen Servanten.

Rasch wich sie seinem Blick aus. »Was hast du dir da gerade angeschaut? Einen Comic oder einen dieser brutalen Kriegsfilme aus der Zeit vor dem Großen Weltenbrand?« Sie zeigte auf das verkratzte schwarze Tablet auf seinem Schoß. Servanten erhielten diese abgestoßenen und oft fehlerhaften Geräte, nachdem Electoren und Konventobere sie jahrelang benutzt und schließlich durch neue und bessere ausgetauscht hatten. Während eine weiße Kunststoffhülle das Tablet eines Oberen kennzeichnete und eine silbrig-blaue das eines Electors, besaß das Tablet eines Servanten zur deutlichen Unterscheidung eine stumpf schwarze Einfassung.

»Weder noch. Ich habe gelesen.«

Verblüfft hob sie die Augenbrauen. »Und was?«

»Die *Odyssee* von Homer.«

Kendira musste lange überlegen, bevor sie wusste, wovon er sprach. Sie hatte letzten Winter flüchtig einen Blick auf diesen Text geworfen. Colinda hatte ihn sich in der Mediathek der Lichtburg auf ihr Tablet geladen, ihn aber schon nach dem Lesen weniger Seiten wieder gelöscht.

»So etwas liest du?«, fragte sie unverhohlen verwundert. »Wirklich?«

Dante nickte. »Willst du mal reinlesen?« Er hielt ihr das Tablet hin.

Lachend schüttelte sie den Kopf. »Danke, nein! Ich habe das schon mal zu lesen versucht. Aber ich habe weder mit der komischen Geschichte noch mit dieser alten, verqueren Sprache etwas anfangen können. Und meine Freundin Colinda, die sich das irrtümlich heruntergeladen hatte, auch nicht.«

»Kann ich verstehen. Ist nicht ganz leicht, sich in den alten griechischen Text einzulesen und sich an die Verssprache zu gewöhnen«, räumte er ein. »Aber die Abenteuer dieses Odysseus, der durch die Welt irrt und trotz aller Missgeschicke unerschütterlich den Weg zurück in seine Heimat sucht – also, das hat schon was.«

Sie machte ein skeptisches Gesicht.

»Außerdem habe ich all die anderen Texte mit Abenteuern von Rittern, Seefahrern, Indianern, Zauberern und so schon durch«, fuhr er fort. »Und die blutrünstigen Kriegsgeschichten aus den Zeiten vor dem Großen Weltenbrand interessieren mich nicht.«

»Mich auch nicht«, stimmte sie ihm zu.

»Ich weiß ja nicht, wie viele Texte, Comics und alte Filme ihr in eurer Mediathek zum Herunterladen zur Verfügung habt«, sagte Dante. »Aber bei uns sind das mitsamt den alten Sagen und Märchen und Comics insgesamt nur sechshundert Titel, und wenn man so wie ich Lust aufs Lesen hat und nachts mit wenig Schlaf auskommt, ist man schnell mit den paar Sachen durch, die infrage kommen.«

»Bei uns steht auch nicht allzu viel mehr im Verzeichnis. Ich glaube, das Verzeichnis umfasst so ungefähr achthundert Titel. Aber ich habe mir bisher noch nicht mal ein Zehntel davon auf mein Tablet geladen«, sagte sie. »Bei all den vielen Stunden Unterricht und Sport und dem vielen Training im Schwarzen Würfel bleibt einfach kaum noch Zeit für solche Sachen.«

Er lachte trocken auf. »Erst recht nicht für eigenes Nachdenken. Und ein Zufall ist das wohl kaum.«

Der grimmige Unterton in seiner Stimme war ihr nicht entgangen und sie runzelte die Stirn. »Was meinst du mit *eigenes* Nachdenken?«

Er schwieg einen Moment, als müsste er sich seine Antwort erst gut überlegen. Dann sagte er: »Ich habe immer mehr das Gefühl, dass die Oberen euch und uns ganz bewusst so stark unter Druck halten, damit wir erst gar keine Zeit haben, um uns über gewisse Dinge in der Sicherheitszone Gedanken zu machen, geschweige denn kritische Fragen zu stellen und auf Antworten zu drängen.«

Verständnislos sah sie ihn an. »Worüber sollten wir uns denn Gedanken machen? Und wem kritische Fragen stellen?«

»Liegt das denn nicht auf der Hand?«

»Nein, für mich liegt da gar nichts auf der Hand.«

Dante sah sie an und schüttelte kaum merklich den Kopf. »Vielleicht sollte ich dich und alle anderen beneiden, die so sind wie du und alles in Ordnung finden. Vielleicht fällt es einem ja auch leichter, wenn man wie ihr all die tollen Zeitvertreibe zur Verfügung habt, die Tube, den Kreuzgang der Lichtwelten, den Kletterfelsen, die Kajaks und Ruderboote unten im Bootshaus ... Ich als Servant habe das alles nicht, dafür aber etwas mehr Zeit zum Nachdenken. Und vermutlich verstehe ich deshalb so vieles nicht und das nagt immer mehr an mir.«

Sie verstand nicht, wovon er redete. »Aber was genau verstehst du denn nicht? Etwa dass wir uns nicht aus der Sicherheitszone hinaustrauen und die Wälder um unser Tal mit voller Truppenstärke von den Nightraidern befreien?«

Er winkte ab. »Ach, das war nur so ein Beispiel, wenn auch gar kein schlechtes.«

»Ein Beispiel wofür?«

»Na, eben für viele Sachen hier in der Sicherheitszone, die ich beim besten Willen nicht begreife.«

»Ja, was denn? Nun mach es nicht so spannend!«, drängte sie. »Gib mir ein konkretes Beispiel.«

»Nimm doch nur die Sache mit dem Großen Weltenbrand und der neuen Zeitrechnung, die danach eingeführt worden ist.«

Fragend blickte sie ihn an.

»Also, wir schreiben jetzt das Jahr Phönix 59. Aber weder unten in der Aufzucht von Eden noch hier hat einer unserer Master und Oberen uns das alles jemals genau erklärt ...«

»Was soll denn daran so schwer zu begreifen sein?«, fiel Kendira ihm ins Wort und fuhr in einem belehrenden Tonfall fort: »Nach der Kette globaler Naturkatastrophen und Kriege, die jedes Kind als den Großen Weltenbrand kennt, hat die Welt sich wieder aufgerappelt. Und weil die neue Ordnung quasi wie die mythische Gestalt Phönix aus der Asche und den Ruinen des Weltenbrands erstanden ist, hat man eben als deutliches Zeichen der Zäsur und als klaren Bruch mit den schrecklichen Zeiten der Vergangenheit angefangen, die Jahre als ›nach Phönix‹ zu bezeichnen oder eben als Phönix 1, Phönix 2 und so weiter zu benennen. Und jetzt schreiben wir eben Phönix 59.«

Spöttisch verzog er das Gesicht. »Danke für den Schnellkurs, aber in dieser vagen Form weiß ich das auch – und zwar seit Kindesbeinen. Ich habe bis vor wenigen Jahren denselben Unterricht genossen wie du, falls du das vergessen haben solltest! Aber jetzt erzähl du mir doch mal, was *genau* bei diesem Großen Weltenbrand geschehen ist, wann, wo und womit alles angefangen hat und was genau die Ursachen für die Kriege waren.«

Sie fühlte sich in die Defensive gedrängt und zuckte mit den Achseln. »Wer will das denn so genau wissen?«, fragte sie forsch zurück. »Es waren einfach fürchterliche Kriege und eine ebenso lange Kette von entsetzlichen Naturkatastrophen, und die Folgen davon sind die Dunkelwelt der zerstörten Städte, die Trümmerlandschaften überall und die Gesetzlosigkeit der Welt der Nightraider.«

»Das hast du wirklich vorbildlich heruntergespult. Besser hätte ich es auch nicht gekonnt. Die Oberen haben bei dir ganze Arbeit geleistet!«

Sie funkelte ihn an. »Mach dich nicht lustig über mich!« Sie wollte schon aufspringen.

Abwehrend hob er die Hände. »Entschuldige! Bitte geh nicht! Ich habe es nicht so gemeint. Nichts liegt mir ferner, als mich über dich lustig zu machen.«

Sie nahm seine Entschuldigung an. »Also gut. Vielleicht passt du etwas auf, was du sagst.«

»Aber wenn du ehrlich bist, musst du doch zugeben, dass das alles nichts als Schlagworte sind, Kendira. Jedenfalls keine richtigen Erklärungen«, sagte Dante. »Vor dem Großen Weltenbrand hat man die Jahre nach der modernen Zeitrechnung gezählt. Aber was war überhaupt der Grund dafür, dass man vor fast zweitausendeinhundert Jahren mit dieser modernen Zeitrechnung begonnen hat? Was genau war damals geschehen, um mit der Zeitrechnung zu brechen, die bis dahin von den Menschen benutzt worden ist? Warum gibt es dazu keinerlei Erklärung von unseren Oberen?«

Darauf wusste Kendira keine Antwort, sie dachte jedoch nicht daran, ihm das offen einzugestehen. Es war auch ganz unnötig. »Aber wozu brauchen wir denn überhaupt genaue Erklärungen und Beschreibungen solcher vergangenen Ereignisse? Das liegt doch alles ewig zurück! Das hat uns alles nicht zu interessieren. Wir sollen unseren Geist frei und rein von den zerstörerischen Irrlehren und Seelengiften der Vergangenheit halten. Und deshalb reicht es völlig, nur die groben Linien der Vergangenheit zu kennen.«

Dantes Blick verriet, dass ihm das nicht genügte.

»Wir dienen alle der Erhabenen Macht«, fuhr Kendira fort,

»und wir dürfen nicht den Schrecken der Vergangenheit nachhängen, sondern es ist unsere Pflicht, all unser Wollen und Trachten einzig und allein auf die Zukunft auszurichten!«

Ein grimmiger Ausdruck huschte nun über sein Gesicht. »Ja, das bekommen wir bei allen Gelegenheiten von Templeton und den anderen Oberen zu hören, aber das genügt doch nicht, egal wie oft sie das wiederholen«, beharrte er. »Wie es mir auch nicht genügt und eigentlich auch jemandem wie dir nicht genügen dürfte, dass wir uns mit dem ständigen Spruch begnügen müssen, wir alle würden der Erhabenen Macht dienen – jeder auf seinem Platz.«

»Aber so ist es doch!«, rief Kendira empört. »Wie kann dir das denn nicht genügen?«

»Weil es nichts weiter als eine Behauptung ist!«, erwiderte er. »Was wissen wir denn konkret über die Erhabene Macht?«

Kendira sah ihn als, als hätte er sie gefragt, ob wirklich jeden Morgen die Sonne aufging. »Sie ist die Kraft, die im Universum alles erschaffen hat und alles lenkt. Die Erhabene Macht ist vom Anfang aller Zeiten und bis ans Ende aller Zeiten das einzig Unvergängliche, sie schenkt uns alles, was wir haben und was wir sind, und ihr haben ihr mit unverbrüchlicher Treue zu dienen«, zitierte sie in einer Art von Reflex die Kernaussagen aus dem täglichen Morgenlob und Treuegelöbnis.

»Ja, so heißt es, Elector Kendira«, erwiderte er. »Aber meine Frage hast du damit nicht beantwortet. Und es sind nichts weiter als formelhafte Behauptungen. Die Erhabene Macht ist so gesehen nichts anderes als all diese Göttergestalten, die die abergläubischen Wikinger, Ägypter, Römer oder Griechen für bare Münze genommen und verehrt haben.«

Das ging ihr nun wirklich zu weit. Wütend funkelte sie ihn an. »Die Erhabene Macht ist per Definition undefinierbar, weil sie unsere begrenzte menschliche Vorstellungskraft unendlich übersteigt! Du kannst doch nicht die Erhabene Macht und unseren hochwürdigen Dienst mit der absurden Götterwelt dieser abergläubischen Völker vergleichen!«

»Wirklich nicht?« Herausfordernd blickte er sie an. »Dann erkläre mir doch mal, warum wir der Erhabenen Macht alles zu verdanken haben, was wir haben und was wir sind, und warum sie das alles tut, wenn sie doch ...« Er unterbrach sich und hob die Hand. »Nein, ich will es dir noch viel einfacher machen. Erzähl mir einfach nur, welchen Zweck euer hartes Training in den Sim-Kabinen des Schwarzen Würfels hat. Wozu dient es, dass ihr bei der Formierung der Spektralstäbe oder beim Tanz der Tausend Stäbe, wie ihr es nennt, eine so große Fertigkeit erlangen müsst? Und welche konkrete Aufgabe habt ihr als Electoren letztendlich zu erfüllen, wenn euch das Lichtschiff von hier abgeholt und euch zu eurem hochwürdigen Dienst in den Lichttempel gebracht hat? Was genau ist der Lichttempel? Was geschieht da? Mir das zu erklären, müsste dir nach all den Jahren als Elector doch ein Leichtes sein.«

Verwirrt sah Kendira ihn an. Sollte sie auf diesen Unsinn eher mit Stolz oder mit Mitleid reagieren?

»Es hat schon seine guten Gründe, warum all das zum heiligen Mysterium unserer Berufung gehört!«, teilte sie ihm reichlich von oben herab mit.

Dante atmete tief durch, schüttelte kaum merklich den Kopf und sagte schließlich sehr beherrscht: »Es war nicht fair von mir, dich das zu fragen. Denn natürlich kannst du ja gar nichts anderes darauf antworten als das, was man dir und uns all die Jahre immer wieder eingetrichtert hat. Darum lassen wir das besser.«

»Schön, dass wir endlich mal einer Meinung sind«, erwiderte Kendira und bemühte sich um einen versöhnlichem Tonfall. Aus irgendeinem Grund wollte sie nicht, dass er sie für hochmütig hielt oder sonst schlecht von ihr dachte.

Dante lächelte verhalten. »Vielleicht stimmt ja mit mir was nicht«, sagte er verunsichert. »Aber ich kann einfach nicht anders, als mir über all die vielen Ungereimtheiten Gedanken zu machen.«

»Fang nicht wieder damit an!« Scherzhaft drohte sie ihm mit dem Finger.

»Keine Sorge, ich meine jetzt etwas völlig anderes. Es geht um die Wörter und Redewendungen, die wir tagtäglich benutzen, ohne zu wissen, woher sie eigentlich kommen. ›O mein Gott!‹, ›Um Himmels willen!‹ oder ›Fahr zum Teufel!‹ – wo kommen all diese Redewendungen her, Kendira? Warum heißen eure monatlichen Versammlungen in der Basilika Licht? Woher kommt überhaupt dieses Wort ›Messe‹ oder ›Basilika‹ oder ›heilig‹? Und wer hat sich die Bezeichnungen ›Refectorium‹, ›Klausur‹ oder ›Konvent‹ ausgedacht? Und zu welchem Zweck?«

Kendira lachte. »Du machst dir wirklich verrückte Gedanken! Ich habe auch keine Ahnung, wo all die Redewendungen herkommen und warum es ›Messe‹ oder ›Basilika‹ heißt. Aber ich kann dir genauso wenig sagen, warum die landwirtschaftlichen Betriebe unten im Tal ›Eden‹ heißen oder warum man dieses Ding hier, auf dem wir sitzen, als ›Bank‹ bezeichnet oder warum man einen Stein ›Stein‹ und eine Eiche ›Eiche‹ nennt und nicht etwa Grizzly, Pumpe oder was weiß ich.« Sie warf die Hände in die Luft. »Herrje, das hat eben irgendjemand vor unzähligen Jahren ... nein, Jahr*tausenden* einmal so benannt, wer weiß, aus welchem Grund, und damit hat es sich eben. Und ›heilig‹ ist einfach nur ein anderes Wort für ›besonders kostbar‹. Aber was beispielsweise ›Refectorium‹, ›Konvent‹ und ›Klausur‹ angeht, so sind das einfach Wörter aus dem Lateinischen. *Refectorio* bedeutet in der Sprache der alten Römer nun mal Wiederherstellung und Labung, *conventus* steht für Zusammenkunft und Gemeinschaft und *clausura* für Eingeschlossensein.«

»Okay, das verstehe ich schon, aber warum benutzen wir ausgerechnet diese uralten lateinischen Bezeichnungen und nicht irgendwelche moderneren Wörter?«, grübelte Dante. »Das muss doch irgendeinen tieferen Grund, eine Geschichte haben.«

»Ich wette, die Wörter ›Wasserpumpe‹, ›Kloschüssel‹ oder ›Kutte‹ haben bestimmt auch irgendeine unglaublich spannende Geschichte«, sagte Kendira mit gutmütigem Spott. »Doch wen interessiert das, dich mal ausgenommen? Und was hätten wir davon, wenn wir das wüssten?«

Dante schwieg kurz und starrte nachdenklich in die Bäume. »Vielleicht ist das ja wirklich verrückt, dass ich so viel darüber grüble. Wenn ich nur nicht ...« Er zögerte und biss sich auf die Unterlippe.

»Wenn du nur nicht was?«

»Na ja, wenn ich nur nicht das dumme Gefühl hätte, dass uns die Oberen mit Absicht über so vieles im Dunkel lassen ...«

Sie lachte auf. »Soll das ein Witz sein? Welche *Absicht* sollten sie denn damit verfolgen?«

Er verzog das Gesicht, halb verlegen, halb gequält. »Das ist es ja, was mich beschäftigt und mich oft nachts nicht schlafen lässt. Hast du dich denn noch nie gefragt, was das hier alles soll? Ich meine, dass wir aus der Aufzucht in Eden kommen und hier in diesem Tal der Sierra leben – und nicht in der Dunkelwelt der Trümmer oder in einer *Hiseci*? Warum ist das so?«

»Natürlich weil wir uns hier in der Abgeschiedenheit besser als im turbulenten Leben einer dicht bevölkerten *High Security City* auf unseren Dienst vorbereiten können«, antwortete Kendira. Es gab drei dieser stark gesicherten Städte. Sie lagen an der Küste und hießen Presidio, Pacifica und Panamera. Diese Hisecis standen unter dem Schutz der *Supreme Republic of Hyperion* und wurden von deren ehrwürdigem Wächterrat regiert. Presidio galt als die prächtigste und am dichtesten bevölkerte Hiseci. Dort hatte auch der Wächterrat, der in den drei Festungsstädten alle wichtigen Entscheidungen traf, seinen Sitz.

»Das gehört nun mal zu unserer Berufung«, sagte Kendira.

»So wie es meine Berufung ist, hier im Tal mein Leben verbringen zu müssen und wohl nie eine der Hisecis betreten zu dürfen, in der es alles gibt, was man sich nur wünschen kann«, sagte Dante mit Bitterkeit in der Stimme.

Kendira sah den Schmerz in seinen dunklen Augen und glaubte plötzlich, sich für ihr Auserwähltsein und seine Zurücksetzung als Servant entschuldigen zu müssen. Ein Elector hatte nämlich nach Beendigung seines hochwürdigen Dienstes im Lichttempel, der sieben Jahre dauerte, ganz selbstverständlich Anspruch auf eine luxuriöse Unterkunft und herausragende gesellschaftliche Stellung in einer der drei High Security Cities.

In den kurzen Videoclips, die manchmal gezeigt wurden, nahmen sich diese Hisecis wie riesige lichterfüllte Festungsinseln im endlosen Trümmermeer der von Chaos und Verbrechen gegeißelten Dunkelwelt aus. Dasselbe galt für die bedeutend kleineren *High Security Compounds,* kurz *Hisecos* genannt, wo sich hinter hohen Schutzanlagen die Industriekomplexe zur Versorgung der Bevölkerung in den nahe gelegenen Hisecis konzentrierten.

»Ich würde es dir von Herzen gönnen, Dante, aber ich habe das so nicht eingerichtet und kann nichts dafür, dass es bei den Selectionen für dich so gekommen ist«, sagte sie.

»Ich weiß, es war auch gar kein Vorwurf gegen *dich«,* murmelte er.

»Und ganz so aussichtslos sind deine Chancen, einmal in einer Hiseci zu leben, doch gar nicht«, fuhr sie schnell aufmunternd fort.

Er warf ihr einen spöttischen Seitenblick zu. »Was du nicht sagst!«

»Wirklich nicht! Denn wenn du deine Sache in Eden gut machst, kannst du doch auch zu den Servanten gehören, die für ihre treuen Dienste mit einer Umsiedlung in die Servantenquartiere einer High Security City oder eines Hiseco belohnt werden. Ich wette, du hast das Zeug dazu und schaffst es auch, und zwar früher als andere!«

Ein schwaches Lächeln vertrieb den grüblerischen Ausdruck von seinem Gesicht. »Danke, dass du mir das zutraust, Kendira.«

»Seit ich dich da die Kletterwand hochsteigen sah, traue ich dir eine ganze Menge zu«, versicherte sie augenzwinkernd und warf dann einen Blick auf ihre Uhr. »Lassen wir das. Ich muss jetzt gleich los, wenn ich nicht zu spät zum Sport kommen will. Aber vorher möchte ich noch gern wissen, was diese merkwürdige Sache vorhin zu bedeuten hatte.«

»Welche merkwürdige Sache?«, fragte er und gab sich ahnungslos. Doch die Anspannung, die augenblicklich in seine Züge trat, strafte seine vorgetäuschte Ahnungslosigkeit Lügen.

»Na, was da unten im Keller zwischen dir und diesem Kerl namens Jaydan gewesen ist! Und jetzt tu bloß nicht so, als wäre dieser Streit so unbedeutend gewesen, dass er dir schon längst wieder entfallen ist.«

Dante winkte ab. »Ach, das war nur eine kleine Meinungsverschiedenheit. Jaydan und ich sind gute Freunde, aber manchmal haben wir eben auch unsere kleinen Auseinandersetzungen. Er drückt sich nun mal gern vor der Arbeit, und dann muss ich …«

Schroff fuhr sie ihm ins Wort. »Erzähl mir doch nichts! Das nehme ich dir nicht ab! Ich habe mehr von eurer ›Meinungsverschiedenheit‹ mitbekommen, als du glaubst. Und genau das hat dein Freund Jaydan ja auch befürchtet. Andernfalls hätte er sich nämlich erst gar nicht so unbedacht auf mich, einen Elector, gestürzt und mich brutal am Arm gepackt!«

Er biss sich auf die Lippen.

»Ihr führt da was im Schilde! Und ich will wissen, was das ist! Also verkauf mich nicht für dumm, Dante! Das würde ich dir nämlich verdammt übel nehmen.«

Der Lüge ertappt, schoss ihm das Blut ins Gesicht. Schnell wich er ihrem Blick aus, zog die Unterlippe zwischen die Zähne und dachte sichtlich angestrengt nach, was er ihr nun antworten sollte, um seinen Kopf aus der Schlinge zu ziehen.

»Versuch erst gar nicht, irgendeine blöde Geschichte zu erfinden. Dein Freund hat gesagt, dass euch die Zeit davonläuft und dass ihr nur noch ein paar Monate habt«, erinnerte sie ihn. »Das habe ich deutlich mitbekommen. Also rück schon damit heraus, Dante! *Wofür* habt ihr nur noch einige Monate Zeit?«

Dante verzog das Gesicht und seufzte resigniert. »Also gut, ich werde es dir sagen. Aber du musst mir dein Ehrenwort geben, dass du das für dich behältst!«

»Gestern Nacht hast du mich noch fast auf Knien gebeten, deinen Code-10-Verstoß nicht zu melden. Und jetzt stellst du schon Forderungen! Ist es das, was man erwarten muss, wenn man einen Servanten vor dem Cleansing bewahrt und dafür seinen eigenen Kopf riskiert? Ich dachte, ich hätte damit dein Vertrauen gewonnen. Offenbar habe ich mich geirrt!«

Dante senkte den Blick. »Nein, so ist das nicht, Kendira. Ich ... ich werde nie gutmachen können, dass du mich nicht verraten und auf den Stuhl gebracht hast. Aber ich will doch auch meinen Freund nicht ans Messer liefern.«

Kendira machte eine knappe, wegwischende Handbewegung. »Vergiss es, Dante! Was immer du mir jetzt erzählst, ich werde auch darüber den Mund halten«, versprach sie ihm forsch, um die Sache endlich zum Abschluss zu bringen. »Also, wofür habt ihr bloß noch ein paar Monate Zeit?«

Er schaute sich kurz um, als fürchtete er, belauscht zu werden. Dann rückte er auf der Bank näher zu ihr und eröffnete ihr mit gedämpfter Stimme: »Um einen Weg aus der Sicherheitszone nach draußen zu finden.«

»Ja, aber ... warum denn?«, stieß sie fassungslos hervor.

Ein gequälter Ausdruck stand plötzlich in seinen Augen. »Wir wollen einfach mal raus aus der Sicherheitszone, wollen durch die Wälder streifen und vielleicht sogar auf einen der hohen Berge steigen, um einen Blick in die Welt jenseits des Liberty Valley zu werfen!«

»Und dafür wollt ihr euer Leben riskieren?« Kendira schüttelte den Kopf. »Ihr müsst verrückt sein! Wenn man euch dabei erwischt, war es das für euch. Dafür gibt es Cleansing, ohne Frage! Und dasselbe gilt, wenn ihr in den Wäldern auf Nightraider stoßt. Die werden euch gnadenlos abknallen und massakrieren. Ihr müsst nicht ganz bei Trost sein, so etwas überhaupt in Betracht zu ziehen, geschweige denn zu versuchen, so einen idiotischen Plan in die Tat umzusetzen.«

Dante lachte trocken auf. »Ich weiß, ein Elector wie du kann das nicht verstehen. Kein Wunder. Warum solltet ihr auch diesen Wunsch haben? Ihr kommt am Ende eurer Ausbildung aus dem Tal hier heraus, das Lichtschiff bringt euch an die Küste und nach eurem Dienst im Lichttempel werdet ihr in einer Hiseci leben. Kein Wunder, dass ihr kein Verlangen habt, euch auf so ein ... verrücktes Abenteuer einzulassen.«

»›Verrückt‹ ist wirklich das treffende Wort«, pflichtete sie ihm bei. »Verrückt und unverantwortlich lebensmüde!«

Er zuckte mit den Achseln. »Kann sein, dass es verrückt und lebensmüde ist, aber uns ist es das Risiko wert. Wir können die Vorstellung einfach nicht ertragen, für den Rest unseres Lebens hinter Selbstschussanlagen, Todesstacheln und Starkstromzäunen eingesperrt zu sein und nach drei, vier Kilometern ans Ende unserer Welt zu stoßen.« Er zögerte kurz, bevor er leise hinzufügte: »Ein Vogel ist nicht dazu geboren, um eingesperrt in einem Käfig zu leben. Und wir sind es auch nicht.«

Kendira schwieg für einen langen Moment, unwillkürlich berührt von seinen letzten Worten. Ihr wurde bewusst, dass sie sich noch nie richtig Gedanken darüber gemacht hatte, wie stark eingeschränkt und letztlich wohl auch eintönig das Leben eines Servanten in der Sicherheitszone sein musste.

»Und? Habt ihr schon einen möglichen Weg nach draußen gefunden?«

Unschlüssig wiegte Dante den Kopf hin und her. »Wir sind da auf etwas gestoßen, was ganz vielversprechend aussieht«, sagte er vage. »Ich möchte noch nicht darüber reden. Denn es kann sich noch immer als Irrtum und undurchführbar herausstellen.«

Sie drang nicht weiter in ihn. Vielleicht war es sogar besser, dass sie keine Einzelheiten über den geheimen Plan der beiden Servanten wusste. Außerdem war die Stunde der mittäglichen Rekreation gleich um, und sie musste sich nun beeilen, rechtzeitig zum Gym zu kommen. »Du brauchst nicht darüber zu reden, wenn du nicht möchtest. Aber eines verstehe ich nicht. Warum bleiben euch nur noch wenige Monate, um euer ... euer irrwitziges Vorhaben in die Tat umzusetzen?« Was ist in ein paar Monaten anders als jetzt?«

»Im September werden wir achtzehn. Dann schicken sie uns zurück nach Eden und teilen uns dort irgendeiner der vierundzwanzig Arbeitskolonnen zu.«

»Und?«

Er bedachte sie mit einem sarkastischen Blick. »Stimmt, davon weißt du ja nichts. Darüber haben die Oberen euch Electoren natürlich nicht unterrichtet.«

»Worüber hätten sie uns denn unterrichten sollen?«

»Dass die Sicherheitsvorkehrungen in Eden erheblich strenger sind als hier – und zwar nach innen gegenüber den Servanten.«

Sie machte ein verblüfftes Gesicht. »Bist du dir da sicher? Also mir ist in den Jahren, die wir dort verbracht haben, nicht aufgefallen, dass es strengere Sicherheitsvorkehrungen gibt als hier.«

»Wer achtet denn schon als Kind auf solche Sachen? Erst wenn man älter wird und sich so seine eigenen, kritischen Gedanken zu machen beginnt, gehen einem über so manches die Augen auf. Das ist bestimmt auch der Grund, warum hier im Bereich der Lichtburg bis auf die Handvoll Aufseher keine älteren Servanten geduldet und wir nach dem achtzehnten Lebensjahr nach Eden zurückgeschickt werden.«

»Meinst du wirklich, das ist der Grund?«

Er nickte. »Ohne Frage! Ist ja auch nur logisch. Jedenfalls geht es dort unten in Eden strenger zu, besonders seit dem Zwischenfall im Winter.«

»Was für ein Zwischenfall?«

»Es hat Unruhen unter den Servanten gegeben, übrigens schon länger, wie wir gehört haben. Einige ältere Servanten sollen dann im Februar versucht haben, mit einem schweren Motorpflug-Quad die Umzäunung zu durchbrechen, als wegen einer notwendigen Reparatur der Starkstrom und die Selbstschussanlagen im Sektor zwischen Eden 9 und Eden 12 für ein paar Stunden abgeschaltet waren«, berichtete er. »Sie hatten wohl gehofft, wegen des hohen Schnees mit dem Motorpflug über den Betongraben zu kommen. Das war jedoch ein Irrtum. Der Schnee lag nicht so dicht gepackt wie gedacht. Jedenfalls ist ihr Quad dort eingesackt und stecken geblieben. Und das war das traurige Ende ihres Ausbruchsversuchs. Und seitdem tragen alle, die als aufsässig gelten und zu den Unruhestiftern gezählt werden, um das Fußgelenk einen Metallring mit einem Sender. Mit diesen elektronischen Fußfesseln können die Wachhabenden in der Kaserne jederzeit sehen und kontrollieren, wo sich diese Servanten befinden.«

Kendira mochte die Geschichte kaum glauben. »Ist das dein Ernst?«

Dante nickte grimmig. »Und ob! Aber jetzt kommt der Hammer. Mit einem der nächsten Lichtschiffe, jedoch spätestens vor Beginn des nächsten Winters, wird eine richtig große Lieferung elektronischer Fußfesseln eintreffen. Und dann bekommt jeder Servant eine solchen Sender um das Fußgelenk verpasst. Dann liegen wir alle an der elektronischen Kette!«

Kendira war bestürzt. »Das ist ja ...« Sie brach ab. »Aber woher weißt du das überhaupt? Und wer sagt, dass auch alles so stimmt und nicht bloß dummes Gerede ist?«

»Jaydan weiß es von einem älteren Servanten, der im Gewächshaus von Eden 23 arbeitet. Der gehört zu den wenigen, die regelmäßig frische Lebensmittel in die Lichtburg bringen. Und dieser Servant, der heimlich Alkohol brennt, hat beste Beziehungen zu einem ranghohen Guardian, den er großzügig mit seinem scharf Gebrannten versorgt. Dieser Guardian hat ihm das mit den elektronischen Fußfesseln gesteckt.« Er atmete laut aus. »So, jetzt weißt du, warum uns bloß noch ein paar Monate bleiben, um einen Weg in die Freiheit zu finden.«

»Aber was für eine Freiheit soll das sein, wenn sie euch in den sicheren Tod führt?«, fragte Kendira. Sie stand auf, denn es war höchste Zeit, sich auf den Weg zum Gym zu machen.

»Das wird sich zeigen«, erwiderte Dante leise. »Erst einmal müssen wir eine Fluchtweg finden – wenn es ihn denn überhaupt gibt.«

13

DIE AUF DAS STAHLGITTER VON ROCKCASTLE Hill gebundenen Leichen der beiden Nightraider sprangen ihr förmlich in die Augen, als Kendira im Laufschritt aus dem Obstgarten der Klausur kam und das Gelände zwischen der Lichtburg und dem Gym plötzlich unverstellt vor ihr lag.

Ein halbes Dutzend Aasgeier saß auf den Stangen. Zwei von diesen hässlichen Vögeln krallten sich direkt über den Köpfen der Toten um die Stangen und reckten gierig ihre langen, abstoßend nackten Hälse.

Kendiras Magen zog sich bei dem Anblick zu einem Knoten zusammen, und schnell wandte sie den Kopf, um nicht noch mit ansehen zu müssen, wie die Vögel immer wieder mit ihren scharfen Schnäbeln auf die Kadaver einpickten und blutiges Fleisch von den Knochen rissen.

Die Tennisanlage schloss sich hinter dem Gym an. Sie bestand aus fünf Plätzen. Alle waren von einer hohen Umzäunung aus grünem Netzwerk umgeben. Zu einem der Plätze, der ein weit größeres Areal als die vier anderen in Anspruch nahm, gehörte eine offene Tribüne aus Stahlrohr und Stahlbänken. Auf ihnen hatten zweihundert Personen bequem Platz. Auf diesem Court fand Ende Juli das jährliche Electoren – Turnier vor dem versammelten Konvent statt. Knappe zwei Wochen waren es bis dahin nur noch.

Sport – ob nun Tennis oder Leichtathletik auf den Außenanlagen oder Geräteturnen und Basketball im Gym – war ein täglicher Bestandteil ihrer Ausbildung. Und es wurde erwartet, dass man sich in jeder Disziplin ebenso zu besten persönlichen Leistungen sehr anstrengte wie in allen anderen Unterrichtsfächern und bei den Runs im Schwarzen Würfel. Nur wer alles gab, war würdig, der Erhabenen Macht im Lichttempel zu dienen!

Als Kendira im Laufschritt um das Gym bog, lief sie Carson beinahe in die Arme. Er trug schon seinen Tennisdress, der die silbrig-blaue Farbe ihrer Electoren – Kutten hatte.

»Mensch, da bist du ja endlich, Kendira!«, rief er erleichtert. »Ich wollte schon nach dir suchen.«

Verwundert und gleichzeitig dankbar für die Ablenkung, sah sie ihn an. »Seit wann sorgst du dich denn darum, ob ich zu irgendeiner Unterrichtseinheit zu spät komme?«

Er lachte sie entwaffnend an. »Erstens tue ich nun mal nichts lieber, als mir Gedanken über dich zu machen. Und zweitens habe ich keine Lust, dich als Doppelspielpartnerin zu verlieren. Wäre doch schade gewesen, wenn ich jetzt gleich mit jemand anderem ins Match gegen Duke und Colinda hätte gehen müssen.«

»Was du nicht sagst!«

»Zum Glück bist du ja noch rechtzeitig aufgetaucht. Denn sonst hätte ich womöglich Atika zugeteilt bekommen, die jeden Ball wild ins Nirgendwo drischt, oder vielleicht sogar mit Hailey vorliebnehmen müssen, und das wäre wirklich bitter gewesen! Denn wann immer mir ein ungnädiges Schicksal Hailey im Doppel zuteilt, habe ich auf dem Court mehr gegen sie als gegen unsere Gegner hinter dem Netz zu kämpfen.«

»Ja, ist jedes Mal lustig anzusehen«, spottete Kendira und ging nur zu gern auf Carsons unbeschwerten Tonfall ein. Dante hatte sie mit seinen merkwürdigen Fragen, den dunklen Mutmaßungen gegenüber ihren Oberen, dem Bericht über die Unruhe unter den Servanten in Eden und mit seinem wahnwitzigen Plan, zusammen mit seinem Freund Jaydan einen Weg nach draußen zu finden, stärker aufgewühlt, als sie es ihm gegenüber zu erkennen gegeben hatte. Sie wollte das alles nun so schnell wie möglich wieder vergessen. Und niemand war besser dazu geeignet, sie von all dem Unsinn abzulenken, als Carson mit seinem unwiderstehlichen Lächeln und seinem unbekümmerten Wesen.

»Aber wer sagt denn, dass *ich* mit dir Doppel spielen will?«, fragte sie mit einem Augenaufschlag. »Oder ist das vielleicht schon der Wunsch, den du bei mir frei hast?«

Er grinste. »Hältst du mich für so einfältig, dass ich meinen mühsam erkämpften Joker *dafür* hergebe?«

Sie schüttelte den Kopf. »Nein, nicht wirklich.«

»Ich werde dir schon sagen, was ich mir von dir wünsche – wenn der richtige Zeitpunkt dafür gekommen ist«, versicherte er leise und sah sie mit einem Blick an, der ihr wie eine intime Berührung durch und durch ging.

»Und woher weißt du, dass beide gleich gegen Duke und Colinda antreten?«, fragte sie schnell, um ihr Gespräch wieder auf sicheres Terrain zu bringen.

»Weil es so auf der Liste steht, die Master Brewster in den Umkleiden aufgehängt hat« antwortete er. »Master Brewster mag ja buchstäblich eine Pfeife sein und sein ständiges Trillern für was ganz Tolles halten. Aber in solchen Dingen hat er eine glückliche Hand, das muss man ihm lassen. Findest du nicht?«

»Na, ich hätte auch nichts dagegen gehabt, mal wieder gegen dich zu spielen«, erwiderte sie. »Colinda und ich gegen dich und Duke, das wäre doch mal ein Match!«

»Aber, aber! Seit wann wünschst du dir denn eine todsichere Niederlage? Gegen Duke und mich habt ihr keine Chance!«

»Von wegen! Wir würden euch schon kleinkriegen!«, stieß sie hervor. »Was ihr uns vielleicht an Muskelkraft voraushabt, machen wir mit unserer besseren Technik wett. Und die bessere Technik entscheidet letztlich über Sieg oder Niederlage.«

Er lachte. »Deine zweifelhafte Theorie können wir gern mal in der Praxis auf die Probe stellen. Aber jetzt beeil dich, dass du in die Umkleide kommst! Sonst schickt dich Brewster wegen Verspätung zehn Mal um die Anlage. Du weißt doch, wie besessen er von Pünktlichkeit und sklavischer Einhaltung aller Regeln ist. Der könnte sich fast mit Bulldogge die Hand reichen. Wir spielen übrigens drüben auf Platz zwei.«

»Danke! Ich fliege!«

Kendira beeilte sich und entging gerade noch einer Ermahnung plus der obligatorischen 10-Runden-Strafe um die Tennisanlage. Sie spielte sich mit Carson warm und dann traten sie gegen Colinda und Duke an.

Es wurde ein spannendes Match, weil Colinda und Duke ihnen ebenbürtig waren. Und je länger es dauerte, desto mehr genoss sie es, Carson an ihrer Seite zu haben. Nicht nur, weil sie sich gut ergänzten. Sie hatte noch nie mit Carson im Doppel auf dem Platz gestanden. Und es überraschte sie angenehm, dass er sie nicht zu beeindrucken und in den Hintergrund zu spielen versuchte. Ganz im Gegensatz zu den meisten anderen männlichen Partnern, mit denen sie bisher im Doppel angetreten war. Diese hatten es nämlich offensichtlich als ihre vorrangige Aufgabe angesehen, ihr ständig in den Weg zu springen und auch jenen Bällen nachzujagen, die eigentlich sie anzunehmen hatte – und die sie auch gut hätte spielen können.

Carson tat nichts dergleichen. Zwar passte er scharf auf und stand bereit, um ihr notfalls zu Hilfe zu kommen, falls ihr ein Lauffehler unterlief und ein Ball ihrer Gegenspieler für sie unerreichbar wurde. Aber bis auf diese Ausnahmen ließ er sie ihr Spiel spielen. Und dass er ihr ganz selbstverständlich zutraute, auch harte und raffiniert gespielte Bälle richtig einschätzen und übers Netz zurückschicken zu können, rechnete sie ihm insgeheim hoch an.

Deshalb hatte sie auch nichts dagegen einzuwenden, dass er nach einem gelungenen Ballwechsel oft rasch zu einem High

Five oder einer kurzen Berührung am Arm an ihre Seite kam. Sie waren mit Begeisterung bei der Sache und beide bester Laune, und dass sie Colinda und Duke schließlich knapp schlugen, indem Kendira ihnen mit einem Ass, sauber und mit viel Spin auf die Linie gesetzt, den Matchball servierte, machte ihr Hochgefühl komplett.

»Kendira! Was für ein Geschoss!«, rief Carson begeistert und umarmte sie spontan. »Wir haben sie geputzt! Und ich dachte schon, sie hätten uns am Kragen!« Er drückte sie an sich.

Kendira lachte und erwiderte die Umarmung, klopfte ihm mit ihrem Schläger auf den Rücken. Sie spürte seinen warmen, schnellen Atem an ihrem Hals, wie er wohl auch ihren stoßhaften Atem auf seiner Haut spürte. Es machte ihr auch nichts aus, dass sie beide völlig durchgeschwitzt waren. Und sie verharrten länger in ihrer Umarmung, als es einem Ausdruck spontaner Freude über den Sieg entsprochen hätte.

Von der Tür her, die auf den umzäunten Court führte, kam ein betont langsames Händeklatschen, sogleich begleitet von Zenos mokanter Stimme.

»Ach, wie rührend! Carson und Kendira in inniger Umarmung!«, rief er. »Ihr beide gebt wirklich ein prächtiges Paar ab.«

»Verpiss dich!«, kam es ärgerlich von Duke. Master Brewster befand sich auf dem Court mit der Tribüne und damit außer Hörweite.

»Unmöglich! Von so einem Anblick kann man sich beim besten Willen nicht losreißen!«, höhnte Zeno. »Da muss man doch einfach hinschauen.«

Kendira schoss das Blut heiß ins Gesicht und sie entzog sich schnell Carsons Umarmung. Ihr war, als spürte sie bei ihm einen kurzen Widerstand, sie freizugeben.

»Verschwinde oder du handelst dir Ärger ein!«, drohte nun Carson und drosch einen Ball mit aller Kraft in Zenos Richtung.

Mit einem Sprung zur Seite wich Zeno der Filzkugel aus. Sie sauste an seiner linken Schulter vorbei und knallte hinter ihm ins grüne Netz. »Aber, aber! Ich bitte mir doch ein bisschen mehr Respekt von einem Mitbruder aus!«

Carson wollte jetzt ernstlich auf Zeno losstürmen.

Kendira packte ihn noch rechtzeitig am Arm und hielt ihn zurück. »Das wirst du schön bleiben lassen! Du wirst doch wegen ein paar blöder Sprüche von Zeno nicht aus der Haut fahren und dir womöglich noch eine Prügelei mit ihm liefern.«

»Der hat aber schon längst eine ordentliche Abreibung verdient«, grollte nun Duke und Colinda pflichtete ihm bei und schoss Zeno ihrerseits einen scharfen Blick zu.

»Ich weiß gar nicht, was ihr euch so aufregt?« Kendira war des Hickhacks überdrüssig. »Ihr wisst doch, wie Zeno ist! Und er weiß, auf welchen Knopf er bei euch drücken muss, damit ihr hochgeht. Aber je mehr ihr euch darüber ärgert, desto mehr Spaß hat er. Am besten, ihr hört einfach nicht hin.« Damit wandte sie sich zum Gehen.

»Stimmt. Wir sollten ihn gar nicht beachten, dann läuft sein Blödsinn ins Leere«, murmelte Colinda und schloss sich ihr an.

Auch Duke und Carson ließen die Angelegenheit nun auf sich beruhen, wenn auch widerwillig, und machten Anstalten, mit ihr vom Platz zu gehen.

Zeno lachte meckernd wie ein Ziege. »Du bist wirklich nicht

auf den Kopf gefallen, Kendira! Kein Wunder, dass du auf der Tafel in der Lounge nur zwei Plätze unter mir rangierst.«

Verblüfft und wie vom Donner gerührt blieben Kendira und ihre Freunde stehen.

»*Wo* willst du stehen?«, stieß Carson ungläubig hervor.

Zeno zeigte nun ein selbstzufriedenes Lächeln. »Wie ich es gerade sagte, verehrter Mitbruder. Seit einer halben Stunde stehe ich auf der Solo-Rangliste unter Fay an zweiter Stelle! Tja, ein Ergebnis von 96,9 Prozent bei einem Solo Run hat noch keiner von euch hingelegt, nicht wahr? Ich hoffe, es trifft dich nicht zu hart, Carson, dass du nun auf den dritten Platz abgerutscht bist. Ist doch auch noch ganz ehrenvoll.«

Carson gönnte ihm keine Antwort. Mit verkniffener Miene begab er sich mit Kendira, Duke und Colinda vom Platz. Erst als Zeno, der hinter ihnen die ersten Bälle über das Netz schlug, sie nicht mehr hören konnte, stieß Carson eine Verwünschung aus. »Zum Teufel, am liebsten wäre ich dem Kerl an die Gurgel gesprungen!«, gestand er voller Groll. »Dass ich mich nicht mal einen halben Tag hinter Fay an zweiter Stelle gehalten habe, ist ja schon bitter genug. Aber dass ausgerechnet dieser Nervtöter einen besseren Solo Run gefahren hat als ich, das macht mich fertig!«

»Es ist immer ein Fehler, jemanden zu unterschätzen, bloß weil er eine nervige Art hat und nicht so umwerfend aussieht wie ihr beide«, sagte Colinda zu Carson und Duke gewandt.

»Um Himmels willen, jetzt fang du nicht auch noch damit an, für Zeno Partei zu ergreifen!«, protestierte Carson. »Das wäre wirklich das Letzte, was ich jetzt brauche.«

Kendira stutzte. »Ja, das ist wirklich komisch«, entfuhr es ihr unwillkürlich.

»Was? Dass Colinda uns jetzt in den Rücken fällt?«, fragte Duke verwirrt.

Kendira schüttelte den Kopf. »Nein, das meine ich nicht, sondern dass wir häufig solche Redewendungen wie ›Zum Teufel!‹ oder ›Um Himmels willen!‹ gebrauchen, wenn uns etwas sehr aufregt oder wenn wir hoffen, dass etwas nicht eintrifft. Als ob wir uns vor diesem *Teufel* fürchten müssten und von diesem *Himmel* so was wie Hilfe und Beistand erhoffen könnten.«

»Mein Gott, das ist doch ...«, begann Duke belustigt.

»Dieses ›Mein Gott!‹ ist noch so eine komische Redewendung, die wir oft benutzen«, fiel Kendira ihm ins Wort.

Carson sah sie verwundert an. »Hast du denn in der Aufzucht nicht auch diese fantastischen wilden Märchen gelesen? Über den Teufel, diesen bösen Mann mit Hörnern auf dem Kopf und Pferdefüßen, der in den Höhlen der Unterwelt haust und dorthin seine Opfer verschleppt? Und über seine Gegenspieler Gott und die anderen allmächtigen Göttertitanen, die irgendwo im Himmel leben und wie unsichtbare Zauberer völlig willkürlich in das Leben der Menschen eingreifen?«

»Doch, natürlich«, versicherte Kendira. »Aber wir haben doch auch alle die Geschichten über Peter Pan, Schneewittchen, Aschenputtel sowie die Märchen und Sagen der alten Griechen und Römer gelesen.«

»Und?«, fragte Duke und war nicht der Einzige, der nicht wusste, worauf sie hinauswollte.

»Na ja, aus diesen Märchen nimmt keiner ständig irgendwelche Formulierungen in den Mund. Jedenfalls habe ich noch keinen gehört, der etwa ›Verfluchter Wüterich Rumpelstilzchen!‹, ›Beim Zeus!‹ oder ›Um Aschenputtels willen‹ gesagt hätte. Aber ›Zum Teufel!‹, ›Mein Gott!‹ und ›Um Himmels willen!‹ sagt jeder von uns sehr oft, selbst die Master und Prinzipalen.«

»Stimmt«, gab Carson zu. Doch dann zuckte er mit den Achseln und fuhr fort: »Aber zu bedeuten hat das nichts. Diese Redewendungen haben sich ebenjenen der Zeiten erhalten, als die Leute auch noch fliegende Hexen auf dem Besenstiel, Zauberer, Kobolde und all solch abergläubisches Zeug für wahr gehalten haben. Aber wieso kommst du plötzlich auf so eine Frage?«

Duke nickte. »Das würde ich auch gern wissen.«

Nur Colinda fand nichts Verwunderliches daran. »Wieso denn? Genau betrachtet ist das doch eine ganz interessante Frage«, stand sie Kendira bei. »Sich über solche Sachen mal Gedanken zu machen, ist doch völlig in Ordnung.«

Kendira winkte ab und lachte verlegen. »Ich weiß auch nicht, wie ich da plötzlich drauf gekommen bin.«

Sie ärgerte sich, dass sie sich von Dantes seltsamen Überlegungen und Verdächtigungen hatte anstecken lassen. Insgeheim schwor sie, sich solche abstrusen Mutmaßungen nicht noch einmal anzuhören.

Aber die Saat war ausgebracht und schon in ihr aufgegangen, auch wenn sie noch nichts davon ahnte. Es sollte ihr jedoch schon am nächsten Tag, nach dem Anschlag der Nightraider und Master Seywards Auslöschung, erschreckend zu Bewusstsein kommen.

14

DIE LICHTBURG ERSTRAHLTE WIE IMMER IN ihrem atemberaubend gleißenden Lichtermeer. Das leuchtende Netz des Lichtdoms spannte sich noch über dem Appellplatz und der tausendstäbige Hyperion-Kubus mit seinen sich ständig verändernden Spektralfarben rotierte mit majestätischer Erhabenheit unter der Lichtdecke.

Alles war wie an unzähligen anderen Tagen in jener Appellstunde kurz vor Einsetzen des Morgengrauens. Die Electoren, Servanten und Guardians hatten sich in der vorgeschriebenen Aufstellung vor der Lichtburg versammelt. Die Master, Prinzipalen und der Primas hatten ihre Plätze oben auf der Treppenanlage eingenommen und Templeton führte den Konvent wie jeden Morgen durch das Morgenlob und Treuegelöbnis.

Nichts deutete darauf hin, dass sich dieser Tag unauslöschlich in Kendiras Gedächtnis und das vieler anderer brennen würde. Nicht einmal der frische Wind, der aus Nordwesten von den schneebedeckten Bergspitzen der Sierra herabfiel und durch das Tal fuhr, war ungewöhnlich. In der Höhe, in der das Liberty Valley lag, waren selbst im Hochsommer die Stunden vor Sonnenaufgang frisch und häufig windig.

»Was geben wir der Erhabenen Macht ohne Zögern und frohen Herzens?«, schallte Templetons Stimme über den Platz.

»Alles, was wir haben, alles, was wir sind!«, rief Kendira im Chor der Versammlung, während sie mit ihren Gedanken ganz woanders war. Die Worte von Morgenlob und Treuegelöbnis kamen ihr nach all den Jahren, in denen sie die Satzfolgen des täglichen Rituals viele tausend Mal ausgesprochen hatte, ganz von selbst und ohne nachzudenken über die Lippen.

Nekia neben ihr war ähnlich abgelenkt, ohne dabei jedoch aus dem Rhythmus des Chors zu kommen oder gar im Wechselrezitativ eine vorgegebene Antwort zu verpassen. Sie begleitete den Schwur mit einem herzhaften Gähnen und war mit den Kordeln ihres Gürtels beschäftigt.

»Wer ist bis in den Tod zum treuen Dienst bereit?«

Kendira hob synchron mit allen anderen auf dem Platz den Arm zum Ehren- und Bereitschaftsgruß des Libertianers, legte die flache Hand vor die Brust und wollte gerade mit den anderen lauthals beteuern: »Erhabene Macht, wir sind bereit!«, als ein Donnerschlag durch das Tal rollte und alle zusammenfahren ließ.

Doch der Knall kam nicht etwa aus plötzlich heraufgezogenen Gewitterwolken, sondern von einem bewaldeten Hang schräg gegenüber dem Westtor und der dahinterliegenden

Kaserne. Ihm folgte augenblicklich ein Feuerschweif, der im Westen aus dem Wald in den dunklen Himmel stieg, sich dann schnell wieder neigte – und auf die Lichtburg zuhielt. Fast gleichzeitig kamen aus derselben Richtung zwei weitere Detonationen, die lauten Donnerschlägen glichen.

»Raketen der Nightraider!«, brüllte ein Zugführer der Guardians. »Raketen! In Deckung! Zu Boden!«

Fast jeder kannte diese Situation und wusste, was man bei so einem Anschlag aus der Dunkelwelt zu tun und zu lassen hatte. Es gab zwar hier und da einiges Geschrei, insbesondere in den beiden Blöcken der Delta-Electoren, die noch nie einen solchen Angriff mitgemacht hatten. Aber zu einer kopflosen Panik kam es nicht. Alles blieb verhältnismäßig ruhig und geordnet.

Kendira folgte dem Beispiel der anderen, indem sie sich mit dem Rücken zur Angriffsrichtung hinkniete und sich die Kapuze über den Kopf zog. Eigentlich sah die Vorschrift vor, dass sie sich nun so tief wie möglich zu Boden beugte, sich ganz rund machte und die Arme schützend über den Kopf legte.

Aber die Neugier war größer als die Angst, zufällig von einer Rakete getroffen zu werden. Bisher war das noch nie geschehen. Jedes Mal waren die Raketen hoch über die Lichtburg hinweggeflogen und bei den Werkzeugschuppen und Wohncontainern der Servanten aufgeschlagen, die sich hinter einem mehr als mannshohen und mit immergrünen Büschen dicht bewachsenen Erdwall verbargen. Und so folgte sie fasziniert der feurigen Flugbahn der Nightraider-Raketen.

Das erste Geschoss aus dem Totenwald raste unter lautem Fauchen heran. Es hatte die übliche Größe, war um die anderthalb Meter lang und etwa so dick wie der Oberarm eines kräftigen Mannes. Diesmal flog die Rakete jedoch nicht hoch genug, um über das zinnengekrönte Dach der Lichtburg zu kommen. Unter ohrenbetäubendem Bersten zerschellte sie an der Fassade der Lichtburg, wo die Master und Prinzipalen ihren Wohntrakt hatten.

Im Licht der Strahler regnete es rauchende Trümmer aus dickem braunem Karton und angeschwärzten Latten sowie einige Dutzend gelbliche Blätter, die wie hochgewirbeltes, überdimensionales Herbstlaub zu Boden flatterten.

Zwei, drei Sekunden später schlugen dort auch die beiden anderen Raketen ein. Eine zerplatzte wie das erste Geschoss an der Sandsteinfassade, ohne dabei erkennbaren Schaden anzurichten. Doch die dritte Rakete traf mitten auf ein Fenster, ließ es in tausend Splitter zerspringen und zerplatzte im Zimmer mit einem dumpfen Laut. Eine dünne Rauchfahne kam aus dem Inneren und kroch an der Hauswand empor.

Die Sirenen auf den Dächern der Kaserne, dem Schwarzen Würfel und der Lichtburg hatten kurz nach dem Abschuss der ersten Rakete eingesetzt. Ihr schriller Ton erfüllte das Tal von einem Ende bis ans andere und war vermutlich auch noch jenseits der umliegenden Bergketten zu hören. Das durchdringende Jaulen schmerzte in den Ohren.

Der Sirenenlärm vermischte sich mit dem rasenden Tackern des Speerfeuers, das fast gleichzeitig von den westlichen Wachtürmen der Sicherheitszone einsetzte. Die Guardians nahmen von dort oben den bewaldeten Hang unter Beschuss, von wo die Raketen aufgestiegen waren. Die Lichtkegel mehrerer Suchscheinwerfer konzentrierten sich auf diesen Abschnitt des Totenwalds. Andere Lichtkegel irrten dagegen scheinbar ziellos über den dunklen Himmel. Auch aus dem Abschnitt weiter oben im Norden, wo sich hinter dem Vista Hill der Liberty Lake und das große naturbelassene Waldstück an seinem Westufer befanden, kam intensives Gewehrfeuer.

»Alle Electoren und Servanten in die Lichtburg!«, befahl Templeton, als keine weiteren Raketen aufstiegen. Seine Stimme, die aus den Lautsprechern dröhnte, klang so kühl und ruhig wie immer. »Die Electoren begeben sich ins Refectorium, und wer von den Servanten weder zum Dienst dort noch in der Küche eingeteilt ist, wartet die offizielle Entwarnung unten in der Eingangshalle ab!«

Die Electoren und Servanten richteten sich auf und erklommen in geordneter Eile die sichelförmige Treppenanlage. Viele warfen schnell noch einen Blick hinüber auf den Totenwald, ob von dort noch mehr Geschosse aufstiegen, was jedoch nicht der Fall war.

»Wo bleiben denn die Drachen und die Ballons, die diese verfluchte Bande sonst immer zusammen mit ihren Kartonraketen zu uns in die Sicherheitszone geschickt hat?«, fragte Hailey.

»Keine Sorge, die kommen schon noch – oder sind längst in der Luft«, sagte Nekia. »Aber was mich viel mehr interessiert, ist, was die Nightraider sich bloß davon erhoffen, uns mit ihren Raketen Flugblätter in die Sicherheitszone zu schicken. Halten die uns wirklich für so einfältig, dass wir auf ihre Propaganda hereinfallen und …«

»Da treiben die ersten Ballons mit Seelengift heran!«, fiel Colinda ihr aufgeregt ins Wort. Sie blieb auf halber Treppenhöhe stehen und deutete über das Dach des Gym nach Nordwesten.

Die Lichtfinger der beiden Scheinwerfer, die eben noch in scheinbar willkürlich wilden Zickzackbahnen den Nachthimmel über dem Gelände der Lichtburg abgesucht hatten, rissen mehrere herantreibende Ballons aus der schützenden Dunkelheit und blieben an ihnen kleben.

Augenblicklich stiegen von den Wachtürmen am Westtor Leuchtspurgeschosse zu ihnen auf. Die Kugeln zogen helle Linien durch die Schwärze des Himmels, zerfetzten die dünnen grauen Hüllen und ließen die Ballons abstürzen. Unter dem heftigen Beschuss wurden auch die unter den Flugobjekten hängenden Netze und primitiven Körbe in Stücke gerissen. Ihr Inhalt, dicke Stöße weiterer gelblicher Flugblätter, platzte im Kugelhagel auseinander, sodass regelrechte Papierwolken aus zerfetzten wie unversehrten Blättern herabsegelten und sich dabei immer mehr ausbreiteten.

Die beiden Züge Guardians, die als Abordnung der Schutztruppe am Morgenappell teilgenommen hatten, waren schon längst davongestürmt. Nun öffneten sich die Stahltore der Kaserne und eine lange Kolonne von Trikes und Quads schoss hervor. Sie schwärmten in alle Richtungen aus, um Jagd auf die Raketenreste und vor allem auf die Flugblätter zu machen, dieses perfide Seelengift der Nightraider.

15

DER ANSCHLAG, DER DEN MORGENAPPELL SO jäh unterbrochen hatte, war an den Tischen im Refectorium natürlich das alles beherrschende Thema. Auch bei Kendira und ihren Freunden.

»Manchmal frage ich mich, was in den Köpfen der Nightraider bloß vor sich geht«, sagte Colinda mit vollem Mund. »Sieben Monate lang haben sie keine Ballons aufsteigen lassen und auch keine Raketen auf uns abgefeuert und dann fangen sie plötzlich wieder damit an. Verstehe das einer!«

Leota nickte. »Ich dachte auch schon, die Nightraider hätten eingesehen, dass sie damit nichts bei uns erreichen können.«

»Denen hat es vermutlich bloß am Nachschub gefehlt. Oder sie haben sich den Winter über in einem anderen Gebiet herumgetrieben«, warf Hailey ein.

»Und wenn schon. Es ist und bleibt mir ein Rätsel, warum sie nun wieder damit anfangen«, sagte Colinda. »Die müssen doch langsam wissen, dass sie damit nichts bei uns bewirken und dass ihr Seelengift sofort aufgesammelt und verbrannt wird.«

»Irgendeinen Grund werden sie schon haben.« Kendira blickte kurz und verstohlen zu Dante hinüber. Er bediente gerade Master Seyward, der an diesem Morgen zusammen mit Master Brownstone Aufsicht im Refectorium führte. Sie saßen jeder für sich und an getrennten Tischen. Diese standen an den beiden Längsenden des Speisesaals auf kniehohen Podesten, damit sie von ihrer leicht erhöhten Position einen guten Überblick über die Tische der Electoren hatten.

»Ach was!«, wehrte Hailey ab. »Das mit diesen lächerlichen Raketen aus verstärktem Karton ist nichts als Imponiergehabe! Es macht sie einfach rasend, dass sie unseren Guardians nicht gewachsen sind, sich beim letzten Gefecht blutige Nasen geholt haben und uns einfach nichts anhaben können, und deshalb veranstalten sie dieses ohnmächtige Feuerwerk.«

»Kann schon sein, dass es so ist«, mischte sich Nekia nun ein. »Aber das erklärt noch nicht, warum sie ihre Raketen und Ballons jedes Mal mit diesen Flugblättern vollstopfen. Warum machen sie sich diese Arbeit? Leicht wird es bestimmt nicht sein, diese Ballons und Raketen zu bauen und sie mit diesen bedruckten Blättern vollzustopfen.« Sie machte eine kurze Pause, dann fügte sie hinzu: »Manchmal wünschte ich schon, ich könnte so ein Flugblatt mal in die Hände bekommen und lesen, was da draufsteht.«

»Ja, ich auch!«, entfuhr es Leota spontan.

»Seid ihr beide verrückt?«, kam es entsetzt von Hailey. »Habt ihr hier oben nicht mehr all eure Murmeln beisammen?« Sie tippte sich an die Stirn. »So ein Flugblatt ist Seelengift! Es auch nur *aufzuheben,* ist schon ein Code-10-Verstoß! Dafür kommt man auf den Stuhl!«

»Ich weiß«, versicherte Leota und grinste schief. »Ich habe ja nicht gesagt, dass ich es tun würde, sondern nur, dass ich gern wüsste, was da draufsteht. Mehr nicht.«

»Genau«, pflichtete Nekia ihr bei.

»Was soll da schon draufstehen? Natürlich Seelengift!«, sagte Hailey barsch. »Was denn sonst?«

Ein aufgeregtes Raunen ging plötzlich durch den Raum. Es setzte bei den Tischen in der Nähe der Küche ein und machte in Windeseile die Runde durch den Raum. Blitzschnell sprang die Neuigkeit im Refectorium von Tisch zu Tisch, dass die Nightraider auf dem Castlerock Hill unbemerkt die Leichen ihrer Kameraden vom Gitter geschnitten und weggetragen hatten.

Colinda lachte auf und blickte zu Hailey hinüber. »So, jetzt weißt du, was das ohnmächtige Feuerwerk der Nightraider in Wirklichkeit zu bedeuten hatte. Das Ganze war ein raffiniertes Ablenkungsmanöver! Und unsere Guardians sind auch glatt darauf hereingefallen.«

»Clever«, sagte Leota anerkennend.

Hailey verzog das Gesicht. »Und wenn schon! So ein Trick funktioniert nur einmal. Das nächste Mal werden sie nicht so viel Glück haben.«

»Mir jedenfalls fehlt der Anblick bestimmt nicht«, sagte Colinda. »Ich habe sowieso nichts für diese Art der Abschreckung übrig. Nicht nur, weil es so schaurig anzusehen ist, sondern weil ich finde, dass jeder seine Toten begraben ...« Sie brach mitten im Satz ab, starrte zur Eingangstür hinüber und stieß verstört hervor: »Erhabene Macht, was wollen *die* denn hier?«

Kendira, die wie Leota und Nekia mit dem Rücken zum Eingang saß, blickte sich mit ihnen um. Und sie waren nicht die Einzigen, die ihre Unterhaltung abrupt abbrachen und den Blick auf die Tür richteten.

Denn Prinzipal Whitelock, ein stämmiger, stiernackiger Mann mit einem kantigen Gesicht und der gekrümmten, scharf geschnittenen Nase eines Raubvogels, hatte den Raum betreten. Aber er war nicht allein, sondern befand sich in Begleitung von vier Guardians. Sie folgten ihm mit heruntergeklapptem verspiegeltem Visier.

Mit einem Schlag wurde es still im Refectorium. Es war, als hielten alle den Atem an.

Templetons Stellvertreter schritt mit seinem Furcht einflößenden Gefolge den Mittelgang hinunter – und hielt geradewegs auf das Podest zu, auf dem Master Seyward an seinem kleinen Ein-Mann-Tisch saß.

Der bemerkte offensichtlich als Letzter im Saal, dass plötzlich eine unnatürliche angespannte Stille im Refectorium eingetreten war und Prinzipal Whitelock mit vier Guardians im Gefolge den Mittelgang herunterkam. Er hielt in der Rechten eine angebissene Scheibe Toast, kaute auf einem Bissen und blickte dabei konzentriert auf sein Tablet, das er neben seinem Teller liegen hatte.

Dann jedoch wurde auch ihm die scheinbar atemlose Stille bewusst. Er stutzte, blickte auf und ließ im nächsten Augenblick vor Schreck den Toast fallen, als er Whitelock mit den vier Guardians auf sich zukommen sah. Das Blut wich mit einem Schlag aus seinem Gesicht, auf das ein Ausdruck nackten Entsetzens trat. Wie gelähmt saß er auf dem Podest.

Prinzipal Whitelock blieb zwei Schritte davor stehen. »Master Seyward, im Namen der Erhabenen Macht und des Primas von Liberty 9, Sie sind verhaftet!«, verkündete er mit unbeweglicher Miene und eisiger Stimme. »Sie haben das Gesetz, dem Sie treu zu dienen geschworen haben, auf das Schändlichste gebrochen und entartetes Schriftgut, perfides Seelengift in die Sicherheitszone eingeschmuggelt. Damit haben Sie einen unverzeihlichen Code-10-Verstoß begangen. Für diesen Verrat an unserer Gemeinschaft werden Sie noch heute die Konsequenz tragen!«

»Nein! Das können Sie nicht tun!«, schrie Master Seyward und sprang in Panik auf. Dabei riss er Tisch und Stuhl um. »Ich habe doch nur für mich ein paar harmlose Klassiker mitgebracht! Nie habe ich vorgehabt, auch nur eines davon ...«

»Schweigen Sie oder ich lasse Sie mit Gewalt zum Schweigen bringen!«, donnerte Whitelock und machte in Richtung der Guardians eine knappe, herrische Handbewegung. »Nehmt ihn fest und bringt ihn nach unten in die Arrestzelle!«

Master Seyward stürmte vom Podest und versuchte in Richtung Küche zu flüchten. Die Guardians hatten damit gerechnet und schnitten ihm mühelos den Weg ab.

Schreiend warf sich Seyward zu Boden und versuchte, sich ihren Händen zu entziehen, indem er wie wild mit Armen und Beinen um sich schlug und trat. Dabei steigerte sich sein Gebrüll zu einem markerschütternden Kreischen.

Die Guardians packten hart zu und brachen seinen Widerstand. Grob zerrten sie ihn auf die Beine. Und nun verwandelte sich sein Kreischen in ein erbärmliches Schluchzen und Wimmern. Tränen liefen ihm über das Gesicht, während er um Gnade flehte.

»Raus mit ihm!«, befahl Prinzipal Whitelock. »Dieser Mann ist ein abscheulicher Gesetzesbrecher und eine Schande für Liberty 9! Schafft ihn uns aus den Augen!«

Im Laufschritt trugen die Guardians den weinenden Master aus dem Refectorium.

Prinzipal Whitelock nickte vage in die Runde und folgte dann den Guardians ohne ein weiteres Wort.

Der Schock über die erschütternde Szene, die sich vor aller Augen abgespielt hatte, wirkte im Refectorium noch lange nach. Nur zögerlich setzten die Gespräche an den Tischen wieder ein, und dann auch nur gedämpft. Den meisten schien der Appetit vergangen zu sein. Nur vereinzelt hörte man das Klappern und Klirren von Besteck und Geschirr.

Kendira schob ihren Teller von sich. Was soeben geschehen war und noch geschehen würde, zog ihr den Magen zusammen. Man hatte bei Master Seyward Seelengift gefunden! Ausgerechnet bei diesem jungen, schüchternen Lehrer! Es fiel ihr schwer, sich das vorzustellen.

Ihren Freundinnen erging es nicht anders.

»Begreift das einer?« Colinda blickte in die Runde und schüttelte fassungslos den Kopf. »Wenn ich einem so etwas nie und nimmer zugetraut hätte, dann ihm!«

»Stille Wasser sind tief«, murmelte Leota.

»Ich muss immer daran denken, was wir heute noch vor uns haben«, sagte Nekia leise und bedrückt.

Jeder wusste es, doch keiner wollte es aussprechen.

Ausgenommen Hailey. Sie nickte und sagte: »Ja, wir werden dabei zuschauen müssen, wie er zum Cleansing auf den Stuhl geschnallt wird.«

16

EIN ÖFFENTLICHES CLEANSING SCHLUG ERFAHrungsgemäß vielen Electoren auf den Magen, insbesondere denen, die zum ersten Mal Zeuge einer derartigen Bestrafung wurden. Deshalb fand es am frühen Nachmittag statt, mehrere Stunden nach dem Mittagessen und lange vor dem Abendessen.

Unter beklommenem Schweigen versammelten sich alle Electoren, Servanten und Guardians sowie Master und Prinzipalen vor der Lichtburg. Doch im Gegensatz zum Morgenappell reihten sich die Master und Prinzipalen nicht oben auf der Treppe aneinander, sondern begaben sich hinunter auf den Platz und stellten sich vor den beiden Alpha-Blöcken auf – bis auf Prinzipal Whitelock. Als Stellvertreter und rechte Hand des Primas blieb er oben an der Seite von Templeton.

Reglos stand der Primas in seiner weißen, mit der schillernden Schärpe gebundenen Kutte auf der geschwungenen Plattform vor dem hohen Portal. Wie üblich hatte Templeton die Arme auf dem Rücken verschränkt und die Beine leicht gespreizt. Seine asketisch hagere Gestalt wirkte in dieser reglosen Haltung wie aus Stein gemeißelt. Kein einziger Muskel regte sich in seinem knochigen, scharf geschnittenen Gesicht und ähnlich starr und ausdruckslos ging sein Blick über die Köpfe der unter ihm Versammelten hinweg. Hinter ihm hatten zwei bewaffnete Guardians vor dem Eingang Posten bezogen.

Auf halber Höhe der Treppe stand auf einer Aluminiumplatte, deren Unterbau die beiden darunter befindlichen Stufen durch passgenaue Ausbuchtungen ausglich, eine schwarze Eisenschale. Sie war leicht nach innen gewölbt, hatte einen Durchmesser von etwa einem Meter und ruhte auf einem schwarzen Dreibein. Die Schale war mit einem schwarzen Tuch abgedeckt. Eckige Gegenstände zeichneten sich unter dem Stoff ab.

»Wenn es doch nur schon vorbei wäre!«, raunte Nekia.

Kendira nickte. »Am besten schließen wir die Augen!«, flüsterte sie zurück.

»Das nützt doch nichts! Ich weiß ja, was da oben gleich geschieht, und deshalb habe ich das Bild genau so deutlich vor Augen, wie wenn ich hinschauen würde! Und sich die Ohren zuzuhalten, ist nicht erlaubt.«

Kendira schluckte. »Ja, wenn dieses entsetzliche Geräusch nicht wäre!«

»Irgendwie tut mir Seyward leid«, kam es hinter ihnen leise von Colinda. »Wenn die dritte Rakete nicht ausgerechnet in seinem Zimmer explodiert wäre, hätte vermutlich niemand erfahren, dass er ...«

»Haltet doch endlich den Mund!«, zischte Hailey neben Colinda. »Mir macht das hier auch keinen Spaß! Aber das ist doch kein Grund, sich so anzustellen. Ihr führt euch wie verschreckte, zimperliche Delta-Küken auf. Wir sind Alpha-Electoren! Und überhaupt hat Seyward sich sein elendes Schicksal selber zuzuschreiben. Er hat doch ganz genau gewusst, was ihm blüht, wenn er Seelengift in die Sicherheitszone bringt und dabei erwischt wird!«

»Na, ich weiß nicht«, flüsterte Nekia, doch so leise, dass nur Kendira neben ihr es hören konnte.

Das Geraune erstarb.

Es war Prinzipal Whitelock, der vor der Vollstreckung der Strafe die Ansprache an die Versammlung hielt.

»Libertianer!«, begann er und seine kraftvolle Stimme donnerte aus den Lautsprechern mit weit größerer Lautstärke als bei gewöhnlichen Ansprachen. Der ranghöchste Prinzipal ließ den aufrüttelnden Zuruf im Tal verhallen, um dann ein zweites »Libertianer!« folgen zu lassen, diesmal mit noch mehr beschwörender Eindringlichkeit in der Stimme.

Kendira zuckte jedes Mal kaum merklich zusammen.

»Wir haben uns hier zu dieser Stunde vor der Lichtburg aus einem abscheulichen Anlass eingefunden«, verkündete er. »Abscheu und Erschrecken muss jeden von uns bis auf den Grund seines Inneren erfüllen, weil einer aus unseren eigenen Reihen, ein auserwählter Master, zum Handlanger der Nightraider geworden ist und schändlichen Verrat an allem begangen hat, woran wir Libertianer glauben und was wir mit all unseren Kräften und sogar mit unserem Leben zu verteidigen geschworen haben!«

Wieder ließ er eine Pause verstreichen, während er seinen Blick langsam über die Reihen der Versammelten schweifen ließ, als wollte er jeden Einzelnen in den Blick nehmen.

»Master Seyward hat Seelengift, jene entarteten Druckschriften mit der verheerenden Wirkung, aus der Dunkelwelt in die Sicherheitszone eingeschleppt! Seelengift! Ebenso gut hätte er unseren Todfeinden eines der Tore zu Liberty 9 öffnen können.« Erneut legte er eine kurze Pause ein, um die Ungeheuerlichkeit seiner Anklage wirken zu lassen.

»Aber so bestürzend der Verrat von Master Seyward auch ist, so sind wir doch zu dieser Stunde hier auch zusammengekommen, um im Angesicht seiner ungeheuren Verfehlung einmal mehr Zeugnis abzulegen«, fuhr Whitelock mit beschwörender Stimme fort. »Zeugnis für unsere bedingungslose Hingabe an die Erhabene Macht, die uns, jeder auf seinem Platz, in ihren hochwürdigen Dienst berufen hat. Wir wissen, dass uns jenseits der Sicherheitszone das personifizierte Böse umgibt. Wir sind umzingelt von plündernden und mordenden Gesetzlosen. Jahr um Jahr bedrängt von den Nightraidern aus der Dunkelwelt, nichts so sehr fürchten und verabscheuen wie unser Bekenntnis und unsere felsenfeste Standhaftigkeit.«

Wieder ließ er eine Pause von zwei, drei Sekunden verstreichen, damit seine beschwörenden Worte auch jedem nachdrücklich ins Bewusstsein drangen.

Dann schallte seine Stimme wieder über den Platz. »Es mag

Zeiten der Ruhe geben, aber lassen wir uns von diesen ereignislosen Perioden nicht täuschen! Die Nightraider werden nicht aufhören, uns nach dem Leben zu trachten, unsere Wachsamkeit und unsere Widerstandskraft von außen wie von innen zu schwächen und unbeirrt nach einem Weg zu suchen, um in die Sicherheitszone einzudringen und uns niederzumetzeln. Niemals! Denn ihr Ziel ist unsere Auslöschung, mit allen Mitteln und um jeden Preis! Liberty 9 soll fallen! Und Tod allen treuen Dienern der Erhabenen Macht, das haben sie sich geschworen und auf ihre blutgetränkten Fahnen geschrieben.« Erneut unterbrach er seine leidenschaftliche Rede für eine wirkungsvolle Pause.

»Wir aber weichen nicht! Niemals! Wir bleiben standhaft und wehrhaft!«, donnerte er dann mit aller Kraft seiner Lungen und riss den Arm zum Ehrengruß vor die Brust. »Wir sind Libertianer – und wir gehen vor den Kräften der Finsternis nicht in die Knie! Niemals! Denn wir sind das Licht der Welt.«

Zustimmendes Gemurmel erhob sich. Die allgemeine Beklemmung begann sich zögerlich in Stolz und wachsende Begeisterung zu verwandeln.

»Wir sind Libertianer – und wir erfüllen unseren hochwürdigen Dienst in unerschütterlicher Treue und unbestechlicher Wachsamkeit!«, peitschte Whitelock die Versammlung immer mehr auf.

Das Gemurmel wurde lauter, griff nach allen Seiten um sich und schon hoben die ersten Electoren und auch einige der Master und Prinzipalen nun ihrerseits den Arm vor die Brust.

»Wir sind Libertianer – und wir verteidigen Liberty 9 gegen

die Gesetzlosen von außen wie von innen! Wir weichen nicht und wir zeigen keine Schwäche! Wir sind Libertianer – und wir dienen der Erhabenen Macht! Libertianer, lasst uns das gemeinsam bekennen!«, rief Whitelock, streckte die Arme aus und betonte mit ihnen den einhämmernden Rhythmus seiner Worte. »Wir sind Libertianer, wir dienen der Erhabenen Macht und wir weichen nicht! Niemals!«

Die Bedrückung der ersten Minuten war wie hinweggefegt, als die aufgeputschte Menge nun begeistert zurückrief: »Wir sind Libertianer, wir dienen der Erhabenen Macht und wir weichen nicht! Niemals! ... Wir sind Libertianer, wir dienen der Erhabenen Macht und wir weichen nicht! Niemals! ... Wir sind Libertianer, wir dienen der Erhabenen Macht und wir weichen nicht! Niemals!«

Kendira ertappte sich dabei, dass auch sie den Arm zur Brust hochriss und in den Chor einfiel. Aus einem unerfindlichen Grund schämte sie sich sogleich dafür und verstummte, während sich der Sprechchor um sie herum zu einer fast fanatischen Inbrunst steigerte. Die flache Hand ließ sie jedoch vor der Brust stehen.

Whitelock animierte die Menge per Handzeichen, dieses Treuegelöbnis immer wieder aufs Neue zu skandieren. Immer lauter schallte das Gelöbnis aus Hunderten von Kehlen durch das Tal.

Indessen löste sich Primas Templeton aus seiner Starre. Er wandte den Kopf und nickte den beiden Guardians zu, die vor dem Portal Posten bezogen hatten.

Sie öffneten die beiden Flügel des Portals.

Augenblicke später schoben zwei Guardians den Cleansing-Stuhl, der auf vier Reihen von Hartgummirollen lief, aus der Eingangshalle der Lichtburg heraus und platzierten ihn in die Mitte der Plattform.

Der Stuhl war weiß lackiert und hatte die Form eines kantigen und absolut schnörkellosen Lehnstuhls mit einem hohen Rückenteil und breiten Armlehnen. Ein dreifaches daumendickes Metallgestänge ragte über das Ende des Rückenteils hinaus. Es wurde auf halber Länge von einem Kugelgelenk unterbrochen, lief von dort eine halbe Armlänge waagerecht weiter und endete in einer stählernen Haube. Sie glich einer halbierten Blechkugel, deren offene Seite nach unten zeigte. Sechs stachelähnliche Stahlnadeln ragten aus dem Inneren der Metallschale hervor.

An der Rückseite des Cleansing-Stuhls war ein Stahlkasten angebracht. Er nahm die gesamte Breite ein und war etwa hüfthoch. In die obere, schräg nach hinten abfallende Platte war eine Reihe von Schaltern und Leuchtanzeigen eingebaut. Ein dickes Stromkabel trat in Bodennähe aus dem Schrank hervor, lief über die Plattform und verschwand zwischen den Flügeln des Portals.

Auf dem Stuhl saß Master Seyward.

Die rote Kutte, Zeichen seines Rangs, hatte man ihm genommen und ihn in einen verschlissenen braunen Arbeitsoverall gesteckt. Breite, mit Leder ausgeschlagene Stahlklammern umschlossen Arme und Beine und verhinderten, dass er sich auf dem Sitz bewegen konnte. Auch der Kopf war fixiert. Ein zwei Finger breiter Stahlreifen lag um seine Stirn und hielt seinen

Kopf aufrecht und unverrückbar gegen das Rückenteil gepresst. Zwischen die Zähne hatte man ihm einen daumenbreiten Knebelstab aus Hartgummi geschoben.

Seywards Schädel war kahl rasiert. Und wenn man ihm auch wie üblich ein Beruhigungsmittel gegeben hatte, so war er sich seiner Lage und dem, was ihm gleich widerfahren würde, doch ohne jeden Zweifel bewusst. Das verrieten das Entsetzen, das aus seinen Augen sprang, und die Tränen ohnmächtiger Verzweiflung, die ihm über das Gesicht liefen.

Bei seinem Anblick brach der frenetische Chor so abrupt ab, als hätte man ihnen mit einem Rasiermesser die Stimmbänder durchtrennt.

»Wir alle wissen, dass Master Seyward für seine Schandtat den Tod verdient hätte, und in jeder anderen Gemeinschaft würde sie wohl auch vollstreckt werden«, verkündete Whitelock der Versammlung. »Aber wir Libertianer werden ihn gnädigerweise nicht hinrichten, sondern ihn von seinen Verirrungen heilen, indem wir sein Gehirn durch das Cleansing von allem krankhaften und zersetzenden Gedankengut reinigen. Wie ein bösartiges Geschwür, das herausgeschnitten werden muss, bevor es immer weiter wuchern und schließlich den ganzen Organismus zerstören kann, muss es beherzt und entschlossen zum Wohl aller in Master Seyward ausgelöscht werden. Weniger gnädig wollen wir dagegen mit dem Seelengift vorgehen, das er eingeschleppt hat! Diese entarteten Schriften müssen restlos vernichtet werden!«

Auf seinen knappen Wink hin erschien aus der Halle hinter ihm ein Guardian mit einem Flammenwerfer in den Händen und einem entsprechenden silbrigen Treibstofftank auf dem Rücken. Sein Gesicht verbarg sich hinter dem verspiegelten Visier.

Er schritt die Stufen zur schwarzen Metallschale auf der Aluminiumplatte hinunter, zog das schwarze Tuch weg und betätigte den Zündmechanismus seines Flammenwerfers. Fauchend schoss ein faustdicker Flammenstrahl aus der Rohröffnung und richtete sich auf das in der Schale aufgehäufte Seelengift.

Kendira reckte den Hals. Sie stand in vorderster Reihe, gleich hinter den Mastern und Prinzipalen. Und sie erhaschte einen flüchtigen Blick auf einen Stapel von Gegenständen, die »Bücher« oder »entartete Druckschriften« genannt wurden. Diese hatten, wie man es sie schon als Kinder gelehrt hatte wesentlich zum Untergang der alten Gesellschaften beigetragen. Seit Beginn des Phönix-Zeitrechnung existierten diese Bücher nur noch in der Dunkelwelt der Nightraider. Nur die Texte, die sich im Speicher der Mediothek befanden und die sie auf ihr Tablet herunterladen konnten, galten als zum Lesen erlaubte und für den Geist gesunde Texte.

Einige dieser Bücher in der Eisenschale sahen abgegriffen aus und trugen auf dem Rücken großformatige Aufschriften. Kendira war, als lautete einer davon *Schöne neue Welt* und der darunter schien die Worte *Heiliger Gral* im Titel zu haben. Aber ganz sicher war sie sich dessen nicht. Nur den goldenen Titel des dicken Seelengiftes, das ganz oben lag, konnte sie ohne Schwierigkeiten lesen, weil die Buchstaben auf dem Rücken ganz besonders groß waren. *Bibel* las sie, konnte damit jedoch nichts anfangen.

Und bevor sie noch genauer hinschauen konnte, hatte der

Feuerstrahl des Flammenwerfers den Stapel Seelengifte auch schon in Brand gesetzt. Um den Prozess der Vernichtung noch zu beschleunigen, hielt der Guardian das Flammen spuckende Rohr weiterhin auf die Bücher gerichtet. Diese schienen sich unter der verzehrenden Glut zu krümmen und aufzubäumen, um dann in sich zusammenzufallen und sich in einen kümmerlichen Haufen Asche zu verwandeln.

Während die Feuersbrunst in der Metallschale aufloderte, sich durch die Seelengifte fraß und die Aufmerksamkeit auf sich zog, gab Primas Templeton seinem Stellvertreter ein Zeichen. Daraufhin trat Whitelock hinter den Cleansing-Stuhl und betätigte mehrere Schalter.

Kendira bemerkte es und wollte gleich wieder wegschauen, weil sie wusste, was nun kam. Aber aus einem unerfindlichen Impuls heraus hatte sie plötzlich das Gefühl, es Master Seyward schuldig zu sein, nicht wegzublicken, sondern Zeuge von seinem Cleansing zu sein.

Die glänzende Metallhaube senkte sich auf seinen kahl rasierten Kopf. Und noch bevor die sechs stählernen Hohlnadeln seine Kopfhaut berührten, setzten sie sich in Bewegung.

Kendira meinte, trotz der laut prasselnden Flammen den abscheulich hohen, sirrenden Ton der sechs Feinbohrer hören zu können, die sich nun durch Master Seywards Schädeldecke fraßen, damit gleich aus dem Kanal der Hohlnadeln die noch viel dünneren Elektronadeln herausfahren und in die vorbestimmten Regionen seines Gehirns vordringen konnten.

Der Rand der Haube schloss nun mit der Oberkante des metallenen Stirnreifs ab.

Whitelock legte einen weiteren Schalter um.

In Erwartung dessen, was gleich geschehen würde, biss sich Kendira auf die Unterlippe und spannte die Bauchmuskeln an.

Nun ging es sehr schnell. Doch die wenigen Sekunden, die das reinigende Cleansing von Master Seywards Gehirn in Anspruch nahm, waren Sekunden von fast unerträglich langer Dauer.

Kendira musste mehrmals heftig schlucken, als sie sah, wie Master Seywards Gliedmaßen unter den Stahlklammern zuckten, sich seine Hände verkrampften und seine Gesichtszüge sich verzerrten.

Und dann, von einer Sekunde auf die andere, erschlafften all seine Muskeln. Sein Körper schien in sich zusammenzusacken. Gleichzeitig erlosch der grauenvolle, stumme Schrei in seinen Augen. An dessen Stelle trat ein benommener, irgendwie stumpfer Ausdruck, als flackerte hinter ihnen nur noch ein Rest von Leben, sozusagen ein Leben auf Sparflamme.

Weiterleben würde Seyward und man würde ihn schon in einigen Tagen in einer alten grauen Arbeitskutte über das Gelände schlurfen sehen. Aber es würde von nun an ein Leben als stammelnder und geistig behinderter *Mendikant* sein, wie jene Libertianer offiziell hießen, die das Cleansing hinter sich hatten.

Seinen Schlafplatz hatte er von nun an in einem Betonschuppen nahe der Kaserne, und tagsüber würde er sich jeden Bissen an der Hintertür des Refectoriums und bei den Servanten erbetteln müssen, was hart und bitter war. Denn viele Electoren hatten für Mendikanten, die ihre Berufung verraten und durch ihr Verhalten die Sicherheit von Liberty 9 in Gefahr gebracht hatten, nur Verachtung übrig. Und selbst die meisten Servanten zeigten kein weiches Herz, wenn sie von einem Mendikanten angebettelt wurden. Kein Wunder, dass der Letzte, ein Elector namens Coram aus dem Beta-Level, nicht einmal ein Jahr ausgehalten hatte. Er hatte den harten Winter nicht überstanden und war schließlich an einer schweren Lungenentzündung gestorben. Es kam jedoch auch vor, dass das Cleansing so schwere Hirnschäden verursachte, dass der Betreffende überhaupt nicht mehr zu sich kam und in ein Koma fiel. Dann bekam er die Spritze und wurde in Eden verscharrt.

Von hinten aus dem Block der Delta-Electoren kam ein gedämpftes, aber unverkennbares Würgen. Dort kämpfte jemand, die Hand auf den Mund gepresst, gegen den Brechreiz an. Und wie man hörte, verlor er nicht nur den Kampf gegen die hervorbrechende Übelkeit, sondern steckte auch noch einen anderen in seiner Nähe damit an.

»Lasst uns das Treuegelöbnis sprechen!«, rief Prinzipal Whitelock und übertönte die Würgegeräusche, während man Seyward oben in die Lichtburg zurückrollte und die letzten Flammen in der Brandschale in sich zusammenfielen.

Auch Kendira fiel in den Sprechchor ein. Doch zum ersten Mal in ihrem Leben kamen ihr die Worte schal und seltsam hohl vor. Dantes misstrauische Fragen kamen ihr wieder in den Sinn, was sie zusätzlich verstörte. Und plötzlich war ihr, als wäre an diesem Nachmittag nicht nur etwas in Master Seywards Kopf ausgelöscht worden, sondern auch irgendetwas in ihr. Und das machte ihr Angst.

Nach einer Hinrichtung oder einem Cleansing war der Rest des Nachmittags frei, weil sich ja doch keiner auf den Unterricht hätte konzentrieren können. Für Kendira war deshalb die Versuchung groß, sich auf der Stelle in die Tube zu begeben und sich in eine der versunkenen Welten zu stürzen, am besten in einen langen Ride aus der Kategorie der Sieben Expeditionen. Für diese Rides musste man mit zwei blauen Token oder einem roten Supertoken bezahlen, und sie waren es wert. Etwas Besseres und Spektakuläreres gab es in der Tube nicht, auch wenn viele der Jungen anderer Meinung waren und auf so irrwitzige Rides wie *Space Battle, Urban Warfare, Darkworld Revenge, Alien Invasion* und ähnliche Ballerspektakel schworen.

Aber so stark das Verlangen auch war, sich in eine dieser Wunderwelten zu flüchten, so fürchtete sie zugleich doch auch, die grässlichen Eindrücke des Cleansing trotzdem nicht abschütteln zu können.

Nein, dafür war ein Supertoken zu hart errungen und zu wertvoll, als dass sie ihn für ein halbherziges Erlebnis hergeben wollte! So dumm würde sie nicht sein. Selbst ein blauer Token für einen nicht ganz so spektakulären Ride, den der Zufallsgenerator ausgewählt hatte, war dafür zu schade.

Nach kurzem Ringen mit sich selbst beschloss Kendira, anderswo Abstand von den erschütternden Bildern des Cleansing zu suchen, und zwar im Kreuzgang der Lichtwelten. Der Aufenthalt kostete nichts, und vielleicht fand sie ja dort bei einem langen Rundgang zu ihrem inneren Gleichgewicht zurück.

17

IN DEM KLEINEN VORRAUM ZUM KREUZGANG der Lichtwelten wartete auf Kendira das vertraute Halbdunkel. Es milderte den Übergang von den Lichtverhältnissen der Außenwelt, in der die Sonne grell vom Himmel brannte oder winterliche Trübnis herrschte, in den Bereich der Lichtoase, wie manche Electoren den Kreuzgang auch nannten.

Zwei Vorhänge aus rauchblauen hauchdünnen Kunstfaserlamellen, zwischen denen nur zwei Schritte lagen, trennten den Vorraum vom Kreuzgang. Ein schwacher oszillierender Schein schimmerte lockend durch das zarte Gewebe der herabhängenden Lamellen.

Kendira teilte die Vorhänge, schob die leise raschelnden Kunstfaserstreifen mit beiden Händen zur Seite und trat durch den hohen Rundbogen in den ersten Trakt des Kreuzgangs.

Augenblicklich umhüllte sie mildes, warmes Licht, das spürbar an Kraft und Intensität gewann, kaum dass sie den Fuß hinter den Vorhängen auf die erste Bodenplatte mit den eingebauten Sensoren gesetzt hatte. Es war, als wäre sie mit diesem einen Schritt aus dem diffusen Dunkel in die zunehmende Lichtfülle eines grandiosen Sonnenaufgangs getreten.

Die immer kraftvoller werdenden Strahlen kamen aus der Tiefe des Gangs, stiegen jetzt jedoch deutlich an den Seitenwänden empor, als hätte sich das Gestein aufgelöst und in Wogen von Leuchtkraft verwandelt. Das hohe Deckengewölbe verharrte noch eine Weile in samtschwarzer Nacht. Doch als Kendira langsam auf die scheinbar am Gangende aufsteigende Sonne zuschritt, griffen auch schon die ersten Strahlen tastend nach der Decke und überzogen sie mit einem zartrosa Schein, in den sich Spuren von Grün und Gelb mischten.

Die strahlende Verheißung eines neuen Tages!, dachte Kendira und spürte schon, wie sich ihre innere Verkrampfung ein wenig löste. Wie passend. Nichts hätte ihr in ihrer niedergedrückten Gemütslage besseren Trost schenken können als diese langsame, aber unaufhaltsame Entfaltung von strahlender Lebenskraft.

Sie wusste natürlich, dass all diese wunderbaren Lichteffekte nicht wie von Zauberhand den schweren Steinquadern der Mauern und des Gewölbes entströmten. Der Kreuzgang der Lichtwelten war, ähnlich wie die Sim-Kabinen im Schwarzen Würfel und die Rides in der Tube, eine hochtechnische und computergesteuerte Anlage.

Als sie noch dem Gamma-Level angehört hatte und der zentrale Lichtgenerator wegen einer Reparatur eine Zeit lang abgeschaltet gewesen war, hatte sie einmal einen längeren Blick in den Kreuzgang geworfen. Dabei hatte sie festgestellt, dass Bodenplatten, Wände, Decke und selbst das Glas in den hohen Fenstern, die zu einem kleinen Innenhof mit einem Springbrunnen hinausgingen, von einer dünnen Folie überzogen waren. Und diese Folie war von einem unglaublich feinen Netz winziger Sensoren und Fotozellen durchzogen.

Nicht wenige Electoren trauten diesen Sensoren wahre Wunderkräfte zu. Kendira gehörte nicht dazu. Dass diese Sensoren in der Lage sein sollten, die Stimmung eines Besuchers anhand von Blutdruck, Augenbewegungen und der chemischen Zusammensetzung seiner natürlichen Körperausdünstungen zu ermitteln und blitzschnell ein Lichtprogramm aufzurufen, das trübsinnige Stimmungen aufheiterte und angespannte, nervöse Naturen beruhigte, das erschien ihr wenig glaubhaft.

Beweise dafür gab es jedenfalls keine, und die Oberen dachten gar nicht daran, ihnen in dieser Sache eine klare Antwort zu geben. Fragen danach wichen sie immer geschickt aus. Allein schon deshalb hielt sich unter den Electoren das Gerücht, die Sensoren könnten im Gemüt eines jeden, der den Kreuzgang betrat und sich den zahllosen unsichtbaren Messströmen aussetzte, so deutlich lesen wie sie die gespeicherten Texte auf dem Screen ihrer Tablets.

Kendira hielt das für Unsinn. So etwas Abwegiges konnten nur sehr naive Naturen glauben. Wie sollte das auch möglich sein, wenn sich mehr als eine Person in einem der vier Gänge aufhielt? Und das war, bei einem Konvent von 192 Electoren, ja zumeist der Fall. Auch jetzt entdeckte sie weiter hinten im Gang zwei andere Electoren. Sie saßen auf einer Bank in einer der kleinen Nischen, die alle fünf Meter in die Innenwand eingelassen waren.

Kendira hatte sich hinter dem Eingang automatisch nach rechts gewandt, wie es die Regel für die Rundgänge vorschrieb. Diese verlangte zudem von jedem Elector, dass er absolutes Schweigen wahrte und auch jedes andere Geräusch tunlichst vermied. Der Kreuzgang der Lichtwelten sollte ein Ort des Träumens und der Besinnung sein und manchmal eben auch ein Ort, wo man in der Stille und im sanften Tanz der Lichter Kraft suchen und inneren Frieden finden konnte.

Kendira schritt langsam den Gang hinunter, hinein in das Licht des aufgehenden Tages. Als sie an den beiden Electoren in der Nische vorbeikam, wandte sie nicht den Kopf, sondern gab sich den Anschein, sie nicht zu bemerken, so wie es sich hier im Kreuzgang gehörte. Aber aus den Augenwinkeln bemerkte sie, dass es sich bei ihnen um einen Jungen und ein Mädchen aus dem Beta-Level handelte. Sie hielten sich an der Hand und das Mädchen hatte seinen Kopf an die Schulter des Jungen gelegt.

Augenblicklich überfiel Kendira der sehnsüchtige Wunsch, auch ihre Hand läge jetzt in der eines Jungen, der sie so liebte, wie sie war, und bei dem sie sich geborgen fühlte – und den sie genauso lieben konnte. Und zwar *wirklich* lieben. Denn das, was zwischen ihnen und Byrd gewesen war, hatte mit Liebe wenig zu tun gehabt. Es war nur eine Schwärmerei gewesen, die einen bitteren Geschmack und einige Narben zurückgelassen hatte.

Unwillkürlich ging sie mit schnellerem Schritt weiter. Sie gelangte an das Ende des Gangs, wo es links um die Ecke in den zweiten Trakt ging. Sie passierte einen ähnlich dichten Vorhang wie im Vorraum des Kreuzgangs und hatte dahinter das Gefühl, hinaus auf eine Sommerwiese mit blühenden Wildblumen getreten zu sein. Was selbstverständlich ebenso das Produkt ihrer Fantasie war wie die bunten Schmetterlinge und Kolibris, die sie über die Wiese schweben zu sehen meinte. Was sie tatsächlich sah, das waren warme, ineinander fließende Farben, die sich über einem grüngelben Untergrund sanft bewegten und in flüssigen Übergängen immer neue Muster bildeten. Und diese Muster waren es, die ihr Gehirn anregten, in ihnen Blumen, Schmetterlinge und Kolibris zu sehen, die kurz über einer Blüte verharrten, um dann davonzuhuschen und sich aufzulösen.

Alle Farbtöne harmonierten miteinander. Nirgendwo trat einer von ihnen dominierend hervor und stach ins Auge. Alle Farbübergänge waren harmonisch und von zarter Natur.

In diesem zweiten Gang hielt sie sich am längsten auf. Sie setzte sich in eine der Nischen und überließ sich dem ebenso beruhigenden wie ihre Fantasie anregenden Farbspiel, das sich auf Boden, Wänden und Decken entfaltete. Die Leichtigkeit und das ruhige Tempo, in dem sich dabei die Farben und die Muster veränderten, waren Balsam und ließen die entsetzlichen Eindrücke von Master Seywards Auslöschung allmählich verblassen und in den Hintergrund treten.

Sie blieb dort mehr als eine halbe Stunde. Dann brach sie auf. Im dritten Teil des Kreuzgangs, wo sie auf eine ganze Gruppe von Delta-Jungen stieß, geriet sie in einen wahren Rausch von kräftigen Farben. Er wirkte wie ein Mahlstrom auf sie, und sie beeilte sich, ihn rasch hinter sich zu lassen. Im vierten und letzten Gang sah sie sich zu ihrer Überraschung von viel Blau und langsam dahintreibenden Wogen von milchigem Weiß umgeben. Dieses Lichtspiel hatte sie in all den Jahren in der Lichtburg so noch nie erlebt.

So muss es aussehen, wenn man als Vogel an einem strahlend schönen Tag hoch oben am Himmel zwischen kleinen Wolken dahinfliegt!, schoss es ihr unwillkürlich durch den Kopf.

Schon wollte sie auch hier noch eine Weile bleiben, als sie ersticktes Schluchzen und ein leises, aber beschwörendes »Psst!« hörte. Es kam aus der mittleren Nische.

Überrascht und auch verärgert, dass jemand das strenge Gebot absoluter Stille zu brechen wagte, sah sie hinüber. Sie erkannte die beiden Übeltäter sofort. Es waren zwei Mädchen aus dem Delta-Level, und zwar die kräftige Alena und die grazile Sinfora.

Als nach den letzten Selectionen die neuen Delta-Electoren von Eden zu ihnen in die Lichtburg gezogen waren, hatte man ihr, Kendira, Alena eine Woche lang zur Einweisung zugeteilt. Es war jedoch deren Freundin Sinfora, die jetzt von einem heftigen Weinkrampf geschüttelt wurde und sich trotz Alenas hastig geflüsterter Ermahnungen nicht beruhigen konnte.

Kendira ging sofort auf sie zu.

Erschrocken sprang Alena auf. Und noch bevor Kendira etwas sagen oder fragen konnte, sprudelte es auch schon im Flüsterton und voll ängstlicher Hast aus ihr hervor.

»Bitte sei so gut und melde sie nicht den Oberen, Elector Kendira! Ich weiß nicht, was plötzlich in sie gefahren ist, aber sie kann einfach nicht aufhören zu weinen! Diese ... diese grausige Sache mit Master Seyward hat ihr sehr zugesetzt. Ich weiß, es ist nicht recht, so etwas über jemanden zu sagen, der so schändlichen Verrat begangen hat, aber Sinfora hat … Also, sie hat Seyward sehr gemocht. Er war immer gut zu ihr und hat ihr sehr geholfen, als sie sich mit allem so schwergetan hat. Ich bitte dich inständig …«

»Schon gut«, fiel ihr Kendira leise ins Wort. »Ich habe nicht die Absicht, davon Meldung zu machen. Aber sieh jetzt zu, dass du sie aus dem Kreuzgang kriegst, bevor andere hier auftauchen, die deiner Freundin die Tränen um Master Seyward womöglich übel nehmen.«

Alena nickte hastig. »Das werde ich! Danke, Elector Kendira!« Schnell eilte sie zu Sinfora, packte sie unter dem Arm, zog sie von der Bank hoch und führte sie zum Ausgang.

Merkwürdig beschämt Kendira sah ihnen nach und dachte: Wenigstens einer von uns trauert aufrichtig um Master Seyward.

18

»WIE ICH DIESE SCHRECKLICHEN VIDEOCLIPS hasse!«, maulte Duke nach der halbstündigen Veranstaltung im Audimax der Lichtburg. Es war eine jener seltenen Pflichtveranstaltung gewesen, an denen alle Electoren und Servanten gemeinsam teilzunehmen hatten. Jetzt drängten alle aus dem Saal – wobei selbstverständlich die Electoren den Vortritt hatten.

Es ging jedoch nur langsam voran, weil die Menge am Ausgang in zwei geordnete Reihen münden musste. Es war nämlich Impftag, und am Ausgang warteten zwei ihrer Prinzipalen mit der Impfpistole, um ihnen ihre monatliche Dosis besonderer Vitamine und Abwehrstoffe zu spritzen.

»Kommt ja zum Glück nicht allzu oft vor, dass wir uns diese Clips anschauen müssen«, tröstete sich Flake.

Fling nickte. »Eigentlich doch nur einmal im Vierteljahr.«

»Alle drei Monate ist mir auch noch zu oft«, erwiderte Duke. »Wir kennen das doch längst zur Genüge. Immer dieselben abstoßenden Bilder! Nichts als Dreck, Trümmer, Zerstörung, Elend und Gewalt! Und das ausgerechnet heute! Als reichte es nicht, was wir uns am Nachmittag draußen auf dem Platz haben ansehen müssen.«

Carson nickte, doch im Gegensatz zu Duke lag seltsamerweise ein heiterer Ausdruck auf seinem Gesicht, der so gar nicht zum Thema zu passen schien. »Ich wünschte auch, unsere Oberen würden uns diese Aufnahmen nicht immer wieder vorsetzen – schon gar nicht an so einem Tag wie heute! Sich das anzusehen, ist ja fast so schlimm wie Master Seywards Cleansing! Findest du nicht auch?«

Fragend blickte er Kendira an seiner Seite an. Dass die Electoren bei diesen gemeinsamen Veranstaltungen im Audimax keine vorgeschriebene Sitzordnung einhalten mussten und sich daher jeder setzen konnte, wohin er wollte, hatte er geschickt dazu genutzt, um einen Sitzplatz neben Kendira zu ergattern.

»Fehlen würden sie mir bestimmt nicht«, erwiderte Kendira und war in Gedanken eigentlich ganz woanders – nämlich bei seiner Hand, die sich während der Veranstaltung mehrfach zu ihr auf die Armlehne verirrt hatte. Es hatte ihr gefallen und sie hatte ihre Hand nicht weggezogen. Ihr war, als hätte er gespürt, wie sehr sie sich im Kreuzgang nach Zärtlichkeit und Nähe gesehnt hatte.

»Mir auch nicht«, pflichtete Nekia ihr bei.

Hailey lachte trocken auf und verdrehte dabei die Augen.

»Dass wir uns darüber alle einig sind, liegt ja wohl auf der Hand. Ich wüsste jedenfalls keinen, dem es Spaß macht, sich alle paar Monate diese öden Clips anzusehen. Aber ...«

»Wusste ich doch, dass du mal wieder was einzuwenden haben würdest«, fiel Nekia ihr ins Wort, während sie im Mittelgang langsam dem Ausgang näher kamen. Aber noch waren die beiden Prinzipalen außer Hörweite.

»Was kann ich dafür, dass manche von euch nur bis zur eigenen Nasenspitze denken!«, gab Hailey zurück. »Sich diese Clips anzusehen, ist nun mal notwendig. Und es liegt doch auf der Hand, warum unsere Oberen diese Vorführungen für alle zur Pflicht machen, selbst für die Servanten.«

»Wirklich? Dann bitte erleuchte uns, warum sie so notwendig sind«, forderte Carson sie auf.

»Weil es wichtig ist, dass wir durch diese Clips daran erinnert werden, wie gut wir es hier haben und wie auserwählt wir im wahrsten Sinne des Wortes sind«, erklärte Hailey.

Colinda gab einen Stoßseufzer von sich. »Da hat sie nicht ganz unrecht«, räumte sie widerwillig ein.

Leota nickte. »Dafür müssen wir wirklich jeden Tag dankbar sein, wenn man sieht, wie entsetzlich das Leben in der Dunkelwelt ist.«

Kendira pflichtete ihr im Stillen bei. Es war immer wieder bedrückend gewesen, sich die Videoclips anzusehen. Aber an einem Tag wie diesem war es ihnen allen ganz besonders schwergefallen.

Über den Großbildschirm im Audimax der Lichtburg waren wieder einmal die bestürzenden Bilder einer Welt geflimmert, die in Chaos, Hunger und grenzenlosem Elend versunken war. Man hatte ihnen lange Schwenks über ausgebrannte Städte gezeigt, rauchende Trümmerlandschaften von Horizont zu Horizont, in denen sich rivalisierende Gangs blutige Feuergefechte lieferten. Und schier endlose Schlangen ausgemergelter und zerlumpter Menschen mit stumpfen Augen vor schwer bewachten Armenküchen. Bilder von brennenden Meeren, wochenlang tobenden Sandstürmen, die fruchtbare Regionen in karges, ödes Land verwandelten, von unfassbaren Überschwemmungen, die sich über Tausende Meilen erstreckten und alles unter sich ertränkten, und von anderen fürchterlichen Katastrophen. Dazu immer wieder die Bilder von Massen abgerissener und halb verhungerter Elendsgestalten, die in den zerstörten und rauchverhangenen Ruinenstädten und verwüsteten Landstrichen hausten, in Erdhöhlen, ausgebrannten Autowracks, unter halb eingestürzten Brücken, in Bretterhütten und Verschlägen aus zusammengetragenen Trümmern.

Die meisten dieser kurzen Videoclips aus der Welt jenseits der Berge waren in Schwarz-Weiß und von äußerst schlechter, grobkörniger Qualität gewesen, als wären sie aus größerer Entfernung aufgenommen worden. Und die wenigen Beiträge in Farbe hatten nicht weniger schmutzig und deprimierend gewirkt. Was für ein Kontrast zu dem Licht und den brillanten Farben, die sie in Liberty 9 gewohnt waren!

»Ich bitte doch sehr um die gebotene Ordnung!«, rief eine ungehaltene Stimme.

Kendira fuhr aus ihren Gedanken auf. Die Reihe vor ihr war

ins Stocken geraten, und der schnauzbärtige Prinzipal Caulfield, der wenige Schritte von ihr entfernt am Ausgang stand, deutete mit seiner Impfpistole in ihre Richtung.

»Und das gilt auch für die Herren Alpha-Electoren!«, fügte er nun hinzu.

Jetzt wurde Kendira bewusst, dass der Obere nicht sie meinte, sondern Carson schräg hinter ihr, und worum es bei dieser Ermahnung ging. Carson war nämlich noch immer nicht von ihrer Seite gewichen. Dabei hätte er so kurz vor dem Ausgang längst wie alle anderen männlichen Electoren in die Reihe auf der rechten Seite wechseln müssen, wo Prinzipal Bishop mit seiner Impfpistole am Saalausgang wartete.

»Was macht das denn für einen Unterschied, wer von Ihnen mir meinen monatlichen Pikser verpasst, Prinzipal? Und falls die Mädchen was Besseres kriegen als wir, hätte ich das auch gern mal probiert!«, erwiderte Carson und erntete dafür verhaltenes Gelächter. Er trieb es jedoch nicht auf die Spitze, indem er in der Reihe der Mädchen verharrte. Vielmehr wechselte er gehorsam die Seiten, noch während er Caulfield diese scherzhafte Antwort gab.

»Es gibt für alle Regeln und Vorschriften im Leben eines Electors einen tiefen und sinnvollen Grund und daher ist ihnen stets unverzüglich und ohne jeden Vorbehalt Folge zu leisten«, kam es sofort mit zurechtweisender Schärfe von Caulfield. »Sich einzelne Teile des Regelwerks willkürlich und nach eigenem Gutdünken zurechtbiegen zu wollen, ist eines Alpha-Electors nicht würdig. Man könnte sich fragen, ob er den Alpha-Level zu Recht erreicht hat.«

Es gab hier und da leises Gelächter, das nun jedoch auf Carsons Kosten ging.

Carson lief rot an, biss sich auf die Lippen, als wünschte er, sich seine Bemerkung besser verkniffen zu haben, und senkte schnell den Kopf.

Augenblicke später war Kendira an der Reihe, ihre monatliche Impfung zu erhalten. Sie schob den Ärmel ihrer Kutte hoch und entblößte ihren linken Oberarm.

»Einen Moment«, murmelte Prinzipal Caulfield und tauschte das leere Impfstoffmagazin gegen ein neues volles aus. Neben ihm auf einem kleinen Tisch lagen noch mehrere andere Magazine. Sie trugen alle einen hellroten Aufkleber.

Als Caulfield mit dem Nachladen fertig war und die Impfpistole anhob, wandte sie den Kopf ab, blickte unwillkürlich zum Tisch von Prinzipal Bishop hinüber und stutzte. Sie hatte noch nie darauf geachtet, doch an diesem Tag fiel ihr auf, dass die Magazine mit dem Impfstoff für die männlichen Electoren alle mit einem blauen Sticker markiert waren.

Unterschiedliche Markierungen machten nur einen Sinn, wenn es galt, unterschiedliche Inhalte vor Verwechslung zu schützen. Aber wieso sollten sich die monatlichen Vitaminpräparate, die Mädchen erhielten, von denen der Jungen unterscheiden?

Merkwürdig. Sehr merkwürdig sogar.

19

EIN SERVANT, DER ES BESONDERS EILIG HATTE, rempelte Kendira im Treppenhaus grob an.

»Pass doch auf!«, herrschte sie ihn an, während sie herumfuhr und im nächsten Moment feststellte, dass es Dante war. Sofort wusste sie, dass es sich bei diesem Rempler nicht um einen Zufall handelte.

»Bitte entschuldige, Elector Kendira! Ich bin gestolpert!«, stieß er hervor. »Es tut mir leid! Es wird nicht wieder vorkommen.« Dabei neigte er wie schuldbewusst den Kopf, um ihr dann schnell im Vorbeigehen zuzuraunen: »Ich muss mit dir reden. Jetzt. Bei den Obstbäumen. Es ist wichtig!«

Verblüfft sah sie ihm nach, wie er die Treppe hinunterhastete. Ihr erster Impuls war, nicht auf Dantes Aufforderung einzugehen. Es gefiel ihr nicht, dass er sie einfach so zu einem heimlichen Treffen bestellte. Einmal ganz abgesehen davon, dass es sich für einen Elector nicht gehörte, mit Servanten einen persönlichen Umgang zu pflegen, störte sie sich an seinem bestimmenden Ton. Er schien vergessen zu haben, welchen Rang er in Liberty 9 bekleidete und wer sie war. Seit wann *musste* ein Servant mit ihr reden?

Was immer ihm so wichtig erschien, dass er meinte, sie wie eine untergebene Mitverschwörerin zu einem geheimen Treffen bestellen zu können – nach diesem bedrückenden Tag konnte sie gut darauf verzichten. Vermutlich wollte er ihr wieder irgendeine neue Verdächtigung auftischen.

Aber kaum hatte sie diesen Entschluss gefasst, als sich in ihr auch schon eine andere Stimme meldete und Einspruch erhob. Sie ergriff für Dante Partei und gab zu bedenken, dass sie ihm den scheinbar befehlenden Ton nicht zum Vorwurf machen durfte. Seine heimliche Mitteilung hatte knapp sein müssen und vermutlich nur deshalb herrisch geklungen.

Bis zum Abendessen war noch etwas Zeit. Auch war jetzt im Gedränge auf der Treppe die Gelegenheit günstig, sich unbemerkt von ihrer Freundesclique abzusetzen.

Im Obsthain hinter der Lichtburg wartete Dante schon auf sie. Er hantierte mit einer alten hölzernen Leiter, die er gegen den Stamm eines blühenden Apfelbaums gelegt hatte. Mit der Klinge eines Taschenmessers stocherte er im Holz der Trittstangen herum, als suchte er nach morschen Stellen. Natürlich war das alles nur Tarnung für den Fall, dass jemand sie bemerkte. Dabei spähte er immer wieder verstohlen über die Schulter zum Trampelpfad hinüber, der hinter der Lichtburg vom breiten Kiesweg durch die Klausur abzweigte und in den

Obsthain führte. Die laubdichten Kronen der Bäume warfen tiefe Schatten.

»Gut, dass du kommst!«, rief er gedämpft, als sie über den ausgetretenen Pfad kam und zu ihm trat.

Sie machte eine skeptische Miene. »Na, ob das wirklich so gut ist, weiß ich nicht. Langsam werden diese Treffen mit dir schon zur Gewohnheit.«

»Wäre das denn ... eine so unerfreuliche Sache? Ich meine, wenn ich dich einfach gern wiedersehen möchte ...?«, fragte er mit leicht hochgezogenen Brauen.

Was in seinen Worten an Gefühl und Hoffnung mitschwang, berührte sie und ließ ihr Herz schneller schlagen – so ähnlich wie vorhin im Audimax, als Carson seine Hand auf ihre gelegt hatte.

Sie errötete leicht und wich seinem Blick aus. »Frag doch nicht so etwas Dummes! Du weißt, dass es nicht gern gesehen wird, wenn Electoren und Servanten mehr als nur das Notwendigste miteinander reden. Und dass sie sich anfreunden, ist ausdrücklich verboten!«

»Ich kenne die Vorschriften, und dass es solche Vorschriften überhaupt gibt, ist schon eine merkwürdige Sache. Findest du nicht?«

Sie spürte das Brennen ihrer Wangen. »Nein, das finde ich natürlich nicht. Aber jetzt hör auf damit, Dante!« Ihre Stimme war halb Befehl und halb beschwörende Bitte. »Und jetzt sag mir endlich, warum du mich hier unbedingt sprechen musstest! Was gibt es so Wichtiges?«

Dante atmete laut aus und verzog dabei das Gesicht, als

wünschte er, nicht jetzt schon das Thema wechseln zu müssen. »Ich muss dir etwas zeigen.«

»Hier?«

Er schüttelte den Kopf. »Es hat mit Master Seyward zu tun.«

Ihre Miene verdunkelte sich. Dass ausgerechnet er sie wieder an das grauenvolle Cleansing erinnerte, nahm sie ihm fast übel. »Was immer es ist, ich will es nicht wissen!«, sagte sie schroff. »Ich will das alles so schnell wie möglich vergessen!«

»Das wirst du aber nicht, genauso wenig wie ich es kann«, erwiderte er. »Wenn man so etwas gesehen hat, kann man es gar nicht mehr vergessen.«

»Mag sein, aber dennoch ...«

»Nein, ich muss es dir zeigen, und du musst es dir ansehen!«, fiel er ihr ins Wort. »Es ist nämlich der erste *Beweis,* dass hier etwas nicht mit rechten Dingen zugeht. Und ich möchte nicht, dass du denkst, ich bin ein Spinner und fantasiere mir irgendeinen Schwachsinn zusammen. Deshalb muss du es mit eigenen Augen sehen! Bitte tu es!« Beschwörend sah er sie an.

Sie furchte die Stirn. »Und was genau ist das, was ich unbedingt sehen muss?«

»Eine Botschaft. Sie befindet sich in der Arrestzelle, in der Master Seyward seine letzten Stunden verbracht hat«, teilte er ihr mit. »Ich musste sie putzen. Seyward hat dort nämlich den ganzen Boden vollgekotzt. Kein Wunder, er wusste ja, was ihn erwartete. Jedenfalls ...«

»Dante!«

Der scharfe Anruf ließ sie beide zusammenfahren. Sie schauten in Richtung der Lichtburg. Dort verließ ein Servant den breiten Kiesweg, der am Obsthain vorbei und zu den Fischteichen führte, und hielt auf sie zu.

»Mist!«, stieß Dante leise hervor. »Das ist unser Senior Winslow! Dass der Kerl ausgerechnet jetzt hier auftauchen muss!«

»Was hast du denn um diese Zeit bei den Obstbäumen verloren?«, rief Senior Servant Winslow und stapfte auf sie zu. »Hättest du nicht schon längst bei den anderen im Refectorium sein müssen?«

»Ich wollte nur noch schnell die Leiter in den Schuppen zurückbringen, Senior Winslow«, rief Dante zurück, packte die Leiter und hängte sie sich über die Schulter. Dabei wandte er dem Aufseher den Rücken zu und raunte Kendira hastig zu: »Komm nachher in der Rekreation zu den Arrestzellen in den Keller! Du musst es dir unbedingt ansehen. Ich glaube, es ist sehr wichtig.«

»Ich habe keine Ahnung, wo ...«

Dante erahnte, was sie fragen wollte. »Auf der anderen Seite des Heizungskellers! Ich warte da unten, wo du mich mit Jaydan überrascht hast! Du musst kommen!«, flüsterte er beschwörend und ging dann Senior Winslow entgegen.

Kendira entfernte sich in entgegengesetzter Richtung, ohne sich jedoch zu beeilen. Das hätte erst recht Argwohn erregt. Und so hörte sie noch, wie der Servanten-Aufseher Dante mit missbilligendem Unterton fragte, was er denn mit einem Elector zu reden gehabt habe, und wie Dante darauf scheinbar verärgert antwortete: »Sie hat sich für mein Taschenmesser interessiert und wohl gedacht, ich rücke es heraus, bloß weil sie ein Alpha-Elector ist. Aber das kommt nicht infrage. Die Hochwürdigen müssen ja nicht alles haben. Den wird doch auch so schon purer Goldstaub in den Hintern geblasen, wenn du mich fragst!«

»Mensch, Dante! Halte bloß deine lockere Zunge im Zaum, sonst bringt sie dich noch mal auf den Stuhl«, wies Senior Winslow ihn zurecht. Doch in seiner Stimme schwang der Anflug eines Auflachens mit und verriet, dass er ähnlich dachte. »Und jetzt sieh zu, dass du ins Refectorium kommst! Ich kümmere mich um die Leiter.«

Kendira schlug einen Bogen um die Fischteiche herum und rätselte, was Dante ihr bloß in der Arrestzelle zeigen wollte. Seyward hatte eine Botschaft hinterlassen! So viel hatte sie verstanden. Aber sosehr sie auch grübelte, sie gelangte nicht einmal in die Nähe einer Vermutung, um was es sich bei dieser Botschaft handeln konnte und warum sie Dante so in Aufregung versetzt hatte. Dass sie nachher zu ihm in den Heizungskeller schleichen und sich Seywards Botschaft anschauen würde, wusste sie schon, bevor sie noch die Fischteiche umrundet hatte und auf dem Weg zurück zur Lichtburg war.

Warum, um alles in der Welt, fühlte sie sich von ihm bloß so angezogen und schenkte ihm und seinen verrückten Überlegungen nur immer wieder Gehör? War es das Geheimnisvolle, das er so plötzlich in ihr bis dahin so klar geordnetes Leben gebracht hatte, was sie so an seiner Gesellschaft faszinierte?

Was immer es war, sie würde sich die Arrestzelle ansehen!

Bei Abendessen vermied sie jeglichen Blickkontakt mit ihm, und auch er unterließ es, ihre Aufmerksamkeit zu erregen oder sie mit Vorzug zu bedienen. Was immer er an ihren

Tisch brachte, servierte er bei Hailey und Leota auf der anderen Seite.

Nach dem Essen kam Carson zu ihnen an den Tisch. »Kommt ihr gleich mit zum Vista Hill?«, fragte er, doch sein Blick ruhte allein auf Kendira. »Duke und ich wollen mit ein paar anderen mal wieder in die Kletterwand und danach an den See. Master Brewster hat heute das Bootshaus und die Benutzung der Kajaks und Ruderboote freigegeben.«

»Klar kommen wir mit!«, kam es sofort von Hailey. »Ich war auch schon lange nicht mehr in der Wand.«

»Und danach machen wir auf dem See ein Kajak-Wettrennen«, fügte Colinda hinzu. »Vielleicht ist der See sogar schon wieder warm genug zum Schwimmen.«

»Kommst du auch mit?«, fragte Carson Kendira nun direkt.

Sie reagierte geistesgegenwärtig und nickte. »Natürlich. Aber geht ihr schon mal vor. Ich muss noch schnell in die Mediathek und etwas herunterladen«, sagte sie. »Sonst habe ich nachher im Bett nichts mehr zum Lesen. Ich komme dann gleich nach!«

20

AUGENBLICKE SPÄTER EILTE KENDIRA DEN BREITEN steinernen Treppenaufgang hinauf und gab sich den Anschein, ihr Tablet aus ihrem Spind im Dorm holen und in die Mediathek gehen zu wollen. In Wirklichkeit lief sie am Alpha-Dorm vorbei und kehrte auf dem Weg über die Servantenstiege ins Erdgeschoss zurück.

Sie fand die Tür zum Heizungskeller einen Spaltbreit offen stehen. Die Beleuchtung im Treppengang war zwar ausgeschaltet, aber von unten drang genug Licht zu ihr herauf, um sich nicht in völliger Dunkelheit die Stufen hinuntertasten zu müssen.

Mit einer Hand sicherheitshalber am Geländer, eilte Kendira die steile Treppe hinunter. Unten am Absatz zweigte von einem kleinen quadratischen Vorraum zu beiden Seiten ein langer Gang ab. Die Wände trugen einen tristen Anstrich aus graugrünlicher Ölfarbe und es roch muffig und nach feuchtem Mauerwerk.

Sie wandte sich nach links, denn aus dem hinteren Teil des Kellerflurs kam das Licht. Und noch bevor sie Dantes Gestalt im Schein einer Deckenleuchte entdeckte, hörte sie aus der Tiefe des Korridors seinen leisen Pfiff und den ebenso gedämpften Zuruf: »Kendira! ... Hier hinten!«

Er wartete auf sie vor den drei Arrestzellen, die sich am Ende des Gangs befanden. In die grauen Stahltüren waren in Augenhöhe ein Guckloch und in Hüfthöhe eine etwa dreißig Zentimeter lange und zehn Zentimeter hohe Öffnung eingelassen. Der Schieber dieser Durchreiche für Essen und andere Zuwendungen für den Eingesperrten konnte nur von außen geöffnet werden. Die Tür der vorderen Zelle stand halb offen.

»Jetzt bin ich aber wirklich gespannt, was es mit deiner geheimnisvollen Botschaft auf sich hat, Dante!«, sagte sie. Sich mit einem Servanten hier unten im Keller bei den Arrestzellen zu treffen, war eine noch schwerwiegendere Verletzung ihrer Pflichten als eine Verabredung irgendwo im Freien. »Und wehe, du hast mich wegen irgendeinem Blödsinn in den Keller gelockt!«

»Ich weiß, was ich dir damit zumute. Und ich hätte es bestimmt nicht getan, wenn es nur eine Lappalie wäre«, versicherte er. »Ich würde nie etwas tun, was dir schaden oder dich verletzen könnte. Und was die Botschaft betrifft, so ist es nicht meine, sondern Seyward hat sie hier hinterlassen.«

Sie sah ihn skeptisch an. »Und was genau sagt seine sogenannte Botschaft?«

Ein harter Zug trat auf sein Gesicht. »Dass die Oberen ein falsches Spiel mit uns treiben, wie Jaydan und ich das schon seit einiger Zeit vermuten. Und dass sie an Seyward vermutlich ein Verbrechen begangen haben. Aber das siehst du dir am besten selbst an!« Er zog die Tür ganz auf, schaltete die Zellenbeleuchtung von außen ein und machte eine einladende Geste.

Kendira schluckte unwillkürlich, als sie zögerlich in die Zelle trat. Der fensterlose Raum maß ungefähr sechs Schritte in der Länge und gerade mal drei in der Breite. Auf der rechten Seite befand sich eine Pritsche, eine Holzplatte in einem Stahlrahmen, der an die Wand geschraubt war. Auf der linken Seite, halb von der weit aufgeschobenen Tür verdeckt, fiel ihr Blick auf eine stählerne Kloschüssel ohne Sitzbrille und Deckel. Daneben hing an der Wand ein kleines stählernes Waschbecken mit einem Wasserhahn darüber. Einen Spiegel gab es nicht, auch weder Tisch noch Stuhl. Über der Tür und außer Reichweite war in die hohe Wand ein Lüftungsgitter eingelassen.

Es roch intensiv nach einem scharfen Desinfektionsmittel, mit dem Dante die Zelle ausgewaschen hatte. Und dennoch war ihr plötzlich, als stieg ihr der ekelhafte, säuerliche Geruch von Erbrochenem in die Nase.

Hier also, dachte sie, hat Master Seyward seine letzten Stunden vor dem Cleansing verbracht!

Kendira sah sich um. Suchend glitt ihr Blick über die grau gestrichenen Wände. »Wo soll denn hier eine Botschaft sein? Ich sehe jedenfalls nichts, was eine Mitteilung sein könnte.«

Er folgte ihr in die Zelle und zog die Tür zurück. »Du musst genauer hingucken, wenn du sie entdecken willst. Seyward hat schon gewusst, warum er seine Botschaft nicht über der Pritsche in die Wand geritzt hat, wo es einem gleich ins Auge fällt.«

»Verstehe. Aber wo hat er denn nun etwas eingeritzt?«, fragte Kendira ungeduldig.

»Dort unten auf die Tür!« Dante ging in die Knie und deutete auf eine Stelle, von der es weniger als eine Handbreite bis zur Unterkante der Tür war.

Sie hockte sich zu ihm. »Ja, da ist was. Aber das soll eine Botschaft sein? Ich sehe nur ein Wirrwarr von Kratzern.«

»Die Worte sind nicht leicht zu lesen«, räumte er ein. »Und ich habe sie auch erst entdeckt, als ich hier auf Knien über den Boden gekrochen bin und geputzt habe. Aber das ist ja kein Wunder. Mit irgendeinem spitzen Gegenstand eine Nachricht in so eine Metallplatte zu ritzen, ist garantiert nicht leicht. Wer weiß, was er dazu benutzt hat. Vielleicht eine scharfe Kante von seinem Brillengestell oder irgendetwas von seiner Armbanduhr. Kann auch sein, dass seine Hand dabei gezittert hat.« Er zuckte mit den Achseln. Wie Seyward es angestellt hatte, war ohne Bedeutung. Wichtig war allein, *dass* er es irgendwie fertiggebracht hatte. »Trotz allem ist es doch gut lesbar, wenn man genau hinsieht und die Tür im richtigen Winkel hält.«

Dante schob die Tür noch ein Stück weiter zu, sodass der Lichtschein von der grellen Deckenleuchte nicht genau an der Stelle reflektiert wurde, auf der Seyward seine Botschaft hinterlassen hatte.

»Hier, es fängt an mit dem Satz: *Ihr seid verflucht, wir Libertianer sind alle verflucht!*« Er fuhr mit dem Zeigefinger langsam über die entsprechende Stelle.

Nun fiel es Kendira wie Schuppen von den Augen. »Ja, jetzt sehe ich es!«, stieß sie aufgeregt hervor. Ihr war, als hätte Dante ihr den Schlüssel zu einem geheimen Code gegeben. Die unnatürlich gezackten Zeichen, die im Verhältnis zueinander manchmal zu groß und manchmal zu klein geraten waren, nahmen die Gestalt von Buchstaben an. Sie sahen zwar wie die ersten Schreibversuche eines Kindes aus, das noch keine ausgeprägte Kontrolle über die Schreibbewegungen seiner Hand hatte, aber man konnte sie lesen.

Kendira beugte sich vor, um auch den Rest zu entziffern. Und je mehr Worte ihr ins Auge sprangen, desto mehr wuchsen Beklemmung und Verstörung. Es war ein erschreckender, wirrer Text, den Seyward da hinterlassen hatte:

Ihr seid verflucht, wir Libertianer sind alle verflucht! Die Bibel, das bedeutendste und folgenreichste Buch der Welt, für unzählige Generationen Inspiration, Halt & Hoffnung über den Tod hinaus, Seelengift? Was für ein schändlicher Lug & Trug! Alles hier ist Lug & Trug! Was habe ich nur getan! Der Herr sei meiner sündigen Seele gnädig! Betet für mich! Es gibt keine Auserwählten, nur Verdammte! Und wir, eure verfluchten Oberen, sind es auch! Ihr aber seid verdammt und verloren. Denn euch schicken sie in den sicheren

Damit riss die Botschaft ab.

Eine Gänsehaut überlief Kendira. Sie rieb sich über die Arme, als würde sie frieren.

»Hast du es gelesen?«, fragte Dante leise. Er hockte ganz nahe bei ihr, hatte eine Hand auf ihre Schulter gelegt. Ihre Köpfe berührten sich fast, während sie gemeinsam auf Seywards Botschaft starrten.

Sie spürte seinen warmen Atem an ihrer Wange. »Es ... es ergibt überhaupt keinen Sinn«, murmelte sie und wehrte sich gegen die Ahnung, dass sich eine schreckliche Wahrheit in diesen Kritzeleien verbarg. »Wieso soll es keine Auserwählten, sondern nur Verdammte geben? Nicht nur dieses Seelengift namens Bibel, sondern auch alles hier soll Lug und Trug sein? Das ist doch lächerlich! Und warum sollen wir alle verflucht und verloren sein? Selbst wenn es wahr wäre: verdammt wozu? Sieht unser Leben hier im Tal und später im Lichttempel vielleicht danach aus?«

Er machte eine vage Geste. »Kann es nicht dennoch Lug und Trug sein?«

»Eigentlich verstehe ich überhaupt nichts«, antwortete sie. »Es ist doch offensichtlich, dass Hyperion weder Kosten noch Mühen scheut, um uns in der sicheren Abgeschiedenheit dieses Tales auf den hochwürdigen Dienst vorzubereiten. Und was soll dieses wirre Zeug hier bedeuten: *Der Herr sei meiner sündigen Seele gnädig! Betet für mich!* Von welchem Herrn spricht er? Vom Primas? Vom Vorsitzenden des Wächterrats? Und was meint er mit sündiger Seele und beten? Was soll das sein? Weißt du vielleicht, was beten ist?«

»Nein, aber ...«

»Das ist doch alles völliger Schwachsinn, Dante! Er muss in den letzten Stunden den Verstand verloren haben!«, fiel sie ihm ins Wort. Doch ihre Worte klangen selbst in ihren eigenen Ohren eher wie eine angsterfüllte Beschwörung. Seywards Botschaft berührte in ihr irgendeinen dunklen Kern, eine tief verschüttete Wahrheit, die gegen ihre Unterdrückung aufbegehrte und an ihren Fesseln rüttelte. Wie sonst waren die innere Unruhe und diese beklemmende Ahnung heraufziehenden Unheils zu erklären, die auf einmal von ihr Besitz ergriffen hatten?

Dante schüttelte energisch den Kopf. »Den Eindruck habe ich nicht«, antwortete er mit düsterer Miene. Er setzte sich aufrecht hin. »Auch wenn ich manches noch nicht verstehe, so scheint es doch so, dass er uns aus irgendeinem Grund für verloren hält und uns eine Warnung hinterlassen wollte.«

»Kann sein, kann aber auch nicht sein«, erwiderte sie. »Jedenfalls ist es nicht mehr als eine Vermutung, für die du keine Beweise hast.«

»Stimmt«, räumte er ein. »Aber den Verstand hatte er nicht verloren, das ist mal sicher!«

»Und woraus schließt du das?«

»Er hat gewusst, warum er seine Botschaft da unten am Türrand hinterlassen hat. Sie sollte nicht von einem Master oder Prinzipal entdeckt werden, sondern sie ist nur für uns Servanten und euch Electoren gedacht. Wäre er nicht mehr bei Verstand gewesen, hätte er seine Nachricht einfach mitten auf die Tür oder irgendwo auf die Wand gekratzt.« Dante machte eine kurze Pause, deutete auf die eingravierten Buchstaben und sagte mit großem Ernst: »Das da ist der Aufschrei eines rettungslos Verlorenen und Verzweifelten! Und ich gehe jede Wette ein, dass jedes Wort davon wahr ist, auch wenn wir es noch nicht recht begreifen! Seyward wollte uns warnen. Nur hat er in seiner Verzweiflung nicht darauf geachtet, klare Aussagen zu machen, die wir auch gleich verstehen können. Vielleicht glaubte er, noch mehr Zeit zu haben, und dann haben sie ihn plötzlich geholt, und er musste mitten im Satz abbrechen.« Er erhob sich und sagte dann mit großem Nachdruck: »Aber eine Warnung ist es, so oder so!«

Auch Kendira richtete sich auf. Sie schluckte und sah ihn beunruhigt an. »Aber eine Warnung wovor?«

»Wenn ich das nur wüsste! Ich wünschte, er hätte mehr Zeit gehabt und sich gleich zu Anfang seiner Botschaft konkreter ausgedrückt! Aber was seinen letzten Satz betrifft, so muss man wohl kein Hellseher sein, um zu wissen, mit welchem Wort Seyward ihn beenden wollte.«

»Natürlich mit ›Tod‹.«

»Genau. *Denn euch schicken sie in den sicheren Tod!* Das hatte Seyward uns sagen wollen.«

»Aber das ist doch absurd!«, stieß Kendira hervor.

»Ich verstehe es ja auch nicht, Kendira«, gestand Dante. »Aber du musst doch zugeben, dass ...«

In jähem Erschrecken brach er ab, weil in diesem Moment hinter ihnen die Tür aufgestoßen wurde.

21

ZU TODE ERSCHROCKEN FUHREN KENDIRA UND Dante herum – und blickten in das triumphierende Gesicht von Nekia. Die Arme in aufreizender Geste in die Hüften gestützt, stand sie im Türrahmen und blickte von einem zum anderen.

»Schau an, schau an! Es ist tatsächlich der Servant Dante, zu dem du hier hinuntergeschlichen bist!«

Kendira starrte sie ungläubig an und wusste im ersten Moment nicht, was sie sagen sollte.

Nekia schaute sich flüchtig um und verzog das Gesicht. »Nicht gerade der romantischste Ort, den ich mir für ein heimliches Date aussuchen würde. Oder schaut ihr euch schon mal um, wo ihr vor eurem Gang auf den Stuhl landen werdet, wenn ihr weniger Glück habt als jetzt und euch jemand erwischt, der euch auf der Stelle den Oberen meldet?«

»Es ist nicht so, wie du denkst, Nekia!«, stieß Kendira nun hastig hervor.

»Hey, jetzt verkauf mich bitte nicht für dumm! Ich habe ja wohl noch Augen im Kopf! Mir ist doch nicht entgangen, dass der Servant in dich verknallt ist. Und erzähl mir nicht, dass ihr euch heute zum ersten Mal heimlich trefft.«

Kendira griff nach der Hand ihrer Freundin. »Ich belüge dich doch nicht. Bestimmt nicht! Und du hast recht, es ist nicht das erste Mal, dass ich heimlich mit Dante rede«, gestand sie ein. »Aber es ist nicht so, wie du vermutest. Darauf hast du mein Wort.«

Von Dante kam dazu weder ein stummes Nicken noch sonst eine Reaktion. Er schwieg und wartete auf den Ausgang des Wortwechsels.

»So? Und was zieht euch immer wieder zueinander?«, fragte Nekia. »Bewundert ihr hier vielleicht die sehenswerte Architektur dieses Zellentrakts?«

Fieberhaft überlegte Kendira, was sie darauf antworten sollte. Nekia war ihr immer eine treue Freundin gewesen, und sie hatten alles miteinander geteilt, all ihre Gedanken und kleinen Geheimnisse. Aber Nekia hatte auch ihren Stolz. Den galt es besser nicht zu verletzen. »Dante hat mich in den Keller gebeten, weil er mir hier in der Arrestzelle etwas zeigen wollte, das für uns alle sehr wichtig sein kann«, teilte Kendira ihr mit. »Master Seyward hat nämlich da unten an der Tür eine Nachricht hinterlassen.«

Nekia machte ein verblüfftes Gesicht. »Er hat eine *Nachricht* hinterlassen?«

»Komm her und lies selber!« Kendira zog ihre Freundin in die Hocke und wies auf die in das Metall geritzten Wörter.

»Unglaublich!«, stieß Nekia hervor, schüttelte den Kopf und las die Botschaft ein zweites Mal. Dabei sprach sie das Gelesene leise mit.

Kendira blickte über ihre Schulter hoch zu Dante und tauschte mit ihm einen erleichterten Blick. Sein Gesicht verlor die starke Anspannung. Er imitierte die Geste eines Mannes, der sich erlöst Angstschweiß von der Stirn wischt und danach die Hand ausschüttelte. Dabei brachte er sogar ein Lächeln zustande.

Sie lächelte zurück.

»Das ist wirklich unglaublich!«, wiederholte Nekia und richtete sich dann wieder auf. »Also, wenn ich das nicht mit meinen eigenen Augen gesehen hätte, ich hätte es euch nicht abgenommen! Der arme Master Seyward! Er muss wohl halb wahnsinnig vor Angst gewesen sein, als ...«

Diesmal war es Nekia, die nicht mehr dazu kam, ihren Satz zu beenden. Denn in dem Moment klirrte draußen im Gang etwas Metallisches und gleichzeitig flammten mehrere Deckenleuchten auf.

Ihnen allen fuhr der Schreck in die Glieder.

»Verdammt, wer hat denn bloß die Zellentür offen stehen und das Licht brennen lassen!«, tönte eine Stimme durch den Kellergang, die jedem Servanten und jedem Elector nur zu gut bekannt war, gefolgt von dem Ruf: »Ist da jemand in der Zelle?« Gleich darauf waren energische Schritte zu hören, die sich rasch näherten.

»Es ist Sherwood, die Bulldogge!«, stieß Kendira entsetzt hervor und wurde bleich. »Um Himmels willen, was machen wir jetzt bloß?«

Auch Nekia wich das Blut aus dem Gesicht. Sie saßen in der Falle!

»Los, in die Ecke hinter der Tür! Das ist unsere einzige Chance!«, zischte Dante ihnen zu und deutete auf den schmalen Spalt zwischen der Kloschüssel und der Wand, der von der aufstehenden Tür verdeckt wurde. Und dann rief er laut über die Schulter in den Gang hinaus: »Ich, Servant Dante, bin hier in der Zelle, Prinzipal Sherwood!«

»Aber was soll das bringen?«, flüsterte Nekia im selben Moment und panische Angst flackerte in ihren Augen. »Wir können doch unmöglich ...«

»Nun macht schon! Das ist unsere einzige Chance, mit heiler Haut davonzukommen«, beschwor Dante sie. »Beeilt euch! Er ist gleich hier! Und bloß keinen Laut! Ich hole euch schon wieder heraus.«

Kendira verstand. Wenn Prinzipal Sherwood sie beide mit Dante in der Zelle erwischte, würde er Argwohn schöpfen. Unterzog er dann den Raum einer genauen Prüfung, würde er dabei aller Wahrscheinlichkeit nach Seywards Botschaft entdecken. Dann wäre ihr Schicksal besiegelt.

Und noch während ihr diese Gedanken durch den Kopf blitzten, packte sie ihre Freundin und zog sie mit sich in den spitzen Winkel hinter die Tür. Zitternd presste sich Nekia an sie, die Augen vor Angst weit aufgerissen und eine Hand vor den Mund gepresst, als fürchtete sie, gleich schreien zu müssen.

»Hier, nimm das! Lass es bloß nicht fallen!«, flüsterte Dante Kendira zu und drückte ihr etwas Hartes, Rundliches in die Hand. Es fühlte sich kalt und glatt wie ein rund gewaschener Stein aus dem Rabbit Creek an und hatte für seinen kleinen Umfang ein überraschendes Gewicht. »Und haltet euch absolut still!« Schon im nächsten Moment sprang er zurück und verschwand auf der anderen Seite der Tür, die er nun weit nach innen bis an die Metallschüssel aufdrückte.

Kendiras Herz raste und das Blut rauschte und pochte im selben Rhythmus in ihren Ohren. Ihre Hand krampfte sich mit aller Kraft um den rundlichen Gegenstand, damit er ihr ja nicht aus den Fingern glitt, zu Boden polterte und ihr Versteck hinter der Tür verriet.

Im nächsten Augenblick stand Prinzipal Sherwood auch schon vor der Zelle.

Kendira und Nekia erstarrten in ihrer Umklammerung und hielten den Atem an.

»Was treibst du dich denn hier noch herum, Dante?«, fragte der Obere. »Ich denke, du hast die Zelle schon vor Stunden gründlich gereinigt?«

Kendira war, als schwang Misstrauen in Sherwoods Stimme mit. Würde er in die Zelle treten, sich umsehen und sie dabei hinter der Tür entdecken?

»Das habe ich auch, und so sauber war es hier bestimmt noch nie, Prinzipal Sherwood«, versicherte Dante. »Sehen Sie doch selbst, alles blitzblank und so sauber, dass man glatt vom Fußboden essen könnte.«

»Das will ich dir auch geraten haben!«, knurrte Sherwood.

»Aber damit hast du mir noch nicht meine Frage beantwortet, was hast du hier noch zu suchen hast!«

»Entschuldigen Sie! Ich habe tatsächlich was gesucht. Ich konnte nämlich meine Armbanduhr nicht finden. Und da dachte ich, ich hätte sie vielleicht vor dem Putzen hier abgenommen und dann vergessen«, sprudelte Dante eilfertig hervor, während er dabei schon die Tür zuzog. »Aber das stimmt nicht, wie mir gerade eingefallen ist. Ich habe sie nämlich in die Seitentasche meines Arbeitsoveralls gesteckt. Da kann ich sie hier natürlich lange suchen.«

»Das nächste Mal fragst du gefälligst erst um Erlaubnis, hast du verstanden?«

»Ja, Prinzipal! Es wird nicht wieder vorkommen, das verspreche ich bei meiner Servantenehre.«

Der Prinzipal schnaubte, als hielte er nicht viel von dem, was Dante als Servantenehre bezeichnet hatte. »Außerdem hättest du den Kellerschlüssel schon längst wieder bei Prinzipal Caulfield abgeben müssen.«

»Ich weiß, aber ich war den ganzen Nachmittag so beschäftigt, dass ich ...«

»Spar dir deine Ausflüchte!«, fuhr ihm der Prinzipal über den Mund. »Gib ihn her. Ich bringe ihn selbst zurück. Auf euch Servanten ist wirklich immer weniger Verlass! Vermutlich werde ich mit deinem Senior ein ernstes Wort reden müssen, damit wieder mehr Disziplin in seine Truppe kommt. So, und jetzt mach, dass du nach oben kommst!«

Bitte nicht den Riegel vorschieben!, flehte Kendira in Gedanken inständig.

Vergeblich.

Im nächsten Augenblick schabte Metall über Metall, und mit einem harten und unerbittlichen *klack!* rastete der Riegel außen in die Sicherungsschiene ein, die ein Öffnen von innen unmöglich machte.

Gleichzeitig zuckten Kendira und Nekia bei dem Geräusch zusammen. Es klang in ihren Ohren wie eine Verurteilung. Ein Laut kam ihnen jedoch nicht über die Lippen.

Und dann erlosch auch noch die Deckenleuchte. Pechschwarze Dunkelheit stürzte von allen Seiten auf sie ein und legte sich wie eine unsichtbare Bleiplatte auf ihre Brust, während sich draußen auf dem Gang die Stimmen und Schritte von Sherwood und Dante entfernten.

22

SO SCHWER ES IHM AUCH FIEL, ER LIESS ES SICH nicht anmerken, wie angeekelt und erschüttert er war. Die Angst, seine Gefühle und Gedanken zu verraten und sich damit womöglich noch selbst auf den Cleansing-Stuhl zu bringen, gab ihm die nötige Kraft, nach außen hin eine scheinbar gleichmütige Haltung zu bewahren.

Doch kaum war er in seinem Zimmer und hatte die Tür hinter sich geschlossen, als diese Maske schlagartig von ihm abfiel. Wie kraftlos wankte er durch den Raum, stützte sich an der Kante seines Schreibtischs ab und sank auf den Stuhl. Dort fiel er förmlich in sich zusammen.

Für einen langen Moment saß er reglos auf dem harten Stuhl. Dann fuhr seine Hand nach links zur mittleren der drei Schubladen. Er zog sie auf, schob einen Stoß Papiere zur Seite und holte darunter eine Flasche Tequila hervor. Er machte sich erst gar nicht die Mühe, ein Glas zu holen, sondern zog den Korken heraus und setzte die Flasche an die Lippen. Er trank gierig, und es kostete ihn große Willenskraft, die Flasche nach drei kräftigen Schlucken wieder abzusetzen.

Der scharfe Agaveschnaps half gegen den sauren Geschmack im Mund, nicht jedoch gegen sein inneres Elend. Es saß wie ein Geschwür in ihm. Ein mit Eiter gefülltes Geschwür, das langsam in ihm gewachsen und vor einigen Tagen dann plötzlich aufgeplatzt war.

Das öffentliche Cleansing hatte ihn mit Abscheu erfüllt. Vor allem mit Abscheu vor sich selbst. Er fühlte sich erbärmlich, weil er nicht einmal den Versuch unternommen hatte, für Seyward ein Wort einzulegen und nach irgendeinem Ausweg zu suchen, um seine Auslöschung zu verhindern. Vielleicht hätte es doch eine Möglichkeit gegeben, Seyward vor dieser Bestrafung zu bewahren.

Aber er hatte nicht den Mut gehabt. Zu groß war die Angst, dadurch Misstrauen an seiner bedingungslosen Hingabe zu wecken und selbst ins Visier der Fanatiker unter den Oberen des Konvents zu geraten.

Dieser Whitelock war ein von Ehrgeiz zerfressener Mann ohne Gnade. Und wenn er sich auch hütete, es auszusprechen, so kannte er nur ein Ziel, nämlich eines Tages zum Primas ernannt zu werden und uneingeschränkt über Liberty 9 zu herrschen. Um das zu erreichen, war er zu allem bereit. Whitelock hätte sogar seine eigene Mutter, ohne mit der Wimper zu zucken, auf den Stuhl binden und cleansen lassen!

Und Whitelock war nicht der Einzige, der die drakonischen

Vorschriften für rechtens hielt. Unter den Prinzipalen und Mastern gab es viele, die so dachten wie Whitelock. Sherwood, der Neue, gehörte ganz sicher dazu und auch Brewster. Diese Rotkutten kannten nicht den Schimmer eines Zweifels, ob das, was sie taten, auch wirklich notwendig zu verantworten war. Und wer sich ihnen gegenüber eine Blöße gab, indem er auch nur leise Bedenken an dem System anmeldete oder auf die immer knapper werdenden Ressourcen und die Systemausfälle hinzuweisen wagte, brachte sich damit in höchste Lebensgefahr.

Eine einzige gedankenlose Bemerkung reichte schon, um eine Durchsuchung seiner Privaträume heraufzubeschwören. Er mochte das Versteck, wo er seine Tagebücher und so manch anderes verbotenes Gut aufbewahrte, für noch so sicher halten. Dennoch konnte er nicht ausschließen, dass es entdeckt würde. Und dann würde ihn nichts vor der totalen Auslöschung retten!

Ein Schauer lief ihm den Rücken hinunter und schnell nahm er einen weiteren Schluck aus der Flasche. Warum sollte er sich auch zurückhalten? In wenigen Tagen traf mit dem Lichtschiff der Nachschub an all jenen Gütern ein, die sie hier in der Sicherheitszone von Liberty 9 nicht selbst produzieren konnten. Vorausgesetzt, die Mechaniker wurden mit der Reparatur an dem schweren Fluggerät auch wirklich rechtzeitig fertig. Er hoffte es inständig. Denn mit den Versorgungscontainern würde auch eine Kiste mit Flaschen seiner Lieblingsmarke eintreffen. Die Piloten ließen sich diese heimlichen Gefälligkeiten gut bezahlen.

Der Alkohol tat seine Wirkung und seine Gedanken bewegten sich allmählich in eine andere Richtung.

Hatte er nicht die riesigen Trümmerstädte mit eigenen Augen gesehen und sich als junger Mann sogar einmal selbst dort hineingewagt? Und hatte er nicht auch mit eigenen Augen gesehen, wie die Menschen in dieser Dunkelwelt lebten? Nämlich wie die Tiere. Dort ging einer dem anderen an die Gurgel, wann immer er glaubte, den Vorteil auf seiner Seite zu haben! Da gab es kein Gesetz und keine Ordnung. Es sei denn, man hielt die Tyrannei der Stärkeren über die Schwächeren für eine Form von Gesetz und Ordnung.

War es angesichts dieser Zustände, die in der Dunkelwelt außerhalb der drei stark befestigten Hisecis Presidio, Pacifica und Panamera und ihrer angeschlossenen Hisecos herrschten, nicht vertretbar, dass der weise Wächterrat von Hyperion vor Jahrzehnten das Liberty-System ins Leben gerufen hatte? Es war eine Notwendigkeit gewesen. Es hatte damals gar keine Alternative gegeben und es gab sie auch heute noch nicht. Irgendwer musste doch die Aufgabe zum Wohle aller erfüllen. Und war dies nicht bei aller Grausamkeit der humanste Weg?

Die Jungen und Mädchen lebten doch in einem seligen Zustand der Ahnungslosigkeit und opferbereiten Gläubigkeit. Was sie nicht kannten, konnten sie auch nicht vermissen – und schon gar nicht fürchten. Deshalb würden sie ihre große Aufgabe auch ohne jede Angst erfüllen, bis der Tag gekommen war, an dem auch sie ersetzt werden mussten.

Gewiss, es war ein hohes Opfer an jungem Leben. Aber wenn es um die Bewahrung und Zukunft des Allgemeinwohls ging, waren solche Opfer nun mal unvermeidlich. War denn nicht die Geschichte der Menschheit voll von derartig heroischen Beispielen? Und zwar nicht nur in Zeiten von Kriegen. Zu allen Zeiten hatte es die bittere Notwendigkeit gegeben, dass einige wenige ihr Leben für die Allgemeinheit hingaben und die Zivilisation retteten.

Bei den Electoren geschah dies zudem auf die denkbar humanste Art und Weise. Denn wenn sie begriffen, was mit ihnen geschah, war ihr Schicksal schon längst entschieden – und ihre Zeit abgelaufen.

23

»ICH HABE ANGST.«

»Ich auch«, flüsterte Kendira in der pechschwarzen Dunkelheit zurück.

Dabei gab es gar keine Notwendigkeit mehr, leise zu sein. Es war niemand mehr im Keller, der sie hätte hören können.

Panik stieg in ihnen auf. Sie hörte es deutlich an Nekias zittriger Stimme und spürte es auch bei sich selbst.

Aber das durfte sie nicht zulassen, sie musste mit aller Kraft dagegen ankämpfen und einen klaren Kopf behalten! So wie bei einem Run im Schwarzen Würfel. Wenn doch nur nicht diese entsetzliche Dunkelheit gewesen wäre, die sie wie ein Grab umschloss und ihnen das Atmen schwer machte!

»Unsere Lage sieht schlimmer aus, als sie in Wirklichkeit ist«, sagte Kendira und streichelte beruhigend den Arm ihrer Freundin.

»Von wegen! Wir sind geliefert!«, stieß Nekia verzweifelt hervor und löste sich von ihr.

»Wir kommen hier schon wieder heraus«, erwiderte Kendira. »Hörst du? Irgendwie kommen wir hier heraus!«

»O ja, herauskommen werden wir natürlich!«, antwortete Nekia mit schriller Stimme. »Und wenn wir Glück haben, machen sie uns bloß zu Servanten und schicken uns nach Eden! Aber wenn herauskommt, dass wir hier mit dem Servanten zusammen gewesen sind und zudem auch noch Master Seywards Nachricht gelesen haben, werden sie uns dafür auf den Stuhl bringen!«

»Nichts davon wird eintreten, weil keiner von der Sache hier erfahren wird«, widersprach ihr Kendira heftig. »Dante wird uns schon herausholen, wenn oben die Luft rein ist.«

Nekia lachte freudlos auf. »Wie denn? Der hat doch keinen Schlüssel mehr zum Keller. Oder hast du nicht gehört, dass Sherwood ihm den abgenommen hat?«

Kendira wünschte, Nekia hätte sie nicht an dieses Detail erinnert, und schluckte schwer. »Und wenn schon. Er wird dennoch einen Weg finden! Er hat es versprochen, und ich weiß einfach, dass er einen Weg finden wird, um sein Wort auch zu halten.«

»So? Dann scheinst du ihn ja doch viel besser zu kennen, als du bisher zugegeben hast.«

Kendira schwieg einen Moment. »Ja, ich habe ein paarmal mit ihm geredet«, räumte sie leise ein. »Und daher kenne ich ihn eben besser als du.«

»Also doch!« So etwas wie Genugtuung lag in Nekias Stimme. Und für eine kurze Zeitspanne schien sie ihre prekäre Lage und ihre Angst zu vergessen. »Warum gibst du nicht einfach zu, dass zwischen euch etwas ist? Du weißt doch ganz genau, dass ich niemals mit anderen darüber reden, geschweige denn dich bei den Oberen anschwärzen werde. Außerdem kann ich ja verstehen, dass du dich zu Dante hingezogen fühlst, obwohl er nur ein Servant ist. Er hat eine besondere Ausstrahlung, das muss ich zugeben, und gut sieht er zudem noch aus. Zumindest wenn man auf so einen Typ steht.«

»Ich stehe auf gar keinen *Typ,* und ich wüsste auch nicht, zu welcher Art von Typ Dante gehören sollte«, erwiderte Kendira gereizt, um aber gleich mit versöhnlichem Tonfall fortzufahren: »Also bitte hör auf damit, mir etwas einzureden, was einfach nicht ist, Nekia!« Flüchtig fragte sie sich insgeheim, was Dante ihr denn nun wirklich bedeutete. Eine spontane Antwort stellte sich darauf nicht ein. Und um länger darüber nachzugrübeln, war jetzt nicht die Zeit. »Ich mag ihn und finde ihn ... na ja, einfach interessant. Man kann sich gut mit ihm unterhalten, auch wenn er manchmal einige seltsame Gedanken hat. Aber das ist auch schon alles.«

»Findest du ihn denn interessanter als Carson?«

Kendira stöhnte gequält auf. »Du weißt doch, dass ich Carson mag. Er ist auf seine ganz eigene Art interessant. Das eine schließt das andere doch nicht aus.«

Nekia schien sich nun wieder ihrer düsteren Lage bewusst zu werden. »Warum bin ich Idiot dir bloß gefolgt! Dann säße ich jetzt nicht hier in der Falle, sondern wäre mit unserer Clique unten am Liberty Lake.«

»Gute Frage«, pflichtete Kendira ihr zu und spielte mit dem unbekannten Gegenstand in ihrer Hand, den Dante ihr noch im letzten Moment hastig zugesteckt hatte.

Nekia lachte kurz und trocken auf. »Ich bin dir nach, weil ich dir mein Tablet mitgeben und dich bitten wollte, mir diesen australischen Liebesroman herunterzuladen, von dem Colinda so geschwärmt hat. Und als ich dann sah, wie du an unserem Dorm vorbeigerannt und hinten die Servantenstiege wieder hinuntergeschlichen bist, da hat mich einfach die Neugier gepackt und ich bin dir nach. Das habe ich jetzt davon!«, sagte sie zerknirscht. »Wie konnte ich nur so bescheuert sein! Wenn doch wenigstens das Licht noch an wäre! Ich weiß nicht, wie lange ich diese schreckliche Dunkelheit noch ertrage.«

Kendira stutzte plötzlich. »Warte mal! Ich glaube, wir haben gleich Licht!«, stieß sie aufgeregt hervor und tastete den fremden Gegenstand ab.

»Vergiss es. Hier drinnen gibt es keinen Lichtschalter.«

»Ja, aber Dante hat mir schnell noch etwas in die Hand gedrückt, und ich wette, dass es ein Feuerzeug ist.«

»Und weißt du auch, wie man so ein Feuerzeug anmacht?«, fragte Nekia. Electoren benutzten ausschließlich Taschenlampen. Nur Guardians und einige wenige Servanten besaßen solche mit Benzin betriebenen Feuerzeuge, diese Artefakte aus einer längst untergegangenen Zeit. Eigentlich waren sie verboten, genau wie Zigaretten und Alkohol. Aber manchmal fanden diese Sachen ihren Weg in die Hände der Guardians und von ihnen über den geheimen Tauschhandel auch in die von einigen Servanten.

Kendira lachte leise auf. Sie waren mit Kühlaggregaten, Pumpenanlagen und anderen technisch hochkomplexen Systemen vertraut, und Nekia fragte, wie man ein Feuerzeug benutzte! »Na klar, ich habe schon ein paarmal gesehen, wie das gemacht wird. Es ist kinderleicht!« Kurz darauf war in der Dunkelheit ein metallisches Geräusch zu hören, als Kendira den Deckel des kleinen Gehäuses zurückklappte. Sie ertastete das kleine geriffelte Rad, das Funken vom Feuerstein aufblitzen ließ, fuhr druckvoll mit der Daumenkuppe daran entlang – und im nächsten Augenblick flammte am Docht ein helles Licht auf.

»Der Erhabenen Macht sei Dank!«, stieß Nekia erlöst hervor. »So lässt es sich schon ein wenig besser ertragen. Wie lange wird das Ding wohl brennen?«

»Bestimmt ein paar Stunden«, sagte Kendira spontan, um ihre Freundin nicht neu zu beunruhigen. Dabei hatte sie in Wirklichkeit nicht den Schimmer einer Ahnung. Sie wusste ja noch nicht einmal, wie viel Benzin in dem Behälter war.

»Gebe die Erhabene Macht, dass du recht hast!«

»Komm, setzen wir uns drüben auf die Pritsche«, schlug Kendira vor und leuchtete ihnen mit dem primitiven Feuerzeug in der erhobenen Hand. Dabei entzifferte sie auf dem einfachen, arg verkratzten Metallgehäuse den erhabenen Schriftzug *Zippo*, was ihr nichts sagte. »Ich denke, wir haben lange genug neben der Kloschüssel gestanden! Allmählich verliert diese Stelle ihren Reiz, findest du nicht auch?«

Nekia wagte ein Lachen. Es klang fast gelöst. Und dass mit dem Licht bei ihr auch die Hoffnung zurückkehrte, offenbarten schon ihre nächsten Worte. »Das war wirklich geistesgegenwärtig von Dante, dass er dir das Feuerzeug noch schnell zugesteckt hat«, sagte sie und setzte sich mit Kendira auf die harte Pritsche.

Kendira lächelte unwillkürlich. Nekia ließ eine kurze Pause verstreichen, dann sah sie ihre Freundin von der Seite an und sagte: »Wenn Dante es nun auch noch fertigbringt, uns hier herauszuholen, werde ich ihm das nie vergessen! Und dann werde ich auch nie wieder etwas Schlechtes über einen Servanten sagen.«

Kendira wechselte das Feuerzeug in die andere Hand, aber auch da wurde es ihr schnell zu heiß. Deshalb stellte sie es auf den nackten Steinboden. Ihr war, als hätte die Flamme in den letzten Minuten ein wenig von ihrer Leuchtkraft verloren. Ging das Benzin vielleicht schon zur Neige?

Nekia bemerkte ihren besorgten Ausdruck nicht. Sie blickte zur Tür und auf die Stelle, wo Seyward seine verwirrende Nachricht hinterlassen hatte. Sie zog die Brauen zusammen und schüttelte den Kopf. »Verstehst du, was das da soll?«, fragte sie und deutete zur Tür. »Ich jedenfalls kann mir keinen Reim darauf machen. Was ist bloß in Seyward gefahren, einen so wirren und unverständlichen Text auf die Tür zu kratzen? Meinst du, er war nicht mehr bei vollem Verstand, als er das da eingeritzt hat?«

Kendira zögerte kurz, bevor sie antwortete. »Ich finde, es klingt nach dem Aufschrei eines rettungslos Verlorenen und Verzweifelten.« Damit wählte sie wortwörtlich die Formulierung, die Dante benutzt hatte. »Nach jemandem, der uns womöglich noch vieles mitteilen wollte, der aber in seiner Angst nicht mehr die nötige Selbstbeherrschung aufgebracht hat, um seine Botschaft klar und konkret zu formulieren und ohne nutzloses Beiwerk aus Begriffen und Hinweisen, die uns völlig fremd sind und deren Sinn wir natürlich auch nicht verstehen.«

Überrascht sah Nekia sie an. »Wer kann denn so etwas Ungeheuerliches für bare Münze nehmen? Ich meine, dass es angeblich gar keine Auserwählten, sondern nur Verdammte gibt, dass alles Lug und Trug ist und dass uns im Lichttempel eine schreckliche Gefahr droht, das ist doch alles Unsinn, nicht wahr? Seyward muss einfach irre geworden sein!«

»Ich kann mir auch nichts vorstellen, was ungeheuerlicher wäre.« Kendira wusste selbst nicht, was sie glauben sollte – oder besser gesagt, was sie glauben *wollte.* »Kann sein. So was soll es ja geben.«

»Ich meine, so wie man doch auch über Nacht schlagartig weiße Haare kriegen kann«, beharrte Nekia. »Davon habe ich nämlich schon mal gelesen. Ich glaube, das ist dem Helden in dem Roman *Der Graf von Monte Risto* passiert.«

Unschlüssig wiegte Kendira den Kopf.

»Was ist? Erinnerst du dich nicht daran? Du hast den Roman doch auch gelesen. Oder war es vielleicht in einem anderen dieser Mantel-und-Degen-Romane?«

»Es ergibt einfach keinen Sinn, Nekia«, sagte Kendira leise und beklommen.

»Sag ich's doch!«

»Nein, ich meine das anders.«

»Wie, anders?«

»Nun, wenn Seyward wirklich den Verstand verloren hätte,

hätte dann nicht seine Nachricht das irgendwie widerspiegeln müssen?«, gab Kendira zu bedenken und wünschte zugleich, sich ihrer eigenen Logik verschließen zu können. Aber ihre Intelligenz weigerte sich, ihr diesen Gefallen zu tun.

»Aber das tut sie doch!«, kam es fast erschrocken von Nekia. »Was er da hingekritzelt hat, ist doch von vorn bis hinten verrückt! Einfach hirnrissig!«

Kendira schüttelte den Kopf. »Nein, was du meinst, ist, dass der *Inhalt* seiner Nachricht für uns verrückt. An seinen Sätzen und der Art seiner Formulierung findet sich jedoch nicht eine Spur, die darauf hinweisen könnte, dass er geistig verwirrt gewesen wäre. Schau es dir doch an!« Sie wies zur Tür und wiederholte dabei auswendig: *»Die Bibel, das bedeutendste und folgenreichste Buch der Welt, für unzählige Generationen Inspiration, Halt & Hoffnung über den Tod hinaus, Seelengift?* Das ist nicht ein nur völlig klarer Satz, sondern er ist auch mehrfach durch Nebensätze verschachtelt. Drückt sich jemand so aus, der den Verstand verloren hat?«

Nekia biss sich auf die Lippen und schwieg.

»Was natürlich nichts daran ändert«, sagte Kendira, »dass wir uns darauf keinen Reim machen könne. Nimm doch nur diesen einen Satz. Was soll das für ein Seelengift sein, das sich Bibel nennt, angeblich das folgenreichste Buch der Welt sein und Hoffnung über den Tod hinaus geben soll? Was soll das für eine Art von Hoffnung sein? Wenn man tot ist, ist man tot. Ende der Fahnenstange. Punkt. Aus. Schluss.«

Nekia gab keine Antwort. Mit blassem Gesicht starrte sie auf die Tür, schien sie jedoch nicht wirklich zu sehen.

Kendira bemerkte den seltsamen Ausdruck in den Augen ihrer Freundin. Als ob ein tiefer Schmerz oder eine Art von Kummer sie quälte. »Was hast du?«

Nekia schien mit sich zu ringen, ob sie wirklich mit dem herausrücken sollte, was ihr gerade auf der Seele lag. »Ich … ich weiß nicht, wie ich es ausdrücken soll«, begann sie schließlich zögerlich, »aber manchmal überkommt mich nachts, wenn ich nicht schlafen kann, so ein bescheuertes elendes Gefühl …«

Wobei es sich dabei handelte, sollte Kendira vorerst nicht erfahren. Denn plötzlich flammte über ihnen das grelle Deckenlicht auf.

24

WEDER KENDIRA NOCH NEKIA HATTEN DRAUSSEN auf dem Gang Schritte gehört. Das gleißende Licht, das plötzlich ohne jede Vorwarnung von der Decke flutete, ließ sie erschrocken zusammenfahren und von der Pritsche aufspringen.

Sie starrten auf die Tür, zwischen Angst und Hoffnung hin und her gerissen. Wen würden sie gleich zu Gesicht bekommen – Dante oder einen ihrer Oberen? Kam Rettung oder das Verderben?

»Erhabene Macht, lass es Dante sein!«, stieß Nekia inständig mit hervor.

»Das ist er, ganz bestimmt! Es wird alles gut!«, flüsterte Kendira zurück.

Ihre Hände trafen sich, krampften sich umeinander.

Der Riegel fuhr zurück.

Das Blut rauschte in Kendiras Ohren.

Die Tür schwang auf.

Dante!

Nekia gab einen Laut von sich, der zwischen gequältem Aufstöhnen und erlöstem Durchatmen lag. »Lob und Dank der Erhabenen Macht, du bist es wirklich!« Sie sank zurück auf die Pritsche, als hätte sie plötzlich alle Kraft verlassen.

Dagegen überfiel Kendira das impulsive Verlangen, ihm vor Dankbarkeit um den Hals zu fallen. Doch diese spontane Regung wusste sie noch im letzten Moment zu unterdrücken. »Ich wusste, dass du uns hier rausholen würdest!«

»Tut mir leid, dass ihr so lange warten musstet, aber schneller ging es wirklich nicht«, sagte er leise und mit schuldbewusster Miene. Er wusste nur zu gut, dass sie alle um Haaresbreite einer Katastrophe entkommen waren. Und dass er das zu verantworten hatte. Er hatte Kendira gedrängt, sich Master Seywards Botschaft in der Arrestzelle anzusehen. Und damit hätte er sie alle drei beinahe auf den Stuhl gebracht! »Es hat ein bisschen gedauert, bis ich alle Schlüssel, die ich brauchte, zusammenhatte.«

»Nicht so schlimm«, sagte Kendira. »Hauptsache, du bist gekommen! Und jetzt lasst uns aus diesem Keller verschwinden! Was da unten an der Tür steht, kann ich inzwischen auswendig – und Nekia vermutlich auch.«

Nekia verzog das Gesicht und murmelte gequält: »Ich wünschte, ich hätte das wirre Zeug nie zu Gesicht bekommen!«

Kendira bückte sich nach dem Feuerzeug, ließ den Deckel zuschnappen und gab es Dante zurück. »Danke, dass du daran gedacht hast! Ich weiß nicht, was wir ohne dein Feuerzeug gemacht hätten.«

Dante nickte wortlos und steckte es ein.

»Wo hast du denn bloß die Schlüssel zur Lichtburg und zum Keller herbekommen?«, fragte Nekia, als sie Augenblicke später den Gang zur Treppe hinunterschlichen.

»Wir haben schon seit Langem vorgesorgt und uns Nachschlüssel zu fast allen wichtigen Schlössern gemacht, und zwar nicht nur von denen der Lichtburg«, sagte Dante über die Schulter.

Kendira wunderte sich darüber, dass er vor ihrer Freundin so unverblümt einen derart schweren Verstoß gegen den strengen Liberty Code eingestand. Aber dann begriff sie. Natürlich! Von Nekia hatte er ebenso wenig zu befürchten wie von ihr. Ihre Freundin war gezwungen, über alles Stillschweigen zu wahren, wenn sie sich nicht selbst auf den Cleansing-Stuhl bringen wollte. Ob es ihr nun gefiel oder nicht, Nekia war in dieser Stunde zu einer Komplizin geworden.

»Wer ist *wir?*«, fragte Nekia sogleich nach.

Dante tat so, als hätte er ihre Frage nicht gehört. Sie hatten den Treppenaufgang erreicht. »Wartet hier! Ich sehe erst mal oben nach, ob die Luft rein ist! Wenn ihr mich an die Tür klopfen hört, könnt ihr hochkommen. Hört ihr mich pfeifen, versteckt ihr euch dort drüben.« Er wies auf eine Tür schräg gegenüber der Treppe. Sie gehörte schon zu dem Gang, der nach rechts zu den Heizungsanlagen führte. »Das ist ein alter Toiletten- und Waschraum, der nie abgeschlossen ist, weil da nur Putzsachen aufbewahrt werden. Aber ich bin sicher, dass das nicht nötig sein wird. Da oben im Flur treibt sich jetzt keiner mehr herum. Ich will jedoch nichts riskieren. Also wartet hier!«

Kendira und Nekia nickten.

Er schaltete das Ganglicht aus und huschte auf leisen Sohlen die Treppe hoch.

Sie warteten im Dunkeln und lauschten angestrengt nach oben. Dann kam das befreiende Klopfzeichen. Schnell erklommen sie die Treppe und Augenblicke später ließ Dante sie durch die Hintertür hinaus in die Klausur.

»Denkt noch mal gut über Master Seywards Botschaft nach«, raunte er ihr noch zu. »Wir müssen unbedingt rausfinden, was er uns damit hat sagen wollen.«

Kendira nickte.

Nekia machte eine finstere Miene. »Ich werde dir sagen, was wir vor allem müssen!«

»Und das wäre?«, fragte Dante.

»Nämlich höllisch aufpassen, dass wir uns nicht um Kopf und Kragen reden und letztlich auf den Stuhl bringen, bloß weil wir es nicht lassen können, uns um Sachen zu kümmern, die uns nichts angehen.«

Ein kaum merkliches Lächeln huschte über Dantes Gesicht. »Ich halte dich nicht für so einfältig, dass du dir selbst ein Denkverbot geben würdest. Aber lass uns später noch mal in aller Ruhe darüber reden«, sagte er. »Ich muss jetzt hier schleunigst verschwinden.« Er nickte Kendira zu, wandte sich von ihnen ab und verschwand in der Dunkelheit.

»Es wird kein Später geben!«, rief Nekia ihm grimmig, aber leise nach.

»Komm, lass uns zum See laufen«, sagte Kendira. »Die andern werden sich schon wundern, wo wir bleiben.« Im Augenblick wollte auch sie nicht weiter über all das Rätselhafte und Verstörende nachdenken, in das Dante sie immer tiefer verstrickt hatte. Fast wünschte sie, ihn in jener Nacht nicht am Kletterfelsen überrascht zu haben. Wenn sie danach doch wenigstens Distanz zu ihm gehalten hätte! Dann wäre ihre Welt jetzt noch heil und ihr Vertrauen in ihre Berufung zum hochwürdigen Dienst sowie in das rechtschaffene Handeln ihrer Oberen unbeschadet geblieben!

»Ja, aber unsere Schwimmtrikots brauchen wir gar nicht mehr zu holen. Das lohnt sich nicht mehr. Dafür ist es schon zu spät«, sagte Nekia verdrossen nach einem kurzen Blick auf die Uhr. »Aber ich bin ja selber schuld, dass ich dir gefolgt bin und dafür in der finsteren Zelle tausend Tode ausgestanden habe, statt in dieser tollen warmen Nacht Spaß am See zu haben. Es tut mir leid, dass ich dir nachgeschnüffelt habe, aber ich konnte einfach nicht anders. Es war nicht böse gemeint, das musst du mir glauben!«

»Lass uns nicht mehr darüber reden, Nekia! Seien wir lieber froh, dass wir mit heiler Haut davongekommen sind«, sagte Kendira.

Sie kürzten sich den Weg zum Liberty Lake um ein gutes Stück ab, indem sie mehrmals von den gewundenen Kieswegen abwichen, die an vielen Stellen große Bögen schlugen. So auch um das große Labyrinth. Dort nutzten sie die Lücken in den alten, mannshohen Hecken, wo einige Sträucher abgestorben waren und man sich leicht durch das tote Gezweig hindurchzwängen konnte.

Schließlich lag der Liberty Lake vor ihnen. Er hatte die Form eines Flaschenkürbisses mit einem dicken langen Hals und erstreckte sich hinter dem Vista Hill gute anderthalb Kilometer in der Länge. Seine breite Unterseite schmiegte sich an den Hang des Vista Hill, der hier in eine weite Grasfläche auslief. Diese zog sich, unterbrochen von allerlei Gebüsch, einigen kleineren Baumgruppen und hohem Uferschilf, um die östliche Seeseite herum. Dort befand sich auch das Bootshaus, das auf Holzstützen zur Hälfte auf den See hinausreichte. Die Wände hatten einen frischen dunkelgrünen Anstrich, die schweren Holzläden vor den Fenstern sowie die beiden Flügel des Tors trugen ein glänzendes Schwarz, und die Wellblechplatten auf dem Dach waren weiß gestrichen. Gute hundertfünfzig Schritte weiter zeichneten sich am Ufer die Umrisse eines achteckigen Pavillons ab. Dort hinten lag im Schutz von Büschen und Gehölz die Half Moon Bay.

Auf der westlichen Seite gab es keine Uferwiesen. Dort grenzte das große Waldstück nahe an den See, das sich mit seinem dichten Baumbestand und den dunklen, schmalen Felsspalten wie ein Stück unberührter Natur inmitten der Sicherheitszone ausnahm. Das obere, schmal zulaufende Ende des kürbisförmigen Sees zeigte, wie ein schräg von der Frucht abstehender Stiel, nach Nordosten.

Ausgelassenes Geschrei schallte über die Uferwiesen und den See. Man konnte den Eindruck gewinnen, als hätte sich der gesamte Konvent der Electoren zu ihrer abendlichen Rekreation hier versammelt. Was natürlich unsinnig war, denn bestimmt hatten einige ein spannendes Match auf einem der hell erleuchteten Tennisplätze einem Sprung in den kalten See vorgezogen, während andere im Fitnessraum des Gym trainierten. Wieder andere saßen jetzt vor den Terminals in der Mediathek, tauschten ihre hart errungenen Token in der Tube gegen Reisen durch längst versunkene Welten oder gegen lärmende Egoshooter ein, wanderten durch den Kreuzgang der Lichtwelten oder amüsierten sich auf irgendeine andere Art. Denn an Angeboten, die knappe Zeit der Rekreation zu füllen, herrschte wahrlich kein Mangel. Und dann gab es immer noch diejenigen, die versäumten oder nicht verstandenen Unterrichtsstoff nachholen mussten und sich dieser Pflicht gewissenhaft unterwarfen.

Kendira und Nekia steuerten auf ihre Clique und mehrere andere aus dem Alpha-Level zu, die sie gleich beim Bootshaus ausgemacht hatten. Sie kehrten gerade in ihren Kajaks, von denen jedes in einer anderen Farbe gehalten war, von einem Wettrennen ans Ufer und in den hellen Schein der Lampen des Bootshauses zurück. Dabei johlten einige triumphierend und schwenkten ihre Paddel, während andere scheinbar lässig abwinkten und so taten, als machte ihnen die gerade erlittene Niederlage nichts aus.

Carson saß mit Colinda in einem Zweier-Kajak. Aber obwohl sie beide offensichtlich das Rennen gegen die anderen gemischten Teams gewonnen hatten, machte Carson, ganz im Gegensatz zu Colinda im Sitz vor ihm, kein sonderlich glückliches Gesicht.

Als er Kendira mit Nekia an ihrer Seite am Ufer erblickte, hellte sich seine Miene augenblicklich auf.

Er stemmte sich so überraschend aus der Sitzöffnung und

sprang ins Wasser, dass Colinda um ein Haar das Gleichgewicht verloren hätte und gekentert wäre.

Wie umwerfend er doch aussieht!, schoss es Kendira durch den Kopf, als sie Carson aus dem See steigen sah. Der hochgeschnittene einteilige Schwimmbody aus silbergrauem elastischem Material, den Jungen wie Mädchen trugen, klebte ihm klitschnass am Leib und betonte seinen durchtrainierten Körper. Und wie das Wasser aus seinem dichten Haarschopf tropfte, im Licht des Bootshauses glitzerte und ihm über das gebräunte Gesicht perlte, ließ es ihn wirklich unwiderstehlich aussehen.

»Wo bist du gewesen, Kendira?«, rief er ihr zu, während er kraftvoll durch das hüfttiefe Wasser auf sie zu stapfte. »Ich dachte, du wolltest bloß schnell was herunterladen und dann auch kommen. Ich habe auf dich gewartet. Ich dachte, wenigstens eines der Rennen fahren wir zusammen.«

Der Zauber, den Kendira gerade noch empfunden hatte, zerplatzte unter seinem Vorwurf wie eine Seifenblase in der Sonne.

»Sie kann nichts dafür, Carson. Das war allein meine Schuld«, sagte Nekia schnell. »Ich musste mir von ihr unbedingt einige Funktionen dieses Pumpensystems erklären lassen, das wir gerade durchgenommen haben und das morgen beim Test bestimmt drankommt. Tut mir leid, dass ich Kendira so lange damit aufgehalten habe.«

Carson fuhr sich mit der Hand verlegen über das nasse Gesicht. »Aber seit wann brauchst du denn Nachhilfe, Nekia? Du bist doch sonst nicht schwer von Begriff, schon gar nicht, wenn es um Technik geht.«

Nekia zuckte mit den Achseln. »Muss wohl nicht richtig aufgepasst haben, vielleicht habe ich ja von einem betörenden Wassergott oder so was in der Art geträumt.« Sie ließ ihren Blick betont langsam über seinen Körper gleiten. »Außerdem weißt du ja, was jeder Elector schon gelernt hat, noch bevor er zum ersten Mal im Schwarzen Würfel eine Sim-Kabine betritt: ›Hundert Prozent schafft keiner, nicht einmal der Beste!‹ Tja, und manchmal fehlen eben selbst mir ein paar Prozente bis zur Vollkommenheit.«

Er lachte laut auf.

»Carson!«, rief nun Colinda hinter ihm ungeduldig. »Das Boot muss zurück ins Bootshaus und trocken gerieben werden. Willst du die Arbeit vielleicht mir allein überlassen?«

»Nein, natürlich nicht«, rief er zurück.

»Dann pack mit an! Ich will auch noch mal auf einen Sprung ins Wasser.«

»Reg dich ab, ich komme ja schon.« Carson wandte sich an Kendira. »Schön, dass ihr trotzdem noch gekommen seid. Vielleicht schaffen wir es ja morgen Abend, zusammen ein paar Rennen gegen die anderen zu fahren.«

Kendira nickte ihm nur wortlos zu und setzte sich mit Nekia ins Gras. Ihr Blick ging über den See und hoch zu den Bergen, hinter deren eisigen Gipfeln der Mond seine Bahn am Nachthimmel erklomm. Wie eine riesige Silberscheibe, die von einigen kleinen Schmutzflecken gesprenkelt war, schwebte er hoch über dem Tal.

Der Mond bildete ein beinahe perfektes Rund.

Nekia war ihrem Blick gefolgt. »Mensch, wir haben bestimmt

morgen oder spätestens übermorgen Vollmond!«, stieß sie aufgeregt hervor. »Dann ist Lichtmesse und es gibt wieder das Beneficium! Vielleicht werden wir ja diesmal zu Lichtträgern bestimmt. Nach den tollen Ergebnissen im Schwarzen Würfel sollten wir doch eine gute Chance haben, was meinst du?«

»Mhm, ja, sollten wir eigentlich«, pflichtete Kendira ihr bei und hörte nicht wirklich hin. Sie war mit ihren Gedanken ganz woanders. Und diese Gedanken beschäftigten sich nicht mit der hohen Ehre, zum Lichtträger bestimmt zu werden, und auch nicht mit dem erhebenden Einzug in die Lichtbasilika, sondern mit den Zweifeln, die spätestens seit heute im Dunkeln ihres Innersten lauerten und ihr keine Ruhe ließen.

25

DANTE SASS AUF EINEM KLEINEN FELSEN, DER auf der Kuppe des Vista Hill wie ein versteinerter Buckel aus dem Boden wuchs. Er drehte sich nicht einmal um, als er hinter sich das Rascheln von Büschen und Kendiras Schritte auf dem schmalen Pfad zwischen den Sträuchern hörte.

Kendira setzte sich neben ihn. Sie sah ihn nicht an. Ihr Blick ging wie seiner hinunter zum See, der still vor ihnen lag und sich mit dem silbrigen Schein des vollen Mondes schmückte. Lautlos glitt der Schatten eines Nachtvogels über die flirrende Wasseroberfläche und verschwand sogleich wieder in den tiefen Schlagschatten. Es war ein Bild des Friedens, sofern man die ruhelosen Wanderungen der Suchscheinwerfer ausblendete, die im Nordosten über die pechschwarze Wand des Totenwalds geisterten.

»Irgendwie wusste ich, dass du kommen würdest.«

»Und ich wusste, dass du hier sein würdest.«

»Komisch, nicht wahr?«

»Nein, überhaupt nicht«, sagte Kendira leise und fügte in Gedanken hinzu: ist eher beängstigend.

Für ein, zwei Minuten saßen sie schweigend nebeneinander und blickten hinunter auf den Liberty Lake, ohne dass sie das Schweigen als unangenehm oder gar trennend empfunden hätten. »Konntest du auch nicht schlafen?«, fragte Kendira. Sie hatte sich ruhelos von einer Seite auf die andere gewälzt und einfach nicht einschlafen können. So vieles war ihr durch den Kopf gegangen, hatte sie aufgewühlt und bedrückt, sodass der Schlaf gar keine Chance gehabt hatte, ihr Bewusstsein niederzuringen und sie mit sich fortzutragen.

»Ich hatte es erst gar nicht vor«, sagte Dante.

Sie nickte und verzog das Gesicht. »Ich hätte es auch gar nicht erst versuchen sollen«, sagte sie, weil sie zu wissen glaubte, was er meinte. Doch was wirklich hinter seiner Antwort steckte, das sollte sie erst einige Minuten später erfahren.

»Schlaf ist sowieso maßlos überbewertet«, sagte er trocken.

»Wieso?«

»Schlaf kostet Lebenszeit, und die kann manchmal verdammt knapp bemessen sein.«

Sie lachte leise auf. »Aber ganz ohne geht es auch nicht. Und manchmal ist es schon eine Erlösung, wenn man nicht weiter nachdenken und grübeln muss und der Schlaf dem inneren Tumult kurzerhand ein Ende macht.«

»Aber er löst nicht das Problem. Man kann eben nicht davor flüchten, sondern muss sich ihm stellen und es bei den Hörnern packen. Erst wenn weiß, was man unternehmen muss, und sich auch wirklich an die Arbeit macht, findet man seine innere Ruhe zurück.«

»Und du meinst, du kannst diese Probleme, die dich und mich um den Schlaf bringen, lösen?«, fragte sie skeptisch und sah ihn nun von der Seite an. Sein markantes Profil glich in der Dunkelheit einem Scherenschnitt, und es gefiel ihr, was sie sah.

»Haben wir denn eine Wahl?«, fragte er zurück. »Kannst du denn nach Seywards Warnung so tun, als wäre hier in Liberty 9 alles in bester Ordnung?«

Sie zögerte kurz. »Nein, das kann ich nicht, jedenfalls nicht so ohne Weiteres«, räumte sie ein. »So ein beunruhigendes Rätsel ist es auch nicht, wenn du ehrlich bist.«

»Nein, es ist mehr als ein beunruhigendes Rätsel. Es bestätigt mich in meinem Verdacht, dass man uns übel mitspielt«, widersprach er.

»Aber hast du irgendwelche handfesten Beweise?«, fragte Kendira. »Ohne Beweise kannst du es doch nur als eine Art von unbestimmbarem Unbehagen bezeichnen. Ich jedenfalls fand mein Leben als Elector bisher eigentlich ganz wunderbar ...«

»Bevor die Kühe, Mastschweine und Schafe unten in Eden zur Schlachtbank geführt werden, finden sie ihr Leben auch ganz wunderbar«, konterte Dante trocken.

Kendira verdrehte die Augen. »Was für ein Vergleich! Du wirst doch wohl nicht behaupten wollen, wir würden irgendwann zu einer Art von Schlachtbank geführt, oder?«

»Wer weiß? Was immer uns tatsächlich droht, kann so prickelnd ja kaum sein, wenn Seyward uns alle für verdammt und verloren erklärt. Oder hast du seinen letzten Satz vergessen: *Denn euch schicken sie in den sicheren Tod!?*«

Kendira machte ein gequältes Gesicht. »Wie könnte ich! Aber wie soll ich das denn glauben, was Seyward da behauptet?«

»*Glauben* ist ein anderes Wort für *für wahr halten,* Kendira. Und wenn jemand wie Seyward kurz vor seiner Auslöschung so etwas in seiner Zelle hinterlässt, dann haben wir ja wohl allen Grund, das für wahr zu halten! Was für einen Grund hätte er denn auch haben sollen, so etwas zu behaupten, wenn es nicht die Wahrheit ist?«

»Das klingt erst einmal logisch«, gab sie zu. »Aber jetzt frage ich dich, wieso wir alle verdammt und verloren sein sollen! Warum hat man die Lichtburg und den Schwarzen Würfel und all die anderen wunderbaren Einrichtungen für uns geschaffen, wenn wir nicht Auserwählte sind? Treibt man solch einen gigantischen Aufwand für Verdammte und Verlorene? Unsere sorgfältige Aufzucht in Eden und diese aufwendige Ausbildung, die wir nach den Selectionen hier auf dem Gelände der Lichtburg über so viele Jahre hinweg erhalten haben, all das soll Lug und Trug sein? Und wir sollen nicht zum hochwürdigen Dienst im Lichttempel berufen sein, sondern in den sicheren Tod geschickt werden? Wo liegt denn *da* die Logik?«

Er seufzte. »Keine schlechte Frage.«

»In der Tat! Hyperion hat doch nicht Unsummen für die Anlage und den Schutz der Sicherheitszone in diesem abgelegenen Tal ausgegeben und verteidigt Liberty 9 und andere derartige Ausbildungsstätten doch nicht seit vielen Jahren gegen die Nightraider aus der Dunkelwelt, weil es mit uns und den

Oberen ein böses Spiel treiben will! Es gibt doch wirklich keinen einzigen handfesten Beweis, dass wir getäuscht und hintergangen werden.«

»Vielleicht bald doch.«

Wie elektrisiert fuhr sie zu ihm herum. »Wirklich? Ist das dein Ernst?«

Er nickte wortlos.

»Und? Was sind das für Beweise? Woher kommen sie? Ich meine, aus welcher Quelle und so! Nun erzähl schon!«, bedrängte sie ihn.

»Na ja, Jaydan hat ... also, er hat etwas gefunden, das womöglich einige Rätsel löst«, sagte er ausweichend.

»Und was genau ist das?«

»Nimm es mir bitte nicht übel, aber ich möchte lieber noch nicht darüber reden. Ich habe ihm versprochen, dass ich strengstes Stillschweigen darüber bewahre. Und bevor ich dich einweihe, muss ich es erst mit ihm besprechen.«

»Jaydan mag mich nicht, richtig?«

»Quatsch!«, wehrte er sofort ab. »Du bist nun mal ein Elector, vergiss das nicht. Er ist einfach nur extrem vorsichtig, und wenn einem beim kleinsten Fehler die Auslöschung droht, kann man das ja wohl auch verstehen, oder? Außerdem hat Jaydan die Sache, an der er arbeitet, noch nicht ganz unter Kontrolle. Das System ist noch instabil und stürzt immer wieder ab. Er braucht noch etwas Zeit, um die richtige Diagnostik ...«

Der lang gezogene dumpfe Ruf einer Eule ließ ihn mitten im Satz abbrechen und aufhorchen. Der scheinbare Vogellaut kam von der anderen Seite des Vista Hill, dort wo die Kletterwand fast senkrecht in die Höhe stieg. Der Eulenruf ertönte in kurzen Abständen noch zweimal von dort.

Dante sprang auf. »Das ist Jaydan! Ich muss los!«

Auch Kendira kam auf die Beine. »Du bist mit ihm verabredet? Um diese Uhrzeit?«

»Ja, aber er ist heute Nacht viel früher zur Stelle, als wir es eigentlich ausgemacht haben. Schade, heute wäre es mir wirklich nicht sehr eilig gewesen.« Er bedachte sie mit einem vielsagenden Blick. Dann fragte er schnell: »Bleibst du noch hier oder kommst du mit runter?«

»Ich mache mich auf den Weg zurück in die Lichtburg«, sagte sie und folgte ihm auf dem sandigen Pfad, der sich an der Westflanke in Serpentinen hinunterwand.

Obwohl es einfacher gewesen wäre, hintereinander zu gehen, blieb Dante an ihrer Seite. Und als sie zu einer steilen Biegung gelangten, wo lockere Steine und Sand den Weg unsicher machten, fasste er nach ihrer Hand.

»Hier kann man leicht stürzen und sich ordentlich wehtun«, sagte er und hielt sie fest an der Hand.

»Mhm«, erwiderte sie nur, hatte sie doch plötzlich einen Kloß im Hals. Ihr Herz fiel schlagartig in einen schnelleren Rhythmus. Seine Hand fühlte sich voller Kraft und wunderbar warm an. Und diese Wärme, die von seiner Hand ausging und weit mehr als nur reine Körperwärme war, fuhr ihr den Arm hinauf und breitete sich wie eine heiße Woge in ihrer Brust aus.

Sie wechselten nicht ein Wort und sahen sich auch nicht an, während sie so Hand in Hand den Hang abwärtsstiegen. Dabei wurde er viel langsamer, als es die Beschaffenheit des Geländes erforderte. Er gab ihre Hand auch nicht frei, als der Weg auf dem unteren Drittel der Flanke breiter und flacher wurde und nun wirklich keine Gefahr des Ausrutschens mehr bestand. Auch Kendira dachte nicht daran, ihm ihre Hand zu entziehen.

Plötzlich tauchte Jaydan vor ihnen auf. »Verdammt, wo bleibst du denn?«, zischte er ungeduldig. Seine Gestalt war zwischen den Bäumen nur als schattenhafter Umriss auszumachen.

Erst in diesem Augenblick ließen sie einander los.

»Ich muss jetzt!«, sagte Dante leise. »Dabei wünschte ich, ich könnte noch Stunden mit dir da oben sitzen.«

»Ich auch«, hörte sich Kendira zu ihrer eigenen Verblüffung sagen.

Jaydan trat zwischen den Bäumen hervor. »Bist du jetzt bald fertig oder sollen wir die Tour heute Nacht abblasen? Wenn nicht, dann beweg endlich deinen Arsch und nimm mir einen Teil von der Ausrüstung ab. Das Zeug ist verdammt schwer! Schon schlimm genug, dass ich es allein bis hierher schleppen musste.«

Kendira sah nun, dass Jaydan ein dickes Seilbündel über der linken Schulter hängen und sich unter den rechten Arm mehrere längliche Gegenstände geklemmt hatte. Sie waren in eine alte Plane gewickelt. Außerdem baumelten zwei Taschenlampen mit armdickem, langem Schaft, die er durch ein Stück Schnur miteinander verbunden hatte, vor seiner Brust.

»Immer langsam!«, maulte Dante. »Und gewöhn dir in Kendiras Gegenwart einen freundlicheren Ton an!«

»Und du lässt dir bei Gelegenheit mal den Verstand untersuchen, bevor er dir weggebrannt wird«, gab Jaydan bissig zurück. »Wir können jede Minute, die du hier verquasselst, anderswo gut gebrauchen.«

»Erhabene Macht, was habt ihr denn vor?«, stieß Kendira beunruhigt hervor.

Dante schenkte ihr ein geheimnisvolles Lächeln. »Denk an den Vogel, von dem ich dir mal erzählt habe. Jeder Vogel lernt auf seine Art und Weise das Fliegen«, raunte er ihr zu und ging dann raschen Schrittes zu Jaydan. Er nahm ihm die Sachen ab, die sich sein Freund unter den rechten Arm geklemmt hatte. Was immer in der Plane verborgen war, es bestand aus Metall, wie das gedämpfte Klirren verriet. Augenblicke später hatte die Dunkelheit die beiden verschluckt.

26

SIE WAR MIT EINEM LÄCHELN EINGESCHLAFEN, daran erinnerte sich Kendira am nächsten Morgen noch ganz deutlich. An den Inhalt der grässlichen Albträume, die sie später in der Nacht heimgesucht hatten, vermochte sie sich dagegen nicht mehr zu erinnern. Was in ihr nachklang, war der vage Eindruck, unablässig gehetzt worden zu sein, bis sie dann irgendwann in einen endlosen Abgrund gestürzt war.

Nekia war es nicht viel besser ergangen. »Was für eine beschissene Nacht! Ich fühle mich heute wie gerädert«, klagte sie, als sie zum Morgenappell vor die in Lichtkaskaden getauchte Lichtburg traten. »Nicht mal die kalte Dusche hat geholfen.«

»Ich habe mich auch schon mal frischer gefühlt.«

»Na ja, lieber eine beschissene Nacht und dunkle Schatten unter den Augen, als jetzt da unten in der Zelle zu hocken und darauf zu warten, dass sie einen auf den Stuhl schnallen«, raunte Nekia ihr zu.

Der schwarze Humor ihrer Freundin brachte ein gequältes Lächeln auf Kendiras Gesicht. »Stoß mich an, wenn ich gleich einzuschlafen drohe«, sagte Nekia unter lautem Gähnen, während die letzten, weithin schallenden Fanfarenklänge als Echo von den Berghängen zurückkamen. »Obwohl, das Morgenlob kann ich ja auch im Schlaf.«

Primas Templeton trat mit den Prinzipalen vor das Portal. Augenblicklich flammte der gleißende Lichtdom über dem Vorplatz auf und die Laser auf den umliegenden Dächern projizierten den rotierenden Hyperion-Kubus in kräftigen Spektralfarben unter das leuchtende Gitter.

»Gelobt und gepriesen sei die Erhabene Macht!«

»Gelobt und gepriesen sei die Erhabene Macht!«, donnerte es in vertrauter Einstimmigkeit aus Hunderten von Kehlen und doch wie aus einem einzigen Mund.

Kendira ließ nicht eines der vorgegebenen Worte aus, aber sie kamen ihr automatisch über die Lippen. Seltsam unbeteiligt ließ sie den Morgenappell über sich ergehen. Sie blieb auch völlig unberührt von den spektakulären Lichteffekten. Dabei hatte dieses Schauspiel sie bislang noch jeden Morgen mit Stolz und Begeisterung erfüllt, egal wie müde sie gewesen war. Stolz und Staunen stellten sich an diesem Tag jedoch nicht ein. Es war, als wäre der Zauber verflogen und als hätte sich in ihr über Nacht eine innere Distanz gebildet.

Wie schon mehr als tausend Mal zuvor, hörte sie Primas Templeton von auserwählten Söhnen und Töchtern des Lichts, den treuen Dienern der Erhabenen Macht reden, von der unerschütterlichen Entschlossenheit eines wahren Electors, seinem hohen Auftrag gerecht zu werden, und von dem unablässigen Streben nach noch größerer Vollkommenheit und Hingabe. Und wie über tausend Mal zuvor, beantwortete sie diesen allmorgendlichen Aufruf ihres Primas auch jetzt mit dem erwarteten kraftvollen Versprechen »Das geloben wir!«.

Aber auf einmal klangen all die feierlichen und gewichtigen Worte in ihren Ohren befremdlich hohl. Und dass dem so war, erschreckte sie fast noch mehr. Aber erwehren konnte sie sich dessen nicht.

Die Saat des Zweifels, die Dante in ihr ausgebracht und die dank Master Seywards Botschaft kräftige Wurzeln getrieben hatte, sie hatte ihr die noch vor wenigen Tagen für unerschütterlich gehaltene Überzeugung geraubt, auserwählt und zu einem hochwürdigen Dienst bestimmt zu sein. Nun wusste sie nicht mehr, was sie für wahr halten sollte.

Nach wie vor *wollte* sie an ihr Auserwähltsein und ihre hohe Berufung glauben, aber es gelang ihr einfach nicht mehr. Der Stachel des Argwohns, auf irgendeine Weise von ihren Oberen getäuscht zu werden, saß schon zu tief.

Nun kehrte die Erinnerung an die vergangene Nacht zurück, als Dante ihre Hand genommen und sie fest umschlossen gehalten hatte, als wollte er sie nie wieder freigeben. Und auch das Herzklopfen stellte sich wieder ein. Sie konnte sich nicht erinnern, jemals etwas ähnlich Aufregendes und zugleich Tiefgreifendes empfunden zu haben. Nicht einmal mit Byrd, als er sie das erste Mal an sich gezogen hatte, um sie zu küssen. Sie war nach seinem ersten Kuss mehr amüsiert als dahingeschmolzen gewesen, sie hatte sogar gelacht.

Aber gestern bei Dante, als sie den gewundenen Pfad hinuntergestiegen waren ...

Hastig schob Kendira den Gedanken beiseite und rief sich scharf zur Ordnung. Sie musste vernünftig sein und durfte derartigen Verrücktheiten keine Bedeutung beimessen, die ihnen nicht zukam – und die ihnen auch in Zukunft nicht zukommen würde!

Und mit diesem festen Entschluss, der mit dem Ende des Morgenappells zusammenfiel, begab sie sich mit Nekia zum Frühstück ins Refectorium.

Auf dem Weg dorthin trat Carson an ihre Seite. Wie üblich hatte er Duke sowie Fling und Flake im Gefolge. »Einen lichtvollen Morgen, ihr hochwürdigen Hübschen!«, begrüßte er sie schwungvoll.

»Reiß dich mal ein bisschen zusammen, Carson!«, sagte Nekia mürrisch. »So eine unverschämt gute Laune so früh am Morgen ist einfach unerträglich und sollte unter Strafe stehen!«

Auch Kendira kam Carsons betont munteres Auftreten ein wenig übertrieben vor, und ihr war, als könnte sie dahinter eine Spur von Verlegenheit entdecken.

Carson lachte. »Wieso? Ich habe allen Grund, fröhlich zu sein, und ihr auch. Denn es ist endlich wieder so weit: Heute Abend geht es zur Lichtmesse in die Basilika!«, eröffnete er ihnen aufgekratzt und fuhr an Kendira gewandt fort: »Wir haben zufällig mitbekommen, wie Templeton seine Bulldogge Sherwood aufgefordert hat, zusammen mit Master Wilford die

Lichttechnik in der Basilika noch einmal gründlich zu überprüfen, damit es heute Abend keine Ausfälle gibt.«

»Lichtmesse?« Nekias Gesicht hellte sich auf. Schlagartig verlor es den missmutigen Ausdruck. »Wenn das so ist, will ich dir deine gute Laune noch mal verzeihen«, sagte sie mit einem breiten Grinsen. »Eine Lichtmesse ist genau das, was ich heute brauche.«

»Auch wenn es kein Beneficium geben würde?«, frotzelte Flake.

»Ohne Beneficium wäre es doch gar keine echte Lichtmesse, du Trottel!«, gab Nekia zurück. »Nein, das Beneficium muss schon sein. Ich bin nun mal nur für das Echte zu haben!«

»Es wird hinterher noch etwas anderes Echtes geben, Freunde!«, warf Duke nun mit einem verschwörerischen Unterton ein, beugte sich näher zu Kendira und Nekia und fuhr dann mit gedämpfter Stimme fort: »Ich habe über einen der Servanten eine geheime Quelle bei den Guardians angezapft und kann uns für unsere private Feier nach der Lichtmesse Pfirsichbrandy vom Feinsten besorgen.«

Während sich Kendira nicht viel aus dem scharfen Zeug machte, bekam Nekia glänzende Augen. »Pfirsichbrandy? Mensch, das wäre eine Wucht, Duke!« Sie hielt ihm die Hand zum High Five hin, und als Duke sie abgeklatscht hatte, warnte sie scherzhaft: »Jetzt stehst du im Wort! Also trau dich uns nach der Lichtmesse bloß nicht ohne das Zeug unter die Augen!«

Duke grinste. »Kein Sorge, der Deal ist schon so gut wie perfekt!«

Carson wechselte das Thema, während sie das Refectorium

betraten, und fragte an Kendira gewandt: »Was meinst du, wen die Oberen diesmal wohl zu Templetons Lichtträgern bestimmen? Eigentlich wären wir beide ja wieder mal an der Reihe, findest du nicht auch?«

»Das vorauszusagen, ist ja wohl fast so unmöglich, wie einen hundertprozentigen Run zu fahren«, erwiderte sie, konnte jedoch nicht verhindern, dass die freudige Erregung der anderen auch auf sie übersprang. »Und wer dran ist, das sehen die Oberen aller Erfahrung nach ja fast immer anders als wir.«

Die Lichtmesse war für alle der unbestrittene Höhepunkt eines jeden Monats. Als einer der zwölf Lichtträger zusammen mit dem Primas in die Basilika einziehen zu dürfen, galt als höchste Auszeichnung. Jeder strebte danach, seinen Namen auf der elektronischen Tafel in der Halle der Lichtburg zu lesen.

Aber mit dieser ehrenvollen Aufgabe wurden immer nur drei Electoren aus jedem Level benannt. Die Chancen standen also bestenfalls 16 zu 1. Und auch wenn die Wahl der Oberen nicht ausschließlich auf diejenigen fiel, die im Schwarzen Würfel und in den anderen Unterrichtsfächern exzellente Ergebnisse erzielten, so spielten diese bei der monatlichen Auswahl doch ganz sicher mit eine Rolle.

Letztlich aber konnte man nie vorhersagen, wer Lichtträger wurde. Fay war dafür das beste Beispiel. Sie war schon seit fünf Lichtmessen nicht mehr bedacht worden, dabei übertraf sie mit ihren Leistungen in der Sim-Kabine, aber auch in den anderen Fächern alle anderen Electoren – und das konstant. Deshalb blieben auch die Wetten spannend, wen die Oberen wohl übergehen und wenn sie beehren würden.

Insgeheim rechnete sich Kendira heute gute Chancen aus. Ihre letzte Ehrung lag geschlagene neun Monate zurück, und in dieser Zeit hatte sie sich im Schwarzen Würfel beständig als eine der besten Driver im Fünfer-Team und als Solo Runner bewiesen.

An diesem Vormittag, als sie wieder zum Tanz der Tausend Stäbe in die Sim-Kabinen des Schwarzen Würfel gerufen wurde, brach sie jedoch auf bestürzende Weise in ihren Leistungen ein.

Master Chapman hatte sie an diesem Tag auf seiner Liste für Solo Runs, was sie insgeheim mit einer gewissen Erleichterung erfüllte. Sie hatte nämlich das ahnungsvolle Gefühl, dass sie in ihrem derzeitigen Gemütszustand als Driver nicht viel taugte und ihr Team das hätte ausbaden müssen.

Aber auch als Solo Runner saß Kendira von Anfang an nervös und angespannt vor der Konsole. Es war jedoch nicht die erwartungsvolle Anspannung, die gewöhnlich vor einem Run von ihr Besitz ergriff und sie in einen Zustand höchster Konzentration versetzte. Es war das genaue Gegenteil davon, nämlich eine nervöse Anspannung, die sich aus Beklemmung und dem instinktiven Wissen zusammensetzte, sich gleich nicht stark genug konzentrieren zu können.

Und dementsprechend katastrophal fuhr sie den Run. Kaum hatte sich der virtuelle Raum auf der Bildschirmwand belebt und die tiefe Schwärze den ersten Schwarm Stäbe aufsteigen lassen, als sie auch schon den ersten groben Fehler machte. Gedanken, die nichts mit dem Run zu tun hatten, schwächten ihre Aufmerksamkeit, lenkten sie für Sekundenbruchteile ab.

Master Seyward kam ihr in den Sinn, das Bild der Arrestzelle und die ins Metall gekratzte Nachricht.

Wie kann das hier alles Lug und Trug sein?

Sie zuckte zusammen und riss den Blocker mit dem Joystick nach links unten. Aber sie war zu spät zur Stelle, um zwei Ausweichler noch rechtzeitig abfangen zu können. Die Randschwärze hatte sie schon verschluckt.

Das war ihr seit Jahren nicht mehr passiert. Ein solches Manöver beherrschte sie eigentlich perfekt und führte es sonst reflexartig aus!

Es blieb nicht bei diesem einen groben Fehler. Sie verlor einen Stab nach dem anderen. Mal überzog sie den Bouncer, sodass der Stab einen viel zu harten Stoß erhielt und wie eine Rakete aus der Bildfläche schoss, mal schlampte sie mit dem Grip oder drückte zu hastig den Locker. Und je mehr Stäbe ihr entkamen, desto fahriger und nervöser wurde sie.

All diese Fehler wären vielleicht noch hinnehmbar gewesen, wenn Chapman ihr einen Run mit extrem hohem Speed auf die Wand geschickt hätte. Aber das war nicht der Fall.

Dass sie den Run schließlich mit beschämenden 71,6 Prozent beendete, beruhte allein auf mangelnder Konzentration und motorischer Fahrigkeit.

Mit hochrotem Kopf starrte Kendira auf die Anzeigetafel in der Lounge. Sie wusste vor Scham nicht, was sie sagen sollte. Es gab nichts, was sie zu ihrer Entschuldigung hätte vorbringen können. Als sie das letzte Mal ein solches Ergebnis erzielt hatte, war sie noch im Delta-Level gewesen, und dort galt alles jenseits von 65 Prozent als hervorragend. Doch für einen Alpha-Elector, der mehr als drei Jahre Training hinter sich hatte, waren 71,6 Prozent eine Blamage!

»Erhabene Macht, was war denn das, Kendira? Der Run ist dir ja vollkommen aus dem Ruder gelaufen!«, stieß Master Chapman hervor. »Was um alles in der Welt ist bloß mit dir los, dass es zu solch einem unglaublichen Einbruch hat kommen können?«

Sie senkte den Blick, weil sie die bittere Enttäuschung, die auf seinem Gesicht stand, nicht ertrug. »Ich weiß auch nicht, wie mir das passieren konnte«, murmelte sie. »Ich hatte eine schlechte Nacht, irgendwie konnte ich keinen Schlaf ...«

»Das lasse ich nicht gelten!«, schnitt Chapman ihr das Wort ab. »Du kommst nicht frisch von den Selectionen, sondern trägst das Hologramm des Alpha-Electors auf deiner Brust! Von dir darf man deshalb erwarten, dass du selbst nach einer schlaflosen Nacht noch in der Lage bist, bei einem Solo Run mindestens 85 Prozent zu bringen!« Er schüttelte den Kopf. »Und ich dachte, du wärst reif für den hochwürdigen Dienst!«

Die Worte stachen wie Messer, zumal sich noch andere Electoren aus dem Gamma- und Beta-Level in der Lounge aufhielten. Diese verfolgten den Anschiss eines Alpha-Electors mit unverhohlener Schadenfreude. Ausgenommen Zeno, der sie ähnlich fassungslos ansah wie Master Chapman, und das war fast noch schlimmer.

Am liebsten wäre Kendira im Boden versunken. Ihr einziger Trost war, dass keiner aus ihrem Level anwesend war. Aber natürlich würden sie von ihrem Versagen erfahren, wenn nicht von Zeno, dann von einem anderen Beta-Elector.

»Los, zurück in die Kabine!«, befahl Chapman ihr schroff. »Und wehe, du strengst dich nicht an!«

Wie ein geprügelter Hund kehrte Kendira in die Sim-Kabine zurück. Sie hatte einen ekelhaften Geschmack im Mund, und kalter Schweiß stand ihr auf der Stirn, als sie hinter der Konsole in den Schalensitz sank.

Sofort begann die emotionslose Computerstimme mit dem Countdown: »Zehn ... neun ... acht ...«

Ihre Hände zitterten, als sie nach den Joysticks griff. Eine Blamage wie gerade eben durfte sich nicht wiederholen. Doch die Angst, dass genau das eintreten könnte, trieb ihr den Schweiß aus den Poren.

» ... sieben ... sechs ... fünf ... vier ...«

Verdammt noch mal, reiß dich zusammen!, ermahnte sie sich selbst. *Du bist ein Alpha-Elector – und zwar einer der besten! Also zeige allen, dass das eben nur ein blöder Ausrutscher war!*

» ... drei ... zwei ... eins ... RUN!«

Der virtuelle Raum vor ihr erwachte und der Tanz der Stäbe begann erneut. Mit aller Willenskraft konzentrierte sie sich auf ihre Aufgabe, und all die anderen Gedanken, die ihr vor Kurzem noch unkontrolliert durch den Kopf geschwirrt waren, prallten nun an dieser inneren Schutzwand ab.

Diese Barriere aufrechtzuerhalten, kostete enorm viel Kraft, aber sie geriet nicht ins Wanken. Und wenn sie bei diesem zweiten Solo Run auch keine Höchstleistung erbrachte, die es wert gewesen wäre, auf der Leuchttafel festgehalten zu werden, so lieferte sie dennoch ein annehmbares Ergebnis ab.

»90,8 Prozent. Das sind zwar immer noch mehrere Prozente

weniger als sonst, aber nach dem Desaster vorhin doch eine akzeptable Ehrenrettung«, knurrte Chapman halbwegs versöhnt und beachtete sie dann nicht weiter. Das war seine Art, ihr zu verstehen zu geben, wie tief enttäuscht er von ihrem Leistungseinbruch gewesen war – und wie sehr diese Enttäuschung noch immer in ihm nachwirkte.

Erleichtert und zugleich doch irgendwie deprimiert, verließ Kendira den Schwarzen Würfel. Bislang hatte jedes Mal, wenn sie hinter der Konsole Platz genommen hatte, dieses Hochgefühl aus Erregung, Entschlossenheit und brennender Leidenschaft von ihr Besitz ergriffen. Dieses Gefühl hatte sich heute nicht eingestellt. Sie hatte vielmehr den Eindruck gehabt, als wäre dieses Feuer in ihr über Nacht erloschen.

27

NACH DEM ESSEN STAHL SICH KENDIRA AUS dem Refectorium. Sie wollte mit keinem reden, schon gar nicht mit Carson. Andererseits wollte sie ihn auch nicht verletzen, wenn er gleich zu ihnen an den Tisch kam und fragte, ob sie die Rekreation zusammen verbringen wollten. Ihr Gefühl sagte ihr, dass er genau das gleich fragen würde. Deshalb huschte sie schon einige Minuten vor Ende des Mittagessens unter einem Vorwand aus dem Saal.

Sie brauchte nicht lange zu überlegen, wohin sie sich zurückziehen musste, um völlig ungestört zu sein, nicht reden zu müssen und auf andere Gedanken zu kommen. Und das war die Tube. Sie hatte zudem genug Token, um sich endlich wieder einmal einen Ride durch die versunkenen Welten zu gönnen und dort alles andere für eine Weile zu vergessen.

Die Sonne brannte heiß vom Himmel, als sie mit eiligen

Schritten den weitläufigen Platz zum Ringgebäude der *Adventastik Ring Arcade* überquerte.

Aus der Nähe wirkte die stählerne Konstruktion nicht mehr ganz so beeindruckend wie aus der Ferne. Die schweren T-Stahlträger und das massive Gestänge, auf denen die vier großen äußeren Tubes ruhten, zeigten an vielen Stellen einen starken Rostbefall. Und vermutlich sah das Gestänge, das im Innern die acht kleineren Tubes trug, nicht viel besser aus.

Die Sensoren zu beiden Seiten der Tür registrierten die aktiven Token an Kendiras Handgelenk und die Tür glitt automatisch auf. Wer sich dem Eingang ohne aktivierte Token näherte, dem blieb der Zugang verwehrt.

Sie betrat die schmucklose Vorhalle, einen hell erleuchteten Kasten aus geriffelten Stahlblechen. Die Decke über ihr bildete der gut fünf Meter breite Boden der unteren Riesentube. Vor ihr zu ihrer Rechten führte eine offene Stahltreppe in die vier oberen Stockwerke. Zu ihrer Linken ging ein ähnlich einfacher Laufsteg aus Stahlgittern vom Vorraum ab. Er führte zu den Zugangsschleusen der acht inneren Tubes, die sich im dreißig Meter weiten Durchmesser Riesentubes aneinanderreihten.

Die vier größeren Tubes wiesen immerhin noch einen Durchmesser von zweiundzwanzig Metern auf, wobei sie in ihrem Innern acht Meter Spielraum zwischen den Seitenwänden boten. Da entwickelten die halbstündigen Egoshooter wie *Space Battle, Urban Warfare, Alien Invasion* und *Battlefield Earth* noch eine recht spektakuläre Wirkung. Vorausgesetzt man hatte Spaß daran, mit einem Sim-Gewehr, das einer Pumpgun nachempfunden war, oder einem Sim-Laser in wildem

Zickzack durch die Tube zu laufen und sich unter irrsinnigem Getöse wüste Feuergefechte mit blutrünstigen Monstern, außerirdischen Kampfmaschinen oder mordlüsternen Söldnertruppen zu liefern.

Die vier kleinsten Tubes kamen dagegen nur noch auf einen Durchmesser von zwölf Metern. Dort konnte man ausschließlich unter einfachen zwanzigminütigen Shooter Games wählen, die nur einen gelben und im höchsten Level einen grünen Token kosteten. Mehr waren sie auch nicht wert, in Kendiras Augen noch nicht einmal einen gelben, zumal man wegen des geringen Durchmessers kein weites Blickfeld vor sich hatte.

Noch war es still und ausgestorben in der Vorhalle und auf den inneren Laufstegen. Aber in wenigen Minuten, wenn der Dreitongong das offizielle Ende des Mittagessens verkündete und das Refectorium sich rasch leerte, würde es hier sehr laut und betriebsam zugehen, besonders im Bereich der Schleusen zu den kleinen Tubes.

Dann würden sich dort vor allem die Jungen in Gruppen drängen, über die zur Wahl stehenden Spiele hitzig diskutieren und Teams bilden. Denn bei einigen dieser Shooter Games konnte man zu zweit oder auch zu dritt in den Kampf ziehen und dementsprechende Programme wählen.

Kendira erklomm das stählerne nackte Treppenhaus und begab sich ganz nach oben. Die Programme der drei unteren Tubes boten neben Shooting Games zwar auch sehr aufregende Rides. Aber nur in der Tube ganz oben konnte man Fahrten aus dem Programm *Lost Worlds* auswählen.

Wenig später stand sie vor der Schleuse zur oberen Tube.

Über dem Eingang leuchtete ein grünes Licht. Sie berührte kurz den Wandsensor, und die Tür, milchiges Kunstglas in einem Stahlrahmen, öffnete sich mit einem scharfen Zischlaut. Sie trat in die Kabine, und während sich die Tür hinter ihr wieder schloss, flammte gleichzeitig die Beleuchtung über der Konsole auf, und das Display, groß wie zwei nebeneinanderliegende Tablets, erwachte mit einem hellen, nachhallenden Computerlaut zum Leben.

Die Liste mit den zur Verfügung stehenden Rides durch versunkene Welten erschien auf dem hinterleuchteten Touchscreen. Die jeweiligen Namen standen in blauen oder roten Kästen. Die Farben gaben den Wert des Tokens an, der für die jeweiligen Rides eingesetzt werden musste.

Kendira kannte die Reihenfolge längst auswendig, dennoch scrollte sie langsam durch die Liste abwärts und ließ die Titel auf sich wirken, als wüsste sie noch nicht recht, wofür sie sich diesmal entscheiden sollte.

Es begann mit der Nilfahrt *Fluss der Pharaonen,* gefolgt von der Karawane *Das Abenteuer Seidenstraße,* der Zugreise durch Indien *Von Darjeeling nach Madras,* der schwindelerregenden Motorradrallye *Paris-Dakar,* der Ballonfahrt über *Städte der alten Welt* und dem Schlittenhundrennen *Durch Eis und Schnee,* das einen hoch im Norden durch das winterliche Alaska führte. Danach ging es auf der Liste weiter mit *Einmal um die Welt,* der Reise über die sieben Meere an Bord eines Viermasters, mit *Unterwasserwelt,* einem farbenprächtigen Tauchgang zu Korallenriffen, mit dem *Flug des Condor,* der in die Welt der Anden entführte, sowie mit *Amazonien,* einer Flussfahrt und aufregenden

Durchquerung des Regenwalds. Den Abschluss der Liste machte der Ride *Die Savannen Afrikas.*

Und diese Reise war Kendiras Liebling.

So aufregend und faszinierend auch viele andere Rides waren, so konnte sie doch von der Weite und Schönheit der afrikanischen Landschaften und der dort lebenden Tiere nach all den Jahren immer noch nicht genug kriegen.

Ohne auch nur einen Moment zu zögern, tippte sie auf dem Touchscreen den roten Balken an, mit dem der Ride *Die Savannen Afrikas* unterlegt war. Daraufhin begann sich auf dem Display der Zeiger einer bunten Windrose unablässig im Kreis zu drehen, während der Sensor auf der Konsole nach einem roten oder ersatzweise zwei blauen Token an ihrem Armband suchte. Er fand den roten, deaktivierte ihn, und der Zeiger der Windrose blieb stehen und wies auf ein kleines Elefantensymbol, das auf am Rand aufleuchtete.

»Freischaltung durch roten Token erfolgt. *Die Savannen Afrikas* werden hochgeladen. Begeben Sie sich in den Rover, legen Sie den Sicherungsbügel um und warten Sie das Startsignal ab!«, sagte die Computerstimme aus dem Lautsprecher.

Gleichzeig glitt eine Metalltür zu ihrer Rechten seitlich in die Wand zurück und gab den Blick frei auf einen kurzen Metallsteg und das, was das Programm als »Rover« bezeichnete. In Wirklichkeit handelte es sich dabei nur um eine zweisitzige Bank mit hoher, gepolsterter Rückenlehne, hüfthohen Seitenteilen und einem dicken, gleichfalls gepolsterten Sicherheitsbügel auf der Vorderseite. Die Bank ruhte auf einem hydraulischen Unterbau, der nach allen Seiten hin beweglich war, und lief auf Schienen, die in den Boden der Tube versenkt waren, was bei der schwachen Beleuchtung jedoch nicht zu erkennen war.

Kendira trat auf den Steg, setzte sich in das Gefährt und zog den Sicherheitsbügel zu sich heran. Mit einem vernehmlichen metallischen Klicken rastete die Sicherung ein. Die Polsterung der Stange übte einen sanften Druck auf ihren Oberschenkeln und Hüften aus.

»Start in zehn Sekunden!«, verkündete die Computerstimme. Die schwache Beleuchtung in der Tube fuhr automatisch herunter und wurde zu einem schwachen Glimmen.

In freudiger Erwartung starrte Kendira hinaus in die undurchdringliche Schwärze der riesigen Tube, die einen fast zehn Meter breiten Fahrstreifen für den Rover bot und eine Deckenhöhe von fünf Metern aufwies.

»... zwei ... eins ... für den Ride *Die Savannen Afrikas*!«

Mit einem sanften Ruck und fast lautlos setzte der Rover sich in Bewegung, glitt aus der Parkbucht und hinaus auf den Track. Und wo eben noch totale Finsternis geherrscht hatte, da erschien nun von einer Sekunde auf die andere vor ihren Augen das plastische Bild einer afrikanischen Savanne, die in mildes Morgenlicht getaucht war. Der Blick ging über eine mit majestätischen Schirmakazien bestandene Ebene und schien bis an den fernen Horizont zu reichen, wo sich die vagen Umrisse von Bergeen abzeichneten.

Kendira fand sich auf dem Dachsitz eines alten Land Rover wieder, der über einen holprigen Savannenpfad rumpelte. Sie sah vor sich die verkratzte, beulenreiche Motorhaube mit dem schweren Kuhfängergrill. Bei jeder Bodenwelle und jedem Schlagloch ging ein entsprechender Stoß durch den Wagen – und damit auch durch den Rover, sodass sie sich am Seitenbord und am Sicherheitsbügel festhalten musste.

Die Fahrt ging vorbei an verfilztem, dornenreichem Buschwerk und Feldern aus hohem Elefantengras, das im warmen Morgenwind wie ein endloses Meer aus Gräsern wogte. Und diesen Wind spürte Kendira tatsächlich auf ihrer Haut, kam er in der Tube doch aus versteckten Luftdüsen.

Aber auch die Temperaturen in der Tube passten sich dem afrikanischen Klima an. Noch war die Wärme angenehm, aber wenn gegen Halbzeit der Reise die Sonne hoch über der afrikanischen Ebene stand, würde sie für ein paar Minuten einen ordentlichen Gluthauch hier in der Röhre zu spüren bekommen, bis dann mit Sonnenuntergang wieder erträgliche Temperaturen herrschen würden.

Zebras zogen über die Steppe, hoch in den Bäumen tobten Affen kreischend durch das Geäst und Raubvögel sowie Aasgeier kreisten in hohen, lautlosen Schleifen am tiefblauen Himmel und hielten Ausschau nach Beute.

Kendira versank völlig in dem Zauber, der von der Landschaft und den Tieren in der freien Wildbahn ausging. Zu ihrer Linken bemerkte sie eine Gruppe von Giraffen, die mit wiegenden Schritten und wippenden Hälsen gemächlich zwischen weit ausladenden Schirmakazien mit ihrem dichten grünen Blätterdach stolzierten.

Augenblicke später scheuchte der Land Rover, auf dessen Dach sie zu sitzen meinte, eine Familie von Warzenschweinen auf. Sie reckten kurz ihre gefährlichen halbkreisförmigen Hauer, stoben dann aber unter lautem protestierendem Grunzen davon. In der Ferne tauchte eine Herde Antilopen auf, die mit unglaublich weiten Sprüngen und zugleich doch grazilen Bewegungen dahinjagten.

Ob sie verfolgt wurden, ließ sich nicht feststellen. Aber Kendira wusste, dass sie später Zeuge einer Jagd und eines Kampfs auf Leben und Tod werden würde, nämlich wenn drei Löwen eine junge Antilope durch raffinierte Manöver von ihrer in Panik fliehenden Herde trennten und sie zu erlegen versuchten.

Manchmal ließ das Programm, das verschiedene Variationen im Ablauf eines jeden Rides gespeichert hatte und eine davon nach dem Zufallsprinzip auswählte, die Antilope entkommen. Meist jedoch gelang es den Löwen, ihr Opfer zu Boden zu reißen und es mit einem Biss in die Kehle rasch zu töten.

Kendira freute sich schon auf die Szenen am breiten Fluss, auf die träge dahintreibenden Nilpferde und die im Schilf und auf den Sandbänken lauernden Krokodile und ganz besonders auf die bestimmt tausendköpfige Herde von Gnus, die auf ihrer Wanderung den schlammigen Fluss überqueren mussten und dabei Gefahr liefen, geradewegs in die gierigen Rachen der Krokodile zu rennen.

Manchmal kamen die Gnus ungeschoren davon, wenn die hässlichen Ungetüme im Wasser abgelenkt waren und sich weiter flussaufwärts um einen alten Kadaver balgten. Aber ohne Opfer ging die Flussüberquerung einer derart großen Herde so gut wie nie ab. Fressen und gefressen werden war nun mal das Gesetz der Natur ... einer Natur, die so jedoch längst nicht mehr existierte, denn seit dem jahrelangen Weltenbrand hatte die Erde viele ihrer einstigen Naturwunder verloren. Ganze Landschaften waren unwiederbringlich zerstört und mit ihnen zahllose Tierreiche ausgelöscht worden.

Der Land Rover brachte Kendira jetzt über einen Hügel, und da lag auch schon das große Wasserloch mit den drei Schirmakazien vor ihr. Der Tümpel wurde von mehr als einem Dutzend Elefanten umlagert. Einige Dickhäuter wälzten sich wohlig im dicken Uferschlamm, andere spritzten sich das trübe Wasser auf ihre massigen Leiber oder stillten ihren Durst.

Der Angriff der beiden Elefantenkühe kam unverhofft. Sie stürmten unter lautem und wütendem Trompeten von rechts heran, wo sich Bäume und hohes Buschwerk zu einem schlecht zu überschauenden Dickicht verbanden.

Obwohl Kendira wusste, was jetzt kam, schreckte sie doch zusammen und hielt sich schnell am Sicherungsbügel fest. Denn sofort heulte der Motor des Land Rover auf, gefolgt von einem heftigen Ruck, der durch den Wagen ging. Dann schoss der Geländewagen nach links davon, dicht gefolgt von den beiden ausgewachsenen und schrill trompetenden Elefantenkühen. Der Boden dröhnte unter dem donnernden Ansturm der tonnenschweren Riesen, die es trotz ihres Gewichtes aus dem Stand heraus auf eine unglaubliche Schnelligkeit brachten.

Der Land Rover jagte die Flanke eines benachbarten Hügels hinauf, und Kendira lachte und freute sich schon darauf, dass der Geländewagen nach ihrer gelungenen Flucht gleich eine ganze Weile mit hoher Geschwindigkeit über die Savanne fahren würde. Schon glaubte sie, das Einsetzen des Fahrtwindes auf ihrem Gesicht zu spüren, als es passierte.

Das Gefährt mit ihr fuhr zwar weiter, aber das Buschland verlor plötzlich jegliche natürliche Farbe und Plastizität. Das hohe Gras, die Schirmakazien und die beiden Elefantenkühe hinter ihr verwandelten sich in grellfarbige Pixelflächen. Gleichzeitig verwandelten sich alle Geräusche, die mit dem Land Rover und der Tierwelt zu tun hatten, in eine Kakofonie aus Kreischen, dumpfen Tönen und hohem pulsierendem Sirren. Selbst aus den Winddüsen kam ein schrilles Pfeifen.

Und dann fiel der grelle Pixelsalat um sie herum in sich zusammen und löste sich auf – und mit ihr verflog die Illusion einer Fahrt durch eine tierreiche afrikanische Savanne. Die Bank ruckte mehrmals ziellos hin und her und blieb schließlich mitten auf dem Track stehen.

Notlichter flammten an der Decke der Tube auf, und sofort war der Zauber, der sie gerade noch gefangen gehalten hatte, wie weggeblasen. Im rötlichen Notlicht, das zudem noch unbeständig flackerte, wirkte die Tube mit ihren präparierten Wänden so einladend wie das Innere eines ausgeweideten Riesenwurms.

»Das darf doch nicht wahr sein!«, stieß Kendira wütend hervor. Was hatte sie sich auf den Ride gefreut! Sie hatte ihren einzigen roten Token dafür eingesetzt. Und nach noch nicht mal halber Fahrt versagte plötzlich die Technik!

Für einen kurzen Moment klammerte sie sich an die Hoffnung, dass der Computer den Fehler im Programm erkannte, ihn selbstständig behob und den Ride gleich wieder fortsetzte, ja sie vielleicht sogar noch einmal von Anfang an hinaus auf die Savanne schickte.

Die Computerstimme, die wenige Sekunden später zu ihr drang, machte diese Hoffnung jedoch zunichte. Denn selbst die Ansage erwies sich als fehlerhaft. Die Worte schepperten abgehackt aus den Lautsprechern. Sie bildeten nicht einen einzigen vollständigen Satz, sondern einen kaum verständlichen Wortsalat. Bei vielen Wörtern blieb die Computerstimme auch noch hängen und wiederholte mehrere Sekunden lang einen Buchstaben oder eine Silbe.

»System …! …ffffffffehler! … Abbruch drrrr… Bleiben … sitzzzzz… Rü-rü-rü-rü-rü-rü-ckkehr zu … Startram-ram-ram-ram-ram… Systemfiffffff… Warnun-un-un-un-un! … Bbbbbbbbbleiben Sssssssie … ggggggleich … System-tem-tem-tem…«

Gleichzeitig setzte sich der Rover wieder in Bewegung. Es war jedoch kein gleichmäßiges Fahren, sondern vielmehr ein unablässiges durchschüttelndes Vorwärtsrucken im Schneckentempo, als sträubte sich irgendein störrisches Unterprogramm im Innenleben der Tube, das Gefährt zur Startrampe zurückkehren zu lassen.

Kendira dachte nicht daran, das fürchterliche Gerüttel bis zum bitteren Ende zu ertragen. Sie zwängte sich kurz entschlossen unter dem Sicherungsbügel hervor und lief über den Track zur Startrampe zurück. Zum Glück war die Automatik der Türen nicht vom Ausfall betroffen.

Als sie aus der Schleuse auf den Laufsteg trat, hörte sie schon, dass es auch unten in den kleinen Tubes zu einem völligen Systemausfall gekommen war. Deutlich hörte sie die Stimmen von

Master Wilford und Master Chapman, der aus dem Schwarzen Würfel herübergeeilt sein musste, sowie die von mehreren Electoren aus dem Alpha- und Beta-Level. Die Jungen beschwerten sich lauthals über den plötzlichen Zusammenbruch.

Carson war einer von ihnen. »Das hat es doch noch nie gegeben, Master Chapman! Wie kann so etwas passieren?«

»Ja, und dann noch mitten im entscheidenden Gefecht mit den Söldnertruppen!«, rief Duke. »Das vermasselt uns jetzt unser Ranking! Und das im letzten Level. Das holen wir nie wieder ein.«

»Warum das System abgestürzt ist und woran es liegt, kann ich erst nach genauer Diagnostik sagen, Carson. Jede Technik und jedes System, egal wie ausgereift und gut gewartet, hat nun mal seine Schwachstellen«, hörte sie Chapman sagen.

»Wirklich toll gewartet!«, rief jemand mit bitterem Sarkasmus.

»Und wann sind die Tubes wieder einsatzbereit?«, fragte ein anderer Junge, dessen Stimme sie nicht gleich erkannte.

»Wie gesagt, das weiß ich erst nach eingehender Diagnostik, Cess!«

»Und was ist mit den Token, die wir eingesetzt haben?«, meldete sich Zeno zu Wort. »Die werden uns doch wohl gutgeschrieben, oder?«

»Selbstverständlich«, ließ sich Master Wilfords Stimme vernehmen. »Das Protokoll in den Konsolen ist ja vom Ausfall nicht betroffen. Meldet euch später bei mir, und dann sorgen wir schon dafür, dass jeder von euch seine Token gutgeschrieben bekommt.«

Kendira hatte das Erdgeschoss erreicht. Sie warf nur einen kurzen Blick den Gang hinunter. Hinten beim Rondell, wo sich die Zugänge zu den acht kleineren Tubes befand, drängten sich sechs, sieben Jungen und auch einige Mädchen um Master Chapman und Master Wilford. Dann trat sie hinaus ins Freie und blinzelte in das grelle Mittagslicht.

Was für ein lausiger Tag!

28

NIEDERGESCHLAGEN KEHRTE KENDIRA IN DIE Lichtburg zurück und begab sich in den Dorm. Was sie mit dem Rest der mittäglichen Rekreation anfangen sollte, wusste sie noch nicht. Vielleicht sich einfach mit ihrem Tablet aufs Bett schmeißen und sich von irgendeinem Spiel ablenken lassen.

Es war still im Alpha-Dorm, so wie es die Vorschriften verlangten. Nur Fay und drei andere Mädchen hielten sich im kühlen Schlafsaal auf. Sie lagen auf ihren Betten und dösten.

Als Kendira jedoch durch den Mittelgang zwischen den Säulen ging und sich nach rechts wandte, wo sich ihr Spind und ihr Bett nahe der westlichen Fensterfront befanden, bemerkte sie, dass sich noch jemand hierher zurückgezogen hatte.

Ihre Freundin Nekia saß im Schneidersitz auf der breiten und gut metertiefen Fensterbank vor dem hohen Rundbogenfenster. Gedankenverloren schaute sie hinaus. Dabei spielte sie mit einer kurzen Locke ihres rabenschwarzen Haars.

Kendira ging zu ihr. »Was dagegen, wenn ich dir Gesellschaft leiste?«

Nekia schüttelte den Kopf.

Mit einer kraftvollen Bewegung zog sich Kendira zu ihr hinauf auf die Fensterbank und gab einen schweren Stoßseufzer von sich. Die in ihr angestaute Frustration drängte danach, sich Luft zu machen. »Was für ein beschissener Tag! Und das ausgerechnet heute, wo wir Lichtmesse haben!«

»Was ist denn passiert?«

Kendira verzog das Gesicht. »Die Tube ist ausgefallen.«

Nekia machte ein verblüfftes Gesicht. »Wie, die Tube ist ausgefallen? Welche Röhre meinst du denn? Die ganz oben, wo du deine Token meistens einlöst?«

»Nein, alle zwölf sind betroffen. In der Tube geht vorläufig nichts mehr. Völliger Systemzusammenbruch.«

»Das *ganze* System ist zusammengebrochen?«, wiederholte Nekia ungläubig.

»Ja, Crash auf ganzer Linie.«

»Aber das hat es doch noch nie gegeben!«

»Ja, noch nie, bis heute.« Kendira verzog das Gesicht. »Und wieso musste das ausgerechnet mitten in meinem liebsten Ride passieren, der mich über den beschissenen Vormittag hinwegtrösten sollte?«

Nekia sah sie mit gefurchter Stirn an. »Über was musstest du dich denn hinwegtrösten?«

»Na, über meine miesen Ergebnisse heute Vormittag bei meinen beiden Solo Runs«, sagte Kendira und sah etwas verlegen drein. »Wie ein blutiger Anfänger habe ich ersten Solo Run verhauen und mit dem zweiten habe ich mir wahrlich auch keine Lorbeeren verdient. Es war eine echte Katastrophe. Ich kann von Glück reden, dass es in der Lounge keine Anzeigetafel für die miesesten Ergebnisse gibt!« Sie schüttelte den Kopf. »Heute ist wirklich nicht mein bester Tag.«

»Ist das denn ein Wunder?«, fragte Nekia und warf ihr einen merkwürdigen Blick zu.

»Wie meinst du das?«

Unwillkürlich blickte Nekia in den Schlafsaal, als wollte sie sich vergewissern, dass niemand etwas von ihrem Geflüster mitbekommen konnte. Dabei waren die beiden Bettreihen auf ihrer Seite völlig leer, und die dösenden Mädchen in den Betten auf der anderen Seite des Mittelgangs hätten selbst dann nichts von ihrem Gespräch aufschnappen können, wenn sie sich ganz normal unterhalten hätten, statt zu flüstern.

Dann beugte Nekia sich noch etwas vor und raunte: »Also, nach dem, was wir gestern unten im Keller erlebt haben, kann man ja wohl heute etwas durcheinander sein, oder etwa nicht?«

Kendira atmete tief durch und nickte.

Sie schwiegen eine Weile, und jeder wusste, woran der andere dachte. An Seyward und seine Botschaft.

»Ich kriege das einfach nicht aus dem Kopf, Kendira«, sagte Nekia schließlich. »Es ist alles so verwirrend ... und so erschreckend. Allein die Vorstellung, es könnte wirklich alles Lug und Trug sein ... also, das kann einen schon aus der Bahn werfen ...«

Nekia zögerte sichtlich, ob sie weitersprechen sollte.

Gespannt sah Kendira sie an. »Was denn? Komm, sag schon. Du willst doch etwas loswerden. Und wir haben uns versprochen, keine Geheimnisse mehr voreinander zu haben.«

»Also gut«, sagte Nekia endlich. »Früher gingen mir manchmal so komische Gedanken durch den Sinn und jetzt plötzlich, nach Jahren, sind diese dummen Fragen wieder da und spuken mir im Kopf herum. Und dabei dachte ich, ich wäre längst darüber hinweg.«

Verwundert sah Kendira sie an. »Welche dummen Fragen sind wieder da und spuken dir im Kopf herum?«

Ihre Freundin zuckte verlegen die Achseln. »Zum Beispiel die Frage, woher wir eigentlich kommen«, sagte sie unter leichtem Zögern, um dann hastig fortzufahren: »Ich weiß natürlich, dass wir alle aus dem Embrolab in Eden kommen. Aber das ist es nicht, was ich damit meine.«

»Ich kann mir schon denken, was du meinst«, sagte Kendira. »Du fragst dich, von wem wir abstammen, wer unsere Eltern sind, richtig?« Es gab wohl keinen Elector, der diese und ähnliche Fragen nicht irgendwann einmal gestellt hatte, zumindest insgeheim.

Nekia nickte. »Ja, und warum dürfen wir nichts von ihnen wissen?«

Kendira gab darauf die Antwort, mit der sie von Kindesbeinen an aufgezogen worden waren. Eine Antwort, an deren Richtigkeit sie all die Jahre nicht gezweifelt hatte, die ihr jedoch mit jedem Tag fraglicher erschien. »Weil wir auserwählt, der Erhabenen Macht geweiht und für den hochwürdigen Dienst im Lichttempel berufen sind.«

»Ja, ich weiß. Aber könnten wir nicht auch auserwählt und berufen sein, wenn wir wüssten, wer unsere Eltern sind? Warum muss alles ein Mysterium sein? Und warum haben wir Electoren alle nur einen Vornamen und unsere Master, Prinzipalen und der Primas nur einen Nachnamen? Dabei wissen wir doch aus den Geschichten und Romanen, die wir in der Mediathek herunterladen und lesen können, dass seit vielen Jahrhunderten alle Menschen immer einen Vornamen und einen Nachnamen, einen *Familien*namen haben, der ihre Herkunft angibt.«

Kendira lachte trocken auf. »Jetzt stellst du schon Fragen wie Dante«, spottete sie, ohne jedoch wirklich zum Spotten aufgelegt zu sein. »Aber du hast schon recht, das habe ich mich früher auch mal gefragt. Allerdings weißt du ja auch, was man uns dazu beigebracht hat ...«

Nekia nickte. »Dass wir als Electoren frei von allen schädlichen Einflüssen der Vergangenheit sein müssen. Und dass ein einfacher Name, vom Namensgeberprogramm im Embrolab nach dem Zufallsprinzip gewählt, ein Symbole für die Ausschließlichkeit unserer hohen Berufung ist.«

Kendira grinste, doch es war ein gequältes Grinsen. »Besser hätte ich es auch nicht zitieren können.«

Nekia seufzte. »Weißt du, ich habe schon seit Jahren nicht mehr über diese Dinge nachgedacht. Weil diese Dinge nun mal zum Mysterium unseres hochwürdigen Dienstes gehören. Aber seit der Auslöschung von Master Seyward und seiner erschreckenden Botschaft kommt das alles wieder in mir hoch.«

»Da bist du nicht allein«, sagte Kendira leise.

»Aber das Schlimme ist, dass diese alten Fragen plötzlich

ganz neue in mir auslösen. Fragen, die noch viel grundsätzlicher sind ...« Nekia machte eine Geste zum Fenster hinaus.

Kendira sagte nichts und wartete. Sie ahnte, was ihrer Freundin auf der Seele drückte.

»Noch nie habe ich darüber nachgedacht«, vertraute Nekia ihr nun an, »warum wir fern der drei sicheren Hisecis, wo die Nightraider der Dunkelwelt doch nichts gegen Hyperions Macht ausrichten können, ausgerechnet hier in dieser doch immer wieder gefährdeten Sicherheitszone aufwachsen. »Und warum erfahren wir nicht wenigstens ein bisschen über das, was bald unseren hochwürdigen Dienst ausmachen wird? Warum wird uns dieses Mysterium erst im Lichttempel offenbart?«

»Eine Frage, die Dante mir auch schon gestellt hat ...«

»Und was hast du ihm darauf geantwortet?«

Kendira lachte trocken auf. »Was denn wohl? Natürlich nur das, was wir alle zu akzeptieren gelernt haben, nämlich dass es einen tiefen Grund gibt, warum uns das Mysterium erst im Lichttempel offenbart wird.«

Nekia winkte ab. »Außerdem frage ich mich, warum wir so viel über Mechanik und Schweißen, über Kühltechnik und Pumpensysteme, Elektrik und Materialwissenschaft lernen und endlose Stunden in den Sim-Kabinen die Formierung trainieren, aber kaum über etwas anderes unterrichtet werden.«

»Vermutlich hat unser Dienst im Lichttempel eben viel mit Technik zu tun«, vermutete Kendira. »Aber selbst das wäre keine vernünftige Begründung, warum wir über so viele andere Wissensgebiete nur so wenig erfahren.«

Nekia nickte. »Genau! Und dann ist da noch die Sache mit

den Flugblättern«, fuhr sie fort. »Ich habe bis gestern noch nie einen Gedanken daran verschwendet, ob diese entsetzlichen Strafen wirklich sein müssen. Aber jetzt frage ich mich, was es denn an diesem Seelengift bloß zu fürchten gibt. Kann es unseren Oberen denn nicht völlig gleichgültig sein, was diese verfluchten Nightraider auf ihre Flugblätter drucken und über der Sicherheitszone abwerfen? Wir wissen doch alle, dass diese Mordbande nur versucht, unsere Moral zu untergraben und irgendwie eine Möglichkeit zu finden, um in Liberty 9 einzudringen und hier zu morden und zu plündern. Deshalb würde doch niemand dem, was auf diesen Flugblättern steht, Glauben schenken. Und was kann schon so Gefährliches an dem Seelengift sein, das man Bücher nennt?«

Kendira verzog das Gesicht. »Manches, was hier in Liberty 9 geschieht, ergibt einfach keinen Sinn. Zumindest nicht mit unserem beschränkten Wissen.« Die Frage, ob ihre Oberen sie absichtlich im Zustand der Unwissenheit hielten, wagte sie jedoch nicht auszusprechen.

Plötzlich schüttelte Nekia übertrieben energisch den Kopf, als wollte sie alles bisher Gesagte weit von sich wegschleudern. »Das kommt davon, wenn man die Nacht kaum geschlafen hat! Vermutlich gibt es für alles eine völlig harmlose Erklärung, auf die wir einfach noch nicht gekommen sind, weil wir den Wald vor lauter Bäumen nicht sehen!« Sie klang, als spreche sie nicht zu Kendira, sondern zu jemand anderem.

»Ja, vielleicht«, murmelte Kendira, und da bemerkte auch sie Leota, die eben zwischen den Säulen aufgetaucht war und nun mit eiligen Schritten auf sie zuhielt.

Und schon von Weitem rief Leota, das Gebot der Stille schnöde missachtend, mit vor Glück strahlendem Gesicht: »Ich stehe heute auf der Liste der Lichtträger! Und du stehst auch drauf, Kendira!«

29

DIE LICHTMESSE IN DER LICHTBASILIKA FAND kurz nach Sonnenuntergang statt. Bis auf Templeton und die zwölf Lichtträger hatten sich die Electoren, Master und Prinzipalen schon beim letzten Licht des Tages in der Rotunde am östlichen Ende der Lichtbasilika versammelt. Dort harrten sie nun in fast völliger Dunkelheit und Stille auf den feierlichen Einzug der Lichtträger mit ihrem Primas in der Mitte.

Kendira wartete mit den elf anderen Auserwählten im Vorraum darauf, dass Templeton das Zeichen zum Aufbruch gab. Ihr Herz schlug heftig vor Aufregung und Stolz, und alles, was sie noch Stunden vorher bedrückt hatte, war wie ausgelöscht in ihr. Es war erst das dritte Mal in fast vier Jahren, dass sie mit der schneeweißen Robe eines Lichtträgers bekleidet war und eine dieser langen, trichterförmigen Lichtfackeln in ihrer Hand hielt.

Sie fühlte sich ganz wunderbar in dem wadenlangen Gewand aus fließendem Gewebe. An den Ärmeln war es mit sechs feinen, ineinander verschlungenen Helixringen verziert, deren kräftige Purpurfarbe einen starken Kontrast zum Weiß der Robe bildete. Auch an den Seiten lief von der Achselhöhe abwärts ein schmaler purpurfarbener Helixstreifen bis hinunter zum Saum, in dem sich ein Sensorband verbarg.

Kendira musste vor Aufregung immer wieder schlucken. Sie gehörte zur linken Sechserreihe und hatte darin die letzte Position inne, sodass sie sich wie Leota auf der rechten Seite fast auf einer Höhe mit Primas Templeton befand. Direkt vor sich in der Reihe hatte sie die Nervensäge Zeno. Vor ihm kamen Electoren aus dem Gamma-Level. Sinfora und ein anderes Delta-Mädchen standen ganz vorn und trugen zusätzlich zu ihrer Lichtfackel mit der anderen Hand die große flache Aluminiumschale, die mit prismatischen Kristallen gefüllt war.

Die Schale mit ihrem Durchmesser von anderthalb Metern sah, ähnlich wie die metallmatten Lichtfackeln, um ein Vielfaches schwerer aus, als sie es in Wirklichkeit war. Die Schale selbst war leicht, auch die prismatischen Kristalle und der darin eingebettete Glutbehälter wogen nicht viel. Das einzig nennenswerte Gewicht kam von den Batterien und Lichtzellen, die unter den Kunstkristallen verborgen lagen.

Angespannt wartete Kendira auf Templetons Zeichen und den anderen erging es bestimmt nicht anders. Das Gitter des Glutbehälters glühte schon. Und die dicken harzigen Klumpen, die der Primas auf das rot glühende Gitter geschichtet hatte, begannen zu schmelzen. Feiner, sich kräuselnder Rauch stieg mitten aus dem Kristallbett auf und mit ihm entfaltete sich ein intensiver Wohlgeruch.

Kendira schielte zu Templeton hinüber und sah, wie er einen Knopf an seinem Gürtel drückte. Die Kristallschale zwischen Sinfora und dem anderen Delta-Mädchen flammte auf und verströmte ein atemberaubendes vielfarbiges Licht. Im selben Augenblicke ertönten aus dem Innern der Basilika sphärische Synthesizerklänge. Sie hatten eine gewisse Ähnlichkeit mit den morgendlichen Fanfarenstößen, nur dass sie viel sanfter und ganz leise erklangen, als würden sie wie aus weiter Ferne vom Nachtwind herangeweht.

Das Einsetzen der Klänge war für die Lichtträger und die Versammlung in der Lichtbasilika das Zeichen, dass es nun endlich losging.

»Fackeln an und – *Einzug!*«, befahl Templeton dann auch sogleich und setzte sich in Bewegung.

Gleichzeitig mit den anderen elf Electoren schaltete Kendira ihre Lichtfackel und damit den eingebauten Timer ein. Der helle, rötlich gefärbte Plastikaufsatz, der einer bewegten Flamme nachempfunden war, begann ganz schwach zu leuchten. Doch das Licht würde, gesteuert vom Timer, von nun an mit jeder Sekunde ein wenig kräftiger werden, bis die Flamme der Fackel beim Erreichen der Rotunde zu einem scheinbar lodernden Feuer geworden war.

Der Primas gab das Tempo vor, und mit gemessenen Schritten trat Templeton, flankiert von seinen zwölf Lichtträgern, aus dem Vorraum und ins Dunkel der herrlich kühlen Basilika, wo der versammelte Konvent auf sie wartete.

Vor ihnen erstreckte sich ein mehrere Meter breiter Gang, der nach vorn in die Rotunde führte und zu beiden Seiten von je zwölf Säulen flankiert wurde. Die fein geriffelten Säulen strebten hinauf in die luftige Höhe der gewölbten Basilikadecke. Filigrane Lichtfäden verliefen in der Tiefe der Säulenrillen und folgten dem aufstrebendem Gestein, um sich um an der Gewölbedecke mit einem noch viel komplexeren filigranen Lichtnetz zu verbinden.

Der Boden der Basilika bestand aus glänzenden schwarzen Steinplatten in Rautenform. Dünne Lichtleisten liefen durch die Fugen und verbanden sich an den Sockeln der Säulen mit deren Lichtfiligran.

Im Gleichschritt mit den anderen schritt Kendira den Mittelgang hinauf. Sie lächelte vor Stolz und innerer Bewegung. Das Herz schlug ihr bis zum Hals, und eine Gänsehaut lief ihr über Arme und Rücken, als nicht nur ihre Fackeln mit jedem Schritt heller wurden, sondern nun auch der Boden unter ihren Füßen sowie die Säulen rechts und links von ihnen aufzuleuchten begannen.

Die Lichtleisten in den Fugen glühten unter ihren Füßen auf, und sowie sie zu einer Säule gelangten, begannen dort die filigranen Lichtfäden aufzuleuchten und im Rhythmus zur gleichzeitig anschwellenden Sphärenmusik emporzuschießen und das spektralfarbene Lichtnetz an der Decke zu aktivieren. Die zarten Lichtstränge um sie herum pulsierten wie die Adern eines lebenden Geschöpfes.

Kendira wusste natürlich, dass die Sensoren im Saum ihrer Gewänder dafür verantwortlich waren. Aber dennoch konnte sie sich nicht des berauschenden Eindrucks erwehren, dass sie selbst es war, die jetzt Schritt für Schritt die Basilika mit Licht erfüllte und sie sozusagen zum Leben erweckte.

Wie berauscht schritt sie mit erhobener Lichtfackel auf die Rotunde zu, während um sie herum immer mehr Lichtkaskaden emporsprangen, die Dunkelheit aus der Halle vertrieben und zusammen mit der immer lauter anschwellenden Musik aus den verborgenen Deckenlautsprechern ein einzigartiges Schauspiel boten, das alle Sinne betörte.

Mittlerweile stiegen aus dem Kristallbett mehrere kräftige Rauchfahnen empor, und der Wohlgeruch, der aus der Nähe eine fast betäubende Wirkung haben konnte, breitete sich in der ganzen Basilika aus.

Sie passierten die vordersten Säulen. Nun öffnete sich der Raum vor ihnen und das große Rund der Rotunde lag vor ihnen. Rechts und links vom Mittelgang reihten sich je vier Sitzbänke hintereinander. Jede Bank bot knapp zwei Dutzend Personen Platz. Die vordere Bankreihe war den Alpha-Electoren vorbehalten, hinter ihnen saß der Beta-Level, die Gamma-Electoren hatten ihre angestammten Plätze in der dritten Reihe und die Delta-Frischlinge mussten sich mit der vierten und letzten Sitzbank zufriedengeben.

Vor der Empore ging es drei Stufen zu einer kreisrunden Plattform hinauf, die aus cremeweißen Steinplatten bestand und bei den Electoren *Das Auge der Rotunde* hieß. Im vorderen Teil der Plattform erhob sich ein mächtiger schwarzer Felsblock. Seine Form war quadratisch, wenn man einmal von der hinteren Einbuchtung absah, die groß genug bemessen war, dass auch ein kräftigerer Mann als Primas Templeton in die Mitte des Steinblocks treten konnte. Oben in das Gestein war direkt vor der Mannöffnung eine flache, aber große Mulde eingearbeitet. Sie war exakt so bemessen, dass die Kristallschale darin versenkt werden konnte.

Die Master und Prinzipalen saßen mehrere Schritte hinter dem schwarzen Kubus in einem steinernen und kopfhohen Halbrund, der unteren Empore. Ihre Plätze waren durch körpergerechte Vertiefungen in die steinerne Rückwand eingepasst worden. Sitzkissen milderten die Kälte und Härte des aus Stein gehauenen Sitzplatzes.

Eine siebenstufige Treppe führte in der Mitte auf den oberen Bereich der Rotunde hinauf. Auf dieser Empore standen die zwölf schlichten Hocker für die Lichtträger und in der Mitte der weiß lackierte Armstuhl für den Primas.

Ein großartiges Lichterspiel begleitete den Einzug des Primas mit seinen Lichtträgern in die Mitte der Rotunde. Die Fackeln flackerten unter intensivem Glühen, als stünden sie tatsächlich in Flammen. Hoch oben unter der Gewölbedecke entlud die Lichttechnik all ihre programmierte Dramatik. Mehrere Sekunden lang schien es, als zuckten Tausende von Regenbögen wie ein Gewitter aus Spektralfarben unter der Kuppel von einer Seite zur anderen, um dann Augenblicke später von goldenen Bögen und anderen Lichtkaskaden abgelöst zu werden. Und wie ein donnernd anbrandendes Meer rauschten die an- und abschwellenden Sphärenklänge als mächtige Klangwogen durch die Basilika.

Sinfora und das Mädchen aus ihrem Level traten an den

schwarzen Kubus. Sie setzten die rauchende Kristallschale in die Mulde. Dann reihten sie sich wieder ein und es ging hinauf auf den oberen Teil der Empore.

Kendira nahm rechts neben Templeton auf dem Hocker Platz und stellte ihre Lichtfackel in die Halterung aus zwei Metallringen, die an der Seite des Hockers bis auf Schulterhöhe hervorragte. Die Musik ebbte langsam ab, und das Lichtspektakel verwandelte sich in ein ruhiges, mildes Glühen, das überwiegend von kobaltblauen, smaragdgrünen und rosafarbenen Tönen bestimmt wurde.

Kendira war so überwältigt von ihrem Erlebnis als Lichtträgerin und von der Ehre, hier oben zu sitzen, dass sie Templetons Ansprache gar nicht richtig mitbekam. Was vielleicht auch daran lag, dass sich diese Ansprachen in all den Jahren bis auf Kleinigkeiten so ähnelten wie ein Ei dem anderen. Stets erinnerte er an die harten Zeiten des Aufbaus und schwor sie auf das hohe Ziel ein, dem ihr Leben gewidmet war.

Im Kern ging es bei diesen Reden immer darum, dass sie sich ihrer Berufung und hohen Verantwortung bewusst sein sollten und dass es galt, die Vorschriften zu befolgen, nach immer besseren Leistungen zu streben und niemals müde zu werden, was die vielfältigen Gefahren betraf, die Liberty 9 von den Nightraidern aus der Dunkelwelt zu jeder Zeit drohten.

Kendira und sicher auch alle anderen Electoren warteten darauf, dass Templeton endlich zum Ende kam und der Lichttempel vor ihren Augen erschien. Mehrmals wanderte ihr Blick zu Carson hinunter, und jedes Mal fing sie seinen Blick auf – und sein Lächeln.

Ob er wohl stolz auf sie war?

Und endlich war es so weit.

Das Hologramm des Lichttempels nahm in der Rotunde einige Meter über der runden weißen Plattform mit dem schwarzen Kubus Gestalt an. Zweimal fiel das Bild wieder in sich zusammen, und Kendira bemerkte aus den Augenwinkeln, wie Templeton in stummer Wut die Fäuste ballte. Ihr war, als wollte er aufspringen, als das Hologramm sich erneut bildete – und stabil blieb.

Da war er, der Lichttempel!

Das Ziel all ihrer Anstrengungen und ihres Sehnens! Der Ort, wo sich ihre Berufung erfüllen und man ihnen das Mysterium ihres hochwürdigen Dienstes enthüllen würde!

Alle Electorenaugen waren wie gebannt auf das Hologramm gerichtet und saugten das Bild, das sich ihren Augen bot, förmlich in sich ein. Kendira machte da keine Ausnahme.

Es war ein Bild von traumhafter Schönheit, das sich vor ihnen unter der Kuppel der Rotunde langsam drehte. Das Rundgebäude des Lichttempels bestand aus grünblauem Glas und graublauem Stahl. Dutzende weiße Marmorstufen führten hinauf zu einer umlaufenden Säulenhalle. Darüber erhoben sich mehrere Dutzend Stockwerke. Und gekrönt wurde das Bauwerk von einem sternenförmigen Dach, dessen im Sonnenlicht glitzernde Zacken sich wie tausend Arme aus Glas und Stahl in den strahlenden Himmel streckten.

Aber das Hologramm zeigte nicht nur den majestätischen Lichttempel, sondern man sah auch die subtropische Halbinsel, an deren Ende sich das gewaltige Bauwerk erhob. Umgeben von einer tiefblauen See, die sanft gegen das steil aufsteigende Felsenufer wogte, und an Land umschlossen von unzähligen Palmen und einer üppig blühenden Parklandschaft, gegen die sich selbst das gepflegte Gelände um die Lichtburg wie ein Stück ödes Brachland ausnahm.

Hier und da waren leises verträumtes Seufzen und andere Laute der Verzückung zu hören, obwohl das Gebot der Stille galt. Ein Gebot, dessen Einhaltung jedoch im Gegensatz zu allen anderen Vorschriften nicht mit aller Strenge durchgesetzt wurde. Die meisten Seufzer kamen von den Bänken der Delta-Electoren. Ihre Münder standen weit offen, und einer von ihnen schluchzte sogar, hörbar zu Tränen gerührt vor Ergriffenheit.

Als das Hologramm erlosch, ging ein enttäuschtes Raunen durch die Reihen der Electoren. Sie alle hätten sich nur zu gern noch länger in den Anblick des Lichttempels versenkt und von dem Leben geträumt, das dort eines Tages auf sie wartete.

Aber dafür gab es gleich das Beneficium, und das war weit mehr als nur ein schwacher Trost.

Templeton erhob sich, gefolgt von allen anderen, und rief von der Empore hinab: »Libertianer, lasst uns all derer gedenken, die im aufopferungsvollen Dienst für die Erhabene Macht ihr Leben gelassen haben und uns durch ihre selbstlose Hingabe verpflichten, ihr Opfer durch unseren noch entschlosseneren Einsatz zu ehren!«

Kendira stutzte.

Wie oft hatte sie diese Worte schon gehört, sich jedoch nie Gedanken darüber gemacht, was sie wohl zu bedeuten hatten. Dass andere Electoren vor ihr im Dienst für die Erhabene

Macht ihr Leben gelassen hatten, war ihr immer nur als eine pathetische, leere Floskel erschienen.

Nun jedoch, im Licht der jüngsten Ereignisse, erhielten diese Worte ein völlig neues Gewicht. Und damit kroch nun auch die beklemmende Ungewissheit wieder in ihr Bewusstsein zurück. Templeton streckte jetzt die Arme aus und rief, wie das Ritual der Lichtmesse es vorsah:. »So lasst uns nun gemeinsam unser Credo sprechen, wie es recht und würdig ist!«

Im nächsten Moment erfüllte der Sprechchor des versammelten Konvents die Lichtbasilika mit dem Credo der Libertianer.

»Erhabene Macht im Universum,
gelobt sei dein Name,
verherrlicht deine Macht in Unermesslichkeit.
Du herrschst über alles, was ist.
Dein Wille geschehe hier im Tal,
in deinem Tempel des Lichts
und in den ewigen Weiten des Alls.
Deine Kraft komme über uns
und deine Kraft geleite uns.
Nimm alles Zögern und Zaudern von uns und gib,
dass wir anderen ein leuchtendes Beispiel der Hingabe sind.
Bewahre uns vor der Finsternis und dem Bösen der Dunkelwelt
und führe uns in dein ewiges Licht!
Denn dir, Erhabene Macht,
ist alles auf Erden,
im All und im Licht der Ewigkeit!«

Kaum waren die letzten Worte des Credos in der Basilika verhallt, als Master Brownstone sich von der steinernen Sitzbank erhob und zum schwarzen Kubus schritt. Dort zog er eine runde schwarze Metallplatte aus der Einbuchtung hervor und deckte damit die Kristallschale ab. Es stieg inzwischen kein Rauch mehr aus dem Glutbehälter auf, waren die Harzklumpen doch längst auf dem glühenden Gitter verschmort.

Währenddessen öffnete Prinzipal Bishop unter seinem Sitz eine Klappe und holte aus dem Hohlraum einen quadratischen, weiß lackierten Kasten hervor, der auf der Vorderseite das Hyperion-Symbol, den Spektralwürfel, zeigte. Damit begab er sich zum schwarzen Kubus und stellte ihn auf die Abdeckung, um dann mit Master Brownstone wieder zu seinem Sitz zurückzukehren.

Was nun folgte, war die Austeilung des Beneficium an die Electoren. Master und Prinzipalen nahmen am »Empfang der Wohltat« nicht teil. Die Electoren vermuteten jedoch, dass auch sie ihr Beneficium erhielten, nur eben nicht öffentlich bei der Lichtmesse.

Wenn das Hologramm des Lichttempels auch unbestritten der Höhepunkt einer jeden Lichtmesse war, so folgte der Empfang der Wohltat doch sehr dicht dahinter. Ja, manchen war der *Happy Cube,* wie das Beneficium wegen seiner Wirkung unter Electoren oft auch recht respektlos genannt wurde, sogar wichtiger als der Anblick des Lichttempels.

Die Lichtträger erhielten das Beneficium zuerst. Sie nahmen ihre Fackeln, die inzwischen einen Gutteil ihrer Leuchtkraft verloren hatten, und begaben sich mit dem Primas hinunter auf die Plattform. Der Zug fächerte sich vor dem schwarzen Block auf, und während je sechs Lichtträger rechts und links von ihm Aufstellung nahmen, schritt Templeton in die Einbuchtung und klappte den weißen Kasten auf.

Nacheinander traten die Lichtträger nun vor ihn hin, nahmen einen kleinen bunt gefärbten Würfel von der Größe einer Walnuss aus seiner Hand entgegen, bedankten sich mit den Worten »Gelobt sei die Erhabene Macht!« und steckten den zuckrigen Würfel in den Mund, um sich dann wieder hinter dem schwarzen Block für den bevorstehenden Auszug einzureihen.

Kendira musste an sich halten, den köstlichen Würfel nicht in spontaner Lust zu zerkauen, so groß das Verlangen danach auch war. Sie wusste ja aus Erfahrung, dass sie viel mehr von dem unvergleichlich herrlichen Geschmack hatte, wenn sie den Würfel ganz langsam in ihrem Mund zergehen ließ und dabei nicht zu häufig und zu schnell schluckte. Aber dennoch fiel es ihr schwer, sich zu beherrschen. Das Beneficium war eine einzigartige Köstlichkeit, die selbst mit der besten Schokolade und der raffiniertesten Süßspeise im Refectorium nicht mithalten konnte.

Während sich nun unten die Electoren von ihren Sitzbänken erhoben und in geordneter Reihenfolge die Stufen zum schwarzen Block erklommen, um ihr Beneficium entgegenzunehmen, merkte Kendira schon, wie der Happy Cube in ihr zu wirken begann. Eine wunderbare Leichtigkeit, die fast an ein Gefühl der Schwerelosigkeit grenzte, erfasste sie. Ihr war, als würde alles Belastende und Beunruhigende von ihr abfallen und einer fast wunschlosen Freude und Gelassenheit weichen.

Tief aus ihrem Innern stieg ein wunderbar kribbelndes Glühen auf, strahlte in alle Richtungen aus, drang in jede noch so ferne Faser ihres Körpers, ließ sie lustvoll erzittern und fuhr ihr wie ein erregender Stromstoß bis in den Kopf. Sie fühlte sich erfüllt von Glück und Freude, aber nicht auf eine die Sinne betäubende, sondern auf jene helle klare Art, wie es einem eben nur beim Genuss des Beneficiums widerfuhr.

Ihr Blick fiel auf Nekia, als diese gerade den bunten Würfel in den Mund steckte. Ihre Blicke begegneten sich kurz. Ihre Freundin machte ein verzücktes Gesicht, als sie sich den Happy Cube auf die Zunge legte. Und plötzlich kamen ihr alle Überlegungen, über die sie mit Nekia heute Mittag auf der Fensterbank gegrübelt hatte, ausgesprochen einfältig vor – ganz zu schweigen von Dantes düsteren Verdächtigungen!

Gewiss gab es für alles, was sie in den letzten Tagen beunruhigt und in ihrem Vertrauen zu den Oberen erschüttert hatte, eine ganz vernünftige Erklärung. Selbst die rätselhafte Sache mit Master Seywards Botschaft in der Arrestzelle ließ sich bestimmt auf eine Weise erklären, die seine Behauptungen in einem anderen, nämlich völlig harmlosen Licht erscheinen ließ.

Gut möglich, dass Seyward tatsächlich den Verstand verloren hatte. So etwas sollte es geben. Und die Logik sprach sehr dafür. Denn davon zu sprechen, dass alles in Liberty 9 »Lug und Trug« sei, und das Mysterium mit dem sicheren Tod gleichzusetzen, solch einen Schwachsinn konnte sich doch wirklich nur ein umnachteter Geist ausdenken!

Kendira hatte den Lichttempel doch erst gerade wieder mit eigenen Augen gesehen. Wie lachhaft, dass dort auf dieser traumhaften Halbinsel und in diesem Bauwerk von unvergleichlicher Schönheit und Erhabenheit der sichere Tod auf sie warten sollte.

Nein, mit diesen völlig haltlosen Mutmaßungen musste ein für alle Mal Schluss sein! Sie würde keine weiteren Gedanken daran verschwenden. Und wozu auch? Was ihr jetzt noch nicht einleuchtete und ihr Rätsel aufgab, all das würde sich schon zur rechten Zeit aufklären und Sinn ergeben.

Und selbst wenn sich doch nicht alles in eitel Sonnenschein auflösen und ihr einleuchten sollte, würde es für sie keinen großen Unterschied machen. Weshalb sollte sie sich denn auch von irgendwelchen misstrauischen und kritischen Grübeleien die Stimmung und das herrlichen Leben hier in der Lichtburg verderben lassen?

Was doch einzig und allein zählte, war, dass sie zu den Auserwählten gehörte, das Hologramm des Alpha-Electors an ihrer Kutte trug, in dieser Nacht mit der Aufgabe eines Lichtträgers beehrt worden war – und dass es eine herrliche warme Sommernacht war, wie dazu geschaffen, um gleich mit ihren Freunden unten am See eine Menge Spaß zu haben!

30

»WAS KANN ES SCHÖNERES GEBEN ALS EINE Lichtmesse!«, rief Nekia und machte einen Hüpfer wie ein übermütiges Fohlen.

»Natürlich eine Lichtmesse, bei der man Lichtträger sein darf!«, kam es nicht weniger aufgekratzt von Leota.

Kendira, die zwischen ihnen ging, schüttelte lachend den Kopf. »Nein, eine Lichtmesse, bei der man Lichtträger sein *und* anschließend hier unten am See die halbe Nacht verbringen darf.«

Ihre Freundinnen lachten zustimmend.

Das trockene Tackern der Schüsse, die irgendwo aus dem Totenwald zu ihnen herüberklangen und von einem Gefecht zwischen Guardians und einer Bande von Nightraidern kündeten, vermochte ihre ausgelassene Stimmung nicht zu beeinträchtigen. Die euphorisierende Wirkung der Happy Cubes würde noch stundenlang nachwirken. Und so nahmen sie den Schusswechsel ebenso wenig bewusst wahr wie die Bewegungen der Suchscheinwerfer, die in der Ferne von den schwarzen Silhouetten der Wachtürme herab gleißende Lichtlöcher in die Schwärze der Wälder stachen.

»Richtig, das ist ein wichtiger Unterschied«, pflichtete Nekia ihrer Freundin bei. »Selbst für jemanden wie mich, an dem die Lichtfackel nun schon zum elften Mal vorbeigegangen ist.«

Traditionell galt nach einer Lichtmesse die Regel nicht, wonach die abendliche Rekreation exakt eine Stunde und nicht eine Minute länger betrug und sich danach jeder in seinem Dorm einzufinden hatte, bis dann um zehn das Licht in den Schlafsälen ausging. Nach der Lichtmesse, die meist gegen zehn endete, durften alle Electoren die Zeit bis Mitternacht nach Lust und Laune verbringen, sei es auf dem Tennisplatz, am See, am Kletterfelsen, in der Tube, im Gym, im Kreuzgang der Lichtwelten, in der Mediothek, in einem der Baumhäuser oder wo sonst es sie hinzog.

Aber naturgemäß drängte es die Electoren in so einer warmen Sommernacht an den See. Und dementsprechend dicht belagert war nun der untere Uferstreifen, an dem die drei Mädchen gerade entlanggingen.

Es war der Uferabschnitt, der sich vom Bootshaus aus in Richtung Vista Hill erstreckte. Dagegen sah man am oberen Ufer jenseits des Bootshauses nicht einmal halb so viele Jungen und Mädchen wie unterhalb – und das hatte seinen guten Grund.

Der nordöstliche Uferstreifen hinter dem Bootshaus war

ausschließlich Angehörigen des Alpha-Levels vorbehalten. Wer als Elector eines niederen Levels diese Regel missachtete, der musste damit rechnen, dass er dafür bitter büßen musste. Immer wieder unter Wasser getunkt zu werden, bis man zu ersticken meinte, war eine der beliebtesten Strafen. Eine andere bestand darin, die Beine des Missetäters oder der Missetäterin mit einem Büschel Brennnesseln zu traktieren, was jedoch nur Wiederholungstätern drohte.

Es verstand sich von selbst, dass der nordöstliche Uferstreifen mit der Half Moon Bay der mit Abstand attraktivste Teil des Sees war. Und zwar nicht nur wegen der kleinen Bucht mit dem weichen Sandstrand und der sich dahinter im Schutz hoher Büsche anschließenden Liegewiese, wo das Gras so dicht wie eine Decke wuchs, sondern zu diesem Teil gehörten auch der Strandpavillon und die drei hölzernen Badeinseln, auf denen man sich ausruhen und sonnen konnte. Sie schwammen etwa dreißig Meter vom Ufer entfernt und waren im Seegrund verankert.

Daneben gab es in brusttiefem Wasser auch noch ein Spielfeld für Wasservolleyball. Die Seitenlinien wurden durch armdicke weiße Schwimmwülste markiert, und das straff gespannte Netz, das das Spielfeld in zwei Hälften teilte, war wie die Pontons der Holzdecks im Seegrund fest verankert.

Vor dem Bootshaus drängten sich die Jungen und Mädchen aus jedem Level unter fröhlichem Geschrei. Zwar hatte sich nach der Lichtmesse jeder, der zum See wollte, in seinem Dorm umgezogen und war in seinen silbergrauen Schwimmbody geschlüpft, aber die Badetücher gab es unten am Bootshaus. Servanten standen hinter der hochgeklappten Luke der Ausgabe, die in die Seitenwand eingelassen war, und verteilten sie. Den diensthabenden Servanten oblag es um Mitternacht auch, das Ufer nach achtlos liegen gelassenen oder schlichtweg vergessenen Badetüchern abzusuchen und schließlich alle benutzten Tücher ins Waschhaus zu schaffen.

Als sich die drei Freundinnen dem Bootshaus näherten, dessen Metalldach den hellen Schein des Vollmondes wie ein leicht erblindeter Spiegel auffing, bemerkte Kendira einige aus ihrer Clique. Fling und Flake, Hailey, Carson, Colinda, Atika, Chilo, Indigo und noch einige andere lungerten vor dem offen stehenden Tor herum, durch das man ins Innere zu den Ruderbooten und den Gestellen mit den leichten Kajaks gelangte. Dabei trugen alle schon ihre beiden Badetücher über dem Arm oder hatten sie sich über die Schulter geworfen.

»Also, ich gehe erst mal eine Runde schwimmen, bevor ich überhaupt darüber nachdenke, ob ich mich jetzt noch auf irgendein Rennen einlassen soll«, sagte Leota. Sie nahm wohl an, dass ihre Freunde dort vor dem Tor darüber beratschlagten, wer für welche Art Wettkampf war.

»Ich glaube nicht, dass sie deshalb noch da vor dem Bootshaus herumstehen«, sagte Nekia mit einem verschmitzten Lächeln. »Ich vermute eher, sie warten darauf, ob wirklich was aus dem Handel geworden ist, den Duke mit einem der Servanten einfädeln wollte.«

Kendira nickte. »Sieht mir auch danach aus. Von Duke ist nichts zu sehen, und alle starren gespannt ins Bootshaus, als gäbe es da etwas Besonderes zu sehen.«

Nekia grinste schelmisch. »Hoffentlich Pfirsichbrandy.«

»Meinst du, Duke kann das Zeug tatsächlich organisieren?«, fragte Leota leise.

»Wäre ja nicht das erste Mal, dass Duke das schafft«, sagte Nekia zuversichtlich. »Und wenn ich ehrlich sein soll, hätte ich heute Nacht nichts gegen einen kleinen Schluck Brandy einzuwenden, ihr etwa?«

»Na ja, wenn's denn unbedingt sein muss, will ich keine Spielverderberin sein«, flachste Leota.

Kendira und Nekia ließen sich von ihrem Gekicher anstecken.

Augenblicke später erreichten sie das Bootshaus. Kendira wollte sich schon hinter Nekia und Leota in die Schlange vor der Badetuchausgabe anstellen, als Carson ihr zuwinkte und sich aus der Gruppe vor dem Tor löste.

»Das kannst du dir sparen, Kendira! Ich habe schon zwei Badetücher für dich geholt«, rief er ihr zu.

Er sah ziemlich gut aus in seinem silbergrauen Schwimmeinteiler, der wie eine zweite Haut anlag. Sein Körper war leicht gebräunt und durchtrainiert und bot einen reizvollen Anblick. Dazu das von der Sonne gebleichte Blondhaar mit den Locken in der Stirn ... ja, Carson hatte schon Etwas. Und es schmeichelte ihr sehr, dass er sich um sie bemühte.

»Scheint so, als hättest du deinen eigenen Badetuchträger«, raunte Nekia ihr zu.

Kendira puffte sie mit dem Ellbogen in die Seite, obwohl sie die Stichelei ihrer Freundin insgeheim als Kompliment nahm, und ging zu Carson. Sie spürte, dass er sie ebenfalls musterte. Es war ihr jedoch nicht unangenehm, auch wenn sie wusste, dass ihr Body so eng anlag, dass man jedes Härchen darunter erahnen konnte.

»Danke, dass du mir das Anstehen erspart hast.«

»Ist doch das Mindeste, was man für eine Lichtträgerin tun kann!«, erwiderte er und strahlte sie an. »Du sahst in der Robe und mit der Fackel richtig toll aus!«

Sie spürte, wie eine leichte Röte in ihr Gesicht stieg. »Danke für das Kompliment. Nett von dir.«

»Ich sage es nicht nur so, sondern ich meine es auch so.«

Die Hitze in ihren Wangen nahm noch zu. »Ist Duke da drin?«, fragte sie, um abzulenken. »Redet er mit dem Servanten wegen des Brandys?«

Carson nickte. »Ich glaube, sie sind sich noch nicht einig über den Preis«, sagte er leise und verzog das Gesicht. »Du weißt doch, wie diese Burschen sind. Zuerst nennen sie einem einen akzeptablen Preis, aber wenn der Deal dann über die Bühne gehen soll, fordern sie plötzlich mehr. Sie versuchen, so viel wie möglich für sich herauszuschlagen.«

»Kann man es ihnen verdenken?« Sie sagte es ohne Anklage, sondern aus dem euphorischen Gefühl heraus, alle Welt umarmen zu können.

Carson stutzte. »Wie meinst du das?«

Sie zuckte mit den Achseln. »Wir haben doch alles, was wir uns nur wünschen können. Gerade hatten wir Lichtmesse und den Empfang des Beneficiums. Und was haben die Servanten? Doch nur die Arbeit, für die wir uns zu schade sind. Oder siehst du einen Elector, der hier Badetücher austeilt und den ganzen Kram nachher aufsammelt und ins Waschhaus bringt?«

Erst machte Carson ein verblüfftes Gesicht, dann lachte er, als hätte sie einen gelungenen Witz gemacht. »Recht hast du. Gönnen wir den armen Schweinen die paar grünen Token, die dieser Jaydan für den Brandy verlangt. Sollen sie sich ruhig ein paarmal heimlich in der Tube amüsieren.«

»Duke überlässt dem Servanten sein Tokenband?«, fragte Kendira überrascht. Sie wusste, dass es nicht viel gab, was ein Elector als Tauschware verwenden konnte. Aber niemand, der bei Verstand war, setzte sein Tokenarmband ein.

Carson grinste. »Natürlich nicht. Er kann seines ja nicht schon wieder als verloren melden. Das hat er schon letzten Sommer getan«, vertraute er ihr leise an. »Aber wir haben noch die Tokenarmbänder, die Mico und Rodder uns überlassen haben, als das Lichtschiff sie im September abgeholt hat. Viel war da nicht mehr drauf, eben nur ein paar grüne Token. Aber wir waren clever genug, sie nicht zu verjubeln, sondern für solche Gelegenheiten wie heute zu verwahren.«

Im nächsten Augenblick kam Duke aus dem Bootshaus. Sein breites Grinsen verriet, dass er mit dem Servanten handelseinig geworden war. Sofort umringte ihn die Clique und bewegte sich mit ihm ein paar Schritte vom Bootshaus weg, um außer Hörweite der jüngeren Electoren zu kommen. Auch Carson und Kendira schlossen sich an.

»War ein harter Kampf! Aber die Schlacht ist, bei vertretbaren Verlusten von vier schlappen Grünen, gewonnen!«, verkündete Duke und deutete auf das, was er unter einem Badetuch verborgen hielt. »Jubel und Applaus sind zwar nicht zwingend erforderlich, aber sicherlich angebracht.«

Hailey tappte ihm dreimal auf die Schulter. »Gut gemacht, du tollkühner Servantenbesieger. Wir haben auch wirklich Höllenängste um dich ausgestanden!«

Alles lachte. Wenn man einen Happy Cube in sich hatte, fand man so ziemlich alles lustig.

»Nun lass schon sehen!«, forderte Chilo und schluckte, als liefe ihm schon das Wasser im Mund zusammen.

»Hast du auch probiert, ob das Zeug was taugt?«, wollte Flake wissen.

Duke sonnte sich in der Aufmerksamkeit. »Mann, Flake, glaubst du vielleicht, ich lass mich von einem Servanten übers Ohr hauen und mir irgendeine Pansche andrehen? Klar habe ich das Zeug probiert, und ich sage euch: allererste Sahne!«

»Das wird sich ja gleich zeigen«, meinte Hailey.

Lachend und johlend lief die Clique am Ufer entlang zu der gut hundert Meter entfernten Half Moon Bay, an deren Beginn der Pavillon stand.

Bevor Kendira Carson und den anderen folgte, warf sie unwillkürlich noch einen Blick zurück zum Bootshaus. Dort stand Jaydan im Tor und schaute zu ihr herüber. Sein Gesicht zeigte eine grimmige Miene. Seine Rechte war zur Faust geballt, als nähme er ihr und ihren Freunden ihre Fröhlichkeit und Ausgelassenheit übel.

Ihre Blicke trafen sich. Dann schüttelte Jaydan kaum merklich den Kopf, steckte seine geballte Rechte in die Tasche seiner braunen Kutte und wandte sich mit einem Ruck ab, um wieder im Bootshaus zu verschwinden.

Was für ein düsterer und mies gelaunter Typ!, fuhr es ihr

durch den Sinn. Wie schade, dass Dante sich von dessen verrückten Spinnereien hat anstecken lassen! Der Kerl ist zu bedauern. Aber was kümmert's mich.

Und damit glitt Jaydan auch schon wieder aus ihrem Bewusstsein. Negative und bedrückende Gedanken hatten keine Chance gegen das Hochgefühl, das mit Einnahme des Beneficiums von ihr Besitz ergriffen hatte und nichts anderes als gute Laune zuließ.

In dem achteckigen Pavillon zogen sich an den Innenseiten niedrige Bänke entlang. Die Badetücher flogen über auf das weiß gestrichene Geländer oder landeten auf den Bänken. Zwei Wasserbälle, die jemand mitgebracht hatte, rollten über die Bohlen. Jemand kickte einen davon in Richtung Wasser.

»Ring frei für die Brandyparty!«, rief Hailey und stieß Duke in die Seite. »Na los, bring das Zeug auf den Weg!«

Duke holte nun unter großem Jubel den Container mit dem Pfirsichbrandy hervor. Dabei handelte es sich um eine jener runden Aluminiumflaschen, wie sie sie beim Sport benutzten. Es gab sie in den Farben Blau, Rot und Alusilber. Duke hatte Jaydan eine der roten Wasserflaschen für den Brandy mitgegeben.

Er hielt sie nun hoch wie eine seltene Trophäe, was sie ja auch war. Denn nur ganz selten bot sich Electoren die Gelegenheit, an Alkohol zu kommen. Denn die geringen Mengen an Alkohol und Zigaretten, die aus Eden herausgeschmuggelt wurden und in die Hände der hiesigen Servanten gelangten, wollten diese meist nicht mit ihnen teilen. Ausnahmen wie diese geschahen nur wenige Male im Jahr.

Und deshalb wurde jetzt auch so viel Aufhebens um diese

eine Flasche Brandy gemacht. Selbst diejenigen, die gar keinen Gefallen an Alkohol fanden, machten mit. Einfach weil es ein großer Spaß war – und etwas streng Verbotenes.

Kendira machte sich nicht viel aus Alkohol, schon gar nicht aus jenem wasserklaren Scharfgebrannten, von dem sie einmal gekostet hatte, als sie noch Gamma gewesen war. Die Servanten nannten ihn sehr zutreffend *White Lightning*. Und wie ein greller Blitz war ihr dieser kleine Schluck klaren Alkohols auch durch den Leib und in den Kopf gefahren. Sie hatte schwarze Punkte vor den Augen gesehen, heftig nach Atem ringen müssen und das Gefühl gehabt, eine sengend heiße Flüssigkeit hinuntergeschluckt zu haben.

Dagegen war der Pfirsichbrandy ausgesprochen zahm und floß samtweich wie Öl über die Zunge und die Kehle hinunter. Er hinterließ einen intensiven Pfirsichgeschmack im Mund. Aber dass seine alkoholische Kraft nicht zu unterschätzen war, spürte Kendira sofort an der Hitze, die sich in ihrem Magen ausbreitete, kaum dass der Brandy dort angekommen war.

Die Flasche machte die Runde, und da sie zu vierzehnt waren, ermahnte einer den anderen, gefälligst nur einen kleinen Schluck zu nehmen, woran sich die meisten auch hielten. Aber zusammen mit dem Happy Cube reichten diese kleinen Schlucke vollkommen, um ihrer allgemeinen Hochstimmung noch einen zusätzlichen Kick zu geben.

Als die Aluflasche schon fast leer war und der letzte Rest an Carson ging, hielt der sie großzügig Kendira hin. »Nimm schon, du kannst meinen Schluck haben. Ich überlasse ihn dir gern.« Er lächelte sie an.

»Erst die Badetücher, jetzt der Brandy«, murmelte Nekia hinter Kendira. »Da darf man ja gespannt sein, was noch kommt.«

Kendira errötete. »Das ist wirklich nett von dir, Carson, aber den zweiten Schluck lasse ich besser bleiben«, sagte sie verlegen. »Ich vertrage Alkohol einfach nicht gut.« Was zwar nicht der Wahrheit entsprach, aber ihr immer noch besser erschien, als sein Angebot mit einem schnöden »Nein danke!« auszuschlagen und ihn damit womöglich zu verletzen. Und ihn zurückzustoßen und traurig zu stimmen, war wirklich das Letzte, was sie in dieser herrlichen, warmen Vollmondnacht wollte.

»Hey, seht doch mal! Fay und Samarra liegen da draußen auf der Insel!«, rief Chilo und deutete auf die mit Planken belegten Badeinseln, die dem Pavillon am nächsten lag. »Und wenn mich meine Adleraugen nicht trügen, liegen die da ohne Body!«

Alle Blicke gingen nun zu Fay und Samarra hinüber.

Fling lachte. »Mann, Chilo, deine Schlitzaugen trügen dich wirklich nicht! Die beiden zeigen dem Mond ihren blanken Hintern! Was die können, können wir doch auch, oder?«

»Das ist eine Idee!« Flake griff den Vorschlag seines Bruders sofort auf. »Lasst uns alle *skinny dipping* gehen!«

»Ich bin dabei!«, rief Hailey und lachte.

»Klar, wir gehen *skinny-dipping!«,* kam es von Nekia.

Colinda und Leota sahen sich kurz unschlüssig an und zuckten dann lachend die Achseln.

Auch Duke war sofort dabei. »Also dann, weg mit den Textilien, Freunde!«

Flake war schneller als alle anderen. Er streifte die Träger seines Einteilers von den schmalen Schultern, stieg völlig ungeniert aus dem Schwimmbody, kickte den Stoffhaufen zu seinen Füßen auf die nächste Bank und lief unter lautem Gebrüll zum Wasser, Augenblicke später gefolgt von seinem Bruder, Hailey, Colinda und Duke.

Einige zogen sich etwas zögerlicher aus, indem sie zur Seite traten und sich erst einmal ein Badetuch um die Hüften wickelten.

Carson gehörte jedoch nicht zu den Schamhaften. Er entledigte sich seines Bodys so rasch und unbekümmert wie Flake und die anderen, die nicht eine Sekunde gezögert hatten. Dann drehte er sich ohne jede Spur von Verlegenheit zu Kendira um.

»Kommst du auch?«

Sie errötete und wollte wegsehen. Doch sie tat es nicht. Sie musste ihn einfach anschauen, obwohl sie längst wusste, wie gut er gebaut war. Aber seinen wohlgeformten Körper nun gänzlich unverhüllt vor Augen zu haben, war doch eine aufregende Erfahrung. Er war wirklich überall mit blonden Locken gesegnet, so wie Hailey ein hundertprozentiger Rotschopf und Nekia ein schwarzer Krauskopf war.

Sie schluckte. »Ich ... ich komme gleich«, sagte sie mit belegter Stimme. »Geh du nur schon.«

Er lächelte und nickte. »In Ordnung«, sagte er nur, wandte sich ab, bückte sich nach einem der Wasserbälle und ging.

Sie war ihm dankbar dafür, dass er sie nicht noch mehr in Verlegenheit gebracht hatte. Wie peinlich es ihr geworden wäre, wenn er hier im Pavillon auf sie wartet hätte, bis sie sich ausgezogen hatte!

Sie schnappte sich ihre beiden Badetücher und ging schnell hinüber auf die andere Seite der kleinen Bucht. Hier reichten hohe Sträucher bis auf zehn, zwölf Schritte an das Seeufer heran. Sie fand eine gut drei Schritte tiefe Lücke zwischen zwei hohen Ginsterbüschen, in der sie vor neugierigen Blicken vom See aus geschützt war. Sie hängte ihre Badetücher über einige kräftige Zweige, schlüpfte aus ihrem Schwimmbody und legte ihn obenauf. Dann lief sie zu den anderen ins Wasser. Den Impuls, ihre Brüste mit den Armen zu verdecken, unterdrückte sie erfolgreich.

Ich habe ja nun wirklich keinen Grund, mich zu verstecken!, rügte sie sich selbst. Auch wenn ich nicht so einen üppigen Busen habe wie Nekia und Hailey ... Dafür habe ich die schmalere Taille und die längeren Beine!

Sie rannte ins flache Uferwasser und warf sich dann beherzt in die im Mondlicht silbrig schimmernden Fluten.

31

NACH DER WÄRME, DIE SIE GERADE NOCH AUF ihrer Haut gespürt hatte, traf sie die Kälte des Sees wie ein Schock. Im ersten Moment war ihr, als wäre sie in eine Kühltruhe mit flüssigem Eis gestürzt. Ihr war, als stachen Tausende Nadeln auf sie ein. Alles zog sich in ihr zusammen und ihre Lungen schienen sekundenlang wie eingefroren.

Prustend und nach Atem ringend tauchte sie wieder auf, warf den Kopf zurück und strich sich feuchte Haarsträhnen aus dem Gesicht. Doch schon nach wenigen Schwimmzügen verwandelte sich der eisige Schock in ein wohliges Kribbeln und plötzlich verlor das Wasser seine lähmende Kälte.

Carson kam auf sie zugeschwommen. »Ist es nicht himmlisch?«, rief er.

Sie leckte sich über die Lippen und erwiderte sein Lächeln. »Ja, wenn man erst mal den Kälteschock überwunden hat!«

Er lachte. »Irgendwie macht es schon einen großen Unterschied, ob man im Wasser was anhat oder nicht, findest du nicht auch?«

»Mhm, ja, es ist schon anders«, gab sie zu. Dabei war das eine ziemliche Untertreibung. Denn sie war sich gerade ihres eigenen Körpers um ein Vielfaches bewusster als sonst, wenn sie mit ihrem Schwimmbody bekleidet war. Ihre Nacktheit gab ihr ein herrliches Gefühl der Freiheit – und war außerdem sehr erregend. Es hatte etwas Sinnliches, wie das dunkle Wasser überall an ihrer Haut entlangströmte. Es war, als streichelten die nächtlichen Fluten ihren Körper.

»Hey, hört auf zu turteln und spielt mit! Wir sind hier auf dieser Seite mächtig in der Unterzahl!«, rief Flake ihnen zu. Gleichzeitig klatschte vor ihr ein rot-weiß gestreifter Ball aufs Wasser und peitschte ihr mehrere Spritzer ins Gesicht. »Einer von euch hätte den Ball annehmen müssen!«

»Reg dich ab, wir spielen schon mit, Flake! Sonst geht ihr ja gegen Duke und sein Team sprichwörtlich unter«, rief Carson zurück und sagte zu Kendira gewandt: »Komm, denen zeigen wir's!«

»In Ordnung!«

Kendira nahm den Ball, warf ihn Flake zu und tauchte dann wie Carson unter der schwimmenden weißen Markierung hinweg ins Feld.

Sie spielten eine ganze Weile, und wie immer zeigte jeder großen Ehrgeiz und vollen Einsatz, ganz wie es ihnen von Kindesbeinen an anerzogen worden war. Carson achtete dabei darauf, immer in ihrer Nähe zu bleiben. Anfangs machte es sie verlegen, dass er den Blick nicht von ihr nehmen konnte, wenn sie Aufschlag hatte und hoch aus dem Wasser sprang, um den Ball in einem möglichst spitzen Winkel und weit übers Netz zu schlagen. Aber irgendwann verlor sich diese Schamhaftigkeit und wich einem körperbewussten Stolz.

Und dann, als das Spiel seinem Ende entgegenging, flog wieder einmal ein gegnerischer Ball, den Indigo mit viel zu viel Kraft zu ihnen über das Netz gedroschen hatte, weit über die Abgrenzung hinaus.

»Ich hole ihn!«, rief Carson, obwohl Kendira ganz hinten im Feld stand und damit näher dran war.

»Nicht nötig, das ist meiner!«, rief sie zurück und hechtete auch schon kopfüber unter die schwimmende Feldmarkierung. Sie blieb sechs, sieben kräftige Schwimmzüge lang unter Wasser, weil sie so schneller zum Ball kam. Doch als sie dort auftauchte und sich aufrichtete, wo eigentlich der Ball hätte schwimmen müssen, sah sie sich Carson gegenüber. Das Wasser reichte ihr gerade bis zum Bauch.

Er lachte sie an und hielt den Ball vor sich. »Nicht schlecht getaucht, aber nicht schnell genug!« Seine Brust hob und senkte sich mächtig, was verriet, dass er sich sehr angestrengt hatte, um den Ball noch vor ihr zu erreichen.

»Warum machst du das?«, fragte sie. »Ich habe doch gesagt, dass ich ihn hole!«

Einen Moment lang sah er sie stumm an, als wüsste er nicht, was er zu seiner Verteidigung vorbringen sollte. Dann sagte er leise: »Ich glaube, ich wollte einfach nur nahe bei dir sein, Kendira.«

Gerade noch hatte sie gedacht, dass es Zeit wurde, aus dem Wasser zu kommen, weil ihr kalt war. Nun jedoch wurde es ihr unter seinem Blick schlagartig heiß und ihr Herz fiel in einen schnelleren Rhythmus. »Das bist du doch schon die ganze Zeit«, antwortete sie ebenso leise.

»Aber nicht wirklich allein mit dir.«

Sie spürte ein Flattern in ihrer Herzgegend.

»Hey, wo bleibt das Ei?«, rief Hailey von der anderen Spielhälfte. »Geht euch schon die Luft aus?«

»Hast du noch Lust, weiterzumachen?«, fragte Carson.

Sie schüttelte den Kopf.

»Ich auch nicht.« Er warf den Ball in die Luft, hämmerte ihn weit übers Netz hinaus und rief: »Wir sind draußen! Uns reicht es für heute. Wenn ihr weiterspielen wollt, ist das eure Sache.«

Als Antwort kamen erst mal spöttische Zurufe, doch dann ging das Spiel weiter.

Carson ergriff Kendiras Hand und zog sie noch ein Stück vom Spielfeld weg. »Auf so einen Moment habe ich schon lange gewartet.«

Sie schluckte und lächelte nervös. »So? Und warum?« Es war eine dumme Frage. Natürlich wusste sie, was er damit meinte.

»Ich habe doch noch einen Wunsch bei dir frei«, erinnerte er sie.

Sie gab sich überrascht. »Wirklich? Das hatte ich doch glatt vergessen.«

»Das glaube ich dir nicht«, erwiderte Carson.

Mit einem Mal wurde Kendira sich bewusst, wie nahe sie beieinanderstanden, im gleißenden Licht des Mondes. Nicht einmal eine Armlänge trennte sie von ihm. Und ihre Brüste, so kam es ihr vor, schienen sich seinem nackten Brustkorb, über den das Wasser wie Quecksilbertropfen perlte, geradezu entgegenzustrecken. »Weißt du denn inzwischen, was du dir von mir wünschen möchtest?«

»Ja, und ich weiß es schon lange.«

Ein Teil von Kendira wünschte, es könnte zwischen ihnen alles so unverbindlich bleiben wie es bis vor wenigen Augenblicken noch gewesen war.

Der andere Teil in ihr konnte es dagegen nicht erwarten, dass er endlich den nächsten Schritt wagte und die Dinge beim Namen nannte. Immerhin war sie kein schwärmerisches kleines Mädchen mehr, das sich schon bei ein paar verstohlenen Blicken und scheinbar zufälligen Berührungen in einem aufregenden Liebesabenteuer wähnte. Und über reines Flirten waren sie beide längst hinaus.

Nach kurzem inneren Ringen gewann letzterer Teil die Oberhand und gab ihr auch den Mut, ihn herausfordernd zu fragen: »Warum sagst du es dann nicht, Carson? Fällt es dir so schwer, es mir zu sagen?«

Sein Blick ruhte voller Begehren auf ihr. »Ich möchte dich küssen, Kendira, und ...«

»Und warum versuchst du es dann nicht einfach?«, hörte Kendira sich plötzlich sagen. In ihren Ohren rauschte es.

Carsons Augen füllten sich mit dem leuchtenden Glück eines Menschen, der nach langem Bangen endlich das erlösende Wort hört.

Im nächsten Moment spürte sie seine linke Hand, die sich

unter Wasser auf ihre Hüfte legte, dort kurz verharrte und dann über ihren Rücken hoch zu ihrem Schulterblatt wanderte. Seine Rechte hielt noch immer ihre Hand. Doch er bog ihren Arm nun sanft nach hinten, sodass ihrer beider Hände auf ihrem Po zu ruhen kamen. Dann zog er sie an sich und hielt sie umarmt, während er sie gleichzeitig küsste.

Ihre Körper berührten sich fast im selben Augenblick, als ihre Lippen sich trafen.

Eine Flut verwirrender Eindrücke und Gefühle schlug über Kendira zusammen, als sie seine warmen festen Lippen auf ihrem Mund spürte und gleichzeitig den Druck seines Körpers gegen ihren Leib wahrnahm. Haut schmiegte sich an Haut und deutlich spürte sie seine Erregung.

Kendira wollte sich einfach fallen lassen, alle inneren Widerstände aufgeben und sich von dem sinnlichen Rausch überwältigen und davontragen lassen.

Aber es gelang ihr nicht. Etwas in ihr weigerte sich beharrlich, sich ganz seinen Lippen und Händen und der stummen Sprache seines Körpers auszuliefern und alles um sich herum auszublenden.

Sanft entzog sie sich seinen Lippen und löste sich aus der Umarmung. »Carson, bitte ...« Sie rang nach Atem.

»Was hast du, Kendira? Ich dachte, du ... du wolltest es auch?«

Sie strich ihm über die Wange und lächelte etwas gequält. »Ja, schon, aber ich ... ich kann das nicht«, flüsterte sie verlegen.

»Was kannst du nicht?«

»Na, hier so vor aller Augen mit dir ...« Sie führte den Satz nicht zu Ende. »Nicht, dass ich prüde wäre. Aber mich dabei von den anderen begaffen zu lassen, das ist nicht mein Ding, Carson.«

Erleichterung trat auf sein Gesicht. »Aber schön hast du es auch gefunden, nicht wahr?«

So erwartungsvoll, wie Carson sie ansah, kam er ihr wie ein kleiner Junge vor, der unbedingt geliebt und gelobt werden wollte. »Ja, es war schön, Carson. Aber lass uns bitte nichts überstürzen.«

»Es reicht mir, wenn ich weiß, dass du so viel für mich empfindest wie ich für dich«, sagte er.

Ohne eine Antwort zu geben beugte sie sich schnell vor und hauchte ihm einen Kuss auf die Wange. »Ich muss jetzt raus, Carson. Mir ist allmählich saukalt!«

»Ich glaube, ich schwimme besser erst noch eine Runde, bevor ich mich aus dem Wasser wage«, erwiderte er mit einem etwas verlegenen Lächeln.

Sie schmunzelte. Dann watete sie ans Ufer und tappte hinüber zum oberen Ende der Bucht, wo sie zwischen den Sträuchern ihre Badetücher und ihren Schwimmbody über die Zweige gehängt hatte. Die warme Nachtluft, die über ihren Körper strich, war eine Wohltat.

Geistesabwesend und noch ganz unter dem Eindruck des intimen Erlebnisses mit Carson im See, lief sie auf die Sträucher zu.

Nun war es also geschehen. Carson hatte ihr seine Liebe gestanden, sie hatten sich geküsst, sich in den Armen gehalten, einander Haut an Haut gespürt, aber das ganz große, überwältigende, von jeden Zweifeln freie Gefühl glückseliger Verliebtheit hatte sich nicht eingestellt. Sein Kuss, die Liebkosung seiner Hände, die Berührung seines Körpers und das Wissen, wie sehr er in sie verliebt war und wie stark er sie begehrte, all das war verführerisch. Aber die einzigartige Verzauberung, die damals über sie gekommen war, als Byrd sie das erste Mal *richtig* geküsst und sie unter der Kutte gestreichelt hatte, und die sie zwei Wochen lang wie auf rosaroten Wolken schweben ließ, diese Verzauberung war ausgeblieben.

Aber andererseits war es gar nicht verwunderlich, dass sie jetzt nicht wie auf Wolken schwebte. Nach dem Drama mit Byrd war sie nicht nur vorsichtiger und zurückhaltender geworden, sondern auch skeptischer gegenüber der wahren Natur ihrer Gefühle. Auch war es keine Ausrede gewesen, dass sie sich beim Austausch von Zärtlichkeiten in der Öffentlichkeit befangen und irgendwie gehemmt fühlte. Sie war, da nun mal nicht so unbekümmert und offenherzig wie Hailey, Nekia – oder eben auch Carson.

Die Zeit wird schon zeigen, wie gut wir zusammenpassen und was wir wirklich füreinander empfinden!, sagte sich Kendira in Gedanken, während sie in den Schutz der Büsche trat.

Gerade wollte sie nach einem ihrer Badetücher greifen, als ganz in der Nähe ein Zweig knackte. Sie fuhr zusammen, wandte den Kopf und erschrak. Keine drei Schritte von ihr entfernt stand eine hochgewachsene Gestalt in einer braunen Kutte zwischen den Sträuchern. Beinahe hätte sie in ihrem Schreck einen Schrei ausgestoßen, erkannte jedoch noch rechtzeitig, dass es Dante war.

Mit großen Augen blickte er sie an.

Sie brachte kein Wort heraus, stand einfach nur da, als hätte sie ihren eigenen Willen verloren, und wartete.

Erhabene Macht, worauf warte ich denn? Warum sage ich nichts? Ich stehe nackt vor einem Servanten und lasse es zu, dass er mich so sieht! Was ist nur mit mir?

Dante rührte sich nicht von der Stelle, sondern sah sie weiterhin stumm an, als könnte er sich nicht von ihrem Anblick lösen. Es konnten nur Sekunden sein, doch Kendira kamen sie viel, viel länger vor.

Und dann bewegte er sich. Er zog sich nicht etwa, sondern er kam ohne jede Hast aus dem Ginstergebüsch hervor, trat zu ihr hin, schüttelte kaum merklich den Kopf, ohne dabei den Blick von ihr zu lassen – und nahm ihr Gesicht in beide Hände.

Sprachlos sah sie zu ihm auf. Sie konnte nicht glauben, was geschah und was sie ohne einen Laut der Empörung mit sich geschehen ließ. Ihr war, als wäre plötzlich die Zeit stehen geblieben oder hätte sich zumindest extrem verlangsamt. Gleichzeitig passierte mit ihrer körperlichen Wahrnehmung etwas Ähnliches. Kendira hatte das Gefühl, als brannten sich seine Hände in ihre Wangen und als drang sein Blick bis in ihre Seele. Sie spürte den einen Wassertropfen, der ihr vom Kinn perlte, zwischen ihren Brüsten entlang und über ihren Bauch rann.

Ein Moment verstrich, nicht länger als ein bebender Herzschlag und zugleich jenseits aller objektiv messbaren Zeit. Dann beugte Dante ihren Kopf leicht zur Seite und küsste sie erst auf beide Augen, als wollte er die Wassertropfen aufsaugen, die in ihren Wimpern hingen. Im nächsten Moment presste er seine Lippen auf ihren halb offenen Mund.

Der Kuss raubte Kendira den Atem. Unwillkürlich bog sie den Rücken durch und krümmte sich ihm und seinem Mund entgegen. Ein erstickter Laut entrang sich ihrer Kehle, als sie seine Zunge spürte, die sich zwischen ihre Lippen schob, und es durchzuckte sie wie ein Stromstoß, als sich ihre Zungenspitzen berührten.

Die Zeit schien nun endgültig zum Stillstand gekommen zu sein. Ausgeblendet war die Welt um sie herum. Auch das bewusste Denken stellte wie gelähmt die Arbeit ein. Es gab nur noch die überwältigende Hitzeflut, die Dantes Lippen und Zunge in ihr hervorriefen und die sie von Kopf bis Fuß erfasste.

Den dumpfen Knall und das blitzschnell lauter werdende Zischen nahm Kendira nur unbewusst wahr. Die Geräusche schienen von jenseits einer dicken Wand aus Watte zu kommen.

Es waren erst die Warnschreie »Raketen! Deckung! Nightraider!«, das fast gleichzeitig einsetzende Geheul der Sirenen auf den Wachtürmen und der ohrenbetäubende Krach beim Bootshaus, die den Bann brachen, Kendira aus ihrer Erstarrung rissen und Dante zurückzucken ließen.

Reflexhaft fuhr Kendira herum, als die erste Rakete auf dem Metalldach des Bootshauses einschlug, beim Aufprall in rauchende Fetzen auseinanderplatzte und einige spärliche Bündel Flugblätter in die Luft schleuderte. Das schrille Kreischen und Scheppern der Wellblechplatten klang wie ein gigantischer disharmonischer Gong.

Als sie sich einen Atemzug später wieder umdrehte, riss sie

ungläubig die Augen auf. Dante hätte doch direkt vor ihr stehen müssen!

Aber da war kein Dante mehr, sondern nur Ginstergebüsch und Dunkelheit.

32

KENDIRA STARRTE IN DIE FINSTERNIS, DIE DANTE von einem Moment auf den anderen verschluckt zu haben schien. Er war so unvermittelt und lautlos mit der Dunkelheit verschmolzen, wie er aus ihr aufgetaucht war.

Oder hatte sie sich das alles nur eingebildet?

Hatte sie vielleicht gerade eine Halluzination erlebt, die irgendwie vom Happy Cube und dem Brandy hervorgerufen worden war? Es hieß ja, dass das Beneficium manchmal eine besonders starke euphorisierende Wirkung hatte. Außerdem reagierte nicht jeder in gleicher Weise darauf.

Ja, eine Halluzination! Das muss es gewesen sein!

Aber schon nächsten Moment meldete ihr Verstand Widerspruch an. Nein, so war es nicht gewesen. Sie hatte es tatsächlich erlebt!

Dante, ein Servant, hatte sie nicht nur zu berühren gewagt,

sondern er hatte sie einfach gepackt und geküsst – und das alles, während sie splitternackt war!

Jede Einzelheit war ein unverzeihliches Vergehen, auf das Cleansing stand! Und alles zusammen war mehr als genug für eine öffentliche Hinrichtung!

Hatte Dante den Verstand verloren?

Und was ist mit mir? Habe ich nicht auch den Verstand verloren?, fragte sie sich sogleich. Ich habe es zugelassen! Ich habe es zugelassen, statt ihn von mir zu stoßen und ihm eine runterzuhauen!

Während der Feuerschweif der zweiten Rakete aus dem Totenwald steil in den Nachthimmel aufstieg, auf den beiden nächstgelegenen Wachtürmen das wütende Stakkato der Schnellfeuergewehre einsetzte und die am Ufer versammelten Electoren den Sturz des Flugkörpers mitten in den See mit lautem Gejohle bejubelten, rang Kendira mit ihren zwiespältigen Empfindungen – und tastete mit den Fingerspitzen verwundert über ihre Lippen.

Sie brannten noch immer.

Kendira kam nicht dazu, sich über ihre unfasslichen Gefühle weiter Gedanken zu machen. Zwischen den Salven der Guardians und dem Sirenengeheul schallten nun aus Megafonen die Befehle ihrer Master, sofort in Schutzhaltung niederzuknien und nach Ende des Angriffs unverzüglich und in vorgeschriebener Ordnung in die Lichtburg zurückzukehren.

Hastig schlüpfte Kendira in ihren Schwimmbody, griff nach ihren Badetüchern und beeilte sich, zwischen den Sträuchern hervorzukommen, um sich dann schnell wie die anderen hinzuknien. Dabei beließ sie es jedoch. Angst vor den Flugkörpern hatte sie nicht. Sie sah auch keinen anderen aus ihrer Clique am Ufer oder beim Pavillon, der sich nach vorn gebeugt und sich die Badetücher zum Schutz über den Kopf gelegt hätte. Es wurde sogar laut gelacht und gescherzt. Der Beschuss jagte offenbar niemandem Angst ein. Eher nahm man ihn als Belustigung, die der aufregenden Nacht noch einen besonderen Extrakick gab.

Es rasten in kurzen Abständen noch zwei weitere Raketen auf den See zu. Auch sie richteten keinen nennenswerten Schaden an. Beide zerbarsten in den Kronen von einigen hohen, ufernahen Bäumen und verstreuten spärlich ihr Seelengift.

Und dann rasten auch schon mehrere Trikes mit Guardians heran, um im Licht der Scheinwerfer auf den Lenkern und bewehrt mit starken Taschenlampen die Flugblätter und Raketenreste aufzusammeln. Zwei Teams begaben sich sogar in Ruderbooten hinaus auf den See, um mühsam aufzufischen, was dort an Seelengift auf dem Wasser trieb.

Als keine weiteren Raketen mehr aus dem Totenwald im Nordosten aufstiegen, ging es in Reih und Glied zurück zur Lichtburg. Die Bulldogge Sherwood und Master Brewster beaufsichtigten am See die Rückkehr der Electoren. Wegen der zum Teil schmalen Wege durch einige Waldstücke ordneten sie Zweierreihen an.

Trotz des unerwarteten Angriffs der Nightraider, die noch nie zuvor in der Nacht einer Lichtmesse Raketen in die Sicherheitszone geschossen hatten, und trotz der vorzeitigen Rückkehr in die Lichtburg herrschte unter den Electoren noch immer eine fröhliche, ausgelassene Stimmung. So leicht war die euphorische Wirkung des Beneficiums nicht einzutrüben. Zudem war ein frischer Wind aufgekommen und mittlerweile war es auch schon halb zwölf. Der Verlust einer knappen halben Stunde war leicht zu verschmerzen.

Als der Zug sich formierte, sah Kendira, dass Carson zu ihr nach hinten wollte. Sein Pech war, dass er dazu an Master Sherwood vorbei musste. Doch die Bulldogge dachte gar nicht daran, irgendeine Art von Unordnung, geschweige denn Hin- und Hergerenne zu dulden.

Sherwood hielt ihn auf. »Wo willst du hin?«, blaffte er ihn an. »Was immer du da hinten willst, es wird warten müssen. Du reihst dich gefälligst hier ein!«

Carson blieb nichts anderes übrig, also stellte er sich zu Chilo. Als Sherwood an der sich rasch formierenden Reihe entlangschritt, wandte Carson sich zu Kendira um, verzog das Gesicht zu einer Grimasse und zuckte bedauernd die Achseln.

Sie antwortete darauf mit einem etwas unsicheren Lächeln.

Nekia hakte sich im nächsten Moment bei ihr ein. »Na, das war ja eine ganz schön heiße Szene, die du da mit Carson hingelegt hast«, raunte sie ihr verschwörerisch zu. »Voller Körperkontakt, stimmt's? Ich meine: unter Wasser.«

Kendira gelang es, keine Miene zu verziehen und ihre Antwort staubtrocken klingen zu lassen. »Ich weiß nicht, was du da gesehen haben willst. Außerdem haben wir nicht gelegen, sondern gestanden.«

Nekia lachte schallend auf. »Du blödes Ei! Du willst mich

doch nur auf die Folter spannen. Aber da du gerade von ›gestanden‹ gesprochen hast: Erzähl doch mal, ob Carson ...«

»Untersteh dich!«, fiel Kendira ihr rasch ins Wort, konnte aber auch nicht länger ernst bleiben.

Sie alberten noch eine Weile herum. Doch als sie zur Brücke über den Rabbit Creek kamen, nahm ihr leise geführtes Gespräch eine Wendung zum Ernsten hin. Nekia fragte neugierig: »Wer hat denn nun wen zuerst geküsst? Hast du die Initiative ergriffen oder war es Carson?«

»Es war Carson«, sagte Kendira und empfand bei der Erinnerung an den Moment ein zwiespältiges Gefühl.

»Und? Wie küsst er?«, wollte Nekia wissen. »Hat es dich umgehauen?«

Kendira wich dem Blick ihrer Freundin aus. »Warum hätte es mich denn umhauen sollen?«

Nekia ließ nicht locker. »Na, du weißt doch aus dem Unterricht bei Master Shelton, was passiert, wenn sich eine Spannung, die sich über einen längeren Zeitraum aufgebaut hat, plötzlich entlädt. Dann sprühen die Funken und oft knallt es dabei auch gehörig.«

»Der Kuss war ... er war schön«, sagte Kendira leise und spürte Befangenheit in sich aufsteigen. Nekia war zwar ihre beste Freundin, aber es gab Dinge, Momente und Gedanken, die sie mit keinem teilen, sondern allein für sich bewahren wollte. »Carson ist ... also, er ist sehr zärtlich und viel sanfter, als ich es erwartet hätte. Aber mir war nach der langen Zeit im Wasser ganz schön kalt. Das ist bestimmt nicht gerade von Vorteil, wenn man sich das erste Mal küsst. Außerdem: Ein Kuss macht noch keine große Liebe. Wie weit das mit Carson und mir geht, das muss sich noch zeigen.«

Nekia machte ein verblüfftes Gesicht. »Also, wenn du herausfindest, dass ihr beide doch nicht füreinander geschaffen seid, dann gib mir bitte Bescheid. Ich nehme ihn dir dann gerne ab!«, sagte sie in einem Ton, der scherzhaft klingen sollte. Inzwischen hatten sie die Stufen zum hell erleuchteten Portal der Lichtburg erreicht. Kendira tat, als hielt sie Nekias Worte wirklich für einen Scherz, und lachte mit ihr. »Ich werde daran denken und vielleicht auch noch ein gutes Wort bei Carson für dich einlegen«, sagte sie und damit war das Thema für sie beide erledigt.

In ihrem Dorm waren alle anderen Mädchen schon längst in den Schlaf gesunken, als Kendira immer noch wach in ihrem Bett lag und die Erlebnisse dieser Nacht wie in einer Endlosschleife vor ihrem geistigen Auge vorbeiziehen ließ. Was sie dabei besonders beschäftigte, war zum einen die eigentlich kaum fassbare Tatsache, dass innerhalb von wenigen Minuten Carson *und* Dante sie nackt in ihren Armen gehalten und geküsst hatten. Und zum anderen der Umstand, dass Carson es sich von ihr *gewünscht* hatte, sie küssen zu dürfen, während der Servant Dante sich die Erfüllung seines Verlangens einfach *genommen* hatte.

33

DIE AUFGEREGTEN RUFE UND MIT TROMMELwirbeln unterlegten Fanfarenklänge passten nicht zu Kendiras erotischem Traum, und sie weigerte sich, den Geräuschen Beachtung zu schenken. Nichts durfte sie von den vier Händen und vier Lippen ablenken, die sie liebkosten. Doch dann packte eine Hand sie an der Schulter und rüttelte sie so energisch, dass ihr nichts anderes übrig blieb, als sich von dem Traum zu lösen und aufzuwachen.

»Na, endlich!«, rief jemand über ihr. »Einen Stein zum Leben zu erwecken, ist ja leichter, als dich aus dem Schlaf zu holen!«

Noch halb im Schlaf, blinzelte Kendira in das helle Licht der Deckenleuchten, die im Alpha-Dorm aufgeflammt waren. Sie hob den Arm, um ihre Augen vor der schmerzhaften Helligkeit abzuschirmen. Es war Colinda, die sich über sie gebeugt hatte. »Was ist denn los?«, stieß Kendira benommen hervor. Ihr war, als wäre sie gerade erst vor wenigen Minuten eingeschlafen. Die Zeiger ihrer Armbanduhr standen auf vier Uhr dreiundzwanzig in der Nacht.

Colinda lachte. »Hast du was auf den Ohren? Oder wie kommt's, dass du *das* nicht hörst?« Sie machte eine vage Handbewegung, die nach oben zeigte.

Im selben Moment nahm Kendira den Trommelwirbel, die sich ständig wiederholende Tonfolge der vier aufsteigenden und dann einen Akkord bildenden Fanfarenklänge und die aufgeregten Rufe wahr, die den Alpha-Dorm erfüllten und auch aus den anderen Schlafsälen zu hören waren. Die ganze Lichtburg glich einem in Aufruhr geratenen Bienenstock.

Jäh richtete sie sich im Bett auf. »Das Lichtschiff!«, stieß sie hervor und war mit einem Mal hellwach. »Erhabene Macht, das Lichtschiff ist im Anflug!«

»Wie beruhigend, dass du dich wieder daran erinnerst, was die Trommelwirbel und der Fanfarenvierklang zu bedeuten haben!«, frotzelte Colinda. »Und jetzt beeil dich, dass du aus dem Bett und in deine Kutte kommst! Sonst wird gleich dein Name aufgerufen und du träumst hier immer noch herum!«

Kendira war mit einem Satz aus dem Bett, fuhr aus ihrem Pyjama und zog sich rasch an. Um sie herum brandete das Stimmengewirr ihrer Alpha-Schwestern. In die freudige Erwartung, vielleicht schon in dieser Nacht zum hochwürdigen Dienst berufen und mit dem Lichtschiff zum Lichttempel geflogen zu werden, mischten sich auch Verwunderung und Spekulationen. Bislang war das Lichtschiff noch nie so früh im Jahr gekommen. Gewöhnlich kam das erste Lichtschiff im September und das zweite im Oktober, um jeweils vierundzwanzig Electoren abzuholen. Und bestimmt fragten sich viele, ob sie wohl ihre besten Freundinnen und Freunde hier in Liberty 9 zurücklassen mussten – oder ob sie vielleicht zu den Zurückgelassenen zählen würden.

Viel Zeit blieb jedoch nicht, um darüber Mutmaßungen anzustellen. Draußen im Gang vor den Dorms hallten die lauten Stimmen von Prinzipal Whitelock und Master Sherwood, die zur Eile und zum gemeinsamen Aufbruch drängten. Der gesamte Konvent hatte sich vor Eintreffen des Lichtschiffs rechtzeitig auf dem Dach des Schwarzen Würfels zu versammeln, um dort auf dessen Landung zu warten.

»Es ist die Stunde eurer Berufung, Alpha-Electoren!«, rief Prinzipal Whitelock mit einer Mischung aus Feierlichkeit und Kommandoton, als die Mädchen aus den Dorms strömten und im breiten Korridor Aufstellung nahmen. »Heute wird einem Dutzend von euch die Ehre zuteil. Sammelt euch und macht euch in gebotener Stille bereit, zum hochwürdigen Dienst in den Lichttempel berufen zu werden. Gelobt sei die Erhabene Macht!«

»Gelobt sei die Erhabene Macht!«, schallte es wie Donnerhall aus sechsundneunzig Kehlen durch den Gang.

Nekia schob sich an Kendiras Seite. »Hoffentlich bleiben wir zusammen!«, raunte sie mehr besorgt als von der Hoffnung erfüllt, gleich zu den Auserwählten zu gehören.

»Das hoffe ich auch«, flüsterte Kendira zurück und dachte sofort voller Unruhe an Carson – und an Dante.

Was war, wenn Carson oder sie hier zurückblieb? Im Luftschiff war nur Platz für zwei Dutzend von ihnen. Was bedeutete, dass jeweils nur die Hälfte der Alpha-Jungen und Alpha-Mädchen heute den Flug zur Küste antreten würde. Und was war, wenn *ihr* Name aufgerufen wurde und oben an der Rampe aufleuchtete? Selbst wenn Carson zurückblieb, was höchst unwahrscheinlich war, so würde er doch spätestens Ende Oktober mit dem zweiten Transport nachkommen und bei ihr im Lichttempel eintreffen. Aber Dante würde sie niemals wiedersehen. Und dann blieb ihr nicht einmal Zeit, um ihn für die … die Ungeheuerlichkeit, die er sich vor wenigen Stunden ihr gegenüber herausgenommen hatte, zur Rede zu stellen …

Aber vermutlich brauchte sie sich gar keine Gedanken zu machen. Nachdem sie bei ihren letzten beiden Solo Runs so miserable Ergebnisse erzielt hatte, würden die Oberen sie wohl kaum auf die Liste derjenigen gesetzt haben, die schon so frühzeitig hier ihre Ausbildung beenden und ihren Dienst im Lichttempel beginnen durften.

Kendira stutzte plötzlich. Wenn es wirklich so kommt, dass ich hierbleiben muss, sollte ich das vielleicht gar nicht bedauern, zuckte es ihr durch den Kopf.

»Warum kommt das Lichtschiff dieses Jahr eigentlich schon so früh? Ob das etwas zu bedeuten hat?«, fragte Nekia.

»Da fragst du mich zu viel«, murmelte Kendira, während sich der Zug der Mädchen-Electoren mit Prinzipal Whitelock an der Spitze in Bewegung setzte und sich in geordneten Viererreihen im Treppenhaus abwärts begab. »Aber irgendeinen Grund wird es schon dafür geben.«

Ihre Freundin zog die Unterlippe zwischen die Zähne, legte

die Stirn in Falten und schwieg kurz. Dann beugte sie sich zu ihr herüber und flüsterte ihr ins Ohr: »Was ist, wenn es doch stimmt, was Seyward da unten auf die Tür geritzt hat?«

»Dann wartet auf jeden, der gleich ins Lichtschiff steigt, am Ende des Flugs der sichere Tod!« Die Antwort, leise wie ein Hauch, doch scharf wie eine Rasierklinge, kam Kendira so impulsiv und unverblümt über die Lippen, dass sie selbst darüber erschrak.

Nekia an ihrer Seite erbleichte bei diesen Worten.

Kendira ergriff schnell die Hand ihrer Freundin, drückte sie fest und flüsterte: »Vergiss, was ich da gerade gesagt habe. Irgendwie wird schon alles ...« Weiter kam sie nicht.

»Psst!«, zischte hinter ihnen jemand, der das Getuschel missbilligte. Sie hatten sich in Demut und stiller Andacht aus der Lichtburg und auf das Dach des Schwarzen Würfels zu begeben.

Sherwood hörte den scharfen Zischlaut. Mit einem Ruck wandte er den Kopf und hielt mit zusammengekniffenen Augen wie ein Habicht Ausschau, wer da hinten wohl das Schweigegebot gebrochen hatte.

Keines der Mädchen wagte es, seinem stechenden Blick zu begegnen. Jeder schaute stur geradeaus oder senkte sicherheitshalber den Kopf.

»Ich will keinen Laut mehr hören!«, fauchte Sherwood.

Die Ermahnung war unnötig. Kendira und Nekia war die Lust am Raunen vergangen. Ihre spontane Freude, die bei dem Ruf »Das Lichtschiff kommt!« so viele Jahre selbstverständlicher Teil ihres Lebens in der Sicherheitszone gewesen war, war schlagartig einem Gefühl der Beklemmung gewichen.

Auf dem Appellplatz verband sich der Zug der weiblichen Electoren mit der Kolonne der männlichen, die dort schon mit Primas Templeton wartete. Es gab keine lauten Anweisungen. Alles lief unter tiefem Schweigen ab. Jeder wusste, wo sein Platz war und wie es weiterging.

Die Lichtburg erstrahlte nicht wie beim Morgenapell in der vollen Leuchtkraft ihrer Fassadenstrahler, sondern war nur in ein vergleichsweise bescheidenes Lichtkleid gehüllt. Nichts sollte vom Eintreffen des Lichtschiffes und des Schauspiels ablenken, das mit seinem Kommen einherging.

Auch das weiträumige Dach des Schwarzen Würfels hob sich mit seiner zurückhaltenden Beleuchtung nicht besonders vor der dunklen Kulisse des Nachthimmels ab. Die schwenkbaren Strahler, die sich an den Dachrändern dicht an dicht aneinanderreihten, gaben nur ein schwaches Glühen von sich. Was sich jedoch sehr schnell ändern würde. Denn aus Nordwesten, von jenseits der schneebedeckten Bergspitzen, drang mittlerweile, wenn auch noch schwach, ein tiefes dumpfes Brummen heran, das vom Anflug des Lichtschiffes kündete.

Vor dem Schwarzen Würfel fächerte sich der Zug der Electoren wieder in zwei gleich große Kolonnen auf. Die der Jungen erklomm die Stahlgittertreppe, die von rechts hinauf aufs Dach führte, die der Mädchen nahm die Treppe auf der linken Seite.

Oben auf dem Flachdach stellten sich die Jungen und Mädchen aus dem Beta-, Gamma- und Delta-Level rechts und links entlang der hüfthohen Sicherheitsgitter auf. Damit flankierten sie die Alpha-Electoren, die den Mittelteil dieses rechteckigen Hufeisens bildeten, von beiden Seiten. Die Oberen reihten sich zwischen den einzelnen Blöcken ein. Nur Primas Templeton stand für sich allein, und zwar vor der Doppelreihe der Electoren aus dem Alpha-Level.

Das tiefe Brummen wurde lauter – und die Anspannung der Jungen und Mädchen wuchs. Alle Augen starrten angestrengt in die Richtung, aus der das Motorengeräusch des Lichtschiffes durch die Nacht drang.

Im Nordwesten schienen die Gipfel der Berge plötzlich von jenseits des nächtlichen Horizonts angestrahlt zu werden. Es war, als hätte jemand auf der anderen Seite der Gebirgskette zwei riesige Scheinwerfer auf diesen Teil der Sierra gerichtet. Der eine schickte strahlend weißes Licht zu den Felswänden empor, während der andere mit einem schwachen rötlichen Schein nach den zerklüfteten Gipfeln griff und den Schnee auf ihnen färbte.

Augenblicke später verwandelte sich dieses geheimnisvolle Aufleuchten in eine wahre Wolke aus gleißendem Licht, über dem eine glutrote, leicht gekrümmte Linie schwebte. Und diese Lichtwolke flog über die Bergspitzen hinweg, sank hinunter ins Liberty Valley und nahm Kurs auf den Schwarzen Würfel.

Nun schwoll das tiefe Dröhnen mit jeder Sekunde stärker an und erfüllte das ganze Tal.

Das Lichtschiff schwebte auf seiner strahlenden Lichtwolke heran. Dabei verwandelte sich der glutrote Bogen über dem gleißenden Weiß in eine Art Scheibe, die sich mit hoher Geschwindigkeit über der Lichtwolke drehte. Wer jedoch später genau hinsah, konnte das, was eine rotierende Scheibe zu sein schien, als lange, glutrot leuchtende Rotorblätter ausmachen.

Als das Lichtschiff höchstens noch anderthalb Kilometer entfernt war, betätigte Primas Templeton einen Schalter seiner Fernbedienung. Das bescheidene weiße Lichtquadrat, das die großen Scheinwerfer auf dem Dach des Schwarzen Würfels bis dahin gebildet hatten, verwandelte sich augenblicklich in gigantische Lichtfontänen in Kobaltblau und Feuerrot. Wie mächtige Säulen aus Farbe stiegen sie leicht schräg in den Himmel und bildeten eine Krone aus blaurotem Licht, die von der Form her Ähnlichkeit mit den schräg gen Himmel ragenden gläsernen und stählernen Dachstreben des Lichttempels besaß.

Gleichzeitig begannen auf der hinteren Hälfte des Flachdachs auf einer zwanzig Meter langen und zwölf Meter breiten Stahlplatte gelbe Lichter zu blinken. Sie bildeten auf der Mitte der Landeplattform einen großen Zielkreis, der im Sekundentakt aufleuchtete.

Nur einen Moment später löste sich diese Stahlplatte vom Rest der stählernen Dachkonstruktion und erhob sich, von einem Dutzend hydraulischen Armen gehoben, gute fünf Meter in die Höhe. Eine Rampe mit gummiverkleideten Trittleisten und hell leuchtendem Geländer klappte heraus, glitt über Führungsschienen schräg abwärts und verband den Landeplatz des Lichtschiffes mit dem unteren Teil des Flachdachs.

Und dann war das Lichtschiff herangekommen und verharrte einen Moment hoch über dem Landeplatz. Bei der blendenden Helligkeit, die das Lichtschiff umgab, waren seine Umrisse nur vage auszumachen. Doch nicht nur Kendira sah sofort, dass es sich nicht um das reguläre Lichtschiff handelte, sondern um ein viel kleineres.

Ein dröhnender Sturmwind fegte aus der Höhe über das Flachdach hinweg, zerrte an den Kutten der Libertianer und zerzauste allen die Haare. Die schillernde Schärpe des Primas wehte wie das Banner einer Truppeneinheit.

Das war der Moment, in dem Templeton das Zeichen gab und den Arm hob.

Alle Electoren und Oberen beugten sich wie bei einem Raketenangriff der Nightraider hinunter auf das rechte Knie, während sie das linke gebeugt ließen, und senkten den Kopf. Weniger aus Ehrfurcht, sondern mehr aus Vorsicht, um vom Wirbelsturm der Rotoren keinen Dreck oder kleines Gestein in die Augen geweht zu bekommen.

Nun sank das Lichtschiff, scheinbar von seinem Kissen aus gleißender Helligkeit getragen, langsam herab, schwankte kurz über den gelb blinkenden Landelichtern und setzte dann mit dem Heck zum Konvent auf der Stahlplattform auf.

Die rasende Drehgeschwindigkeit der glutroten Rotoren sank zu einem gemächlichen Kreisen herab, auch der Sturmwind verlor erheblich an Kraft. Nun konnte man wieder den Kopf heben, und es gab keinen Elector, der nicht sofort gebannt und erwartungsvoll nach oben schaute.

Weißer Nebel wogte plötzlich in dichten Wolken unter dem Rumpf hervor, stieg an der silbrigen Haut empor und wurde von den Rotoren zerhackt und verwirbelt.

Die Heckklappe öffnete sich. Ein tiefblaues Licht drang aus dem Innern des Lichtschiffs, begleitet von einem gleichfarbigen wabernden Bodennebel, der sich mit dem weißen entlang des Rumpfes vermischte.

Die Anspannung unter den Alpha-Electoren erreichte nun einen beinahe unerträglichen Zustand. Die Herzen rasten und so mancher hielt den Atem an. Jede Sekunde konnte dort oben auf der Anzeigetafel in der Hecköffnung der erste Name aufleuchten, sogleich gefolgt von Templetons verbaler Bestätigung und einem knappen »Geh und diene, Libertianer!«.

Jeder wusste, dass es keinen Abschied und keine Ansprache gab und auch keine letzten Umarmungen von den Freunden. Wer seinen Namen las und hörte, hatte vorzutreten und unverzüglich und ohne sich umzublicken über die Rampe ins Lichtschiff zu gehen.

Da blieb vor dem Heraustreten bestenfalls noch Zeit für einen raschen, verstohlenen Händedruck und das hastige Abstreifen des Tokenbands, für das es im Lichttempel keine Verwendung gab. Aber selbst das kostete zu viel Zeit. Deshalb hatten die meisten Alpha-Electoren ihr Tokenband gleich im Dorm zurückgelassen, und so gut wie jeder von ihnen hatte schon lange vorher mit Freunden ausgemacht, wer es bekommen sollte.

Auch Kendiras Nerven waren zum Zerreißen gespannt. Ihr Herz raste. Die Faszination, der auch sie sich beim Anblick des Lichtschiffs nicht hatte entziehen können, dieses hingerissene Staunen hatte nun einer Übelkeit erregenden Angst Platz gemacht. Sie schnürte ihr die Kehle zu und ließ ihren Magen zu einem harten Knoten verkrampfen.

Es war die Angst, dass gleich ihr Name aufleuchten könnte. Dass vielleicht wirklich im Lichttempel auf jeden von ihnen der sichere Tod wartete. Dass Nekia oder Colinda oder Carson mit dem Lichtschiff dem sicheren Tod entgegenfliegen könnten und sie hier allein zurückließen. Dass es womöglich nur sie allein traf. Und dass sie Dante nie wiedersehen würde, wenn sie jetzt aufgerufen wurde.

Ob er wohl irgendwo unten bei den Containern der Servanten stand, zu ihnen heraufstarrte und um sie bangte?

Kendira und Nekia hielten sich so fest an den Händen, dass es fast schon schmerzte. Umgeben waren sie von hoffnungsvoll strahlenden Gesichtern. Mit sehnsüchtigen Blicken starrten all die anderen Alpha-Electoren auf die Leuchttafel im Heck des Lichtschiffes, als hofften sie, mit der Kraft ihres Blicks ihren Namen auf die Anzeige zwingen zu können.

Die wenigen Sekunden vor der ersten Nennung schienen sich endlos lang zu dehnen. Und dann war es so weit. Der erste Name leuchtete im Heck des Lichtschiffes auf.

Duke

»Duke! Geh und diene, Libertianer!«, rief Templeton. »Gelobt sei die Erhabene Macht!«

»Gelobt sei die Erhabene Macht!«, antwortete der Chor all jener, die noch nicht den Alpha-Level erreicht hatten.

Kendira zuckte zusammen und hatte Mühe, ein lautes gequältes Aufstöhnen zu unterdrücken.

Duke trat augenblicklich aus der Phalanx der Alpha-Electoren heraus und ging mit beschwingtem Schritt auf die Rampe zu. Aber er wäre nicht Duke gewesen, wenn er ohne eine verstohlene Albernheit einfach so im Lichtschiff verschwunden wäre. Und so hob er denn auch kurz vor der Heckluke, schon umhüllt von blauem Schein und waberndem Nebel, den linken

Arm und machte mit geballter Faust eine Geste des Triumphs, dass er als Erster ausgewählt worden war. Im nächsten Moment löste er sich in dem blauen Nebel auf, der aus dem Heck wallte.

Kendira biss sich auf die Lippen. Wie hypnotisiert starrte sie auf die Anzeige. Würde dort gleich auch Carsons Name aufleuchten?

Nein, bitte nicht! Carson soll hierbleiben, bei mir! Und auch Nekia und meine anderen Freunde!, flehte sie in Gedanken und wusste gar nicht, zu wem oder zu was sie ihr Flehen schickte. Die Erhabene Macht war es jedenfalls nicht.

Die weiteren männlichen Namen folgten nun in schneller Reihenfolge.

Ellis

Gus

Ilas

Lem

Trew

Statt nach wie gewöhnlich zwölf Namen flammten zu ihrer aller Überraschung schon nach den Namen dieser sechs Alpha-Jungen die der auserwählten Mädchen auf.

Brook

Colinda

Fay

Leota

Samarra

Willow

Und kaum war das kräftig gebaute Mädchen Willow durch den blauen Vorhang zu den elf anderen aus dem Alpha-Level getreten und den Blicken des Konvents entzogen, als die Heckklappe sich auch schon schloss und die Rotoren sich wieder schneller zu drehen begannen.

Bittere Enttäuschung, dass diesmal nur zwölf und nicht wie sonst vierundzwanzig aus ihrem Level die Reise zum Lichttempel antraten, zeigte sich auf den Gesichtern von fast allen Alpha-Electoren – und sogar auf denen der meisten Oberen.

Augenblicke später erhob sich das Lichtschiff von der Plattform und stieg, das Heck höher als die Nase, fast senkrecht in den Himmel auf. Für zwei, drei Sekunden zog es eine Fahne aus blau-weißem Nebel hinter sich her.

Über dem Solarfeld drehte es scharf nach Westen ab, flog noch immer im Steigflug über die Hänge des Totenwalds auf die hohen Bergketten im Nordwesten zu – und dann erlosch plötzlich die Lichtwolke, als hätte sich das Lichtschiff von einer Sekunde auf die andere in Luft aufgelöst.

Das dunkle Dröhnen der Rotoren war noch eine Weile zu hören, wurde aber rasch leiser und leiser. Und wer nach Westen in Richtung Diamond Peak blickte, der konnte dort einen immer kleiner werdenden Punkt ausmachen, der sich dann in der Schwärze der Nacht verlor.

Davongekommen!, durchfuhr es Kendira und eine unsägliche Erleichterung durchflutete sie. Sie drückte Nekias Hand und tauschte mit ihr einen vielsagenden, erlösten Blick. *Wir sind noch mal davongekommen!*

34

KENDIRA FÜHLTE SICH ELEND. IHR WAR, ALS hätte sie Butter in den Knien, als sie mit Nekia an ihrer Seite in der Lichtburg die Treppe zu den Dorms hochstieg. Es wurde kaum laut gesprochen, obwohl es nun kein Schweigegebot mehr gab. Getuschel dagegen gab es genug. Es füllte das Treppenhaus mit einem nervösen Summen.

Jeder rätselte, warum nicht das reguläre große Lichtschiff gekommen war, das doch stets vierundzwanzig von ihnen aufnahm. Dass selbst die meisten Master und Prinzipalen davon überrascht worden waren, fachte die Spekulationen noch zusätzlich an. Zwar hatte Templeton auf dem Dach des Schwarzen Würfels verkündet, dass in etwa einer Woche bis zehn Tagen das Lichtschiff zurückkehren und weitere zwölf Alpha-Electoren abholen würde. Aber das schaffte die Frage, was wohl mit dem großen Transporter los war, nicht aus der Welt.

Carson schob sich indessen durch die Reihen der Alpha-Mädchen, um Kendira noch einzuholen, bevor sich ihre Wege oben im Flur trennten.

»Kendira!«

Sie blieb stehen und drehte sich um. Augenblicklich fühlte sie sich schuldbewusst Sie hatte überhaupt nicht daran gedacht, unten in der Halle auf ihn zu warten, nachdem sich dort der geordnete Zug der Electoren auf Prinzipal Whitelocks Erlaubnis hin aufgelöst hatte.

»Erhabene Macht, was bin ich froh, dass du auch noch hier bist, Kendira!«, sagte er, als er sie erreicht hatte, und griff nach ihrer Hand.

»Ich bin auch froh, dass du noch hier bist, Carson«, antwortete sie und meinte es auch so. Dass es Duke getroffen hatte und mit Colinda, Leota, Samarra und Fay auch noch so viele aus ihrem Dorm, drückte schwer auf ihr Gemüt. Sie musste immer wieder an Seywards erschreckende Warnung denken und dass ihre Freundinnen und mit ihnen auch Duke und die anderen Jungen jetzt womöglich ihrem sicheren Tod entgegenflogen. Die Ungewissheit, ob es sich wirklich so verhielt, zermürbte und quälte sie.

»Ich hätte es nicht ertragen«, sagte Carson, »wenn ich ohne dich zurückgeblieben oder ohne dich mit dem Lichtschiff abgeflogen wäre.«

Sie nickte wortlos.

Nekia grinste spöttisch. »Ich geh dann mal besser, damit ihr euch ungestört anmachen könnt. Aber fallt nicht gleich wieder in aller Öffentlichkeit übereinander her!«

Carson ließ sich von Nekias Spott nicht ablenken und sagte, als hätte es keine Unterbrechung gegeben: »Vielleicht wäre der andere dann ja mit dem nächsten Transport nachgekommen, aber diese Ungewissheit hätte mich umgebracht.«

Kendira lächelte. »Ich glaube nicht, dass dich so schnell etwas umbringt, jedenfalls sicher nicht eine Woche des Wartens.«

Er lachte und sah sie dann ernst an. »Wenn du wüsstest, wie lang mir sogar die Minuten geworden sind, bis ich gestern nach der Lichtmesse endlich den richtigen Zeitpunkt gefunden hatte, um dir zu sagen, wie viel du mir bedeutest.«

Sie lächelte. »Ach, Carson ...«

Er seufzte schwer. »Ich wünschte, wir hätten gestern am See mehr Zeit füreinander gehabt. Wenn doch dieser blöde Raketenangriff nicht gewesen wäre!«

»Ja, das wäre schön gewesen. Aber es gibt nun mal Dinge, die nicht zu ändern sind«, sagte sie und wünschte im nächsten Moment, ihr wäre etwas Liebevolleres in den Sinn gekommen. Aber sie befand sich gerade nicht in der rechten Stimmung für Liebesgeflüster.

Carson störte sich jedoch nicht an ihrer nüchternen Antwort, er war in Gedanken schon wieder bei Duke. »Also, dass Duke noch vor mir in den Lichttempel kommt, ist schon ein starkes Ding. Hast du gesehen, wie er die Faust gereckt hat? Was wird er gelacht haben, als feststand, dass ich heute nicht mitkommen würde? Ich wette, das wird er mir später noch oft genüsslich unter die Nase reiben. Mensch, wie ich ihn darum beneide, jetzt schon auf dem Weg zum Lichttempel zu sein!«

Sie hob die Brauen. »So? Und ich dachte, du wärst froh, noch hier zu sein.«

»Ja, weil auch du noch hier bist.«

Kenndira seufzte bedrückt. »Vielleicht kannst du sogar von Glück reden, dass du nicht auf der Liste standst und nicht mit den anderen mitfliegen musstest ...«

Verständnislos sah Carson sie an. »Ich soll darüber glücklich sein?« Er lachte, weil er das für einen Scherz hielt. »Wie kommst du denn auf so einen verrückten Gedanken?«

Sie zuckte die Achseln. »Geht es uns hier denn nicht ganz wunderbar?« sagte sie ausweichend. »Also ich habe erst mal keine Eile, von hier wegzukommen. Wer weiß denn, was uns *wirklich* im Lichttempel erwartet? Oder weißt du etwa Genaues?«

Carson lachte erneut auf. »Natürlich nicht, das ist doch das Mysterium, das uns erst dort offenbart wird!«

»Und wer sagt, dass es uns auch gefällt, Carson? Hast du daran schon mal einen Gedanken verschwendet?«

»Kendira! Wieso sollte uns das nicht gefallen? Wir sind die Auserwählten Hyperions!«

»Das mag sein, aber auserwählt *wofür* genau?«

»Natürlich zum hochwürdigen Dienst!«

»Und was ist, wenn sich dieser hochwürdige Dienst als ... na ja, als eine eher unangenehme Angelegenheit entpuppt?«, hielt sie ihm provozierend vor.

Nun sah er geradezu geschockt aus. Ängstlich sah er sich um, ob jemand sie gehört hatte. Aber der Strom der Electoren im Treppenhaus war verebbt. Von unten aus der Halle kamen jedoch die Stimmen von mehreren Oberen, die wohl die Treppe heraufstiegen.

»Erhabene Macht, bist du verrückt geworden?«, stieß Carson hervor. »Du redest abfällig vom *Mysterium* und unserem *hochwürdigen Dienst!* Jemand könnte es hören und dich den Oberen melden!«

»Es waren Fragen, nichts weiter. Und es war auch keiner in der Nähe, der mich hätte hören können«, erwiderte Kendira fast trotzig. Sie stand mit dem Rücken zur Wand und hatte daher das Treppenhaus gut im Blick.

»Von wegen, es waren nur Fragen! Wegen solcher Fragen könntest du zum Servanten degradiert und nach Eden zurückgeschickt werden!«

Kendira zuckte die Achseln. »Mir ist klar geworden, dass nicht alles das ist, was es auf den ersten Blick zu sein scheint.«

Bevor Carson fragen konnte, was sie mit dieser rätselhaften Äußerung meinte, tauchten Master Wilford und Master Sherwood auf der Treppe auf.

»Was steht ihr denn hier noch herum? Ihr solltet euch doch alle wieder in eure Dorms begeben!«, rief Sherwood. Dass ihm in dieser Nacht viel zu wenig Schlaf vergönnt gewesen war, konnte man seinem zerknitterten Gesicht unschwer ansehen.

»Ja, ihr geht jetzt wirklich besser in eure Dorms und ruht euch noch ein wenig aus«, pflichtete Master Wilford der Bulldogge bei, doch in einem nachsichtigen Ton und mit einem freundlichen Lächeln auf dem Gesicht. »Bis zum Morgenappell ist noch ein bisschen Zeit.«

»Bewegt euch!«, schnarrte Sherwood.

Carson und Kendira nickten und erklommen gemeinsam die letzten Stufen.

Als sie oben im Gang standen, wo sie entgegengesetzte Richtungen einschlagen mussten, raunte Carson ihr noch hastig zu: »Wir müssen über all das noch mal reden!«

»Ja, das müssen wir«, stimmte sie ihm zu und murmelte dann, als er schon den Korridor hinunterlief, noch leise vor sich hin: »Fragt sich nur, ob du das auch aushältst ...«

35

IM DORM HERRSCHTE STARK GEDÄMPFTES Licht, als Kendira durch die Tür trat. Hier und da behauptete sich ein kleiner Lichtpool gegenüber der nächtlichen Dunkelheit. Wer bis zum Morgenappell noch schlafen wollte, sollte daran nicht von zu starker Helligkeit gehindert werden. Aber die Oberen wussten auch, dass viele Electoren, vor allem die aus den niederen Levels, nach dem Erlebnis mit dem Lichtschiff sehr aufgewühlt waren, miteinander darüber reden wollten und nicht daran dachten, sich so kurz vor dem Morgenappell noch zu Bett zu begeben. Deshalb hatte man ihnen gestattet, die kleinen Bettleuchten einzuschalten.

Die dämmrigen Lichtverhältnisse in ihrem Schlafsaal entsprachen Kendiras Stimmung und der ihrer Freundin. Aber auch Hailey, die bei Nekia am Bett saß, wirkte alles andere als heiter. Für sie war an Schlaf jetzt nicht zu denken. In weniger als einer Stunde mussten sie wieder unten zum Morgenlob auf dem Appellplatz stehen. Und selbst wenn sie hätten einschlafen können, hätten sie sich nachher beim Wecken bestimmt noch viel müder und geräderter gefühlt als jetzt. Es war besser, noch ein bisschen miteinander zu reden und sich dann in aller Ruhe unter die Dusche zu stellen.

»Komisch, dass Colinda, Leota, Fay und Samarra und all die anderen auf einmal nicht mehr hier sind«, sagte Hailey, als Kendira sich zu ihr und Nekia gesellte, und ließ ihren Blick über die leeren, zerwühlten Betten ihrer Freundinnen schweifen. »Irgendwie fehlen sie mir schon jetzt. Selbst Colinda, obwohl die mir manchmal ganz schön auf den Geist gehen kann.«

»Mir auch«, sagte Kendira, zog sich einen der Hocker heran, die vor jedem Spind standen, und setzte sich ihnen gegenüber.

»Wird langweilig werden ohne sie«, sinnierte Hailey. »Aber vielleicht sind wir ja nächste Woche beim zweiten Transport mit dabei.«

Hoffentlich sind wir nicht dabei!, dachte Kendira und tauschte einen verstohlenen Blick mit Nekia, die offenbar dasselbe dachte.

Statt auf Haileys Bemerkung einzugehen, sagte Nekia: »Ich möchte bloß wissen, warum das große Lichtschiff nicht gekommen ist.«

Hailey zuckte gleichgültig die Achseln. »Wird diese Nacht eben wo anders eingesetzt worden sein.«

Nekia nickte. »Ja, vermutlich.«

»Ob es was damit zu tun haben könnte, dass kürzlich hier bei uns in der Sicherheitszone einige Systeme ausgefallen sind?«, warf Kendira in die Runde.

Hailey sah sie verwundert an. »Was soll denn das mit den Lichtschiffen zu tun haben?«

»Keine Ahnung«, gestand Kendira. »Aber ist Master Chapman nicht mal herausgerutscht, wie schwer es geworden ist, an Ersatzteile zu kommen?«

»Richtig, das habe ich auch gehört«, erinnerte sich Nekia. »Das war, als letztes Jahr die beiden Sim-Kabinen wochenlang nicht funktionierten, weil Schaltkreise durchgebrannt waren. Und da habe ich gehört, wie er schimpfte: ›Dieser verdammte Engpass bei elektronischen Komponenten!‹, oder so was in der Art.«

Sie spekulierten noch eine Weile, verloren dann aber die Lust daran und redeten über anderes. Und dann wurde es auch schon allmählich Zeit, sich zum Duschen in die Waschräume zu begeben. Als Kendira hinüber zu ihrem Spind ging, um ihren Waschbeutel zu holen, merkte sie plötzlich, dass etwas auf ihrem Kopfkissen lag. In der schwachen Beleuchtung sah es im ersten Moment wie ein dünnes schwarzes Elektrokabel aus. Es ragte etwa eine Handbreite unter der Bettdecke hervor, die sie vorhin flüchtig glatt gezogen hatte.

Kendira runzelte die Stirn, griff danach – und hielt im nächsten Moment eine dünne schwarze Lederschnur in der Hand, an deren Ende eine wunderschöne steinerne Pfeilspitze hing.

Verblüfft legte sie den beidseitig gezackten grauschwarzen Stein in ihre Handfläche und bewunderte ihn von allen Seiten. Er war etwa so lang wie ihr Daumen. Dass in diesem Gebiet einst Indianer gelebt hatten und man früher solche Pfeilspitzen und ähnliche indianische Artefakte bei den Bauarbeiten gefunden hatte, war ihr bekannt. Aber neue derartige Funde hatte es schon seit Jahren nicht mehr gegeben. Zumindest hatte sie nichts davon erfahren.

Sie brauchte nicht zu rätseln, wer ihr die Schnur mit der Pfeilspitze ins Bett geschmuggelt hatte. Es konnte niemand anders als Dante gewesen sein! Er musste sich in die Lichtburg und in ihren Dorm geschlichen haben, während der gesamte Konvent auf dem Schwarzen Würfel die Ankunft des Lichtschiffes erwartet hatte. Im Schlafsaal ihr Bett zu finden, war nicht schwer gewesen, trug doch jeder Spind den Namen des Electors, dem der türlose schmale Metallschrank gehörte, der stets links neben der Bettstelle stand.

Kendira brauchte auch nicht lange zu überlegen, was es mit dem Geschenk auf sich hatte. Bestimmt war Dante sich seines skandalösen Verhaltens bei den Büschen der Half Moon Bay letzte Nacht bewusst geworden. Die Reue musste ihn gepackt haben, vielleicht auch die Angst, dafür irgendwie büßen zu müssen. Und mit diesem Geschenk versuchte er nun, sie versöhnlich zu stimmen.

Aber so einfach würde sie es ihm nicht machen, so schön die indianische Pfeilspitze auch sein mochte! Sie würde das Geschenk nicht annehmen, geschweige denn es sich um den Hals hängen!

Sie rollte die Lederschnur um den grauschwarzen Stein und versteckte ihn hinter einem Stoß sorgfältig zusammengefalteter Pyjamas. Dann beeilte sie sich, dass sie in den Waschraum kam.

Als die Fanfarenklänge den Konvent zum Morgenlob auf den Appellplatz riefen, stand Kendira neben ihrem Bett und band sich gerade ihren weißen Kordelgürtel vorschriftsmäßig um die Hüften. Sie wollte sich schon umdrehen und wie die anderen aus dem Dorm eilen, als plötzlich ein seltsamer Impuls sie überkam.

Als würde ein fremdes Ich ihren Willen übernehmen, griff sie in den Spind, holte die Lederschnur mit der Pfeilspitze hervor, hängte sie sich rasch um den Hals und ließ sie unter ihrer Kutte verschwinden.

Warum tust du das? Du wolltest es dir doch auf keinen Fall umhängen?, fragte sie sich verwundert.

Ich trage es ja nur, bis ich Dante zur Rede gestellt habe!, antwortete sie sich selbst, als lebten in ihr zwei Stimmen, die nicht immer einer Meinung waren. Ich werde es ihm vor die Füße werfen und ihm sagen, dass er es sich sonst wohin stecken kann. Und da ich nicht weiß, wann sich eine Gelegenheit dazu ergibt, trage ich das Halsband am besten immer bei mir!

Sie verließ den Schlafsaal und reihte sich wenig später unten im Alpha-Block der Mädchen ein. Und gleich darauf begann das Morgenlob.

36

KENDIRA LIESS DIE MORGENDLICHE ZEREMONIE völlig unbeteiligt über sich ergehen. Von der Freude, dem Stolz und der Hingabebereitschaft, mit der sie jahrelang das Morgenlob und all die anderen täglichen Rituale mitgesprochen hatte, war nichts mehr übrig. Aus der lodernden Flamme war ein Häuflein Asche geworden, unter der nur noch ein kleiner Rest Glut gegen das endgültige Erlöschen ankämpfte.

Beim Frühstück suchten ihre Blicke vergeblich nach Dante. Dafür sah sie ein neues Gesicht unter den Servanten, die im Refectorium die Electoren bedienten. Ihr war, als hätte sie dessen Gesicht schon mal hinter der Küchendurchreiche gesehen.

Sie war versucht, zu ihm zu gehen und ihn zu fragen, ob er seinen Küchendienst mit Dante getauscht hatte. Aber das verkniff sie sich dann doch. Es konnte ja gar nicht anders sein.

Nicht nach dem Übergriff, den sich Dante in der Nacht am See geleistet hatte.

Die Unterrichtsstunden am Vormittag zogen sich quälend lange hin. Sie hatte Mühe, sich auf den Stoff zu konzentrieren, und den anderen Electoren erging es nicht viel besser. Überall fiel der Blick auf müde, lustlose Gesichter. Selbst den Lehrern war anzumerken, dass sie letzte Nacht zu wenig Schlaf bekommen hatten. Auch sie quälten sich spürbar durch den Vormittag.

So war es kein Wunder, dass nach dem Mittagessen fast keiner daran dachte, die Stunde der Rekreation irgendwo anders als auf seinem Bett zu verbringen.

Kendira versagte es sich, nach dem Essen auch gleich den Dorm aufzusuchen und sich dort auf ihr Bett zu schmeißen. Sie wollte Dante zur Rede stellen. Und damit wollte sie nicht warten, bis er sich irgendwann wieder traute, ihr über den Weg zu laufen.

Sie glaubte zu wissen, wo sie ihn gleich erwischen konnte. Wenn er Küchendienste übernommen hatte, würde er sich mit großer Wahrscheinlichkeit durch die Hintertür der Küchenräume davonschleichen, die zum Obsthain hinausging.

Kendira lehnte sich an den Stamm eines Apfelbaums, der in der zweiten Reihe stand. Von dort hatte sie einen unverstellten Blick auf die Hintertür der Küche und die drei großen Abfallcontainer. Sie hob zwei kleine Steine auf und spielte mit ihnen, um nicht einzuschlafen.

Nach zwanzig Minuten traten die ersten Servanten von der Küchenschicht aus der Hintertür und nahmen den von hohen Hecken gesäumten Pfad, der zu ihren Containerquartieren führte.

Dante erschien als einer der Letzten, jedoch in Begleitung von zwei anderen Servanten. Er trug einen schweren Eimer mit Abfällen. Als er diesen in einen der Müllbehälter leerte und die beiden anderen jungen Männer sich schon einige Schritte entfernt hatten, sprang Kendira auf und warf einen der kleinen Steine. Sie hatte Glück mit ihrem ersten Wurf. Der Stein traf die Wand des Abfallcontainers und entlockte dem Metall einen hellen Ton.

Dante fuhr zusammen und sah sich suchend um.

Kendira trat aus dem Schatten des Apfelbaums, vergewisserte sich, dass er sie bemerkt hatte, und warf ihm einen kurzen, aber zwingenden Blick zu. Dann wandte sie ihm den Rücken zu, ging tiefer in den Garten der Obstbäume und schlug die Richtung zu den Fischteichen ein. Dabei lauschte sie gespannt auf die Geräusche in ihrem Rücken.

Würde er nachkommen?

Sie hörte das Scheppern des Eimers.

Dann herrschte Stille.

Stahl er sich etwa davon?

Es blieb still hinter ihr.

Schon wollte sie wütend herumfahren und ihm nach, als sie das Rascheln und Knacken von Unterholz und dann ganz deutlich Schritte vernahm, die ihr folgten.

Dich einfach davonzustehlen, hätte ich dir auch nicht geraten!, dachte sie grimmig.

Bei einer Gruppe hoher Büsche nahe der Fischteiche, wo sie

weit genug von der Lichtburg entfernt und vor Blicken gut geschützt waren, blieb sie stehen und stellte ihn schließlich zur Rede.

»Was hast du dir gestern Nacht eigentlich gedacht?«, fuhr sie ihn an, die Fäuste in die Hüften gestemmt. »Für wen hältst du dich bloß? Vor allem: Für wen hältst du *mich*? Du hast mich behandelt, als ob ich Freiwild wäre!«

Er schüttelte den Kopf und hob die Hände. »So etwas würde ich nie denken! Ich weiß auch nicht, was da plötzlich über mich gekommen ist.«

»Das ist alles, was du dazu zu sagen hast, dass du mich da aus deinem Versteck heraus die ganze Zeit beobachtet und mich dann überrumpelt hast?«, zischte sie bissig.

»Ich habe es nicht geplant und ich habe dich auch nicht die ganze Zeit beobachtet. Dass du genau in dem Moment aus dem See gekommen bist, als ich dort bei deinen Sachen war, war ein Zufall.«

»Ein Zufall? Was du nicht sagst!« Sie schnaubte geringschätzig, zum Zeichen, dass sie ihm kein Wort glaubte.

Einen Moment lang schwieg er, ohne seinen Blick von ihr zu nehmen. Dann nickte er. »Na gut, dann sage ich dir, was in mich gefahren ist. Es war dein Anblick, Kendira. Du sahst so hinreißend aus, dass es mir den Atem genommen hat«, sagte er leise und ein Lächeln stahl sich auf sein Gesicht.

Kendira schluckte und wusste nicht, was sie erwidern sollte. Sie ahnte, dass er sich jetzt an ihre Nacktheit erinnerte.

»Ich schwöre es!«, beteuerte Dante. »Ich wollte dir wirklich nur heimlich die Schnur mit der indianischen Pfeilspitze auf deine Sachen legen. Und dann standst du plötzlich so ... na ja, so, wie ich dich noch nie gesehen hatte, vor mir. Du sahst so schön und so aufregend aus. Da musste ich dich einfach küssen. Ich weiß, dass das keine Entschuldigung ist. Aber es ist die Wahrheit. Dein Anblick hat mich einfach überwältigt, Kendira.«

Unter seinem Blick fiel es ihr schwer, an ihrer Entrüstung festzuhalten. »Dafür hätte ich dich auf den Stuhl bringen können!«, sagte sie mit einem letzten Rest von Zorn.

»Ja, zweifellos. Aber das hättest du doch schon seit Langem tun können. Außerdem: dich zu küssen, ist schon das Schönste, was mir in meinem Leben bisher widerfahren ist. Manche Menschen hier in der Sicherheitszone werden für sehr viel weniger ausgelöscht.«

»Dante, bitte!« Seine Worte trieben ihr nicht nur das Blut in die Wangen, sondern berührten sie tief. Noch nie hatte jemand etwas Vergleichbares zu ihr gesagt. Was sie eben noch an Zorn empfunden hatte, zerschmolz wie Butter in der Sonne. Wie konnte sie ihm jetzt noch böse sein? Sie nackt gesehen zu haben, war ja nicht gerade ein Kapitalverbrechen.

Sie schwiegen einen Augenblick.

»Hast du die Kette auf deinem Bett gefunden?«, fragte er schließlich.

Sie nickte, fasste sich unwillkürlich an den Hals, wo sie unter der Kutte die Schnur und den kühlen Stein auf ihrer Haut spürte, und biss sich auf die Lippen. Von ihrem Vorsatz, ihm die Halskette vor die Füße zu werfen, war nichts mehr übrig.

»Gefällt sie dir?«

»Wie könnte sie mir nicht gefallen?«, antwortete sie verlegen. »Aber das ist hier nicht das Thema, Dante.«

»Du hast recht, das ist es nicht. Verzeihst du mir denn?« Er fragte es ruhig und ernst und ohne jenen bittenden Tonfall, den wohl ein weniger in sich selbst ruhender junger Mann in seine Stimme gelegt hätte.

»Das muss ich mir erst noch überlegen!«, erwiderte Kendira, bemüht um einen unterkühlten Ton. Dabei musste sie jedoch an sich halten, um ihm nicht mit einem Lächeln zu versichern, dass es nichts mehr zu verzeihen gab.

Auch deshalb wechselte sie nun eiligst das Thema. »Der Pfirsichbrandy, den Jaydan besorgt hat, war übrigens wirklich gut. Aber mit den dafür eingetauschten Token könnt ihr ja leider erst mal nichts anfangen. Chapman meint, dass es vermutlich ein paar Wochen dauern wird, bis er die Tube wieder am Laufen hat.«

»Das kümmert uns nicht«, sagte er. »Es geht uns nicht um die Rides.«

»Aber wofür braucht ihr die Token dann?«, fragte sie verblüfft.

»Um in das Gebäude zu kommen, und das ist ohne aktive Token nicht möglich.«

Kendira runzelte sie Stirn. »Aber wenn es euch gar nicht um die Rides geht, was wollt ihr dann in der Tube?«

»Jaydan will in den Kontrollraum. Er versteht viel von Computern und all dem technischen Kram. Früher ist er Chapman sogar ab und zu zur Hand gegangen. Damals hat er sich auch einen Nachschlüssel zum Kontrollraum beschafft. Aber die äußeren Zugänge der Tube reagieren eben nur auf aktive Token.«

Kendira verstand noch immer nicht. »Und was wollt ihr im Kontrollraum?«

»Das hat mit Seywards Tablet zu tun.« Dante verzog das Gesicht zu einem Grinsen. »Die Oberen glauben, sie hätten hier alles fest im Griff und unter Kontrolle. Auch was die technischen Geräte betrifft, die in den Recycling-Containern gesammelt werden und zur Reparatur oder Ausschlachtung in die Hisecos an die Küste zurückgeschickt werden.«

Kendira nickte. Manchmal brachte das große Lichtschiff glänzende Aluminiumcontainer mit besonderen Versorgungsgütern und nahm leere oder mit recycelbaren Stoffen gefüllte Container an Bord, bevor die zum hochwürdigen Dienst abberufenen Electoren die Rampe emporstiegen. Diesmal war das nicht geschehen, es war ja auch nur das kleine Luftschiff gekommen.

»Jaydan weiß nicht nur, wie man an diese Container herankommt, sondern auch, wie man die Zahlencodes der Schlösser knackt«, fuhr Dante fort. »Jedenfalls hat er sich Seywards Mastertablet besorgt.«

Kendira erschrak. »Erhabene Macht!« entfuhr es ihr spontan. »Ihr habt Seywards Tablet aus dem Container gestohlen? Ihr müsst den Verstand verloren haben! Wenn herauskommt, dass ihr es gestohlen habt, werden sie euch hinrichten!«

»Immer noch besser als Cleansing.«, meinte Dante. »Eine Hinrichtung geht schnell, und dann hat man es hinter sich und läuft nicht noch jahrelang geistig umnachtet als Medikant herum.«

Sie erschauderte. »Red nicht so!«

»Mach dir keine Sorgen, es ist ja alles gutgegangen, und Jaydan hat dafür gesorgt, dass keiner so schnell was merkt. Jaydan ist clever und weiß, wie man die Oberen austrickst.«

Verwirrt schüttelte sie den Kopf. »Aber was wollt ihr bloß mit seinem Tablet? Und was hat das mit dem Kontrollraum der Tube zu tun?«

»Es geht uns um das, was Seyward auf seinem Tablet gespeichert hatte.«

»Aber wenn da Seelengift oder etwas anderes Verbotenes drauf war, dann haben Templeton oder Whitelock das doch bestimmt sofort gelöscht.«

Dante schmunzelte. »Klar, das ist geschehen. Aber Löschen ist nicht gleich Löschen. Um eine Datei wirklich endgültig aus einem Speicher zu entfernen, muss man schon einiges mehr tun, als nur auf die Löschtaste zu drücken. Und diese Mühe hat sich keiner gemacht. Warum auch, das Tablet ging ja in den Recycling-Container. Inzwischen konnte Jaydan schon einige von den Texten wieder aus dem Tiefenbackup hervorkitzeln.«

»Und was sind das für Texte?«, fragte sie gespannt. »Sind es Seelengifte? Können sie uns Gewissheit geben, dass es stimmt, was Seyward auf die Zellentür gekratzt hat?«

»Ja und nein. Fest steht jedenfalls, dass die Oberen uns einiges vorenthalten und uns systematisch täuschen«, sagte Dante. »Offenbar dürfen wir zum Beispiel nicht wissen, dass dieser Mantel-und-Degen-Roman gar nicht *Der Graf von Monte Risto* heißt, sondern *Der Graf von Monte Christo*! Und in dem Roman *Die Kreuzritter* geht es auch nicht um die Ritter eines besonderen Clans, der ein Kreuz als Wappen auf seinem Schild führt und dessen Anhänger die Stadt Jerusalem wegen eines gigantischen Goldschatzes erobern wollen, sondern dieses Kreuz ist das Zeichen von Leuten, die sich, nach einem gewissen Jesus Christus, Christen nennen und Jerusalem erobern wollen, weil dieser Jesus dort von den Römern hingerichtet worden ist und die Stadt den Christen seither als heilige Stätte gilt.«

Kendira fand das alles höchst verwirrend. »Ja und? Was macht es denn für einen Unterschied, wie dieser Roman um den Grafen wirklich heißt und dass das Kreuz das Zeichen von diesen sogenannten Christen ist? Das ändert doch nichts an der Geschichte.«

»Und ob es das tut!«

»Und wieso?«

Dante zögerte kurz. »Nun ja, weil dieser Jesus Christus der Sohn Gottes sein soll, der da irgendwo in der Gegend bei Jerusalem als richtiger Mensch auf die Erde gekommen ist, eine ganz eigene Lehre verkündet hat und sich für die Vergebung aller menschlichen Schlechtigkeiten am Ende dort hat hinrichten lassen, sozusagen als Opfer für uns. Und dann soll er von den Toten auferstanden und in den Himmel zu seinem Vater, dem einzigen Gott, aufgefahren sein.«

Kendira sah ihn verwundert an. »Die Erhabene Macht hat diesen Jesus zu uns geschickt?«

»Nein, von der Erhabenen Macht ist nirgendwo die Rede, sondern von einem Gott, der uns Menschen und auch alles andere geschaffen hat und mit dem jeder persönlich sprechen kann, was die Christen *beten* nennen. Und das tun sie hauptsächlich in Häusern, die *Kirchen, Kathedralen* und *Basiliken* heißen.«

»So wie unsere Lichtbasilika?«

Er nickte. »Da werden auch Messen abgehalten, aber die haben eine völlig andere Bedeutung, und am Ende ihrer Messen wird etwas ausgeteilt ...«

»Ein Happy Cube?«

»Nein, eine Art von Brot und ein Schluck Wein, und das soll das Fleisch und Blut des Gottessohns symbolisieren ...« Dante brach ab, bevor Kendira einen Einwand vorbringen konnte. »Also, wir blicken da selbst noch nicht richtig durch. Die ganze Jesus-Geschichte soll übrigens in einem Buch stehen, das sich *Bibel* nennt.«

»So ein Buch namens *Bibel* lag ganz oben auf dem Stapel Seelengift, der vor Master Seywards Cleansing verbrannt wurde!«

»Ich weiß, ich habe den Titel auf dem Buchrücken deutlich lesen können.«

»Und warum erscheint euch diese Jesus-Geschichte so wichtig?«, fragte Kendira.

»Weil sie unseren Oberen so heftig gegen den Strich geht – und damit wohl auch dem Wächterrat von Hyperion«, antwortete Dante. »Wahrscheinlich hat das damit zu tun, dass die Sache mit diesem Gott und seinem Sohn Jesus Christus offenbar gute zweitausend Jahre lang die Weltgeschichte wie kein anderes Geschehen sonst geprägt hat. Der Wächterrat und unsere Oberen wollen offenbar unter allen Umständen verhindern, dass wir davon auch nur das geringste bisschen erfahren. Jaydan hat die Geschichten, die wir herunterladen und lesen dürfen, mit der Version verglichen, die Seyward auf seinem Tablet hatte.«

»Und die unterscheiden sich«, folgerte Kendira.

Er nickte. »Und zwar gewaltig! Zum Beispiel bei dem Roman *Die Kreuzritter*. Alles, was mit diesem Jesus Christus und denjenigen zu tun hat, die an ihn glauben und sich Christen nennen, fehlt in der Version für uns. Da hat man massenhaft gestrichen und umgeschrieben. Das ist doch sehr merkwürdig. Denn in all den Geschichten, die zum Beispiel im alten Rom, im antiken Griechenland oder unter Wikingern und Indianern spielen, wimmelt es doch nur so von Göttergestalten und abergläubischen Kulthandlungen. Wenn das mit diesem Jesus Christus und den Christen ebenso harmlos gewesen wäre, hätte man die Stellen wohl kaum ausgemerzt und die Geschichten umgeschrieben, oder?«

»Da hast du recht. So einen großen Aufwand betreibt niemand ohne Grund«, pflichtete sie ihm bei. »Das mit dem ›Lug und Trug‹ stimmt also. Jetzt fragt sich nur, ob wir auch alles andere von Seywards Nachricht ernst nehmen müssen.«

»Bitterernst sogar!«, stellte Dante schonungslos fest. »Auf uns Servanten wartet ein Sklavenleben unten in Eden! Und auf euch im Lichttempel der sichere Tod!«

Kendira fror plötzlich und ihr Magen krampfte sich zusammen. Sie dachte an Colinda und Leota, an Fay und Samarra, an Duke und all die anderen aus ihrem Alpha-Level, die schon vor Stunden im Lichttempel eingetroffen waren ... Eine grauenvolle Vorstellung, zu unerträglich, um wahr zu sein.

»Nein, das kann ich nicht glauben!«, stieß sie mit belegter Stimme hervor. *»Nein! Das – kann – nicht – sein!«* Sie betonte jedes Wort mit geradezu beschwörendem Nachdruck. Niemals würde sie akzeptieren, dass all ihre Freunde, die das Lichtschiff kurz vor Morgengrauen abgeholt hatte, im Lichttempel den Tod gefunden hatten. »Es würde auch gar keinen Sinn ergeben, Dante! Achtzehn Jahre lang werden wir unter großem finanziellem, technischem und personellem Aufwand aufgezogen, intensiv ausgebildet – und dann sollen wir abgeholt und im Lichttempel ermordet werden? Das wäre doch völliger Schwachsinn! Welchen Zweck sollte das haben?«

»Ich gebe zu, es klingt absolut irrsinnig, und ich wüsste auch nicht, welchem Zweck das dienen könnte«, sagte Dante. »Vielleicht meinte Seyward das mit dem ›sicheren Tod‹ ja gar nicht wörtlich, sondern in irgendeinem übertragenen Sinn.«

Kendira stutzte plötzlich und zog die Brauen zusammen. »Aber wenn ihr schon so vieles herausgefunden habt, was wollt ihr dann noch im Kontrollraum der Tube?«

»Das mit der Bibel und diesem Jesus ist nur ein kleiner Teil von dem, was Seyward verbotenerweise auf seinem Tablet hatte. Vielleicht sind dort noch Informationen verborgen, die uns helfen können, hinter die Wahrheit zu kommen. Nur so können wir erfahren, was hier mit uns getrieben wird und ... und was euch im Lichttempel erwartet«, erklärte Dante. »Das setzt jedoch voraus, dass Jaydan die gelöschten Dateien wiederherstellen kann. Bei den Romandateien ging das relativ leicht. Aber offenbar hat Seyward einige noch viel gefährlichere Texte besonders gesichert und sogar verschlüsselt.«

»Und was gibt es im Kontrollraum der Tube, das Jaydan dabei helfen kann, diese Dateien wiederherzustellen und zu entschlüsseln?«

»Ein Nebenraum ist als Computerwerkstatt eingerichtet und mit Diagnostikgeräten und anderem Computerkram ausgestattet, um gleich vor Ort auf Fehlersuche gehen und dann Reparaturen vornehmen zu können. Und mit Hilfe dieser Geräte glaubt Jaydan, auch an die anderen versteckten und besonders geschützten Dateien heranzukommen.«

Kendira sah ihn mit großer Sorge an. »Und ihr glaubt wirklich, es ist das Risiko wert, das ihr damit auf euch nehmt, Dante?«

Er erwiderte ihren Blick mit einem Lächeln und nickte. »Du hast recht, es gibt nur wenige Dinge, für die es sich lohnt, das eigene Leben einzusetzen. Aber ich habe jetzt sogar zwei davon ...«

»Und die wären?« Ihre Stimme war kaum lauter als das leise Flüstern der Blätter über ihr im warmen Wind.

»Die Freiheit und die Liebe«, sagte Dante.

37

ER FÜHLTE SICH ZERSCHLAGEN, AUSGELAUGT und müde bis auf die Knochen. Aber es war eine Müdigkeit, die nicht auf mangelndem Schlaf beruhte. Zumindest nicht in ihrem Kern. Es war eine Erschöpfung der Seele, die ihn quälte und ihn nicht zur Ruhe kommen ließ. Und mit jedem Tag, an dem er seine schändliche Rolle im Konvent der Oberen zu spielen gezwungen war, wuchs in ihm der Selbstekel, aber auch die Hoffnungslosigkeit.

Rastlos wanderte er in seinem Privatquartier zwischen Erkerfenster und Schreibtisch auf und ab. Dort lag auf der Schreibunterlage vor dem gerahmten Foto seiner Familie ein ledergebundenes, abgegriffenes Buch. Er hatte es schon vor einer guten halben Stunde aus seinem Versteck hinter einer der Holzpaneelen hervorgeholt, mit denen die Wände seines Arbeitszimmers verkleidet waren. Aber er wagte es nicht, sich am

Schreibtisch niederzulassen, das Buch aufzuschlagen und sich seiner mehr als zweitausend Jahre alten Botschaft auszusetzen. Er fürchtete sich davor, von Reue übermannt zu werden und die eigene Schande nicht länger ertragen zu können.

Warum hatte er die Bibel aus dem Versteck geholt? Was brachte es ihm, darin zu lesen und einmal mehr daran erinnert zu werden, dass auch seine Seele nicht rettungslos verloren war, sofern er nur zur bußfertigen Umkehr bereit war. Er mochte bereuen, so viel er wollte, eine Möglichkeit zur Buße und Umkehr gab es für ihn nicht. Er war gefangen.

Abrupt drehte er der Bibel auf dem Schreibtisch den Rücken zu und blieb vor dem Fenster stehen. Mit gequälter Miene starrte er hinunter auf den ausgestorbenen Appellplatz, erfüllt von Schuld und Abscheu vor sich selbst.

Aber so war es immer nach einer Lichtmesse. Selbst bei seiner ersten Lichtmesse, als er von der Notwendigkeit und Wichtigkeit seiner Aufgabe noch uneingeschränkt überzeugt gewesen war, hatte er schon Unbehagen, ja sogar einen Anflug von Widerwillen empfunden. Doch damals hatte er es noch geschafft, das ganze Liberty-System vor sich selbst zu rechtfertigen.

Es gab natürlich gute Gründe dafür, so hatte er sich eingeredet, dass die geistigen Architekten des Liberty-Systems sich bei der katholischen Kirche bedient und nicht nur deren Zeremonien für ihre Zwecke umgeschrieben, sondern der Zwangsgemeinschaft in der Sicherheitszone zudem auch noch den Charakter eines Ordens gegeben hatten. Nicht allein, weil es diese Vorlage gab und diese so leicht zu kopieren war, sondern vor allem wegen ihrer Erfolgsgeschichte.

Der Symbolreichtum und die Aura des Mysteriums, das sich jeglicher menschlicher Logik entzog, hatten von Anbeginn der Kirche eine gewaltige Faszination ausgeübt. Und dass diese Faszinationskraft in den Händen machthungriger und skrupelloser Kirchenführer auch bestens dazu taugte, die Gläubigen gefügsam zu machen und sie bis zur Selbstaufgabe zu knechten, ohne dass ihnen ihre Knechtschaft bewusst wurde, das hatten viele Jahrhunderte dunkler Kirchengeschichte zur Genüge bewiesen. Das alles mit moderner Technik und anderem Blendwerk zu kombinieren, war eine geniale Idee gewesen. Es gab viele Arten von Gehirnwäsche, aber wohl keine wirksamere, zumal wenn man sie an Kindern und Jugendlichen und abgeschieden vom Rest der Welt ausübte.

Ja, damals hatte er für all das noch Verständnis und jede Menge logische Argumente für diese abscheuliche Travestie gefunden. Aber davon war längst nichts mehr übrig geblieben. Jetzt schämte er sich bis auf den Grund seiner Seele. Und wie ein Krebsgeschwür fraß ihn das Wissen innerlich auf, dass er Tag für Tag tatkräftig daran mitarbeitete, die in Wahrheit doch frohe und Botschaft des Christentums in pervertierter Form zu missbrauchen, um aus begeisterungsfähigen jungen Menschen willenlose und vor allem ahnungslose Werkzeuge zu machen – und sie ins sichere Verderben zu schicken.

Aber so groß sein Schuldgefühl und seine Reue auch waren, es gab für ihn kein Entkommen. Er musste weiter in diesem Tal der Schande ausharren.

Ein lauter Zuruf, der über den Hof schallte, ließ ihn kurz aus seinen finsteren Gedanken auffahren. Es war Chapman, der aus dem Schwarzen Würfel geeilt kam und Sherwood drüben bei der Tube etwas zurief. Die beiden waren am besten mit der Technik vertraut und mussten nun dafür sorgen, dass sie die Tube wieder zum Laufen brachten. Keine leichte Aufgabe, wenn man wusste, wie alt die Anlage schon war und dass sie vor der großen Zeitenwende zu einem Vergnügungspark in Norcal gehört hatte.

Er verzog das Gesicht zu einer bitteren Miene. Die Tube war nicht die einzige Anlage, die immer reparaturanfälliger wurde und für die es immer weniger Ersatzteile gab. Zwei der Module unter dem Schwarzen Würfel, die eigentlich noch viele Jahre hätten Strom erzeugen sollen, waren mittlerweile schon ausgefallen. Auch die Lichttechnik machte neuerdings Sorgen. Sie auf dem bisherigen Stand zu halten, wurde immer aufwendiger und schwieriger.

Wie knapp die Ressourcen geworden waren, hatte er gestern nur zu deutlich vor Augen gehabt. Hyperion hatte anstelle des großen regulären Lichtschiffs, das noch immer nicht repariert war, notgedrungen einen kleinen, schnell mit Lichttechnik umgerüsteten Chopper geschickt. Das hatte es früher nicht gegeben und es gab ein beredetes Zeugnis über die angespannte Lage ab. Es hieß, es fehle am nötigen Rohmaterial.

Er lachte freudlos und trocken auf. Es klang wie ein heiseres Krächzen. Auch ihm fehlte es am Nötigsten, und das war eine Kiste mit hochprozentigem Tequila, die der Großraumchopper, zusammen mit anderer Fracht, eigentlich hätte bringen sollen. Nicht einmal der Trost, kurzzeitiges Vergessen in der Flasche zu finden, war ihm also vergönnt. Er konnte nur hoffen, dass der Großraumchopper in den nächsten Tagen doch noch repariert werden und nächste Woche kommen konnte.

Kaum war ihm dieser hoffnungsvolle Gedanke durch den Kopf gegangen, als er sich schlagartig wieder bewusst wurde, *warum* schon jetzt im Juli und nicht erst wie gewöhnlich im Herbst die Chopper kamen: Im Lichttempel wurde dringend Nachschub gebraucht!

Der Tod kam schneller als bisher!

Es schnürte ihm die Kehle zu, und schnell wandte er sich vom Fenster ab, als unten eine Gruppe älterer Jungen und Mädchen in ihren Schwimmsachen unter fröhlichem Gelächter die Portalstufen hinunterliefen und sich auf den Weg zum See machten. Überglücklich, dass sie wegen des frühmorgendlichen Eintreffens des Lichtschiffs an diesem Tag schon zwei Stunden nach der mittäglichen Freistunde von allem weiteren Unterricht entbunden worden waren und damit einen langen freien Nachmittag hatten.

Er fiel in seinen harten Armstuhl hinter dem Schreibtisch, stützte die Ellbogen auf die Platte und vergrub sein Gesicht in den Händen. Was für ein abscheuliches Leben hatte er nur gewählt! Ein Leben, in dessen Zentrum die Aufgabe stand, Verrat an jungen unschuldigen Menschen zu begehen und sie in den sicheren Tod zu schicken! Und mochte dieses Opfer noch so notwendig sein.

Ein trockenes Schluchzen stieg ihm in die Kehle. Er hatte seine Seele verkauft, um das Leben seiner Lieben zu retten. Aber selbst das vermochte ihn nicht vor dem selbstzerstörerischen Selbsthass und dem schwarzen Abgrund zu bewahren, dem er jeden Tag ein Stück näher kam. Und der Tag war nicht mehr fern, an dem er endgültig den Boden unter den Füßen verlieren und sich widerstandslos in diesen schwarzen Schlund fallen lassen würde.

38

KENDIRA HATTE AUF EINIGE STINKLANGWEILIGE und völlig ereignislose Tage gehofft, um innerlich zur Ruhe zu kommen und sich Klarheit über ihre Gefühle zu verschaffen. Denn was genau sie nun für Carson empfand und wie sich das von dem unterschied, was Dante in ihr an Empfindungen geweckt hatte – war ihr selbst ein Rätsel.

Doch das Schicksal gab nichts auf das, was Kendira oder sonst einer sich wünschte. Es kannte weder Nachsicht noch Mitgefühl. Nicht nur ruinierte es allen den freien Nachmittag, sondern es brachte tödliches Verderben über den Konvent.

Das Unheil begann mit einem harmlosen Windstoß, der durch das Geäst einer alten Sykomore fuhr.

Als der warme Wind von den Berghängen herabstrich, befand sich Kendira zusammen mit Nekia und Hailey auf dem Weg zur Half Moon Bay. Sie wollten ihre Badetücher dort auf der Liegewiese ausbreiten und erst einmal eine Weile in der Sonne dösen und sich über die unverhofft freien Stunden freuen.

Kendira hoffte insgeheim, dass Carson sie, wenn er Nekia und Hailey an ihrer Seite sah, nicht gleich mit Beschlag belegen würde. Sie mochte Carson sehr, und wer weiß, was aus ihnen beiden werden konnte, wenn sie sich Zeit ließen. Nichts lag ihr ferner, als ihn zurückzustoßen und zu verletzen. Aber sie brauchte ihre Freiheit, Raum zum Atmen und von Carson die Bereitschaft, den Dingen ihren Lauf zu lassen und abzuwarten, wie sich alles zwischen ihnen entwickelte.

»Habt ihr gesehen, was für ein Gesicht Coffin gemacht hat, als die Durchsage kam, dass der Unterricht sofort abzubrechen ist und wir frei haben?« Hailey lachte ausgelassen in Erinnerung an die Reaktion ihres Lehrers.

Nekia stimmte in das Lachen ein. »Ich dachte schon, er platzt gleich vor Entrüstung. Bestimmt wäre er am liebsten sofort zum Primas gestürmt, um sich bei ihm darüber zu beschweren, dass ausgerechnet seine Unterrichtsstunden ausfallen!«

Hailey winkte ab. »Dafür hat dieses Hasenherz nicht genug Rückgrat! Ihr kennt ihn doch. Wann immer sich eine Gelegenheit ergibt, schwänzelt er um Templeton herum und versucht sich bei ihm einzuschleimen. Da ist mir ein Typ wie Sherwood lieber. Bei dem weiß man, woran man ist.«

»Hasenherz, das trifft es!«, rief Nekia vergnügt, während sie die Ostflanke des Vista Hill hinter sich ließen. Nun war es nicht mehr weit bis zum Bootshaus, wo sie sich ihre Badetücher holen würden, und zur Liegewiese bei der kleinen Bucht.

Der Weg wurde breiter und näherte sich dem Seeufer. Augenblicke später führte er sie in einer scharfen Biegung um eine alte Sykomore und eine Reihe von Büschen herum, die bis nahe ans Wasser reichten. Etwa zwanzig, dreißig Schritte weiter vollführte der Weg eine zweite Biegung, sodass sich diese kurze Strecke wie ein S am Ufer entlangschlängelte.

Was dann innerhalb weniger Sekunden geschah und zur Tragödie führte, war eine schicksalhafte Verkettung von Zufällen, die unglücklicher nicht hätten sein können. Doch obwohl alles unglaublich schnell seinen unheilvollen Lauf nahm, brannte sich das Geschehen wie in Zeitlupe in Kendiras Gedächtnis ein. Und dort sollte es wie ein kurzer Videoclip immer wieder aufs Neue vor ihrem inneren Auge ablaufen.

Es begann damit, dass Sinfora wenige Schritte hinter der ersten Biegung stehen geblieben war. Ein gelber Zitronenfalter hatte sich auf ihre linke Schulter gesetzt und flatterte gerade davon, als Kendira und ihre Freundinnen das grazile Mädchen vor sich erblickten.

Sinfora lachte, winkte ihnen zu und blickte dem davonfliegenden Schmetterling nach. »Hast du das gesehen, Hailey? Er saß eine ganze Weile auf meiner Schulter!«

Zur selben Zeit kam ihnen Zeno aus der anderen Richtung entgegen, wo der Weg eine zweite scharfe Biegung machte. Als der Zitronenfalter von Sinforas Schulter davonflog, befand Zeno sich nur noch sechs, sieben Schritte von der Stelle entfernt, wo das Delta-Mädchen bei den ufernahen Büschen stand.

In dem Moment fuhr ein Windstoß durch das Geäst der Sykomore. Das dichte Laubkleid antwortete mit einem Rascheln und Raunen. Gleichzeitig löste sich ein gelbliches Blatt aus einem verlassenen Vogelnest, in dem es bestimmt schon wer weiß wie lange gelegen hatte.

Es flatterte aus dem Geäst und auf Sinfora zu wie kurz vorher der prächtige gelbe Falter.

Sinfora stand mit dem Gesicht nach Südwesten, blinzelte in die Sonne und sah etwas auf sich zuflattern, ohne es wohl richtig zu erkennen.

Kendira, Nekia und Hailey waren schon fast bei Sinfora, und auch Zeno trennten nur zwei, drei Schritte von ihr, als das Delta-Mädchen spontan nach dem durch die Luft tanzenden Blatt griff, als dieses sich in Reichweite befand und nah an ihr vorbei zu Boden segeln wollte.

Ein eisiger Schreck fuhr Kendira durch die Glieder, als sie sah, dass es sich um das typisch gelbliche Papier handelte, das die Nightraider für ihre Flugblätter verwendeten.

In der Reihe der drei Freundinnen ging Hailey links außen, nahe bei den Büschen. Sie war Sinfora deshalb auch am nächsten, als diese das Blatt aus der Luft fischte. Mit einem Ruck, als wäre sie gegen eine Wand geprallt, blieb sie vor ihr stehen.

»Seht doch, was mir da aus dem Baum in die Hand geflogen ist!«, rief Sinfora fröhlich und blinzelte mit wässrigem rechtem Auge ins Sonnenlicht. »Halt doch mal kurz, Hailey. Ich glaube, mir ist ein Staubkorn oder so was ins Auge geweht.« Damit drückte sie Hailey das Flugblatt gedankenlos in die Hand.

Und Hailey, übertölpelt von ihren Reflexen, nahm das Flugblatt ganz willkürlich an.

Nekia stieß einen erstickten Laut aus.

Fassungslos starrte Kendira Hailey an. Für einen Moment

schien die Zeit zum Stillstand gekommen zu sein. Kendira sah ganz deutlich, wie sich der Ausdruck auf Haileys Gesicht verwandelte. Auf den flüchtigen Moment der Verblüffung folgte die von Entsetzen erfüllte Erkenntnis, was sie da soeben getan hatte und welche Konsequenzen das für sie haben würde.

Wie gelähmt stand sie da, die Hand um das Papier gekrallt.

Auch Kendira und Nekia schienen wie von einem Bann befallen zu sein und rührten sich nicht von der Stelle. Dass dieser Moment, der ihnen qualvoll lang vorkam, in Wirklichkeit nicht länger als eine Schrecksekunde gewesen sein konnte, kam ihnen erst später zu Bewusstsein.

Sinfora rieb sich, den Kopf aus dem direkten Sonnenlicht zur Seite gewandt, das noch immer juckende Auge.

Es war Zeno, der in dieser Situation eine überragende Geistesgegenwärtigkeit und Reaktionsschnelligkeit bewies. »Habt ihr den Verstand verloren?«, stieß er hervor, während er mit einem Satz bei Hailey war, ihr das Flugblatt aus der Hand riss und es halb zerknüllt von sich schleuderte.

»Was ist denn?«, rief Sinfora verwundert und wandte sich wieder zu ihnen um.

Hailey hatte das Blatt mit so viel Kraft festgehalten, dass ein kleines Stück davon abriss und zwischen ihren verkrampften Fingern stecken blieb.

Zur Verkettung der unglücklichen Zufälle gehörte nun, dass das Flugblattknäuel ausgerechnet in Sinforas Richtung flog, gegen ihre Brust prallte – und dass sie nun dem ersten Fehlgriff, der noch hätte vertuscht werden können, einen zweiten folgen ließ, und dieser zweite war nicht wiedergutzumachen.

»Sinfora! *Nein!*«, brüllte Zeno.

Zu spät.

Kaum hatte Sinfora nach dem zusammengeknüllten Blatt gegriffen, als hinter ihnen ein hohes Sirren und das Knirschen von Gestein zu hören waren. Es war das unverkennbare Geräusch eines Trikes. Jeden Moment mussten Guardians, die innerhalb der Sicherheitszone Streife fuhren, um die Biegung kommen.

»Hailey! Lass den Fetzen fallen!«, zischte Nekia.

»Nein! In den Mund! Schluck ihn runter!«, rief Kendira ihr zu. Wenn die Guardians ein abgerissenes Stück Flugblatt vor Haileys Füßen fanden, würden sie sofort wissen, dass sie es gerade noch in der Hand gehalten und schnell fallen gelassen hatte. Und dann würde keine noch so raffinierte Lüge ihre Freundin vor dem Cleansing bewahren.

Doch Hailey reagierte nicht. Sie stand wie zu Stein erstarrt, sah sich wohl schon rettungslos verloren.

Es war wieder Zeno, der handelte. Mit aller Kraft stieß er sich rückwärts durch die Büsche. Der Stoß war so heftig, dass Hailey taumelte und rücklings zu Boden stürzte. »Rühr dich bloß nicht von der Stelle! Ein Laut, und wir alle kommen auf den Stuhl!«, zischte er, trat schnell zurück und wirbelte wieder herum, blieb jedoch genau an der Stelle vor den Büschen stehen, wo Hailey auf der anderen Seite des Gesträuchs am Boden kauerte.

Und fast im selben Moment, als das Trike mit der Streife hinter der Biegung auftauchte, brüllte er auch schon mit voller Lungenkraft: »Bist du wahnsinnig, Sinfora? Wo hast du deine

Augen? Das ist kein altes Stück Zeichenpapier, sondern Seelengift! Erhabene Macht, lass es fallen!«

Das Trike schoss auf sie zu, rutschte kurz vor ihnen noch einen knappen Meter mit jäh blockierten Reifen über den sandigen Weg, dann kam es zum Stehen und die beiden Guardians sprangen ab.

Einer von ihnen riss Sinfora das Flugblatt aus den Händen, warf einen kurzen Blick darauf und rief seinem Gefährten zu: »Seelengift! Gib es durch: Eine aus dem Delta-Level auf frischer Tat erwischt!« Seine Stimme klang nach grimmiger Genugtuung, als hegte er einen tiefen Groll gegen alle Electoren und als könnte er das nächste Cleansing kaum erwarten.

Kendira gefror das Blut in den Adern. Ihr Verstand weigerte sich, das, was nun unweigerlich und noch an diesem Tag geschehen würde, als unabwendbar zu akzeptieren.

Der andere Guardian zog sein Funkgerät aus dem Lederholster, drückte die Sprechtaste und gab die Meldung durch.

Sinfora schien im ersten Moment wie betäubt. Dann öffnete sie den Mund und wollte etwas sagen, doch sie brachte nur ein unverständliches Geräusch hervor, eine Mischung aus Würgen und Krächzen. Die Erkenntnis, was sie getan hatte und welch grauenhafte Strafe sie dafür erwartete, traf sie mit brutaler Härte. Schlagartig wich das Blut aus ihrem Gesicht und sie wurde kreidebleich.

Indessen wandte sich der Guardian, der das Flugblatt in der Hand hielt, an Kendira, Nekia und Zeno. »Hat einer von euch gesehen, wie sie das Seelengift vom Boden aufgehoben hat?«, fragte er barsch, klappte sein verspiegeltes Visier hoch und fixierte sie der Reihe nach mit stechendem Blick, um dann an Kendira hängen zu bleiben.

»Nicht wirklich«, antwortete Kendira und hatte Mühe, ihrer Stimme einen festen Klang zu geben. Sie und Nekia hatten den kurzen Augenblick, als die Aufmerksamkeit der Guardians ganz Sinfora gegolten hatte, dazu genutzt, um sich zu Zeno vor die Büsche zu stellen. Für jemanden, der nicht wusste, dass hinter den Sträuchern jemand am Boden lag, war das ein völlig unverfängliches Zusammenrücken von drei Electoren, die von dem Geschehen verschreckt waren und einander Beistand leisten wollten.

»Was heißt *nicht wirklich*?«, blaffte der Guardian. »Entweder ihr habt es gesehen oder ihr habt es nicht gesehen?«

Was macht es denn für einen Unterschied, was wir gesehen haben oder nicht? Keinen!, schoss es Kendira durch den Kopf. Ihr habt Sinfora mit dem Flugblatt in der Hand überrascht. Damit ist ihr Schicksal besiegelt. Nichts kann sie jetzt noch vor dem Cleansing retten. Nur ob Zeno und Hailey, die das Seelengift auch berührt haben, dasselbe Schicksal erleiden müssen ... ja, womöglich sogar wir alle zusammen, das liegt jetzt allein in Sinforas Hand.

Laut dagegen antwortete sie mit einem gleichmütigen Schulterzucken: »Man sieht nun mal nicht viel, wenn man von der Sonne geblendet wird, Guardian.«

»Wir drei haben uns unterhalten, als wir von dahinten um die Biegung gekommen sind«, meldete sich nun Nekia zu Wort, leckte sich nervös über die Lippen.

Zeno begriff sofort, was Kendira und Nekia bezweckten, und

er nickte nachdrücklich. »Kann sein, dass ich irgendwas aus dem Baum herunterflattern sah, aber darauf schwören kann ich nicht. Keine Ahnung, was da wirklich passiert ist«, sagte er mit erstaunlich ruhiger Stimme. »Vermutlich hat Sinfora das Flugblatt der Nightraider für ein altes Zeichenblatt gehalten. Im Delta-Level wird ja noch viel Zeichnen geübt, und da oben auf der Sykomore gab es früher mal ein Baumhaus, wo ...«

»Das interessiert hier keinen!«, schnitt der Guardian ihm schroff das Wort ab.

Warum fragst du dann so blöd?, dachte Kendira aufgebracht und blickte rasch zu Boden, damit die Guardians ihr ihre Wut nicht ansehen konnten.

Der Guardian, der gerade per Funk die Meldung durchgegeben hatte, trat nun zu Sinfora und packte sie mit hartem Griff am Handgelenk. »Was hast du dazu zu sagen?«

Sinfora, weiß wie ein Leichentuch, schüttelte den Kopf. Das Entsetzen raubte ihr die Sprache. Der Blick ihrer unnatürlich weit aufgerissenen Augen irrte kurz zu Zeno, Kendira und Nekia. Dann rollten ihre Augen auf schaurig groteske Weise nach hinten, als ihr die Sinne schwanden, sie an der Hand des Guardian das Bewusstsein verlor und zur Seite wegkippte.

Der Mann lachte auf. »Die hätte es sowieso nicht lange gemacht«, sagte er in Richtung seines Kameraden. Dann zog er Sinfora wie eine leblose Puppe auf die Beine und warf sie sich über die Schulter. »Na los, bringen wir sie in die Arrestzelle!«

Augenblicke später verschwand das Trike mit Sinfora, deren Arme wie leblos hin und her schlenkerten, hinter der Biegung in Richtung Lichtburg.

Stumm und mit bleichen Gesichtern sahen Kendira, Nekia und Zeno sich gegenseitig an. Es schien, als hätte keiner die Kraft oder den Mut, das Wort zu ergreifen.

»Danke, Zeno«, sagte Kendira schließlich mit belegter Stimme. »Wenn du nicht so geistesgegenwärtig gehandelt hättest, wäre es auch um Hailey geschehen.«

Nekia nickte. »Du warst wirklich ... wirklich umwerfend.« Sie brachte sogar ein schiefes Lächeln zustande.

»Hailey!«, rief Kendira leise. »Du kannst rauskommen!«

Hailey trat zwischen den Büschen hervor. Sie zitterte am ganzen Leib und suchte bei Nekia Halt. »Das werde ich dir nie vergessen, Zeno!«, stieß sie hervor und Tränen der Erlösung liefen ihr über das Gesicht. Eben noch hatte sie das Cleansing vor Augen gehabt.

Zeno winkte verlegen ab. »Eure Lobeshymne kommt ein bisschen früh. Ich an eurer Stelle würde damit noch warten, bis Sinfora ihre Auslöschung hinter sich hat«, sagte er trocken. »Wer weiß, ob sie nicht in einem Anfall von Todesangst ausplaudert, dass auch Hailey und ich das Flugblatt in der Hand gehabt haben. Dann gibt es nämlich drei Hirne, die heute zusammenschmoren, und mit Sicherheit zwei neue Servantinnen, die nach Eden verschwinden!«

»Trotzdem!«, sagte Hailey bewegt unter Tränen. »Was du für mich getan hast, beschämt mich. Ich weiß nicht, ob ... ob ich dasselbe auch für dich getan hätte.«

Zeno lachte auf, und es lag eine gewisse Bissigkeit in seiner Stimme, als er erwiderte: »Ich mag für euch ja ein Mondgesicht und eine Nervensäge sein. Und ich habe auch was dagegen, wenn sich jemand nicht an die Regeln hält. Aber ich würde niemals dabei mithelfen, jemanden auf den Stuhl zu bringen! Wir sollen der Erhabenen Macht dienen. Schön und gut. Aber das Cleansing passt nicht zu den großen Worten unserer Oberen. Es hat nicht nur nichts Erhabenes an sich, sondern es ist …« Er stockte kurz, bevor er seinen Satz beendete. »… es ist einfach nur barbarisch.«

39

SCHON EINE STUNDE NACH IHRER VERHAFTUNG wurde Sinfora vor dem versammelten Konvent auf den Stuhl gebunden und zum Cleansing auf die Plattform geschoben. Offensichtlich hatte man sie mit Beruhigungsmitteln vollgepumpt. Denn im Gegensatz zu Master Seyward, der seine Auslöschung noch relativ bewusst wahrgenommen hatte, vermochte Sinfora kaum die Augen aufzuhalten. Und in den Momenten, in denen sich ihre Lider für einige Sekunden hoben, zeigte sich in ihren Augen ein glasiger und völlig emotionsloser Ausdruck.

Eine ungewöhnliche Stille herrschte auf dem Appellplatz. Ungewöhnlich selbst für ein Cleansing, das stets unter schauervollem Schweigen stattfand. Wie drückend schwüle Gewitterluft, die sich einem feucht und schwer auf den Atem legt, war die Stille getränkt mit Erschütterung und Fassungslosigkeit über die Auslöschung dieses grazilen Delta-Mädchens.

Selbst Primas Templeton sah mitgenommen aus. Auf seinem Gesicht, das vielen noch knochiger und ausgemergelter als sonst erschien, lag eine fahle Blässe.

Und auch Whitelock, der Scharfmacher, spürte offenbar, dass die Menge der Electoren und Servanten das Cleansing der jungen Sinfora mit anderen Augen wahrnahm, als sonst. Die vielen fassungslosen Gesichter, die stummen Tränen sowie die gesenkten und abgewendeten Köpfe derjenigen, die den Anblick weder ertragen konnten noch wollten, all das war selbst oben von der Plattform aus nicht zu übersehen.

Deshalb unterließ Whitelock es diesmal wohl auch, sich vor der Prozedur mit einer einpeitschenden Rede an den Konvent zu wenden und sie an die Notwendigkeit der Strafe zu erinnern. Er beließ es bei einigen wenigen, schroff gebellten Sätzen. Dann trat er auf Templetons kaum merkliches Kopfnicken hin an die Konsole auf der Rückseite des Cleansing-Stuhls und betätigte die entsprechenden Schalter.

In Kendira tobte ein ohnmächtiger Zorn. Und dieser Zorn verwandelte sich in Hass, als sie sah, wie sich die Nadeln in Sinforas kahl geschorenen Schädel bohrten und ihr festgeschnallter Körper wenig später unter den Stromstößen unkontrolliert zuckte.

Als es endlich vorbei war und der Konvent sich auflöste, hörten Kendira, Nekia und Hailey mehr als eine Stimme um sich herum, die von Abscheu und Wut erfüllt war.

»Erhabene Macht, sie war gerade mal dreizehn!«

»Strafe muss sein, wenn jemand gegen den Codex verstoßen hat. Aber die Kleine zu cleansen, war nicht in Ordnung! Das hätten die Oberen nicht tun dürfen!«

»Das war einfach nur gemein und abscheulich! Sie zur Servantin zu degradieren und nach Eden zurückzuschicken, wäre Strafe genug gewesen!«

»Es heißt, sie ist von der Sonne geblendet gewesen und hat das Flugblatt nur aufgehoben, weil sie es für eine alte Zeichnung hielt, die aus einem Baumhaus geflattert ist.«

»Ja, und ich wette, so war es auch!«

»Sinfora war so ein fröhliches Mädchen!«

»Ich begreife es einfach nicht, dass sie das mit ihr gemacht haben!«

Das Gemurmel blieb allmählich hinter ihnen zurück.

Carson drängte sich durch die Menge zu Kendira. Auch er war sichtlich schockiert. Es war offensichtlich, dass er bei ihr bleiben und die restlichen Freistunden bis zum Abendessen mit ihr verbringen wollte.

Auch Kendira hätte das nur zu gern getan: Sich mit ihm irgendwo in ein stilles Eckchen zurückzuziehen, sich an ihn zu schmiegen und sich ganz ihren Gefühlen zu überlassen, wäre genau das gewesen, was sie jetzt gebraucht hätte.

Aber das war ihnen nicht vergönnt. Master Brewster machte es zunichte, indem er auf sie zukam und schon aus einigen Schritten Entfernung rief: »Carson, ich erwarte dich, Riley und Indigo jetzt gleich drüben im Clubhaus! Wir haben wegen des Turniers eine Menge zu besprechen, falls ihr das vergessen haben solltet.«

Hailey wandte sich schnell ab, weil ihr noch immer die Tränen über das Gesicht liefen. Und Master Brewster hatte bekanntlich wenig Verständnis dafür, dass ein Alpha-Elector Tränen darüber vergoss, dass jemand nach einem Code-10-Verstoß mit Cleansing bestraft wurde.

Carson verzog das Gesicht, als hätte er in eine Zitrone gebissen. »Aber ich dachte, Master Wilford hätte die Oberaufsicht übernommen?«

»Er musste sie wieder abgeben. Master Wilford hat wohl gerade Wichtigeres zu tun, als sich um ein Tennisturnier zu kümmern. Er ist reichlich damit ausgelastet, zusammen mit Master Chapman die Tube zu reparieren. Deshalb liegt die Oberaufsicht nun doch wieder bei mir«, teilte der Sportlehrer mit, und man sah, dass er alles andere als begeistert über diesen Umstand war.

»Aber muss das wirklich *jetzt* sein, Master Brewster?« Carson warf ihm einen inständigen Blick zu. »Können wir das nicht später noch machen?«

»Nein, können wir nicht! Ich habe keine Lust darauf, dass die Organisation des Tennisturniers am Ende an mir hängen bleibt! Ihr habt euch in das Turnierkomitee wählen lassen, und jetzt kümmert euch auch darum!«, beschied Brewster ihn kühl. »Also geh hinüber zu Riley und Indigo und sag ihnen Bescheid, dass ich euch in fünf Minuten im Clubhaus erwarte!« Er deutete mit einer Kopfbewegung zu den beiden Alpha-Electoren hinüber, die mit einigen anderen am Fuß des zwölfstufigen Treppenaufgangs standen. Dann wandte er sich um und entfernte sich.

»Mist! Eben dachte ich noch, wir hätten jetzt endlich mal etwas Zeit für uns!«, knurrte Carson. »Warum habe ich Blödmann mich bloß in das Komitee wählen lassen!«

Kendira seufzte bedauernd. »Lass ihn besser nicht warten, Carson. Mit Brewster ist nicht gut Kirschen essen.«

Er strich kurz über ihren Arm, dann ging er hinüber zu Riley und Indigo, um ihnen mitzuteilen, dass sie das Vergnügen hatten, die nächsten Stunden mit Master Brewster verbringen und den Turnierplan und die Organisation des sich traditionell daran anschließenden Festes ausbrüten zu dürfen.

»Machen wir eine Runde durch den Obstgarten oder meinetwegen einmal um den See«, schlug Nekia vor und wischte sich Tränen aus den Augenwinkeln. »Ich muss mich jetzt bewegen, sonst werde ich verrückt.«

Kendira nickte stumm.

»Die kleine Sinfora hat uns jedenfalls nicht verraten«, flüsterte Hailey, der die Tränen noch immer über das Gesicht rannen. »Sonst wären wir jetzt nicht hier.«

»Sag mal, hast du irgendetwas von dem, was da auf dem Flugblatt stand, lesen können?«, fragte Nekia nach einer Weile.

Hailey putzte sich die Nase und schüttelte den Kopf. »Es ging doch alles viel zu schnell.«

»Und was ist mit dem Stück vom Flugblatt, das du noch in der Hand gehabt hast, als Zeno dich hinter die Büsche gestoßen hat?«

»Das habe ich in den Mund gesteckt und hinuntergewürgt. Aber wartet mal! Da stand etwas drauf«, erinnerte sich Hailey nun. »Es waren nur drei Wörter mit einem Ausrufezeichen, in Großbuchstaben und ganz mieser Qualität gedruckt. Für mich haben die überhaupt keinen Sinn ergeben.«

»Was waren das für Wörter?«, fragte Kendira.

»Also da stand: *AUS EUREM GEFÄNGNIS!*« Hailey verzog das Gesicht. »Was soll der Quatsch? Ich wüsste nicht, wo hier ein Gefängnis wäre.«

Kendira und Nekia warfen sich unauffällig einen Blick zu.

Plötzlich runzelte Hailey die Stirn und blieb auf dem Weg stehen, der durch den Obstgarten führte. »Sagt mal, weiß einer von euch, was es mit der merkwürdigen Bemerkung auf sich haben kann, die der Guardian bei Sinforas Verhaftung zu seinem Kameraden gemacht hat?«

»Welche Bemerkung meinst du denn?«, fragte Kendira.

»Na, er hat doch gesagt: *Die hätte es sowieso nicht lange gemacht.* Das habe ich genau gehört und es klang richtig bösartig.«

»Ja, jetzt erinnere ich mich auch«, sagte Nekia gedehnt. »War schon recht merkwürdig.«

»Aber was kann er damit gemeint haben?«, rätselte Hailey. »Dass Sinfora für den hochwürdigen Dienst im Lichttempel nicht geeignet gewesen wäre und dort ihre Aufgaben nicht sehr lange hätte erfüllen können?«

»Scheint so«, sagte Kendira trocken.

»Aber Sinfora war doch erst Delta! Sie hatte ihre Ausbildung doch erst noch vor sich. Außerdem, wie kann ein Guardian der doch überhaupt nichts mit uns zu tun hat, geschweige denn weiß, wer welche Leistungen im Unterricht und im Schwarzen Würfel bringt, wie kann so jemand ein Urteil über einen von uns abgeben?«

»Das wüsste ich auch gern«, murmelte Kendira.

»Das würde ja bedeuten, dass die Guardians wissen, was es mit dem Mysterium auf sich hat!«, setzte Hailey ihren Gedankengang fort. »Aber das ist doch völlig absurd und ganz und gar unmöglich, oder?«

Nekia antwortete mit einem bitteren Lächeln. »Eigentlich schon. Aber hättest du es nicht heute Morgen auch für völlig absurd und unmöglich gehalten, dass die kleine Sinfora noch am selben Tag zur Auslöschung auf den Stuhl kommt?«

Hailey schluckte. »Stimmt«, sagte sie mit belegter Stimme und biss sich auf die Lippen, um die Tränen zurückzuhalten, die ihr sofort wieder in die Augen schossen.

»Was Seyward auf die Tür geritzt hat«, sagte Kendira später, als sie mit Nekia allein war, »ist also wahr: Im Lichttempel erwartet uns der sichere Tod. Und die Guardians wissen das. Nur so ergibt die Bemerkung dieser Typen Sinn.«

Nekia war die Bestürzung anzusehen. Einen vagen Verdacht konnte man leicht als haltlos von sich weisen. Doch wenn sich der Verdacht so wie jetzt zur Gewissheit verdichtete, dann konnte man sich nicht mehr so einfach vor der Wahrheit drücken.

»Nehmen wir mal an, es ist so«, sagte Nekia mit rauer Stimme. »Was um alles in der Welt können wir dann tun, um ... um diesem Schicksal zu entkommen?«

»Hoffen, dass der Vogel einen Fluchtweg aus seinem Käfig findet«, antwortete Kendira leise.

»Vogel? Welcher Vogel?«, fragte Nekia verständnislos. »Redest du jetzt in Rätseln?«

Der Gong, der zum Abendessen rief, schallte über das Gelände. Keiner von ihnen hatte Appetit, aber zu den Mahlzeiten herrschte Anwesenheitspflicht im Refectorium.

»Ich erklär's dir später.«

Nekia sah sie mit gefurchter Stirn von der Seite an und schüttelte den Kopf. »Langsam bekomme ich es wirklich mit der Angst zu tun«, murmelte sie.

Angst habe ich schon lange!, fuhr es Kendira durch den Kopf.

Kurz darauf erblickte Kendira Jaydan vor der Lichtburg. Der Servant trug einen sichtlich schweren Werkzeugkasten.

»Geh du schon rein, ich komme gleich nach«, sagte sie hastig zu ihrer Freundin und lief los, noch bevor Nekia sie fragen konnte, was denn plötzlich in sie gefahren war. Augenblicke später hatte sie Dantes Freund eingeholt.

»Jaydan!«

Der Servant blieb stehen und drehte sich mit gefurchter Stirn zu ihr um. Als er sah, wer ihn angesprochen hatte, verfinsterte sich seine Miene.

»Was willst du?«, fragte er abweisend.

»Ich muss dringend mit Dante sprechen! Es ist wichtig. Kannst du ihm bitte ausrichten, dass ich ihn nach dem Abendessen hinten bei den ...«

»Nein, kann ich nicht«, fiel Jaydan ihr ins Wort.

Kendira ließ sich ihren Ärger nicht anmerken. Sie wusste ja, dass er einen Groll gegen sie hegte, einfach schon, weil sie zu den Electoren gehörte, aber wohl noch mehr, weil Dante sich mit ihr eingelassen und sie eingeweiht hatte. Er traute ihr nicht und das war nur verständlich.

»Entschuldige, aber es ist wirklich wichtig«, versicherte sie und zwang sich zu einem Lächeln. »Und ich weiß nicht, ob ich gleich im Refectorium unbemerkt mit Dante ...«

Erneut schnitt Jaydan ihr das Wort ab. »Dante ist nicht mehr hier!«

Verständnislos sah sie ihn an. »Was heißt das, er ist nicht mehr hier?«

»Es heißt, was es heißt, Elector Kendira!«, knurrte er mürrisch. »Dante ist mit einigen anderen von uns gleich nach dem sensationellen Cleansing hinüber nach Eden. Ich kann ihm also nichts ausrichten.«

Kendira erschrak. »Was? Man hat ihn schon nach Eden zurückgeschickt?«

Jaydan antwortete sarkastisch: »Ihr feinen Electoren kümmert euch wirklich einen Dreck um unser Leben! Denn sonst wüsstest du, warum er und einige andere von uns jetzt drüben sind. Aber warum solltet ihr auch, nicht wahr? Ihr seid ja die Berufenen und Auserwählten, die nur für hochwürdige Dienste vorgesehen sind, nicht aber für die Schmutzarbeit in eurer Lichtburg oder in einer Schweinezucht wie Eden 7, wo Dante jetzt das Ausmisten lernt.«

»Das ist nicht fair von dir, Jaydan!«, protestierte Kendira, und das Blut schoss ihr ins Gesicht, vor aufflammender Wut, aber auch weil Jaydan mit seinem Vorwurf so falsch nicht lag. Bis vor wenigen Tagen hatte sie sich ja tatsächlich nie Gedanken über das Schicksal der Servanten gemacht.

Genervt winkte er ab. »Vergiss es! Und mach dir wegen Dante nicht ins Hemd. Er erhält in der Schweinezucht nur seine erste Einweisung und ist in drei Tagen wieder zurück«, sagte Jaydan. Dann wandte er sich von ihr ab und setzte seinen Weg fort.

Kendira war ungeheuer erleichtert. Deshalb ärgerte es sie

auch nicht sonderlich, dass Jaydan ihr unterstellt hatte, nicht einmal über diese Phase im Leben eines Servanten informiert zu sein. Was nicht stimmte. Sie hatte in ihrem ersten Schreck nur nicht daran gedacht, dass alle Servanten in den letzten drei Monaten vor Beendigung ihres achtzehnten Lebensjahrs alle zwei Wochen eine dreitägige Einweisung in Eden erhielten. Dabei lernten sie jedes Mal einen neuen Betrieb kennen. Das sollte ihnen die Entscheidung, in welchem sie nach ihrer Rückkehr arbeiten wollten, und den Übergang in dieses Leben leichter machen.

In drei Tagen ist Dante wieder zurück!

So groß Kendiras Erleichterung darüber auch war, so wusste sie doch schon jetzt, dass ihr diese drei Tage elend lang sein würden.

40

»ALSO, IHR KÖNNT SAGEN, WAS IHR WOLLT, aber da stimmt doch was nicht. Bei denen muss irgendwas vorgefallen sein!«, sagte Nekia am nächsten Morgen, als sie beim Frühstück im Refectorium saßen. Ihr Blick wie auch der von Kendira und Hailey war auf einen der Nachbartische gerichtet, an dem mit bedrückten Gesichtern Carson, Fling und Flake saßen.

Hailey nickte. »Keiner spricht und die Zwillinge stochern lustlos in ihrem Essen herum.« Sie schüttelte den Kopf. »Ich hätte nicht gedacht, dass Fling und Flake einmal *nicht* wie ausgehungerte Wölfe übers Essen herfallen.«

»Ja, das sieht ihnen ganz und gar nicht ähnlich«, stimmte Kendira ihren Freundinnen zu. Dass Carson vorhin wortlos und mit grauem Gesicht an ihr vorbeigegangen war, hatte sie überrascht, doch sie hatte dem keine große Bedeutung beigemessen.

Es hatte im Gang das übliche Gedränge geherrscht, sodass er sie vermutlich gar nicht bemerkt hatte. Und dass er übernächtigt aussah, hatte sie schon gar nicht verwundert. Auch sie hatte letzte Nacht nur wenig Schlaf gefunden. Und diese wenigen Stunden waren zudem noch von grässlichen Albträumen erfüllt gewesen.

Aber mittlerweile war auch sie überzeugt, dass etwas anderes als eine schlaflose Nacht hinter dem merkwürdigen Verhalten der drei Freunde steckten musste. Denn Carson, Fling und Flake redeten kaum ein Wort miteinander. Sie schienen in ein dumpf brütendes Schweigen versunken zu sein. Und das hatte es noch nie gegeben.

Nicht weniger ungewöhnlich war es, dass die Zwillinge, die trotz ihrer hageren Gestalt bei jeder Mahlzeit einen gesunden Appetit zeigten und üppige Portionen wegputzten, an diesem Morgen das Essen kaum anrührten. Mit Sinforas Cleansing konnte es nichts zu tun haben. Denn gestern Abend hatten sie so kräftig zugelangt wie immer.

»Da muss irgendwas vorgefallen sein!«, sagte Nekia noch einmal. »Darauf verwette ich mein Hologramm!«

»Ob sie sich verkracht haben und nicht mehr miteinander sprechen?«, spekulierte Hailey.

»Unmöglich! Die würden füreinander durch dick und dünn gehen! Außerdem hätten sie sich dann doch bestimmt auseinander gesetzt«, sagte Kendira. »Aber ich habe eine Idee, wie wir es herausfinden können. Wir fragen sie einfach!«

Hailey grinste. »Fabelhafte Idee. Geradezu genial!«

Sie nahmen ihre Becher und gingen hinüber zu Carson und

den beiden Zwillingen. Seit Duke, Ellis und Lem, die alle zu ihrer Tischgemeinschaft gehört hatten, nicht mehr bei ihnen waren, gab es an ihrem Tisch genug freie Stühle.

»Was dagegen, wenn wir uns noch ein bisschen zu euch setzen?«, fragte Kendira. »Bei uns am Tisch ist es fast so leer geworden wie bei euch.«

Carson schüttelte stumm und ohne aufzublicken den Kopf. Unablässig drehte er seinen Becher zwischen seinen Händen hin und her. Das schien seine ganze Aufmerksamkeit in Anspruch zu nehmen.

»Nichts dagegen«, murmelte Fling. »Euer Risiko, wenn ihr euch das antun wollt.«

»Wir sind heute nämlich nicht gerade in Bombenstimmung«, fügte Flake erklärend hinzu.

»Das sieht man euch an«, sagte Hailey unverblümt. »Und deshalb sind wir ja auch hier. Also, was ist los?«

»Hailey meint, ihr habt euch vielleicht verkracht und redet jetzt nicht mehr miteinander?«, warf Nekia ein.

»Wir und verkracht? Wie soll denn das gehen?«, fragte Fling zurück.

»Was ist es dann?«, wollte Kendira wissen. »Nun rück schon raus mit der Sprache, Carson! Ich denke, wir sind Freunde. Oder habt ihr ein Geheimnis, von dem keiner wissen darf?«

Carson hob den Kopf und tauschte mit Fling und Flake einen unsicheren Blick. Als die beiden die Achseln zuckten, sagte er zögerlich: »Na ja, wir ... wir haben da eine blöde Sache erlebt, die uns noch immer nachhängt. Vielleicht haben wir das Ganze auch bloß in den falschen Hals bekommen. Aber ...«

»Nun mal bitte alles im Detail und hübsch der Reihe nach, Carson!«, forderte Kendira ihn auf. »Was genau habt ihr denn erlebt?«

Carson verzog das Gesicht zu einer säuerlichen Miene und fuhr sich mit der gespreizten Hand durch seine dunkelblonden Locken. »Wie du weißt, musste ich gestern nach dem Abendessen noch mal zu Brewster.«

»Ja, unser Beileid war dir gewiss«, spottete Hailey. »Aber red weiter.«

»Fling und Flake sind mitgekommen, weil sie für das Fest noch eine Idee hatten und sie ihm diese selbst präsentieren wollten. Dachten wohl, ich würde das bei Brewster nicht gut genug rüberbringen.«

Flake grinste schief. »Er hat sie sogar angenommen. Und jetzt bleibt die Arbeit an uns hängen. Es bleibt eben keine gute Tat ungestraft.«

»Egal, jedenfalls waren wir drei noch eine gute halbe Stunde mit Indigo und Riley bei Brewster, um die letzten Einzelheiten mit ihm abzusprechen«, fuhr Carson mit ernster Miene fort. »Als wir dann endlich damit fertig waren, sind Riley und Indigo noch auf einen schnellen Sprung ins Wasser zum See hinunter.«

»Und wir drei sind rüber in die Tube«, warf Fling ein.

»Weil die Eingangstür offen stand und der Vorraum beleuchtet war«, fügte Flake hinzu. »Klares Zeichen, dass Chapman und Wilford noch immer mit der Reparatur beschäftigt waren.«

Carson nickte. »Wir dachten, die beiden arbeiteten womöglich deshalb so spät noch weiter, weil sie kurz davor standen, den Schaden zu beheben und die Tube wieder zum Laufen zu bringen. Und danach wollten wir sie fragen.«

»Wozu es aber nicht mehr kam«, sagte Flake.

»Weil wir unbemerkt einen Teil ihrer Unterhaltung mitbekommen haben und klug genug waren, schnell wieder aus der Tube zu verschwinden«, ergänzte Fling.

Kendiras Herz schlug plötzlich schneller. »Und über was haben die beiden geredet?«, stieß sie hervor und beugte sich unwillkürlich weiter vor, als fürchtete sie, nicht jedes Wort deutlich mitzubekommen.

»Ganz eindeutig über Sinforas Cleansing«, antwortete Carson. »Gerade wollten wir in den Gang einbiegen, der hinten bei den kleinen Tubes zum Kontrollraum führt, als wir Wilford sagen hörten: ›Natürlich weiß ich, was auf dem Spiel steht. Hätte ich mich sonst für den Dienst hier gemeldet? Aber warum müssen wir ihnen dieses entsetzliche Cleansing antun, Chapman? Und das nur wegen Kleinigkeiten! Heute wegen eines lächerlichen Flugblatts! Es ginge doch auch anders. Reicht es denn nicht, was schon bald auf sie wartet?‹«

»Erhabene Macht!«, entfuhr es Nekia und sie schlug schnell die Hand vor den Mund. Doch niemand an den Nebentischen schien sie gehört zu haben, denn keiner schaute herüber.

Auf Haileys sommersprossiger Stirn bildete sich eine steile Falte.

»Das ist ja alles sehr merkwürdig«, murmelte sie perplex. »Das erinnert mich an was.«

»Warte! Nicht jetzt! Lass uns erst mal ihre Geschichte anhören«, sagte Kendira schnell und legte ihr die Hand auf den Arm. Dann sah sie Carson gespannt an und fragte: »Aber das war noch nicht alles, was ihr gehört habt, oder?«

Carson schüttelte den Kopf. »Nein, der Hammer kommt erst noch. Aber erzähl du weiter, Flake. Mal sehen, ob ich es auch so in Erinnerung habe wie du.«

»Hast du«, kam es trocken von Fling. »Wort für Wort. Wir sind das doch schon oft genug durchgegangen.«

Flake räusperte sich. »Also, Chapman hat dann recht scharf erwidert: ›Ja, diese Härte ist notwendig, genauso wie alles andere, was Liberty 9 ausmacht. Wir müssen sie nun mal zu unerschütterlichem Gehorsam erziehen. Wenn sie erst anfangen, selbstständig zu denken und misstrauisch zu werden, dann ist alles verloren. Dann fällt das ganze System wie ein Kartenhaus zusammen. So, und nun ist Schluss mit dem nutzlosen Gerede, das uns Kopf und Kragen kosten kann, und auch Schluss für heute mit der Arbeit.‹ Und dann haben wir uns natürlich schnellstens verdrückt.« Flake machte eine kurze Pause, blickte dann zu Carson und fragte: »War es richtig so?«

Dieser nickte bedrückt. »Ja, das haben sie gesagt, Wort für Wort. Und wenn ich es nicht selbst gehört hätte, würde ich es nicht glauben.«

»Ach, vergiss es!«, sagte Flake. »Hey, wir sind die Electoren von Hyperion, die Auserwählten und in wenigen Monaten, ja vielleicht schon in ein paar Tagen die neuen Lichttempler!«

»Na, ich weiß nicht«, murmelte Nekia beklommen und blickte mit fragend hochgezogenen Augenbrauen zu Kendira, die kaum merklich den Kopf schüttelte. Weder Carson noch die Zwillinge bemerkten den stummen Austausch zwischen ihnen, und so war es auch beabsichtigt.

Carson nahm indessen den Faden wieder auf. »Mit dem, was Chapman von sich gegeben hat, komme ich einfach nicht klar. Das hat nun wirklich verdammt merkwürdig geklungen.«

»Chapman ist eben ein komischer Vogel«, bemerkte Flake mit einer wegwerfenden Handbewegung.

Fling nickte. »Richtig, der hat doch schon oft ziemlich verrückte Sachen von sich gegeben.«

Carson schüttelte den Kopf. »Nein, das gestern war irgendwie anders«, erwiderte er. »Dass von uns absoluter Gehorsam erwartet wird, geht ja in Ordnung. Das ist auch kein Geheimnis, denn das kriegen wir zu hören, seit wir denken können, und wir schwören es auch täglich beim Morgenlob. Aber was hat er damit gemeint, dass wir nicht misstrauisch werden dürfen, weil sonst alles wie ein Kartenhaus zusammenfällt? Das begreife ich einfach nicht!«

Der Gong ertönte, der das Frühstück beendete und jeden daran erinnerte, dass er in zehn Minuten in seinem Unterrichtsraum zu sein hatte. Sofort setzte ein lautes Stühlerücken ein. Das Rauschen von fast zweihundert wehenden Kutten und das Geräusch von doppelt so vielen Ledersandalen, die über den Steinboden eilten, erfüllten das Refectorium.

Flake stand auf. »Mir soll es egal sein, wovon die beiden da gestern gesprochen haben!« Auch Fling erhob sich vom Tisch. »Genau, es bringt doch nichts, eine idiotische Vermutung nach der anderen aufzustellen! Und bestimmt ging es da um irgendetwas, was nicht wirklich mit uns und unserer Berufung zu tun hat!«, pflichtete er seinem Bruder bei. »Vergessen wir den Blödsinn!«

Sie gingen ohne abzuwarten, ob noch jemand mit ihnen kam.

Carson blieb noch sitzen. »Vielleicht haben sie ja recht«, murmelte er und kratzte sich nervös am Kinn.

»Vielleicht aber auch nicht. Wir haben gestern nämlich auch etwas Merkwürdiges gehört«, meldete sich Hailey nun zu Wort. »Und zwar als die beiden Guardians Sinfora verhaftet haben.«

Carson hob den Kopf. »Wirklich? Was denn?«

Hailey erzählte es ihm. Und Kendira und Nekia bestätigten, es auch wortwörtlich so gehört zu haben.

»Was kann er damit gemeint haben? Was genau hätte Sinfora nicht lange durchgehalten?«

Nekia lachte grimmig auf. »Das wüssten wir auch gern. Irgendwas ist hier faul, da kannst du sagen, was du willst!«

Verblüfft blickte Carson Kendira an. »Glaubst du das auch?«

Kendira zuckte die Achseln und überlegte sich genau, was sie ihm jetzt antwortete. »Jedenfalls liegt wohl auf der Hand, dass man uns über so einiges absichtlich im Dunkeln lässt. Und das nährt bei mir den Verdacht, dass die Oberen uns systematisch hintergehen.«

Hailey starrte Kendira verblüfft an. »Was? Wie bitte? Manches ist ja wirklich seltsam, aber *so* weit würde ich nicht gehen mit meinen Vermutungen!«

Carson machte dagegen ein erschrockenes Gesicht. »Du meinst wirklich, die Oberen betrügen uns?«, stieß er hervor. »Aber warum sollten sie das tun?«

»Genau!«, pflichtete Hailey ihm bei. »Welchen Grund sollten sie denn haben?«

Kendira zuckte die Achseln. »Ich habe nicht den Schimmer einer Ahnung. Aber wie Nekia gerade sagte: Irgendwas ist hier faul. Und nach allem, was wir gestern aufgeschnappt haben, muss es mit unserem hochwürdigen Dienst im Lichttempel zu tun haben.«

Hailey schüttelte heftig den Kopf, dass ihre roten Haare nur so flogen. »Das ist mir alles zu verrückt und auch zu heiß, als dass ich noch weiter darüber nachdenken will!«, stieß sie mit gedämpfter Stimme hervor. »Es reicht, dass sie Sinfora wegen einer Lächerlichkeit auf den Stuhl gebunden haben. Ich will nichts mehr davon wissen!« Damit stand sie auf und entfernte sich eiligst vom Tisch.

»Den Kopf in den Sand zu stecken, ist aber auch keine Lösung«, sagte Nekia bissig.

Einen Moment lang starrte Carson nur vor sich hin. Dann stieß er seinen Becher mit einem Ruck von sich, dass ein Schwall Milchkaffee über den Rand schwappte. »Das alles ist doch Irrsinn! Absolut hirnrissiger Unsinn!«, zischte er leise und sprang mit einem Satz vom Stuhl hoch. »Fling und Flake haben recht. Wir sind die Auserwählten Hyperions und schon bald Lichttempler!«

Er fuhr sich über die Augen, als wollte er eine Benommenheit wegwischen.

»Und was den Guardian betrifft, so ist es lächerlich, anzunehmen, er wüsste mehr über unseren Dienst im Lichttempel als wir! Der hat sich doch bloß wichtig machen wollen.«

Kendira widersprach ihm nicht. Dazu war jetzt nicht die richtige Gelegenheit, aber die würde sich schon noch ergeben.

»Ich wünschte, ich könnte das alles ebenfalls einfach als Hirngespinst abtun«, sagte Kendira Augenblicke später, als sie mit Nekia die Lichtburg verließ und hinüber zum Gym eilte. Heute standen Leichtathletik, Dauerlauf und Staffel auf ihrem morgendlichen Unterrichtsplan. Später am Tag würde es dazu auf den Außenanlagen zu heiß werden.

Nekia lachte freudlos auf. »Ich auch, aber dazu bräuchte ich jetzt eine Höchstleistung an Einfalt, und die bringe ich selbst beim besten Willen nicht auf! Allerdings macht mir das alles Angst. Große Angst.«

»Mir auch«, gestand Kendira und fügte hastig hinzu: »Aber Angst ist nichts Schlechtes, Nekia. Angst macht wachsam!«

Sie hatten das Gym so gut wie erreicht. Es waren nur noch wenige Schritte bis zum Eingang, und es wurde allerhöchste Zeit, dass sie sich zu den anderen in die Umkleide begaben.

Dennoch blieb Nekia stehen, griff nach der Hand ihrer Freundin und sah sie mit einem von Angst erfüllten Blick an, der Kendira an den Ausdruck eines in die Enge getriebenen Tieres denken ließ.

»Aber was machen wir jetzt?«, stieß sie mit gepresster Stimme hervor. »Wir müssen doch irgendetwas tun und können nicht einfach so in ... in unser Verderben laufen!«

»Das werden wir auch nicht!« versicherte Kendira, der nun selbst ein dicker Kloß im Hals steckte.

»Aber was *können* wir denn tun?«

»Vor allem erst einmal nicht kopflos werden und nicht in

Panik verfallen«, antwortete Kendira nüchtern. »Das ist im Augenblick das Wichtigste.«

»Aber das rettet uns doch nicht!«

»Nein, aber es bewahrt uns vor dem Cleansing.«

»Wer weiß, vielleicht ist das ja der leichtere Ausweg«, sagte Nekia mit bitterem Sarkasmus.

»Rede nicht so! Das passt nicht zu dir, Nekia!«, erwiderte Kendira. »Außerdem gibt es da jemanden, der womöglich einen Ausweg weiß.«

»Und wer sollte das sein?«, fragte Nekia skeptisch. Sie kniff die Augen zusammen und hatte plötzlich eine Ahnung. »Nein! Sag jetzt bloß nicht, du redest von *ihm*!«

»Doch, genau den meine ich!«

41

ES GESCHAH AM MORGEN ZWEI TAGE NACH Sinforas Auslöschung, und als die Schüsse fielen und Blut den Boden tränkte, geschah es vor Kendiras Augen.

Hätte sie nach den zwei Stunden auf dem Tennisplatz nicht so lange unter der Dusche herumgetrödelt, wäre sie mit den anderen pünktlich zum Training im Schwarzen Würfel eingetroffen, und dann wäre sie auch nicht Zeugin des entsetzlichen Geschehens geworden. So jedoch nahm das Schicksal seinen Lauf und sorgte dafür, dass sich ihr Weg an diesem Vormittag mit dem von Jaydan in den entscheidenden Momenten kreuzte.

Kendira war in Eile und lief aus dem Schatten des Gym hinaus auf den sonnenüberfluteten Platz, der sich vor ihr auf dem Weg zum Schwarzen Würfel erstreckte. Sie wusste, dass Chapman ihr Fehlen längst bemerkt haben musste und sie diesmal nicht um eine Zurechtweisung und Strafe herumkommen würde. Ja, der Eintrag war ihr sicher und vermutlich würde es sie einen Token kosten.

Aber das kümmerte sie nicht, selbst wenn die Tube wieder einsatzbereit gewesen wäre. So vieles, was sie noch vor einer Woche mit Faszination, Begeisterung und Hingabe erfüllt hatte, hatte seinen Zauber verloren und war schal und hohl geworden wie eine verfaulte Frucht, die sich noch hinter einer hübschen Schale verbarg.

Sie hatte ganz andere Sorgen als die Angst, gleich von Chapman zurechtgewiesen und mit einem Strafeintrag belegt zu werden. Für sie gab es keinen Zweifel mehr, dass ihnen im Lichttempel der sichere Tod drohte! Unablässig drehten sich ihre Gedanken darum. Deshalb konnte sie es auch nicht erwarten, dass Dante am nächsten Abend aus Eden wieder zu ihnen zurückgekehrte. Sie musste unbedingt mit ihm reden und ihn um einen riesigen Gefallen bitten.

In diese Gedanken versunken, lief Kendira über den Platz, als sie plötzlich lautes, wütendes Geschrei hörte. Es kam aus dem beiderseits von hohen Hecken eingefassten Weg, der zu den Containerquartieren der Servanten führte.

»Bleib stehen! Ich weiß, wer du bist! Du entkommst nicht! Damit machst du alles nur noch schlimmer! Bleibst du wohl stehen!«, brüllte eine raue, wutentbrannte Stimme in die trügerisch friedliche Stille, die eben noch über dem Gelände vor der Lichtburg gelegen hatte.

Verblüfft blickte Kendira zum Servantenweg hinüber und erkannte nun die Stimme. Es war Master Sherwood, der dieses Geschrei veranstaltete!

»Verdammt noch mal, gib auf, Jaydan!«, schrie Sherwood.

Kendira fuhr erschrocken zusammen und blieb wie angewurzelt mitten auf dem Platz stehen.

Im selben Moment tauchte Jaydan aus dem Heckendurchgang auf. Er trug einen schmutzigen grauen Arbeitsoverall, hielt etwas Weißes unter den linken Arm geklemmt und rannte auf das freie Gelände hinaus. Sein Gesicht trug einen wilden, gehetzten Ausdruck.

»Haltet den Burschen!«, gellte Sherwood unter lautem Keuchen, als er mit reichlich Abstand hinter ihm auf den Platz stürmte. Auf seinem Bulldoggengesicht glänzte Schweiß. Die wadenlange Kutte behinderte ihn. Auch fehlte es ihm an der schlanken Figur und der Sportlichkeit, um es mit Jaydan an Schnelligkeit aufnehmen zu können.

Als Kendira sah, wie Jaydan schräg auf sie zurannte, erhaschte sie einen besseren Blick auf das, was er sich unter den Arm geklemmt hatte. Es war das Tablet eines Oberen, wie die weiße Kunststoffeinfassung verriet.

Seywards Tablet!

»Guardians!«, brüllte Sherwood mit sich überschlagender Stimme. »Verhaftet den Servanten! Nehmt ihm das Tablet ab, das er gestohlen hat!«

Und nun überschlugen sich die Ereignisse.

Sherwood blieb mit einer Sandale an einer aus dem Boden vorspringenden Steinkante hängen, stolperte und stürzte fluchend zu Boden.

Kendira hatte das Trike mit den beiden Guardians nicht bemerkt, die gerade von einer Streife zurückgekehrt waren, mit ihrem Gefährt über das südliche Ende des großen Vorplatzes rollten und auf das Tor der Kaserne zuhielten. Doch sie hörte es kommen, als sich in Sherwoods Flüche und Schreie plötzlich ein Sirren mischte, das blitzschnell anschwoll und in immer höhere Tonlagen kletterte. Es war das typische Geräusch, das ein Trike von sich gab, wenn man es innerhalb von wenigen Sekunden auf Höchstgeschwindigkeit brachte.

Ihr Kopf fuhr herum.

Das Trike kam rasend schnell näher.

Der Guardian hinter dem Fahrer hatte sein Gewehr über die Schulter seines Vordermannes gelegt, feuerte einen Warnschuss ab und schrie: »Stehen bleiben! Die nächste Kugel trifft Fleisch und Knochen!«

Jaydan blieb stehen.

Das Trike flog an Kendira vorbei. Es zog eine Staubwolke hinter sich her, und es wirbelte eine noch größere auf, als der Fahrer kurz vor Jaydan brutal in die Bremsen stieg.

Jaydan war keine zwanzig Schritte von Kendira entfernt stehen geblieben und hatte die Hände erhoben. In der rechten hielt er Seywards Tablet.

Mit wutrotem Kopf kam Sherwood auf die Füße. Er schlug sich den Dreck von der Kutte. »Das wirst du büßen!«, stieß er hervor und stapfte auf Jaydan und die Guardians zu.

»Gib das Tablet her, Servant!«, befahl der hinten sitzende Guardian, senkte das Gewehr und streckte die andere Hand aus.

»Okay, okay. Ihr habt gewonnen!«, knurrte Jaydan, trat an das Trike, nahm das Tablet in beide Hände und schien es ihm aushändigen zu wollen.

Doch das erwies sich als Täuschungsmanöver. Jaydan schlug dem Guardian das Gerät mit aller Kraft zwischen die Augen. Der Mann brüllte vor Schmerz auf. Instinktiv ließ er seine Waffe los und fasste sich an den Kopf.

Jaydan ließ sofort das Tablet fallen, riss das Gewehr an sich und versetzte dem Mann mit dem Kolben einen Schlag vor den Kopf, der ihn bewusstlos vom Sitz schleuderte.

Der Fahrer wollte nach seinem Gewehr greifen, das er um die Schulter hängen hatte. Dazu kam er jedoch nicht mehr. Denn da wirbelte Jaydan mit dem erbeuteten Sturmgewehr in den Händen auch schon zu ihm herum und hämmerte auch ihm den Kolben an den Kopf. Mit einem jäh abbrechenden Aufschrei sackte der Guardian bewusstlos über dem Lenker zusammen.

Indessen hatte sich Sherwood dem Trike bis auf sechs, sieben Schritte genähert. Nun blieb er abrupt stehen, als wäre er gegen eine unsichtbare Wand gelaufen. Das Blut wich ihm aus dem Gesicht.

Jaydan drehte sich zu ihm um und feuerte aus der Drehung heraus drei Schüsse auf ihn ab. Wenn er ihn hätte töten wollen, hätte er ihn unmöglich verfehlen können. Die Geschosse fuhren jedoch vor dem Oberen in den Boden. Sie ließen kleine Sandfontänen vor Sherwoods Füßen aufspritzen.

»Ich sollte dich abknallen – und all die andren Oberen mit dir!«, stieß Jaydan voller Hass hervor. »Aber das sollen andere tun! Verschwinde!« Er jagte ihm noch einen Schuss vor die Füße.

Sherwood schrie auf und rannte davon.

Mehrere Sirenen setzten heulend ein.

Aus den umliegenden Gebäuden wagten sich die ersten Servanten, Electoren und Obere hervor, aber jeder wahrte Abstand und suchte Deckung.

Mit dem Gewehr im Anschlag lief Jaydan nun auf Kendira zu. »Runter mit dir, verdammter Elector!«, brüllte er mit aller Kraft. »In den Dreck, wo ihr uns so gerne seht!«

Entgeistert und wie gelähmt starrte sie ihn an. Hatte Jaydan den Verstand verloren?

Das Sturmgewehr in seinen Händen ruckte hoch, spuckte einen Feuerstoß aus und pflügte mit seinen Kugeln vor Kendira durch den Sand.

»Na los, mach schon und friss Dreck, du arrogantes Miststück!«, schrie er mit schriller und sich überschlagender Stimme, die sich sogar gegen das Sirenengeheul behaupten konnte. »Ich sollte dir Hochwürdige eine Kugel in den Kopf jagen!«

Von Todesangst gepackt, warf Kendira sich zu Boden. Von einem der nahen Wachtürme hörte sie eine Megafonstimme. Aber was genau sie rief, drang in dem Moment nicht in ihr Bewusstsein.

Jaydan war mit zwei schnellen Sätzen bei ihr, setzte ihr den Lauf des Gewehrs an den Hinterkopf und beugte sich zu ihr hinunter. »Keine Angst, ich tu dir nichts!«, stieß er gehetzt hervor. »Es ist nur zu deiner eigenen Sicherheit. Sag Dante, ich habe den Weg gefunden! Er führt doch durch den Flaschenhals! Er soll der Doppelspitze folgen. Hast du mich verstanden?«

Mühsam würgte Kendira ein »Ja!« hervor.

»Wiederhole es, schnell!«

»Er soll dem Doppelpfeil folgen.«

»Vergiss es bloß nicht!« Damit nahm er den Gewehrlauf von ihrem Kopf und rannte davon.

Das Tor der Kaserne öffnete sich. Zwei Trikes jagten heran.

Jaydan schlug einen Haken und flüchtete in die andere Richtung. Kurz vor dem Gym blieb er kurz stehen und gab mehrere Feuerstöße auf seine Verfolger ab. Aber die Salven lagen hoch, gingen weit über die Köpfe der Guardians hinweg und schossen Löcher in den blauen Himmel. Dann warf er das Gewehr weg und rannte am Gym vorbei in Richtung der Umzäunung von Liberty 9.

Kendira wünschte hinterher, sie hätte es nicht so eilig damit gehabt, sich wieder aufzurichten und Jaydan nachzuschauen. Doch sie tat es instinktiv, und sie kam rechtzeitig genug auf ihre Beine, um zu sehen, wie Jaydan in seinen Tod lief.

Im Innern der Sicherheitszone zog sich parallel zu dem unter Starkstrom stehenden, acht Meter hohen Zaun mit seinen Wachtürmen, vorgelagerten Selbstschussanlagen und anderen Schutzeinrichtungen ein zweiter, jedoch sehr viel niedrigerer Zaun entlang. Seine Höhe betrug gerade mal anderthalb Meter, und er bestand aus einfachen Gitterelementen, die nicht unter Strom standen und noch nicht einmal von Stacheldraht gekrönt wurden. Der vorgelagerte Zaun war eigentlich nicht mehr als eine Vorsichtsmaßnahme und unübersehbare Erinnerung daran, dass das Betreten des fünfzig Meter breiten Geländestreifens dahinter verboten war und jede Berührung des Außenzauns den sofortigen Tod zur Folge hatte.

Jaydan rannte im Zickzack auf diesen inneren Zaun zu. Schüsse kamen von der Seite und von oben aus dem Wachturm. Doch sie trafen nicht.

Noch nicht.

Die erste Kugel fand ihr Ziel, als er von der oberen Zaunstange in den freien, abgeflämmten Streifen springen wollte. Sie kam von hinten. Die Wucht des Einschlags riss ihn herum, schleuderte ihn hinter den Zaun, und Kendira sah, wie er sich an die rechte Hüfte fasste.

Doch das Geschoss musste ihn nur gestreift oder ihm zumindest nicht den Hüftknochen zertrümmert haben. Denn er blieb nicht liegen, sondern rollte sich vom Gitterzaun weg über das Stoppelfeld und war im nächsten Augenblick schon wieder auf den Beinen.

Zielstrebig rannte er auf den unter Strom stehenden Zaun zu. Auf halber Strecke erwischte ihn die zweite Kugel. Das Geschoss schlug in seiner linken Schulter ein und warf ihn mit dem Gesicht zu Boden.

Kendira hörte ihn aufschreien.

Mehrere Guardians sprangen weiter unten, nahe der Kaserne, über den Gitterzaun, und rannten mit Pistolen in den Händen auf die Stelle zu, wo der verwundete Servant lag. Doch sie waren noch gute hundert Meter entfernt, als Jaydan sich erneut aufrichtete und weitertaumelte.

Eine dritte Kugel traf ihn am rechten Bein. Er knickte ein und schrie seinen Schmerz gellend heraus, aber er gab nicht auf. Er kroch weiter auf den Zaun zu, das rechte Bein dabei hinter sich herziehend.

Kendira konnte den Anblick nicht ertragen, vermochte sich jedoch auch nicht abzuwenden. Ihr war, als müsste sie sich dazu zwingen, bis zum schrecklichen Ende hinzuschauen.

Jaydan hatte nur noch wenige Meter, als die vierte Kugel in seinem Körper einschlug. Sie traf seinen linken Oberschenkel.

Sie wollen ihn unbedingt lebend!

Für die Hinrichtung!

Und das wusste auch Jaydan. Mit letzter Verzweiflung gruben sich seine Hände in den brandschwarzen Boden und unter lautem Schluchzen und Stöhnen zog er sich an den Zaun heran. Ihm blieben nur noch wenige Sekunden, dann würden ihn die heranstürmenden Guardians erreicht haben.

Sie genügten.

Mit einer letzten Kraft- und Willensanstrengung richtete er sich noch einmal halbwegs auf, warf sich mit ausgestreckten Armen dem Zaun entgegen und krallte sich in die Maschen.

Ein schauriges elektrisches Knistern und Zischen erfüllte zusammen mit dem Geruch verbrannten Fleisches die Luft, und das Zucken und Sich-Winden von Jaydans Körper, in dem längst kein Leben mehr war, schien nicht aufhören zu wollen.

Kendira wollte schreien, doch aus ihrer Kehle kam nur ein trockenes Schluchzen.

»Komm, schau nicht mehr hin«, sagte jemand hinter ihr, und ein Arm legte sich um ihre Schulter, um sie sanft wegzuführen.

Es war Carson.

Kendira sank in seine Arme und ließ ihren Tränen freien Lauf.

42

DIE NACHT WAR WINDSTILL, SCHWÜL UND FAST so finster wie Kendiras Stimmung. Mond und Sterne verbargen sich hinter einer dichten Wolkendecke. Und wenn die wandernden Lichtkegel der Wachtürme nicht gewesen wären, hätte sie kaum die eigene Hand vor Augen ausmachen können. Aber selbst dann hätte sie den Weg zum Vista Hill und den Serpentinenpfad hinauf zur Kuppe des Hügels mühelos gefunden.

Die Zeiger ihrer Uhr zeigten neun Minuten nach Mitternacht an, als sie die letzte Steigung erklomm, das flache Plateau erreichte und die letzte Gruppe hoher Sträucher passierte. Dann lag das Gelände offen vor ihr.

Dante saß auf dem flachen runden Felsen, der sich wie der Rücken eines versteinerten Wals mehrere Meter weit aus dem Boden erhob.

Kendira ging zu ihm und legte ihm zum Gruß kurz die Hand

auf die Schulter. »Ich wusste, dass du hier sein würdest«, sagte sie und setzte sich neben ihn.

»Und ich wusste, dass du kommen würdest.« Seine Stimme klang dunkel und schwer wie die Nacht.

»Ich bin froh, dass du zurück bist.«

»Und ich bin froh, dass dir nichts passiert ist«, sagte er. »Ich meine, dass Jaydan dir nichts Schlimmes angetan hat.«

Kendira schüttelte den Kopf. »Er war dein bester Freund, und er wusste, was ...« Sie brach ab und biss sich auf die Lippen.

»... was du mir bedeutest«, beendete Dante den Satz für sie. »Ja, das wusste er. Aber er hat mich nicht verstanden und dir nicht über den Weg getraut. Das ging nicht gegen dich persönlich, er hat keinem Elector getraut.«

»Welchen Grund hätte er denn auch haben sollen? Ich an seiner Stelle hätte es vermutlich auch nicht getan.«

Dante lachte kurz und bitter auf. »Trotzdem hätte er das nicht tun dürfen. Ich habe ihm mehr als einmal versichert, dass du uns nicht verrätst und ich meine Hand für dich ins Feuer legen würde. Jaydan war mein bester Freund, schon in Eden. Aber dass er dir den Gewehrlauf an den Kopf gesetzt hat und offenbar kurz davor stand, dich zu erschießen, werde ich ihm nie verzeihen können.«

»So war es nicht, Dante.«

Erneut lachte er kurz auf. »Es ist lieb von dir, das zu sagen, und es bedeutet mir viel«, versicherte er und legte für einen flüchtigen Moment seine Hand auf ihren Arm. »Aber du brauchst ihn nicht in Schutz zu nehmen. Ich weiß aus erster Hand und bis in jede Einzelheit, was gestern Vormittag vorgefallen ist. Ich habe mir das gleich bei meiner Rückkehr von mehreren Leuten berichten lassen. Bei uns in den Servantenquartieren wird sowieso von kaum etwas anderem geredet.«

»Mag sein, aber was du gehört hast, kommt nicht aus erster Hand. Jedenfalls nicht, was die Sache mit mir und Jaydan betrifft«, widersprach sie. »Keiner außer mir weiß, was da auf dem Platz tatsächlich vorgefallen ist und aus welchem Grund er so getan hat, als wollte er mich erschießen.«

Überrascht sah er sie an. »Du meinst, er hat gar nicht wirklich vorgehabt, dir etwas anzutun?«, stieß er aufgeregt hervor.

Sie nickte. »Das war nur ein Täuschungsmanöver, damit keiner misstrauisch wird und mich hinterher scharf ins Verhör nimmt.«

»Aber warum dieses Täuschungsmanöver? Was wollte er denn von dir?«

»Jaydan wusste, dass er ... dass er verloren war. Aber er wollte nicht zum Cleansing verurteilt oder öffentlich hingerichtet werden, sondern sein ... sein Ende selbst bestimmen.« Ihre Stimme zitterte. Es fiel ihr schwer, darüber zu reden. Noch immer standen ihr die albtraumhaften Bilder seiner verzweifelten Flucht und sein schreckliches Ende vor Augen. »Er wollte lieber im Kugelhagel oder am Starkstromzaun sterben, als den Guardians lebend in die Hände zu fallen.«

»Zumindest *diese* Freiheit haben sie ihm nicht nehmen können!«, sagte Dante mit Genugtuung in der Stimme. »Ich hätte es nicht anders gemacht.«

»Aber vorher wollte Jaydan noch kurz mit mir reden«, fuhr Kendira fort. »Deshalb hat er mich so schrecklich angeschrien und so getan, als würde er mich erschießen wollen. In Wirklichkeit ging es ihm nur darum, mir zwischen all dem Gebrüll eine wichtige Nachricht für dich zuzuflüstern.«

Spontan griff Dante nach ihrer Hand und beugte sich erwartungsvoll zu ihr vor. »Und was war das für eine Nachricht?«

Sie lächelte ihn an. »Es sieht so aus, als hätte der Käfig tatsächlich irgendwo ein Loch, durch das der Vogel in die Freiheit davonfliegen kann.«

»Wirklich? Um Himmels willen, nun sag schon, was er dir mitgeteilt hat!«

»Es waren nur drei kurze Sätze, mehr Zeit hatte er nicht. *Sag Dante, ich habe den Weg gefunden! Er führt doch durch den Flaschenhals! Er soll der Doppelspitze folgen.* Das war alles. Ich hoffe, du kannst damit was anfangen.«

Dante gab einen halb gequält, halb erlöst klingenden Laut von sich. »Und ob ich das kann! Er hat den Weg in die Freiheit gefunden! Er hat es tatsächlich geschafft. Oh Jaydan, warum um alles in der Welt hast du dich bloß mit Seywards Tablet erwischen lassen?«

»Das Warum und Wie werden wir wohl nie erfahren«, sagte Kendira, um dann mit grimmigem Sarkasmus fortzufahren: »Natürlich haben unsere Oberen gestern alles getan, um von Jaydan das Bild eines Verrückten zu malen. Angeblich soll er in seinem Wahn ein Komplott gegen Liberty 9 ausgeheckt haben. Er hätte geplant, nachts Guardians zu überfallen und mit den erbeuteten Waffen ein Massaker unter Electoren und Servanten anzurichten. Das alles soll er in einem Tagebuch, das man angeblich unter seinen Sachen gefunden hat, so festgehalten haben.«

»Es ist widerwärtig, was die Oberen da an Lügen verbreitet haben!«, sagte Dante. »Ach, Jaydan! So kurz vor dem Ziel, und dann begeht er, der doch immer so extrem vorsichtig war, den Kapitalfehler, sich mit Seywards Tablet erwischen zu lassen. Ich begreife nicht, wie ihm das hat passieren können. Hätte man mich doch nur nicht gerade jetzt nach Eden geschickt! Vielleicht wäre Jaydan dann heute noch am Leben.«

»Oder ihr wärt beide tot«, sagte sie. »Und ich bin froh, dass es nicht so ist. Denn ich brauche dich.«

»So wie ich dich brauche?«, fragte er leise.

Sie war dankbar für die Dunkelheit, sonst hätte er gesehen, wie heftig sie errötete.

»Ich weiß jetzt, das jedes Wort von dem, was Seyward in der Arrestzelle hinterlassen hat, wahr ist«, sagte Kendira, als hätte sie seine Frage nicht gehört. »Es ist noch einiges andere vorgefallen, von dem du nichts weißt und das nur einer Handvoll meinen Freunden zu Ohren gekommen ist. Ich werde es dir gleich erzählen. Aber was ich dir erst mal sagen möchte: Als sie Jaydan gestern in den Tod gejagt und ihn anschließend so übel verleumdet haben, da habe ich meinen letzten Glauben an das Wohlwollen unserer Oberen verloren. Jetzt habe ich endgültig die Gewissheit, als Elector tatsächlich schon von Geburt an zu einem frühen Tod verurteilt zu sein. Doch ich denke nicht daran, mich wehrlos wie ein Lamm zur Schlachtbank führen zu lassen. Deshalb brauche ich ... besser gesagt, brauchen wir deine Hilfe!«

Er zog die Brauen hoch. *»Wir?«*, fragte er gedehnt und machte eine skeptische Miene. »Können wir nicht bei dir und mir bleiben?«

Sie schüttelte den Kopf. »Ich kann nicht nur an mich denken, Dante. Wenn du weißt, wie man aus der Sicherheitszone herauskommt, dann zeige auch uns den Weg!«

»Für dich allein würde ich das tun und alles wagen, Kendira«, antwortete er nach einem langen Moment des Schweigens. »Aber weißt du, dass du von mir verlangst, Leute, die ich gar nicht näher kenne und die mir auch nichts bedeuten, in das Geheimnis einzuweihen?«

»Ja, das weiß ich. Aber ich würde es nicht tun, wenn ich mir ihrer nicht absolut sicher wäre.« Sie zögerte kurz, dann fügte sie mit harter Stimme hinzu: »Ich habe dich vor dem Cleansing bewahrt, Dante. Jetzt ist es an dir, über deinen Schatten zu springen und zu tun, worum ich dich bitte!«

»Du willst sagen, ich stehe in deiner Schuld, und nun ist die Zeit gekommen, diese Schuld bei dir abzutragen, oder?« Ein bitterer Ton hatte sich in seine Stimme eingeschlichen.

Sie wich seinem verletzten Blick nicht aus und zuckte die Achsen. »Nimm es, wie du willst!«

Beschwörend sah er sie an. »Kendira, überleg es dir gut! Traust du ihnen wirklich so uneingeschränkt, dass du dein Leben und mein Leben in ihre Hand legen kannst? Denn wenn du dich auch nur in einem von ihnen täuschst, ist uns allen die Auslöschung gewiss – und es wird eine totale Auslöschung sein!«

Kendira schluckte, dann nickte sie entschlossen. »Es sind meine Freunde. Ich muss es wagen. Ich habe gar keine andere Wahl – und du auch nicht, Dante!«

43

»ES GEFÄLLT MIR GAR NICHT, DASS WIR BEIDE hier wie Diebe mitten in der Nacht durch das Gelände schleichen, Kendira!«, murrte Carson und wischte sich Spinnwebfäden aus dem Gesicht. Abseits der regulären Wege und zumal bei Dunkelheit geriet man schnell in ein Spinnennetz, das zwischen Zweigen hing. »Warum können wir uns nicht irgendwann tagsüber mit diesem Typen treffen?«

»Weil es zu gefährlich ist«, antwortete Kendira, während sie ihn durch das Unterholz, aber stets im Schutz von Bäumen und Sträuchern an den Fischteichen vorbeiführte. »Das habe ich doch schon lang und breit erklärt.«

»Aber den Namen dieses Servanten hast du mir verschwiegen!«, brummte er hinter ihr. »Kennst du mich denn so schlecht und traust du mir so wenig? Außerdem habe ich dir mein Ehrenwort gegeben!«

Kendira blieb stehen. »Ich traue dir, aber *er* nicht. Und wenn man bedenkt, was für ihn auf dem Spiel steht, ist das ja wohl verständlich, oder?«

»Als ob für uns nichts auf dem Spiel stünde!«, erwiderte er knurrig. »Wenn uns eine Streife mit ihm erwischt, sind wir auch geliefert.«

Verwundert sah sie ihn an und fragte dann mit einem Anflug von Gereiztheit: »Was ist denn auf einmal in dich gefahren, dass du plötzlich so genervt bist? Ich denke, du willst wissen, was für ein Spiel hier mit uns Electoren gespielt wird und was wir tun können, um ... na ja, um unser Schicksal in die eigene Hand zu nehmen!«

»Das will ich ja auch, und ich bin verdammt gespannt, was der Typ zu sagen hat«, versicherte er. »Aber etwas seltsam finde ich das alles schon.«

»Was ›das alles‹?«

»Na, dass du mit diesem Servanten auf so gutem Fuß stehst, dass er Geheimnisse mit dir teilt, die ihn auf den Stuhl bringen können. Und ich hätte auch nicht gedacht, dass du deinen ...« Er stockte.

»Was hättest du nicht gedacht?«, fragte sie und ahnte schon, weshalb er so schlecht gelaunt war.

Er verzog das Gesicht. »Na ja, dass du den Wunsch, den du bei mir noch frei hattest, für diese ... diese nächtliche Unternehmung einsetzen würdest.«

»Was kann denn wichtiger sein als unser Leben? Und darum geht es doch.«

»Weiß ich ja«, brummte er. »Aber ... ich wäre auch so mitgekommen und hätte dir mein Ehrenwort gegeben, über alles Stillschweigen zu wahren, was er mir erzählen wird«, beteuerte er noch einmal. »Den Wunsch hättest du deshalb für etwas anderes einsetzen können. Nach unserem Kuss im See hatte ich gehofft, dass du nun ... na ja, eindeutiger zu deinen Gefühlen für mich stehen würdest. Aber die Hoffnung hat sich nicht erfüllt.«

»Und wundert dich das?«, fragte sie und stemmte die Hände in die Hüften. »Am Nachmittag nach der Lichtmesse wird Sinfora auf den Stuhl gebunden, am nächsten Morgen erzählt ihr uns von dem Gespräch, das ihr zwischen Master Wilford und Master Chapman belauscht habt, und gestern ist der Servant Jaydan auf entsetzliche Weise vor meinen Augen im Zaun elendig krepiert. Und da erwartest du, dass ich zu romantischen, vielleicht sogar zärtlichen Gefühlen fähig bin? Du musst mir einfach Zeit lassen, Carson. Wenn das, was wir füreinander empfinden, mehr als eine flüchtige Angelegenheit ist, dann werden uns diese Gefühle später, wenn ... wenn das alles hinter uns liegt, schon sagen, was mit uns beiden ist.«

Er seufzte. »Du hast ja recht. Ich bin zu ungeduldig. Es wäre nur schön gewesen zu wissen, dass wir zusammengehören. Und wer weiß, wie diese Sache hier ausgeht und wann dieses ›später‹ sein wird.«

»Um das herauszufinden, schleichen wir ja eben wie Diebe mitten in der Nacht durch das Gelände«, antwortete sie ihm mit seinen eigenen Worten. »Und jetzt komm! Wir sind schon spät genug dran.« Sie nahm seine Hand und zog ihn sanft weiter.

Carson ließ ihre Hand für den Rest ihres Weges nicht los, und sie verspürte auch kein Verlangen, ihm ihre Hand zu entziehen. In dieser beklemmend ungewissen Situation tat es gut, seine Liebe zu spüren und körperlich mit ihm verbunden zu sein. Über alles andere wollte sie sich nicht den Kopf zerbrechen. Schon gar nicht darüber, welche Empfindungen Dante in ihr aufgewühlt hatte.

Wenig später erreichten sie den alten Wellblechschuppen hinter dem Heckenlabyrinth.

Carson erschrak und blieb abrupt stehen, als sie um die Ecke kamen und sich vor ihnen eine Gestalt aus dem tiefschwarzen Schatten der Schuppenwand löste.

»Schön, dass ihr doch noch kommt«, sagte eine leise, spöttische Stimme. »Dachte schon, ihr hättet es euch überlegt und beschlossen, euren Nachtausflug für was ganz anderes zu nutzen.«

»Nekia?«, stieß Carson verblüfft hervor und sagte zu Kendira gewandt: »Dass sie auch dabei sein würde, hast du mir gar nicht gesagt!«

»Ich habe dir eine ganze Menge nicht gesagt.«

»Den Eindruck habe ich langsam auch!«, erwiderte Carson und ließ Kendiras Hand los.

»Das haben wir beide nicht, und zwar aus gutem Grund«, sprang Nekia ihrer Freundin zur Seite und fügte sarkastisch hinzu: »Sich in einer Woche zwei Mal ein Cleansing ansehen zu müssen, dämpft die Freude auf ein drittes Mal erheblich, zumal wenn es womöglich der eigene Kopf ist, der unter den Elektrohelm kommt – falls du verstehst, was ich meine.«

»Schon gut«, brummte Carson und winkte ab.

»Ist er schon hier?«, fragte Kendira.

Nekia schüttelte den Kopf. »Er wartet da drüben hinter den Büschen«, sagte sie und deutete mit der Taschenlampe, die Kendira erst jetzt in ihrer Hand bemerkte, zu einem Dickicht auf der Nordseite des sandigen Vorplatzes hinüber. »Ich sollte hier draußen auf euch warten und sozusagen Schmiere stehen. Wäre hier irgendein anderer als du und Carson aufgetaucht, hätte ich ihm ein Zeichen gegeben, und er wäre im Wald verschwunden.«

»Der Kerl muss ja großes Vertrauen zu euch haben«, kam es bissig von Carson.

»Vielleicht, damit er nicht hingerichtet wird, falls er den Fehler macht, einen Falschen ins Vertrauen zu ziehen!«, erwiderte Kendira spitz, während Nekia die Taschenlampe senkrecht zu Boden richtete und sie einmal kurz aufleuchten ließ.

Dante kam aus dem Versteck hervor und eilte zu ihnen. Er hatte die Kapuze hochgeschlagen und sie sich weit in die Stirn gezogen, sodass sein Gesicht in völlige Dunkelheit getaucht war. Ohne ein Wort nahm er Nekia die Taschenlampe ab, huschte zur Tür, zog sie einen Spaltbreit auf und bedeutete ihnen mit einer knappen Geste, ihm ins Innere des Schuppens zu folgen.

»Zieht die Tür fest hinter euch zu und bleibt dann einen Moment dort an der Tür stehen!«, forderte Dante sie mit gedämpfter Stimme auf.

Kendira, Carson und Nekia wären auch ohne diese Aufforderung gleich hinter der Tür stehen geblieben, denn im Schuppen umgab sie absolute, pechschwarze Finsternis. Es roch vor allem nach Öl, aber es mischte sich darin auch der Geruch von Metall, Holz und Erde.

Sie hörten etwas klappern und das Geräusch von irgendwelchen Gegenständen, die zur Seite geschoben wurden und dabei aneinanderstießen. Zwei, drei Funken blitzten unter elektrischem Knistern in der Dunkelheit auf – und dann leuchteten drei miteinander verbundene Nachtlichter auf, wie sie in den Dorms in Bodennähe an den Säulen befestigt waren. Sie hingen untereinander an einem Kabel, das von einer Stange der Dachkonstruktion herabbaumelte. Ihr schwacher, bläulicher Schein reichte aus, um die vagen Umrisse einer langen Werkbank mit allerlei Geräten und Werkzeugen erkennen zu lassen sowie vier kleine Metallkisten, die vor der Werkbank auf dem Boden standen, drei nebeneinander, die vierte Kiste mit zwei Schritten Abstand ihnen gegenüber.

»Setzt euch«, sagte Dante knapp, wies auf die drei Kisten und setzte sich auf die vierte. Das Kabel mit den Nachtlichtern hatte er im Rücken, sodass sein Gesicht unter der Kapuze weiterhin in Dunkelheit getaucht blieb.

»Meinst du nicht, dass du deine Kapuze jetzt ruhig abnehmen kannst, Servant?«, fragte Carson etwas mürrisch und setzte sich auf die mittlere der drei nicht ganz kniehohen Kisten.

»Wann ich dir mein Gesicht zeige, wirst du schon mir überlassen müssen, Carson«, erwiderte Dante ruhig und ohne jeden Anflug von Unmut. Doch er stellte schon mit den nächsten Sätzen klar, dass die Rangordnung zwischen Electoren und Servanten hier nicht mehr galt und die Positionen neu verteilt waren. »Ich habe nicht darum gebeten, hier mit dir zusammenzukommen, sondern ich habe mich von Kendira dazu überreden lasse.«

Carson biss sich auf die Lippen. Kendira vermied es, ihn anzusehen. Sie konnte sich gut vorstellen, welche wilden Spekulationen ihm nun durch den Kopf gingen.

»Entschuldige, es ist natürlich dein gutes Recht, vorsichtig zu sein und uns dein Gesicht erst mal nicht zu zeigen«, räumte Carson zerknirscht ein. »Ich dachte nur, dass wir jetzt alle mit offenen Karten ...«

Nekia fiel ihm ins Wort. »Halten wir uns bitte nicht länger mit solchem Kleinkram auf! Wir haben doch Wichtigeres zu bereden. Ich will endlich wissen, was wir tun können, um nicht in unser Verderben zu laufen ... oder besser gesagt, in unser Verderben *geflogen* zu werden! Also lasst uns endlich zur Sache kommen!«

»Nichts lieber als das«, sagte Dante.

Carson fuhr zu Nekia herum. »Nun mal langsam! Du klingst ja so, als wäre es für dich schon eine ausgemachte Sache, dass uns im Lichttempel irgendetwas Schreckliches droht! Aber das ist doch noch längst nicht bewiesen!«

Dante hob die Hand, als Nekia etwas erwidern wollte, und auch Kendira hielt sich zurück. So war es zwischen ihnen besprochen. Sie wollten Carson nicht überreden, sondern überzeugen. Er sollte auf ihrer Seite sein und sich auf das kommende Wagnis nicht nur einlassen, weil er Kendira liebte und sie nicht verlieren wollte.

Sie erinnerten ihn nun an das, was Wilford und Chapman in

der Tube gesagt hatten, und an die Bemerkung des Guardians, dass Sinfora es sowieso nicht lange gemacht hätte.

Schweigend saß Carson auf seiner Kiste und rieb sich den Nacken. Selbst in der kläglichen Beleuchtung konnte man ihm ansehen, wie er mit sich rang.

»Erzähl ihm von den Romanen und Schriften, die als Seelengift gelten, für deren Besitz man auf den Stuhl kommt und die Jaydan auf Seywards Tablet in ungekürzter Form gefunden hat«, sagte Kendira zu Dante.

Aufmerksam und ohne viele Zwischenfragen hörte Carson zu, was Dante ihm darüber berichtete, runzelte dabei aber mehrfach die Stirn, als hätte er Einwände, die er jedoch erst einmal zurückhielt.

»Schön und gut, die Oberen haben also einige der Romane, die wir in der Mediathek herunterladen können, gekürzt und ein bisschen verändert«, begann er denn auch sofort mit seinen Einwänden, als Dante geendet hatte. »Aber ...«

»Nicht einige, sondern so gut wie alle Romane«, warf Kendira ein. »Und sie haben die Inhalte nicht nur ein bisschen verändert, sondern ihnen eine völlig neue Bedeutung gegeben.«

»Okay, das mag stimmen«, räumte Carson ein. »Aber was interessiert mich dieser Jesus Christus und die Sache mit der Kirche, die seine Anhänger nach dessen Kreuzigung gegründet haben? Das klingt ja nach einer Geschichte, die wirklich schwer zu glauben ist. Und mal davon abgesehen, dass sie tatsächlich eine gewisse Ähnlichkeit mit unserer Verehrung der Erhabenen Macht hat, sehe ich darin, dass sie das aus allen Romanen rausgestrichen worden ist, nichts sonderlich Empörendes. Die Romane funktionieren doch trotzdem ganz gut.«

»Ob man die Geschichte mit dem Wanderprediger Jesus, der die Erlösung der Menschen sein soll, nun glaubt oder nicht, ist erst mal gar nicht wichtig«, erwiderte Dante. »Es geht vielmehr um die ungeheure Bedeutung und um die Wirkung, die dieser Mann und der Glaube an ihn offenbar im Laufe der letzten zweitausend Jahre auf die Weltgeschichte gehabt hat. Das von ihm verbreitete Gedankengut muss offenbar für viele Mächtige viel gefährlicher als feindliche Armeen und Attentäter gewesen sein. In den moderneren Schriften, die sich auf ihn berufen, ist viel die Rede von der Freiheit des Individuums, von Gleichheit und Selbstbestimmung und von einer unveräußerlichen Menschenwürde.« Dante machte eine kurze Pause. »Wie gesagt, so ganz blicke ich da auch noch nicht durch, aber eines ist mir klar geworden: Dieser Jesus und das, was er verkündet hat, lässt sich nicht mit dem vereinbaren, was die Oberen mit uns treiben. Man hat uns seit unserer Kindheit systematisch über die Welt da draußen belogen und betrogen. Seyward hat es richtig ausgedrückt: Das Leben in Liberty 9 ist nichts als Lug und Trug!«

»Seyward?«, fragte Carson verblüfft. »Wie kommst du jetzt auf Master Seyward?«

»Er hat diese Warnung wenige Stunden vor seiner Auslöschung schriftlich hinterlassen«, erklärte Kendira. »Eingeritzt in die Tür seiner Arrestzelle. Es war sozusagen sein Vermächtnis an uns.«

Verstört blickte Carson in die Runde. »Ich verstehe immer

noch nicht, was Master Seywards mit alldem zu tun hat und wieso er ...«

Nekia ließ ihn erst gar nicht ausreden, sondern forderte Dante auf: »Erzähl du ihm, was da unten auf der Tür stand und wie du seine Nachricht entdeckt hast!«

Fassungslos lauschte Carson dem Bericht des Servanten. Und als Kendira und Nekia ihm bestätigten, die Nachricht mit eigenen Augen gelesen zu haben, war er sichtlich erschüttert. Er rieb sich beide Schläfen, als plagten ihn plötzlich heftige Kopfschmerzen, und sagte dann mit dumpfer, leicht zitternder Stimme: »Ich wollte es nicht wahrhaben. Aber das geht jetzt nicht mehr. Es ist offenbar wirklich so, dass die Oberen uns belügen und uns über unsere tatsächliche Aufgabe im Lichttempel täuschen!«

Kendira lachte grimmig auf. »Wir wissen noch nicht mal, ob sie uns überhaupt wirklich zum Lichttempel fliegen!«

»Im Moment interessiert uns jedoch nur, ob wir das schreckliche Schicksal abwenden können, das man uns zugedacht hat«, sagte Nekia. »Und damit sind wir bei der wirklich wichtigen Frage: Können wir aus der Sicherheitszone entkommen?«

»Entkommen? Aus Liberty 9?«, stieß Carson hervor, bevor Dante ihr antworten konnte. »Alles, was hier angeblich zu unserer Sicherheit installiert ist, entpuppt sich jetzt als Gefängnis! Hier rauszukommen ist völlig unmöglich!«

»Du irrst dich, Carson«, widersprach Dante ruhig. »Es gibt sehr wohl einen Fluchtweg aus der Sicherheitszone.«

»Ist das dein Ernst?«

Dante nickte. »Jaydan und ich suchen schon seit Langem

nach einem Weg in die Freiheit. Eine Zeit lang sah es so aus, als hätten wir uns in eine undurchführbare Idee verrannt. Aber während ich zu meiner Einweisung in Eden war, hat Jaydan offenbar gefunden, wonach wir so lange gesucht haben.«

»Es gibt also einen Weg in die Freiheit?«, stieß Nekia aufgeregt hervor.

»Ja, es gibt ihn«, bestätigte Dante, um dann mit warnender Stimme hinzuzufügen: »Aber er ist mit Gefahren verbunden.«

»Aber bestimmt nicht so gefährlich, wie mit dem nächsten Lichtschiff abgeholt und zum Lichttempel gebracht zu werden«, meinte Nekia. »Kurz gesagt: Ich bin dabei, ganz egal, was für einen riskanten Plan du mit Jaydan ausgetüftelt hast!«

»Dasselbe gilt für mich«, sagte Kendira, ohne einen Moment zu zögern, und sah Carson fragend an.

Dieser verzog das Gesicht. »Verdammt, ich wollte eigentlich immer schon mal sehen, wie Liberty 9 von den Bergen aus aussieht, vor allem beim Morgenlob. Also, ich bin dabei!«

Kendira schenkte ihm ein erleichtertes Lächeln und wandte sich dann wieder Dante zu. »Wann willst du es wagen?«

»Morgen Nacht!«

44

DIE AUTOMATIK LAG SCHWER IN SEINER HAND, und er umklammerte das Griffstück der Waffe mit mehr Kraft als nötig, während er sich vorsichtig einen Weg durch den Wald suchte. Streifen waren hier selten anzutreffen, aber dennoch musste er vorsichtig sein. In dieser Nacht durfte ihm kein Missgeschick passieren, sonst war alles verloren. Und Guardians auf nächtlicher Streife konnten trotz der Finsternis so gut sehen wie er.

Er beglückwünschte sich im Stillen dafür, dass er daran gedacht hatte, sich ein Nachtsichtgerät zu beschaffen. Es verwandelte den dunklen Wald, der sich in einer so stark bewölkten Nacht wie dieser wie eine undurchdringliche schwarze Wand ausnahm, in ein gut zu überblickendes und in grünes Licht getauchtes Gelände. Das machte es ihm leicht, auch abseits der Wege die Orientierung nicht zu verlieren.

Er lächelte mit müder Dankbarkeit und hielt kurz inne, als er in der Ferne wieder Schüsse hörte. Sie kamen aus nordwestlicher Richtung und damit genau von der Seite der Sicherheitszone, für die er sich entschieden hatte. Besser hätte er es in dieser Nacht gar nicht antreffen können. Es war, als wollten ihm die Nightraider die Umsetzung seines Vorhabens so leicht wie nur möglich machen.

Der mächtige morsche Baumstamm am Waldsaum, der in das freie Feld vor der Umzäunung überging, wartete auf ihn. Das war die Stelle, für die er sich entschieden hatte. Dort würde ihn die Kugel der Nightraider treffen.

Sein Entschluss war schon seit Tagen gefasst. Er ertrug die Schuld nicht länger. Sie quälte ihn in jeder wachen Stunde, raubte ihm den Schlaf und fraß ihn innerlich förmlich auf. Diese seelische Folter musste ein Ende haben. In dieser Nacht würde er es tun!

Der Anblick des zierlichen unschuldigen Mädchens Sinfora, dessen Leben auf dem Cleansing-Stuhl ausgelöscht worden war, hatte ihm den Rest gegeben. Whitelock hatte die Stromstärke viel zu hoch eingestellt. Die Folge waren schwere Hirnblutungen und Krämpfe gewesen. Doch Whitelock hatte kein einziges Wort des Bedauerns darüber verloren, geschweige denn eine Träne darüber vergossen, dass dieses junge Mädchen wenige Stunden nach dem Cleansing im Krankenzimmer der Kaserne gestorben und heimlich verscharrt worden war.

Aber selbst wenn ihm danach noch der letzte verzweifelte Anstoß und Mut gefehlt hätte, sein Vorhaben auch tatsächlich in die Tat umzusetzen, der grauenvolle Tod des Servanten hätte ganz sicher dafür gesorgt. Er würde seinem verpfuschten Leben von eigener Hand ein Ende bereiten, und dann möge Gott seiner Seele gnädig sein!

Aber es durfte unter keinen Umständen erkennbar sein, dass er Selbstmord begangen hatte. Nicht, weil ihn die Empörung gekümmert hätte, mit der seine Kollegen und der Wächterrat ohne jeden Zweifel auf seinen Freitod reagieren würden. Und ebenso wenig Gedanken machte er sich über einen verächtlichen Nachruf.

Was er dagegen fürchtete, war, dass die Familie seiner Tochter und sein geliebtes Enkelkind Mary-Jane bitter für seine Flucht in den Tod bezahlen mussten, wenn er ihn nicht vertuschte. Man würde ihnen in Presidio alle Privilegien streichen und sie als Abschreckung vermutlich sogar aus der Hiseci jagen. Aber selbst wenn sie vor der grausamen Verstoßung verschont blieben, würde die Streichung der Sonderzuteilungen über kurz oder lang den frühen Tod seiner Enkeltochter zur Folge haben.

Deshalb musste es so aussehen, als hätte ihn die Schlaflosigkeit zu einem nächtlichen Spaziergang entlang der Umzäunung am Waldsaum verleitet und als hätte ihn ein Nightraider von der anderen Seite der Schutzanlagen mit einem glücklichen Treffer erwischt.

Aber nur, wenn man die Waffe nicht neben seiner Leiche fand, würde man die Nightraider mit seinem Tod in Verbindung bringen. Deshalb musste die Kugel, die er sich gab, nicht sofort tödlich sein. Damit ihm genug Zeit blieb, die Waffe gut zu verstecken und sich noch möglichst weit von ihrem Versteck zu entfernen. Auch durften die Schmauchspuren an seiner Kutte nicht verraten, dass ihn ein Schuss aus einer aufgesetzten Waffe getroffen hatte.

Wie gut, dass er gestern den alten, halb vermoderten Baumstamm mit der tiefen Aushöhlung unter dem dichten Moosgeflecht gefunden hatte. Dort würde er die Pistole und die alte Kapuze verschwinden lassen, die er bei dem Schuss mehrfach gefaltet vor die Mündung der Waffe halten würde. Er musste nur dafür sorgen, dass die Kugel ihn zwar so schwer verletzte, dass er nicht mehr zu retten war, ihm aber noch genug Zeit und Kraft blieb, um mindestens ein gutes Dutzend Schritte zwischen sich und den Baumstamm zu bringen. Notfalls musste er sie kriechend bewältigen, wie dieser Servant.

Er wusste, dass er höllische Schmerzen erleiden würde. Aber das war ein Teil seiner Buße. Er durfte nur nicht das Bewusstsein verlieren. Es hing also alles davon ab, dass er den Schuss richtig setzte.

Hatte er auch alles andere richtig bedacht? Hatte er bei seinen Vorbereitungen in der Lichtburg auch wirklich nichts übersehen und zurückgelassen, was gefunden werden und alles vereiteln konnte? War sein Privatquartier tatsächlich frei von allen verbotenen Schriften und Büchern, die seine wahren Ansichten und seine Selbstmordabsichten verraten konnten?

Während er durch das Unterholz schritt, ging er in Gedanken noch einmal alle Maßnahmen durch, die er unternommen hatte, um alle verräterischen Spuren seines geistigen Doppellebens zu vernichten. Das Versteck hinter der Holzvertäfelung war leer. Seine handschriftlichen Aufzeichnungen und auch alles andere hatte er verbrannt, selbst die Bibel hatte er davon nicht ausgenommen. Es hatte einfach sein müssen, denn …

Der Gedanke riss jäh ab, als plötzlich von rechts drei Gestalten in das grüne Blickfeld seines Nachtsichtgeräts traten. Erschrocken, weil er die drei für eine Streife Guardians hielt, sprang er hinter den nächsten Baum in Deckung. Er wartete einige nervöse Atemzüge lang ab, dann lugte er vorsichtig hinter dem Stamm hervor.

Erleichtert atmete er auf, als er sah, dass es keine Guardians waren, sondern zwei Mädchen und ein Junge. Und dass es sich nicht um Servanten, sondern um Electoren handelte, verriet ihm das Flimmern im Schwarz ihrer Umrisse. Es kam von dem silbrig-blauen Gewebe ihrer Kutten. Das Braun der Servantenkleidung rief diesen Effekt nicht vor.

Er runzelte die Stirn. Was hatten die drei Electoren zu dieser Nachtstunde an diesem einsamen Ort zu suchen? Um ein Liebespaar konnte es sich ja wohl nicht handeln. Kaum anzunehmen, dass dieser Junge gleich mit zwei Mädchen zur selben Zeit in den Wald ging. Außerdem gab es für derlei Liebesabenteuer erheblich geeignetere Plätze als diesen recht verfilzten Wald westlich des Liberty Lake.

Augenblicke später entdeckte er eine vierte Gestalt. Noch ein Junge. Alle vier hielten auf einen mehrere Meter tiefen, felsigen Einschnitt zu, der eine kleine waldige Anhöhe wie ein V durchschnitt.

Was um alles in der Welt wollten die vier bloß in dieser Felsspalte?

Er zögerte kurz, ob er sich besser auf sein Vorhaben konzentrieren sollte. Aber was war, wenn die vier den Schuss hörten und schneller bei ihm waren, als ihm lieb sein konnte? Die Stelle mit dem morschen Baumstamm am Waldrand war gar nicht so weit von dieser Felsspalte entfernt. Und konnte er sicher sein, dass er nicht doch laut aufschrie und stöhnte, wenn die Kugel ihm durch den Leib fuhr und seine Innereien zerfetzte?

Gut möglich, dass sie gar nicht daran dachten, ihm zu Hilfe zu eilen, wenn sie ihn schreien hörten. Aber es war ratsamer, nicht darauf zu bauen. Wenn er mitbekommen wollte, wann die vier wieder verschwanden, musste er sie wohl oder übel beobachten.

Er folgte ihnen, näherte sich ihnen von ihrer linken Flanke aus, und dank des Nachtsichtgeräts schloss er schnell und unbemerkt zu ihnen auf.

45

»WENN DOCH DUKE JETZT AUCH BEI UNS SEIN könnte!«, murmelte Carson, während er dicht hinter Kendira blieb. Es war so dunkel im Wald, dass man sich leicht aus den Augen verlieren konnte, wenn man zu großen Abstand zueinander hielt. Die dichte Wolkendecke brachte eben nicht nur Vorteile. »Warum hat es ausgerechnet meinen besten Freund treffen müssen!«

»Jammere nicht!«, zischte Nekia, die hinter ihm ging.

»Ich jammere nicht!«, widersprach er.

»Doch, das tust du!«

»Quatsch! Ich mache mir nur Gedanken. Ich kann nun mal nicht so leicht vergessen, dass Duke ahnungslos in sein Verderben geflogen ist.«

»Er ist wahrlich nicht der Einzige gewesen. Colinda und Leota, Samarra und Fay und all die anderen aus unserem Dorm hat es auch getroffen«, hielt Nekia ihm vor. »Und glaubst du vielleicht, wir würden uns nicht wünschen, sie könnten jetzt bei uns sein?«

»Ich wünschte, ihr hättet schon eher mit Duke und mir über all das gesprochen, was ihr von dem Servanten erfahren und da unten in der Arrestzelle gelesen habt!«, brummte Carson.

Kendira blieb stehen, fuhr zu ihm herum und funkelte ihn ärgerlich an. »Als ob einer von euch uns auch nur ein Wort geglaubt hätte! Und wenn du mit Fling und Flake in der Tube nicht zufällig Wilford und Chapman belauscht hättest, hätten wir dich auch gestern nicht überzeugen können!«

»Genau!«, pflichtete Nekia ihr bei. »Also komm uns nicht mit dem Vorwurf, wir hätten da was vermasselt! Du warst doch noch vor zwei Tagen völlig blind für die Wahrheit und so felsenfest von deiner hochwürdigen Berufung überzeugt, dass du uns ausgelacht hättest!«

»Reg dich doch nicht so auf, Nekia. Das war gar nicht so vorwurfsvoll gemeint, wie es für euch wohl geklungen hat!«, versicherte er besänftigend. »Ich habe mich einfach nur geärgert, dass Duke und mir die Augen nicht früher aufgegangen sind … oder besser gesagt, *geöffnet worden* sind. Tut mir leid, wenn das so missverständlich rübergekommen ist.«

»Gut, dann ist das ja aus der Welt«, sagte Kendira erleichtert. »Und damit sollten wir es auch gut sein lassen. Ich glaube, unsere Nerven sind heute Nacht alle ein bisschen angespannt.«

Nekia verzog das Gesicht zu einem schiefen Grinsen und versetzte Carson einen gutmütigen Stoß. »Nichts für ungut, Carson. Und jetzt beweg dich. Der Weg in die Freiheit wartet.«

»Es fällt mir immer noch schwer zu glauben, dass es diesen Weg in die Freiheit wirklich geben soll«, raunte Carson, als sie ihren Marsch durch den Wald fortsetzten. »Bin wirklich gespannt, wie das gehen soll!«

»Ich auch«, sagte Nekia.

»Da seid ihr nicht allein«, kam es von Kendira. Dante hatte ihr zwar gezeigt, wo sie sich in dieser Nacht im Wald treffen wollten, aber darüber hinaus nichts verraten. Und bislang wusste Carson auch noch immer nicht, wer der Servant war, der ihm in der Nacht zuvor im alten Schuppen gegenübergesessen hatte. Wenige Minuten später erreichten sie eine kleine Lichtung. Eigentlich handelte es sich dabei nur um ein flache Mulde, die stark von Felsgestein durchzogen war und Baumsamen keine Chance gegeben hatte, dort Wurzeln zu schlagen und zu gedeihen.

»Hier ist es!«, flüsterte Kendira und blieb am Rand der Lichtung stehen.

»Und wo ist er?«, flüsterte Carson unruhig. »Ich dachte, er wollte hier auf uns warten?«

»Er wird schon kommen«, sagte Kendira.

»Hoffentlich hat er es sich nicht anders überlegt und sich allein davongemacht«, murmelte Nekia.

»Unsinn!«, widersprach Kendira heftig. »Das würde er niemals machen!«

Und kaum hatte sie das gesagt, als Dante zwischen den Bäumen am Rand der Mulde auftauchte und mit raschen Schritten zu ihnen kam. Er hatte seine braune Kutte gegen einen Arbeitsoverall eingetauscht. Er trug einen großen Beutel aus grauem

Segeltuch, dessen breiten Lederriemen er sich über die linke Schulter gehängt hatte.

»Ich bin Dante«, sagte er kurz und knapp zu Carson, der sein Gesicht in der Dunkelheit zu erkennen versuchte.

»Er hat die letzten Wochen im Refectorium gearbeitet«, fügte Kendira hinzu.

»So? Ja, natürlich ... Dante«, sagte Carson und tat, als erinnerte er sich.

Dante lachte leise auf, als bezweifelte er stark, dass Carson ihn im Refectorium auch nur einmal bewusst wahrgenommen hatte, beließ es jedoch dabei. »Ihr habt eure hohen Winterschuhe an?«, vergewisserte er sich.

Sie bejahten.

»Wasserflaschen?«

Wieder bejahten sie.

»Gut, aber in den Kutten kommt ihr da nicht durch«, sagte Dante. »Ich habe deshalb Overalls für euch besorgt.«

»Wo kommen wir nicht mit Kutten durch?«, wollte Nekia sofort wissen.

»Das wirst du gleich sehen«, erwiderte Dante, nahm den Segeltuchbeutel von der Schulter und zog drei alte Overalls hervor. »Ihr müsst euch hier umziehen. Wir können die Kutten im Beutel mitnehmen, wenn ihr sie eng zusammenrollt und mit euren Gürteln verschnürt.«

»Du machst es ja spannend, Dante«, brummte Carson.

Dante warf ihm wortlos einen Overall vor die Füße, der seiner Größe entsprach. Dasselbe tat er mit den Overalls für Kendira und Nekia.

Die drei Electoren lösten ihre Gürtelkordeln, zogen die Kutten aus und stiegen in die verschlissenen, aber doch sauberen Servantenoveralls. Dann rollten sie ihre Kutten zusammen, banden ihre Gürtel eng um die Bündel und stopften sie in den alten Leinenbeutel.

Indessen hatte Dante drei Taschenlampen aus dem Beutel zum Vorschein gebracht. Am Ende des handlangen Schafts aus geriffeltem Blech war am Schraubverschluss ein Metallring mit einer Schlaufe aus Gummiband angebracht. »Hier, für jeden eine. Legt euch die Schlaufe um das Handgelenk. Dann könnt ihr sie nicht verlieren, wenn es eng und ungemütlich wird.«

»Worte der Aufmunterung, ganz wie ich sie mir gewünscht habe«, murmelte Nekia bissig.

Dante grinste. »Und noch etwas: Ich weiß nicht, wie frisch die Batterien sind. In so kurzer Zeit konnte ich keine neuen für vier Taschenlampen organisieren. Also geht sparsam damit um. Am besten schalten wir immer nur zwei zur selben Zeit ein.«

»Das klingt ja so, als hätten wir einen langen Weg vor uns«, sagte Carson.

»Kommt ganz darauf an, wie man lang definiert«, erwiderte Dante trocken. »Auch kurze Strecken können unter Umständen zu verdammt langen Wegen werden.«

»Woraus wir also schließen dürfen, dass uns solche ›Umstände‹ erwarten«, folgerte Kendira und verzog das Gesicht zu einem schiefen Lächeln.

»So ist es«, bestätigte er. »Ach, und noch ein Letztes: Leidet jemand von euch unter Platzangst? Wenn ja, dann sollte er sich schnell noch mal überlegen, ob er nicht doch lieber bleiben will.«

Nekia und Kendira sahen sich unsicher an.

Carson gab ein grimmiges Schnauben von sich. »Du verstehst dich wirklich darauf, uns einen Glücksmoment nach dem anderen zu verschaffen, Dante!«

»Als Servant weiß man eben, was man einem Elector schuldig ist«, erwiderte Dante spöttisch. »Servanten dienen mit freudigem Herzen und mit voller Hingabe zum Wohl der gemeinsamen Berufung, so hat man es uns eingebläut. Ist irgendwie schwer, das aus dem Kopf zu kriegen.« Er wurde gleich wieder ernst, blickte in die Runde und fragte: »Irgendwer, der lieber nicht mitkommen will?«

Wie beklommen ihnen auch zumute sein mochte, alle drei schüttelten den Kopf.

Dante nickte knapp. »Gut, dann können wir ja los.« Er drehte sich um.

In dem Moment sagte eine Stimme in ihrem Rücken: »Hey, nicht so eilig!«

46

ZU TODE ERSCHROCKEN FUHREN SIE HERUM – und blickten geblendet in den kräftigen Strahl einer Taschenlampe, die kurz aufleuchtete und gleich wieder erlosch.

Kendira tanzten Sterne vor den Augen und ihren Freunden erging es vermutlich nicht anders. Aber auch wenn sie einige Momente lang nicht einmal vage Umrisse vor sich ausmachen konnte, so hatte sie doch die Stimme in ihrem Rücken sofort erkannt.

»Zeno?«, stieß sie ungläubig hervor.

»Höchstpersönlich«, bestätigte dieser vergnügt und trat hinter einem Baum hervor. »Freut mich, euch eine kleine Überraschung geboten zu haben. Wusste gar nicht, dass ich das Talent habe, euch unbemerkt durch den Wald zu folgen.«

»Das kann doch nicht wahr sein!«, stieß Nekia gequält hervor. »Woher ...?« Sie war zu schockiert, um den Satz zu beenden.

Mit einem Satz war Dante bei ihm. Seine linke Hand krallte sich über der Brust in Zenos Kutte, und mit der anderen Hand, in der plötzlich wie hingezaubert ein Messer lag, setzte er ihm die Klinge an den Hals.

»Was tust du hier? Bist du allein? Willst du uns an die Oberen verraten?«, stieß er gepresst hervor. »Los, sprich! Ich geb dir drei Sekunden. Dann schneide ich dir die Kehle durch!«

»Erhabene Macht, nein! Ich bin allein!«, antwortete Zeno hastig. »Keiner weiß, dass ich euch gefolgt bin. Und wenn ich euch hätte verraten wollen, hätte ich es schon gestern nach eurem Treffen im Schuppen hinter dem Labyrinth tun können. Oder glaubst du vielleicht, der Primas oder der Commander der Guardians schickt mich als Vorhut los?«

Kendira glaubte, ihren Ohren nicht trauen zu dürfen. »Woher weißt du von unserem Treffen im Schuppen, Zeno?«, fragte sie alarmiert. »Wer hat dir das verraten?«

»Niemand. Ich war selbst im Schuppen, versteckt hinter den alten Spinden und Bettgestellen, die da herumstehen. Ich war lange vor euch da«, sprudelte es aus Zeno hervor, denn Dantes Messer saß ihm noch immer an der Kehle.

Nekia stöhnte auf. »Was, du warst im Schuppen? Das gibt es doch gar nicht!«

»Und ob es das gibt! Du bist nicht die Einzige, die sich nachts mal draußen herumtreibt, Kendira.«

»Was willst du damit sagen?«, fragte sie scharf.

»Ich habe gesehen, wie du dich oben auf dem Vista Hill mit dem Servanten getroffen hast. Das hat mich neugierig gemacht. Dachte erst, da läuft heimlich was zwischen euch. Aber als ich mich dann angeschlichen und euch belauscht habe, ist mir klar geworden, dass es bei eurem Treffen um etwas ganz anderes ging. Deshalb wusste ich auch, wann ihr alle im Schuppen sein würdet, und das wollte ich mir auf keinen Fall entgehen lassen. Für euch mag ich ja das nervige Mondgesicht sein, aber wenn ihr glaubt, ihr könnt ohne mich aus Liberty 9 verduften, dann habt ihr euch geschnitten!« Und an Dante gewandt fuhr er fort: »Du kannst jetzt aufhören, den wilden Mann zu spielen, und endlich das Messer wieder einstecken, Dante. Ich bin hier, weil ich mit euch komme!«

»Wer sagt dir, dass wir dich mitnehmen?«, blaffte Dante ihn an, ließ ihn jedoch los und bedrohte ihn auch nicht länger mit seinem Messer.

»*Ich* sage das, und damit ist die Sache auch schon erledigt«, antwortete Zeno so selbstbewusst wie eh und je, auch der Spott kehrte nun wieder in seine Stimme zurück. »Ich habe schon seit einiger Zeit ein ungutes Gefühl und ich kann zwei und zwei zusammenzählen. Was ich bei Sinforas Verhaftung von dem Guardian und dann noch gestern im Schuppen von euch gehört habe, reicht völlig aus, um zu kapieren, dass es vielleicht doch nicht erstrebenswert ist, Elector zu sein und zum Lichttempel geflogen zu werden. Deshalb bin ich hier und deshalb komme ich mit!«

»Du riskierst eine ganz schön dicke Lippe!«, knurrte Carson verdrossen.

»Immerhin hat er Hailey vor dem Cleansing bewahrt, das sollten wir nicht vergessen«, sagte Kendira. »Das war nicht nur geistesgegenwärtig, sondern ganz schön mutig.«

»Stimmt«, gab Nekia widerstrebend zu. »Aber es ist auch ganz schön unverschämt, uns hier einfach zu überfahren und vor vollendete Tatsachen stellen zu wollen.«

»Mir gefällt das auch nicht«, sagte Carson.

»Aber du wirst es schlucken müssen«, erwiderte Zeno mit provozierender Gelassenheit. »Was wollt ihr denn machen? Mich zurückschicken?« Er lachte leise auf. »Geht nicht, Freunde, weil ich einfach bei euch bleibe. Den Weg in die Freiheit lasse ich mir doch nicht entgehen! Wäre ja auch ganz schön bescheuert, wo ich doch jetzt weiß, dass wir von Geburt an verdammt und verflucht sind und dass irgendetwas Schreckliches im Lichttempel auf mich wartet. Also, was wollt ihr tun? Mich umbringen?« Er schüttelte den Kopf. »Das bringt ihr nicht fertig.«

Dante packte ihn wieder grob am Kragen. »Bist du dir dessen wirklich so sicher?«

»Todsicher!« Zeno zeigte nicht das geringste Anzeichen von Angst. »Ihr wisst doch jetzt, dass ich euch nicht gefolgt bin, um euch zu verraten. Und keiner von euch hat das Zeug zum skrupellosen Mörder! Mein Gott, ihr seid doch nicht auf den Kopf gefallen. Ich bin hier und komme mit. Und damit Schluss der Debatte! Zeig uns, wie wir aus Liberty 9 herauskommen können, Dante! Wir haben genug Zeit verquasselt.«

Kendira seufzte. »Recht hat er. Und warum soll er eigentlich nicht mitkommen?«

»Weil er nervt und es sich erschlichen hat«, murrte Nekia.

Zeno grinste breit, was selbst in der Dunkelheit gut zu sehen war. »Man darf in der Wahl seiner Mittel nicht allzu wählerisch sein, wenn es um den eigenen Kopf geht. Und wenn ich richtig gehört habe, bist du ja auch nicht so schlecht im Anschleichen. Sonst hättest du kaum Seywards Botschaft unten in der Arrestzelle mit eigenen Augen zu sehen bekommen, oder?«

»Du kannst mich mal«, erwiderte Nekia.

»Alles zu seiner Zeit, Krausköpfchen. Jetzt lockt erst mal die Freiheit«, sagte Zeno. »Vorausgesetzt, Dante hat nicht zu viel versprochen.«

»Und ebenfalls vorausgesetzt, du schaffst es mit der Kutte!« Dante schwang sich den Beutel über die Schulter und ging los.

Zeno winkte ab. »Ich hab mein Trikot drunter. Und da wir ja sparsam mit dem Licht umgehen werden, wird euch mein fabelhafter Körper nicht allzu sehr vom rechten Weg ablenken.«

»Du hast erreicht, was du wolltest«, zischte Nekia gereizt. »Jetzt halte wenigstens mal ein paar Minuten die Klappe, damit wir uns damit abfinden können, dass wir dich Nervensäge mitnehmen müssen!«

»Keine Sorge, das Quatschen wird ihm schnell vergehen«, meinte Dante trocken und führte sie tiefer in den Wald.

47

FAST LAUTLOS SCHLICH ER SICH AN DIE GRUPPE am Rand der kleinen Lichtung heran. Er wusste bei jedem Schritt, wohin er seinen Fuß zu setzen hatte. Kein einziges Mal trat er auf trockenes Unterholz, dessen Knacken ihn hätte verraten können. Das Nachtsichtgerät machte das Anschleichen beinahe zu einer kinderleichten Übung.

Aber selbst wenn er das Gerät nicht gehabt hätte, der Servant und die vier Electoren hätten ihn vermutlich auch dann nicht bemerkt, wenn er sich ihnen weniger leise genähert hätte. Sie waren viel zu sehr mit sich und der heftigen Auseinandersetzung beschäftigt, die zwischen ihnen ausgebrochen war. Der untersetzte Elector, der zur offensichtlichen Überraschung der anderen plötzlich zu ihnen getreten war, hatte den Streit ausgelöst.

Mit wachsender Verwunderung hatte er noch aus einiger

Entfernung beobachtet, wie die drei Electoren ihre Kutten abgelegt und Servantenoveralls angezogen hatten. Verwirrt hatte er sich gefragt, was die vier jungen Leute bloß vorhatten. Doch als er sich ihnen nun bis auf wenige Schritte genähert hatte, konnte er trotz ihrer gedämpften Stimme hören, was gesprochen wurde – und worum es bei ihrem erregten Wortwechsel ging.

Er erschrak im ersten Moment und glaubte, seinen Ohren nicht trauen zu dürfen. Einige Zusammenhänge verstand er nicht, etwa was es mit der Botschaft auf sich hatte, die Master Seyward in seiner Arrestzelle hinterlassen haben sollte. Entscheidend war einzig und allein, *dass* einige Electoren und Servanten Wind davon bekommen hatten, dass sie keineswegs zu einem hochwürdigen Dienst berufen waren.

Wie, in Gottes Namen, hatten sie das bloß herausgefunden? Das System der permanenten Gehirnwäsche von jüngster Kindheit an war doch so raffiniert durchdacht und hier in diesem Tal der Sierra so perfekt in Szene gesetzt worden, dass es seit Jahrzehnten ohne auch nur einen einzigen ernsten Zwischenfall stets die nötige Zahl an gut ausgebildeten, idealistischen und vor allem völlig ahnungslosen jungen Menschen für die unbarmherzige Mordmaschine an der Küste geliefert hatte.

Er lauschte angestrengt und folgte ihnen schließlich, als sie ihren Streit beigelegt und sich darauf geeinigt hatten, dass sie nun eben zu fünft sein würden. Wegen der kleinen Lichtung, die es zu überqueren galt, ließ er den Abstand auf etwa drei Dutzend Schritte anwachsen. Er konnte sie ja immer noch ausgezeichnet durch das Nachtsichtgerät sehen.

Es war verrückt, was sie vorhatten, und sie taten ihm jetzt schon leid. Ihr wahnwitziges Vorhaben würde in einer Katastrophe enden. Es gab keine Möglichkeit, aus der Sicherheitszone heimlich hinauszukommen. Die Schutzanlagen ließen sich weder von außen noch von innen überwinden. Selbst wenn die fünf bewaffnet gewesen wären, hätten sie keine Chance gehabt.

Er sah, wie sie sich einem tiefen felsigen Einschnitt näherten, der auf einer Länge von vielleicht hundert Metern wie ein V durch eine Anhöhe im Wald schnitt. Sie gingen geradewegs in den Hohlweg hinein.

Gerade überlegte er, ob er einschreiten sollte und die sich abzeichnende Katastrophe irgendwie verhindern konnte, als die fünf Gestalten in der Felsspalte etwa auf halber Strecke stehen blieben, in die Hocke gingen – und sich dann vor seinen elektronischen Augen einer nach dem anderen in Luft auflösten.

Schnell lief nun auch er in die Felsspalte hinein. Und als er die Stelle erreichte, wo die fünf plötzlich verschwunden waren, da hörte er gedämpfte Stimmen von rechts. Sie schienen aus einem dichten Geflecht immergrüner Pflanzen zu kommen, das von oben an der recht steilen Felswand herabgewuchert war und dort nun wie eine verfilzte Decke bis auf den Boden herabhing. Und zwischen den miteinander verschlungenen, efeuartigen Schlingpflanzen blitzte sogar kurz ein Licht auf.

Er ging in die Knie, fasste vorsichtig in das dichte Geflecht und zog es behutsam zur Seite.

Es ließ sich mühelos anheben. Und nun sah er die schmale Öffnung, die sich in der Felswand dahinter verbarg. Sie hatte die Form einer liegenden, halb geöffneten Muschel. Der Spalt war vielleicht anderthalb Meter lang und an seiner weitesten Stelle breit genug, dass sich ein erwachsener Mensch hindurchzwängen konnte. Lichtschein und undeutliches Gemurmel drangen heraus, doch beides wurde rasch schwächer. Sie mussten sich schon ein gutes Stück vom Eingang entfernt haben.

Der Eingang zu einer Höhle!

Ja, vielleicht sogar zu einem Höhlen*system,* das sich unter der westlichen Umzäunung hinweg bis hinüber zum Totenwald erstreckte?

Er ließ den dicken, efeuartigen Vorhang wieder vor den Felsspalt zurückfallen und sank auf den nächsten Stein.

Was sollte er jetzt tun? Gab es einen unterirdischen Weg aus der Sicherheitszone oder *hofften* sie es nur? Würden sie morgen beim Appell fehlen oder schon bald bitter enttäuscht wieder hier aus dem Spalt hervorkriechen?

Was immer auch der Fall sein würde, es sah schlecht für ihn und seinen eigenen Plan aus. Wenn er daran festhielt und der Servant und die vier Electoren am Morgen fehlten und jede Suche nach ihnen vergeblich blieb, man aber seine Leiche fand, würde man womöglich doch noch misstrauisch werden, den Ort seines Todes einer sorgfältigen Untersuchung unterziehen und dann vielleicht die Pistole und die Kapuze mit den Schmauchspuren entdecken.

Es sei denn, er ließ es so aussehen, als hätten sie ihn vor ihrer Flucht überfallen und mit seiner eigenen Waffe erschossen. Was jedoch zwingend voraussetzte, dass es den Weg nach draußen auch tatsächlich gab und sie nicht wieder zurückkehrten.

Zudem: Was war, wenn ihr Fluchtversuch kläglich scheiterte, weil es diesen Weg nicht gab und sie wieder zurückkamen? Welche Folge würde ihr gefährliches Wissen für den Konvent, ja für ganz Liberty 9 haben? Würden sie in ihrer ausweglosen Lage versuchen, eine Revolte anzuzetteln, die bestimmt mit einem blutigen Massaker enden würde?

Er presste das kalte Metall der Waffe auf seine Stirn, hinter der sich die Gedanken fieberhaft jagten.

Allmächtiger, was sollte er jetzt bloß tun?

48

KENDIRA RUTSCHTE BÄUCHLINGS DURCH DEN Felsspalt und fand sich in einer Art steinernen Röhre wieder, die schräg abwärts führte. Der Schacht wuchs rasch auf gute drei Meter in der Breite an. Aber die Deckenhöhe veränderte sich nicht nennenswert, sie verharrte bei einem knappen Meter.

Kendira arbeitete sich auf Händen und Füßen abwärts. Der Lichtkegel ihrer Taschenlampe tanzte über das graue Gestein. Staub hing in der kühlen Luft. Sie hatte sich bereit erklärt, als Letzte durch den Eingang zu kriechen. Die Enge war beklemmend. Sie zwang sich, ruhig und nur durch die Nase zu atmen. Was die anderen problemlos hinter sich gebracht hatten, würde auch sie schaffen, ohne in Angstschweiß auszubrechen oder gar in Panik zu geraten!

»Noch sechs, sieben Meter, und dann hast du es geschafft!«, rief Dante ihr aufmunternd zu. »Dann liegt die schlimmste

Strecke hinter dir. Hier unten kannst du locker aufrecht stehen!« Er leuchtete nicht direkt in den Schacht, weil er sie damit geblendet hätte. Aber das Licht seiner Lampe zeigte ihr zumindest an, wo der niedrige Tunnel in die Höhle mündete.

Sie hörte von dort unten die gedämpften, aber aufgeregten Stimmen ihrer Freunde, achtete jedoch nicht auf das, was sie sagten. Ihre ganze Aufmerksamkeit galt den scharfen Kanten und Felsbuckeln über ihr. Wenn sie nicht höllisch aufpasste, konnte sie sich am rissigen Gestein der Decke, aus der überall felsige Dornen zu wachsen schienen, ihren Overall in Fetzen reißen und sich blutige Striemen holen. Einen schmerzhaften Kratzer am Hinterkopf hatte sie sich schon zugezogen.

Endlich hatte der mühsame Kriechgang ein Ende. Dante wollte ihr aufhelfen, aber Carson drängte sich vor und war schneller an ihrer Seite. »Ich mach das schon«, sagte er, packte Kendira an den Händen und half ihr, sich aufzurichten.

Kendira hatte das Gefühle, als hätte ein steinerner Geburtskanal sie in die Welt entlassen – und zwar in eine unheimliche Unterwelt. Staunend blickte sie sich um.

»Hier könnte ja sogar ein Riese aufrecht stehen!«, entfuhr es ihr.

»Nicht nur einer, sondern eine ganze Sippe!«, sagte Nekia.

Fünf Lichtkegel tanzten über die Wände und die Decke einer Höhle, die mindestens so geräumig wie die Eingangshalle der Lichtburg war. Auf zwei Seiten tauchten im wandernden Licht unterschiedlich hohe und breite Öffnungen auf, hinter denen sich Gänge abzeichneten. Neben jeder Öffnung sah man eine Markierung in roter Farbe, bei manchen auch zwei oder sogar drei. Es waren zumeist Pfeilsymbole. Mal bestand der Schaft des Pfeils aus einer geraden Linie, mal war er gestrichelt, gewellt oder an seinem Ende mit einem oder zwei Gefiederstrichen versehen. Und eine dieser vielen Markierungen wies zwei Pfeilspitzen auf.

»Irre!«, stieß Zeno hervor, der mit seinen Winterstiefeln und seinem wenig dazu passenden körperengen Body aus silbergrauem Trikotstoff ein sehr seltsames, gewöhnungsbedürftiges Bild abgab. »Einfach irre!«

Alle hatten sie ihre Taschenlampen eingeschaltet und Dante ließ es zu. Er wollte ihnen wohl ermöglichen, sich in diesen ersten Minuten langsam an ihre Situation und an die Höhlenwelt zu gewöhnen.

»Wie seid ihr auf den Zugang zu diesem Höhlensystem gestoßen?«, wollte Nekia wissen.

»Jaydan hat die Öffnung gefunden«, sagte Dante. »Aber das ist ein lange Geschichte. Fast so lang wie das Höhlenlabyrinth selbst. Ein andermal erzähle ich sie euch. Jetzt sollten wir weiter. Wir haben noch einen langen Weg vor uns.«

Kendira furchte die Stirn. »Als ich gerade in der Röhre steckte, hast du mir da nicht zugerufen, ich hätte gleich die schlimmste Strecke hinter mir?«

Dante zuckte die Achseln. »Muss wohl das Wörtchen ›vorerst‹ vergessen haben«, gab er trocken zur Antwort und hängte sich den Leinensack wieder über die Schulter. »So, und jetzt bis auf denjenigen, der ganz hinten geht, alle Taschenlampen aus!«

»Ich übernehme das!«, meldete sich Carson sofort.

»In Ordnung, aber ihr werdet euch abwechseln. Wir haben einige schwierige Passagen vor uns. Deshalb kommt jeder mal dran, die Nachhut zu übernehmen«, stellte Dante sogleich klar.

»Seit wann sucht ihr hier unten nach einem Weg nach draußen?«, wollte Zeno wissen.

»Seit über zwei Monaten.«

»Was? Schon so lange?«, rief Nekia. »Aber wieso hat es denn so lange gedauert, bis ihr den Weg gefunden habt?«

Dante warf ihr einen spöttischen Blick zu. »Das wirst du schon sehen«, sagte er, um sich dann doch noch zu einer Erklärung durchzuringen. »Hier unten gibt es ein wahres Labyrinth aus Höhlen, Gängen und Schächten. Allein diese Höhle hier hat fünf Abzweigungen und jede hat weitere Seitenarme. Manche enden schon nach zehn, zwanzig Metern. Bei anderen muss man sich erst mal einige Hundert Meter vorankämpfen, bis man erkennt, dass es Sackgassen sind.«

»Was meinst du mit Vorankämpfen?«, wollte Carson wissen.

»Damit meine ich Knochenarbeit!«, erwiderte Dante, drehte sich um und richtete den Kegel seiner Taschenlampe auf eine mannshohe und etwa anderthalb Meter breite Nische links neben dem Schacht, durch den sie gekommen waren und der hinauf ins Freie führte. Der Schein der Lampe hob dort nun eine Spitzhacke, zwei Spaten, ein Stemmeisen sowie eine schmale Holzkiste und ein sorgfältig aufgerolltes Seil aus der Dunkelheit. »Wir haben nachts unzählige Durchgänge erst mühsam passierbar machen müssen, um dann festzustellen, dass all die Arbeit vergeblich gewesen ist, weil es sich wieder mal um eine Sackgasse handelte.«

»Aber trotz dieser vielen Fehlschläge habt ihr nicht aufgegeben!«, sagte Kendira bewundernd.

»Respekt«, murmelte Zeno. »Ich weiß nicht, ob ich das monatelang Nacht für Nacht durchgehalten hätte.«

Dante lachte kurz auf. »Die Aussicht, für den Rest des Lebens in Eden eingesperrt zu sein, kann ganz schön motivierend sein. So, und jetzt lasst uns weitergehen!«

Er führte sie nun tiefer in das unterirdische Labyrinth, das diese Bezeichnung zu Recht verdiente, wie Kendira fand. Obwohl sie scharf aufpasste und sich jede Abbiegung einzuprägen versuchte, verlor sie doch schon bald die Orientierung.

Der erste Teil der Strecke führte mit sanftem Gefälle und zahlreichen Windungen abwärts und war dank der harten Arbeit, mit der Jaydan und Dante viele schmale Stellen passierbar gemacht hatten, leicht zu bewältigen. Zwischendurch passierten sie immer wieder Höhlen von unterschiedlicher Größe.

Als sie wieder einmal einem schmalen Gang entkommen waren, aufrecht stehen konnten und viel freien Raum um sich hatten, seufzte Nekia: »Ich wünschte, es ginge nur von Höhle zu Höhle!«

»Ja, hier fällt einem das Atmen doch um einiges leichter«, pflichtete Carson ihr bei. Sein schneller Atem verriet, wie sehr die finsteren engen Gänge ihm auch psychisch zusetzten.

Leider führte Dante sie keineswegs von Höhle zu Höhle, sondern von einem schmalen Seitenarm zum anderen. An mehreren Stellen schrumpften die Gänge zu beklemmend engen Tunneln zusammen. Dann mussten sie sich wie am Anfang des Höhlensystems auf Knien und Händen vorwärtsarbeiten.

Das war in der Dunkelheit, in der das Licht der beiden Taschenlampen wenig auszurichten vermochte, schon beängstigend genug. Doch wenn sich die Decke auf einigen Teilstücken so tief herabsenkte, dass man nur noch bäuchlings vorwärtskam, dann jagte das Herz, brach der Schweiß aus allen Poren und saß die Angst würgend im Hals.

In diesen Engstellen hatte Kendira jedes Mal das Gefühl, gleich würde die Decke über ihr einbrechen und sie unter unzähligen Tonnen Fels begraben. Dann gab es Momente, wo Panik in ihr aufstieg und sie zu überwältigen drohte. Dass die Angst jedoch nicht die Oberhand gewann, verdankte sie ihrer Willenskraft und dem harten Training im Schwarzen Würfel. Dort hatte sie gelernt, Nerven zu bewahren und sich mit kühler innerer Beherrschung ganz auf die vorliegende Aufgabe zu konzentrieren.

Den anderen erging es nicht anders. Aber sie alle hielten durch und Dantes unentwegtes gutes Zureden trug mit dazu bei.

»Vorsichtig! Bleibt erst mal neben dem Durchgang stehen! Entfernt euch jedoch auf keinen Fall mehr als zwei Schritte von der Wand!«, warnte er jeden von ihnen, als sie wieder einmal keuchend aus einem engen steinernen Schlauch krochen. Der laute, nachhallende Klang seiner Stimme ließ erahnen, dass sie in eine recht große Höhle gelangt sein mussten.

»Und warum nicht?«, stieß Carson hustend hervor und sackte neben der Öffnung zu Boden.

»Wird wohl einen Grund haben«, keuchte Zeno, kroch auf allen vieren an Carson und Kendira vorbei und lehnte sich ebenfalls sitzend gegen die kühle Felswand, um sich von der Strapaze zu erholen und zu Atem zu kommen.

»Der Grund sind gut zwanzig Meter Abgrund, Freunde«, sagte Dante und leuchtete mit seiner Taschenlampe hinter sich. Nun war zu erkennen, dass sie sich auf einer Art Plattform befanden, die sich rechts und links vom Durchlass weit in die Länge zog, jedoch von der Öffnung bis zur Abbruchkante keine drei Meter maß.

»Und jetzt?«, stieß Nekia gepresst hervor. »Wie geht es jetzt weiter?«

»Sieht so aus, als hätten wir zur Abwechslung eine kleine Kletterpartie vor uns«, kam es spöttisch von Zeno. Er hatte auf dem letzten Teilstück die hinterste Position eingenommen. Der Strahl seiner Lampe war an dem Stahlhaken hängen geblieben, der einen Meter vor der Kante aus einem Riss im Gestein aufragte. An dem Karabinerhaken war ein Seil festgebunden.

»So ist es«, bestätigte Dante. »Es sind aber nur zwanzig Meter. Und wir haben Knoten ins Seil geknüpft. So gut trainiert, wie ihr es seid, werdet ihr mit dem Abstieg keine Schwierigkeiten haben.«

»Mir sind zehn solche Kletterpartien lieber, als einmal durch diese verflucht engen Tunnel zu kriechen«, meinte Carson.

»Auf ebenem Grund von Höhle zu Höhle zu spazieren, wäre mir noch lieber«, erwiderte Kendira. Sie hatte den Eindruck, aus der Tiefe eine Art von Rauschen zu hören.

»Du sprichst mir aus der Seele!«, antwortete Nekia.

»Sag mal, ist das nur mein Blut, das in meinen Ohren tost,

oder höre ich da wirklich ein entferntes Rauschen von Wasser?«, fragte Kendira.

»Du hörst schon richtig. Nicht weit von hier stürzt ein unterirdischer Fluss in die Tiefe«, teilte Dante ihnen mit. »Das ist ein Zufluss zum Liberty Lake.«

Zeno stöhnte gequält. »Heißt das, dass wir auch noch einen unterirdischen Fluss überqueren müssen?«

»Wieso müssen?«, knurrte Carson mürrisch. »Hat dich vielleicht jemand gezwungen, mit uns zu kommen? Kannst ja umkehren, wenn du Schiss hast.«

»Nein, danke. Für halbe Sachen bin ich nicht zu haben«, erwiderte Zeno. »War ja nur eine Frage, nichts weiter. Und was ihr könnt, kann ich schon lange!«

»Blas dich bloß nicht so auf, du Großmaul!«, fuhr Nekia ihn an.

Dante griff ein, bevor sich daraus ein erneuter Streit entwickeln konnte. »Ich klettere vor und halte dann unten das Seil straff. Ihr werdet sehen, dass es schlimmer aussieht, als es ist. Nekia macht jetzt das Schlusslicht. Sie wird jedem hier leuchten.« Er wandte sich ihr zu. »Du musst dann nachher aufpassen und im Dunkel vorsichtig nach dem Seil tasten. Aber das schaffst du schon. Um auf dem Abstieg leuchten wir dir von unten.«

»In Ordnung«, sagte sie und schaltete nun ihre Taschenlampe ein, während Zeno seine ausschaltete.

Dante schob sich an den Rand der Felskante, ließ die Beine über den Abgrund baumeln, ergriff das Seil, drehte sich auf den Bauch herum und kletterte behände abwärts.

Bis auf Zeno, der sich reichlich Zeit nahm und langsam von Knoten zu Knoten abwärts rutschte, kletterten alle ähnlich flink und sicher das Seil hinunter.

Danach ging es einige Hundert Meter durch kleine, schlauchförmige Höhlen und Gänge, die sich nach dem hinter ihnen liegenden Wegabschnitt geradezu einfach passieren ließen. An manchen Stellen waren die Wände feucht und es tropfte von der Decke.

So war es denn auch kein Wunder, dass sie in einigen der größeren Höhlen auf Stalagmiten und Stalaktiten stießen. Diese Gebilde, die von der Decke herabhingen oder aus dem Boden zu wachsen schienen und in Jahrtausenden seltsame Formen angenommen hatten, wirkten im spärlichen Licht der Taschenlampen ziemlich unheimlich. Der Boden in diesen Höhlen war glitschig, aber auf wirkliche Schwierigkeiten stießen sie dort nicht.

Dasselbe galt für die Gänge. Selbst dort, wo sie zu schmalen Spalten wurden, brauchte man nicht auf Händen und Knien zu gehen oder gar bäuchlings durch Engpässe zu robben. Dabei entfernten sie sich hörbar vom unterirdischen Fluss. Das Rauschen in der Ferne wurde immer leiser und war bald kaum noch zu vernehmen. Auch die Tropfsteingebilde wurden seltener.

»So lasse ich es mir gefallen«, sagte Carson, als sie einen langen Korridor hinuntergingen, dessen Decke er selbst mit ausgestrecktem Arm nicht erreichen konnte und der so breit war, dass zwei Personen bequem nebeneinander laufen konnten.

»Habe auch nichts dagegen, wenn es so weiter geht«, stimmte Nekia ihm zu.

»Na, eine kleine Herausforderung wartet schon noch auf uns«, sagte Dante.

Nekia seufzte geplagt. »Dachte es mir doch, dass wir dieses Abenteuer noch nicht hinter uns haben.«

Wenig später gelangten sie in eine riesige Höhle – und die ›kleine Herausforderung‹ lag vor ihren Augen.

»Wartet! Bleibt erst mal einen Augenblick stehen!«, rief Dante warnend. »Hier ist es angebracht, dass wir alle Taschenlampen einschalten und ihr euch den Übergang genau anseht.«

Im nächsten Moment erhellte das Licht von fünf Taschenlampen eine kuppelartige Höhle. Bis auf ihre gewaltigen Ausmaße, eine Deckenhöhe, die Kendira auf etwa zwanzig Meter schätzte, und einen Durchmesser von mindestens siebzig, achtzig Metern, gab es in dieser Höhle nichts besonders Nennenswertes oder gar Auffälliges – bis auf die Tatsache, dass ein gut dreißig Meter breiter Spalt fast mitten durch die Höhle ging. Ein Spalt, der weiter in die Tiefe reichte als das Licht ihrer Taschenlampen und der den gegenüberliegenden Teil der Höhle von ihrer Seite aus scheinbar unerreichbar machte.

Vorsichtig traten sie an den Abgrund und starrten fassungslos über den weit klaffenden schwarzen Schlund.

»Hier ist Endstation!«, entfuhr es Nekia unwillkürlich. »Hier kommen wir nicht weiter. Jaydan hat sich geirrt.«

»Nein, das hat er nicht«, widersprach Dante. »Wie der Abgrund zu überwinden ist, haben wir schon vor fast drei Wochen herausgefunden.«

»Sehr schön. Und wo habt ihr hier die Flügel versteckt?«, fragte Carson sarkastisch.

»Damit kann ich leider nicht dienen. Ihr werdet schon mit dem Seil da drüben vorliebnehmen müssen«, erwiderte Dante mit einem leisen Auflachen und richtete den Lichtkegel seiner Taschenlampe auf die Wand ganz rechts von ihnen.

Dort lief in Brusthöhe ein Seil an der Höhlenwand entlang und über den Abgrund hinweg. Wo dort drüben auf der andern Seite das Seil endete, ließ sich von ihrer Position aus nicht ausmachen. Denn die Höhlenwand erstreckte sich nicht in gerader Linie von einer Seite zur anderen, sondern wölbte sich im hinteren Drittel wie ein dicker steinerner Buckel ein gutes Stück in den Abgrund hinein.

»Das kann nicht dein Ernst sein!«, stieß Carson hervor. »Wir sollen uns da am Seil über den Abgrund hangeln?«

Zeno stand mit offenem Mund da und schüttelte nur den Kopf, Nekia gab einen gequälten Laut von sich, und Kendira spürte, wie ihr das Blut aus dem Gesicht wich.

»Das ist nicht nötig«, versuchte Dante sie schnell zu beruhigen. »Denn unter dem Seil verläuft an der Höhlenwand ein schmaler Grat. Kommt mit, ich zeige ihn euch.« Er ging mit ihnen zu der Stelle, wo das Seil mit einem stählernen Kletterhaken in der Felswand verankert war, und richtete den Strahl seiner Lampe auf den wulstigen, gerade mal handbreiten Vorsprung, der sich dort an der Wand entlang zog. »In diesem Grat gibt es zwar ein paar ... na ja, Lücken, aber die sind zum Glück nicht so groß, als dass man sie nicht überwinden könnte. An einer dieser Stellen gibt es außerdem einen Felsspalt, in dem man mit dem Fuß gut Halt finden kann.«

»Und auf dieser mickrigen Felsleiste sollen wir dreißig, vierzig Meter weit über den Abgrund tänzeln? Erhabene Macht!«, stöhnte Zeno und raufte sich die Haare.

Dante warf ihm einen spöttischen Blick zu. »Du musst ja nicht unbedingt tänzeln. Hier werden keine Preise für die originellste Darstellung vergeben. Du kannst dich deshalb auch mit einer weniger riskanten Technik begnügen. Mir genügt es, mich vorsichtig am Fels entlangzutasten und mich dabei mit beiden Händen immer schön am Seil festzuhalten.«

Kendira atmete tief und hörbar durch. »Nicht, dass ich mich darum reiße. Aber wenn du sagst, das ist zu schaffen, dann schaffen wir es auch! Zeig uns, wie wir es machen müssen, Dante!«

»Es geht am besten mit dem Gesicht zur Wand. Ich werde jeden von euch hinüberbegleiten und dabei den Grat für euch beleuchten, damit ihr seht, wohin ihr treten müsst.«

»Aber dann musst du doch rückwärtsgehen und hast nur eine Hand für das Seil frei!«, wandte Kendira beunruhigt ein.

Er grinste selbstbewusst. »Das geht schon. Ich habe die Überquerung schon viele Male gemacht und kenne hier jedes Stück Vorsprung. Sollen wir losen, wer zuerst mit mir geht und wer zuletzt?«

»Blödsinn«, wehrte Carson ab. »Als Erste gehen Kendira und Nekia, und ich als Letzter.«

Dante blickte fragend in die Runde.

Niemand erhob Einspruch.

Ängstlichkeit gehörte eigentlich nicht zu Kendiras Schwächen. Aber als sie das Seil packte, ihren Fuß auf den Felsgrat setzte und sich auf Dantes Kommando hin langsam an der

Wand entlang über den Abgrund hinauswagte, machte sich ein flaues Gefühl in ihrer Magengegend breit.

»Schau nicht nach unten, sondern nur auf die Stelle, auf die ich leuchte!«, wies Dante sie mit ruhiger Stimme an. »Es sieht viel schlimmer aus, als es in Wirklichkeit ist.«

»Das habe ich schon mal gehört«, murmelte Kendira mit zittriger Stimme. Das Herz hämmerte ihr in der Kehle und in ihrem Unterleib spürte sie ein ekliges Ziehen.

»Du musst nur die Nerven behalten und dich immer mit einer Hand richtig festhalten, während die andere halb geöffnet über das Seil zur nächsten Griffposition gleitet«, redete Dante ruhig weiter, während er sie langsam Schritt für Schritt über den gähnenden schwarzen Abgrund führte. »Der Fels ist hart, Kendira. Da wird nichts bröckeln. Du kannst getrost deinen Fuß auf die Kante stellen ... Ja, gut so ... Bleib so, und immer gleichmäßig und ruhig atmen ... Nur nicht verkrampfen ... Konzentriere dich auf den nächsten Schritt und dann bist du im Handumdrehen mit mir drüben auf sicherem Boden ... Ich weiß, du machst das schon.«

Zu ihrer eigenen Verwunderung verlor sie schon auf halber Strecke ihre anfängliche Beklemmung. Sie merkte, dass der Felssims, so schmal er auch war, und das straff gespannte Seil ihr ausreichend Halt gaben, und sie fasste Zutrauen. Dass Dante sie leitete, den Felsgrat unter ihren Füßen beleuchtete und auf seine ruhige Art mit ihr sprach, spielte dabei eine große Rolle.

Dennoch atmete sie erleichtert auf, als sie endlich auf der anderen Seite der Höhle angelangt war. Sie drückte seine Hand.

»Danke, Dante! Ich weiß nicht, ob ich es ohne dich geschafft hätte.«

»Aber ich, Kendira«, antwortete er leise, während er seine Taschenlampe ausschaltete und wegsteckte. »Du hast die Willenskraft und die Nervenstärke, um noch ganz andere Gefahren zu meistern.« Dann ließ er sie los, drehte sich um, stieg im Dunkeln zurück auf den Grat und rief dabei zur anderen Seite hinüber: »Mach dich schon mal bereit, Nekia!«

Mit seiner Hilfe und Führung gelangten auch Nekia und Zeno ohne sonderliche Schwierigkeiten auf die andere Seite. Es war Carson, bei dem es dann zu einem Zwischenfall kam, der ihn um ein Haar sein Leben gekostet hätte.

Vielleicht hatte der Umstand, dass er so lange hatte warten müssen, bis er endlich an der Reihe war, zu einer erhöhten Nervosität beigetragen. Jedenfalls erschrak er heftig, als plötzlich ein lautes Flattern und Zirpen die Höhle erfüllte.

Das überraschende und laute Geräusch kam von einem Schwarm Fledermäuse, der irgendwo oben unter der Decke gehangen haben musste und nun plötzlich den Entschluss zu einem Ausflug gefasst hatte.

Der Schwarm schoss gar nicht mal so nah an Carson vorbei. Aber er bei dem unverhofften Lärm, den Hunderte von Fledermausflügeln verursachten, erschrak er genauso wie Kendira, Nekia und Zeno. Nur dass die drei auf festem Boden standen – und Carson dagegen auf dem Grat balancierte und gerade in dem Moment eine Hand vom Seil genommen hatte.

Carson zuckte zusammen und fuhr unwillkürlich in Richtung des lauten Geflatters herum. Dabei verlor er seinen Halt, rutschte vom Felsgrat – hing plötzlich nur noch mit einer Hand am Seil. Seine Füße kratzten in der vergeblichen Suche nach einem Spalt oder einer Ausbuchtung über die Felswand.

Kendira schrie entsetzt auf und schlug die Hand vor den Mund. Ihr blieb das Herz stehen. Sie sah Carson schon in den Abgrund stürzen.

»Pack zu!«, brüllte Dante, während er sich geistesgegenwärtig vorbeugte und Carsons durch die Luft rudernden Arm zu fassen bekam.

Carson umklammerte Dantes Handgelenk, und Dante zog ihn zu sich zurück auf den Felsgrat.

Der Schwarm Fledermäuse war so schnell durch irgendeine Öffnung aus der Höhle verschwunden, wie er von der Decke herabgeschwirrt war.

»Wie konnte mir bloß so ein schwachsinniger Fehler passieren!«, klagte Carson sich selbst an, als er bei Kendira, Zeno und Nekia angelangt war. Es war ihm sichtlich peinlich, dass er so schreckhaft reagiert hatte.

»Uns ist doch auch der Schreck in die Glieder gefahren«, sagte Nekia zu seiner Ehrenrettung. »Wer weiß, wie wir uns in diesem Moment in der Wand verhalten hätten.«

»Und Hauptsache, es ist gut ausgegangen«, fügte Kendira hinzu und legte ihm ihre Hand auf die Schulter.

Carson lächelte schief. »Für einen Moment dachte ich wirklich, dass hier für mich das Abenteuer zu Ende ist und ich nie erfahre, wie die Welt da draußen aussieht.«

»Das war auch mein Fehler«, sagte Dante leicht zerknirscht. »Ich hätte euch warnen müssen. Aber ich hatte ganz vergessen, dass es hier in der Höhle Fledermäuse gibt. Dabei waren die ja der Grund, warum Jaydan so fest davon überzeugt war, dass es hier in der Nähe einen Ausgang ins Freie geben muss. Ich habe nur nicht mehr an die Fledermäuse gedacht, weil wir sie die letzten zehn Tage hier nicht mehr angetroffen haben. Wir dachten, sie hätten sich irgendwo anders hin verzogen.«

»Dann ist es jetzt also bis zum Ausgang nicht mehr weit?«, fragte Nekia hoffnungsvoll.

»So genau kann ich das nicht sagen, denn ich habe ja keine Chance mehr gehabt, mit Jaydan darüber zu sprechen. Was gäbe ich dafür, wenn er jetzt bei uns sein könnte!«, sagte er Dante. »Aber allzu weit kann es nicht mehr sein. Irgendwo hier muss er den Ausgang gefunden haben!«

Sie folgten weiter dem Zeichen mit der doppelten Pfeilspitze. Es ging durch einige weitere Höhlen von erstaunlicher Größe, von denen in alle Richtungen weitere Gänge und Schächte abzweigten. Die Markierungen führten sie stetig aufwärts.

Plötzlich blieb Dante vor einem viele Meter hohen, aber nur knapp einem halben Meter breiten Spalt stehen. »Hier ist es! Durch diesen Spalt geht es ins Freie!«, rief er und deutete auf die Markierung. Jaydan hatte hier einen um die Ecke weisenden Pfeil mit Doppelspitze gleich drei Mal auf die Felswand gemalt und daneben noch ein *Hurra!* gesetzt.

Im Licht der Taschenlampen war zudem deutlich zu erkennen, dass er auf beiden Seiten an mehreren Stellen Gestein aus den Wänden gebrochen hatte, um den Spalt so weit zu öffnen, dass man sich hindurchzwängen konnte.

Von freudiger Erwartung gepackt, folgten sie Dante in den

Spalt. Man musste sich seitlich hindurchzwängen und sich dabei so dünn wie möglich machen, um sich nicht rechts und links die Haut aufzuschürfen. Nach einigen Schritten vollführte der breite Riss im Fels einen scharfen Knick nach rechts und stieg steil an. Loses Gestein bedeckte den Boden, und man musste sehr aufpassen, um nicht auszurutschen und seinen Hintermann beim Sturz mit sich zu reißen.

Zwanzig, dreißig Meter weiter mündete der Durchlass in eine kleine Höhle. Sie lief wie ein umgestürzter Kegel an ihrem hinteren Ende spitz zu und ging dort in eine ovale Röhre über. Diese war zwar mehrere Meter breit, bot aber kaum einen Meter Deckenhöhe. Die Röhre, die aufgrund ihres steilen Anstiegs fast als Schacht zu bezeichnen war, vollführte einige Windungen.

Abrupt gelangten Dante und Kendira, die hinter ihm ging, ans Ende der Röhre. Als Dante sich vorbeugte und die Taschenlampe nach unten richtete, sahen sie vor sich eine steil abfallende Felswand von gut zweieinhalb Metern und an ihrem Ende sandigen Boden. Die Röhre hinter ihnen und die Felswand vor ihnen bildeten zusammen ein auf dem Kopf stehendes V.

Dante schaltete die Taschenlampe aus und Kendira blickte sich verblüfft um. Wo vor ihren Augen eben noch pechschwarze Dunkelheit geherrscht hatte, sah sie nun im schwachen Mondlicht die vagen Umrisse von Bäumen.

Es dauerte einen Moment, bis sie begriff, dass die ovale Röhre in einer zum Wald hin offenen Felshöhle endete, die unten vom Boden völlig unscheinbar aussehen musste.

»Hey, ihr zwei! Warum geht es nicht weiter?«, rief Nekia mit einer Mischung aus Ungeduld und Bangen. Sie fürchtete wohl, Dante und Kendira könnten unverhofft doch noch auf ein unüberwindliches Hindernis gestoßen sein.

»Weil ich mich erst einmal einen Augenblick orientieren und überlegen muss, wie wir am besten auf den Waldboden hinunterkommen, den wir da unter uns entdeckt haben«, antwortete Dante vergnügt.

»Was?«, kam es aufgeregt von Carson. »Haben wir es geschafft? Ist das da oben wirklich der Ausgang in den Totenwald?«

»Und ob er das ist! Kommt und überzeugt euch selbst!«, rief nun Kendira mit leisem Jubel in der Stimme über die Schulter zurück und schon kletterte sie auf der anderen Seite hinunter.

Sie befand sich in Freiheit, zum ersten Mal in ihrem Leben!

49

VOR FREUDE UND UNENDLICHER ERLEICHTErung fielen sie sich gegenseitig um den Hals. Vergessen waren die Strapazen, die Ängste und Beklemmungen und der vergossene Schweiß. Jeder drückte jeden und sogar Zeno war davon nicht ausgenommen. Dass Dante Kendira länger in seinen Armen hielt und sie fester an sich drückte als jeden anderen, fiel in dem Jubel nur Carson auf. Vermutlich ließ er sich deshalb nicht nehmen, ihr schnell einen Kuss auf jede Wange zu drücken. Nekia führte sogar einen regelrechten Freudentanz auf und drehte sich lachend um ihre eigene Achse.

»Wir sind frei! Wir sind frei!«, rief sie verzückt. »Wir haben das Unmögliche geschafft: Wir sind Liberty 9 entkommen!«

»Jetzt erst sind wir wirklich Libertianer!«, rief Kendira überglücklich.

»Nicht so laut!«, ermahnte Dante sie schnell. »Oder wollt ihr, dass uns eine Patrouille hört? Wir können nämlich nicht allzu weit vom Waldsaum entfernt sein. Sonst würden wir wohl kaum da drüben das Licht eines Suchscheinwerfers sehen können.«

Das freudige Durcheinander erstarb augenblicklich, und alle blickten in die Richtung, in die Dante deutete. Sie sahen gerade noch den schwachen Schein eines Suchscheinwerfers, dessen Lichtfinger über den Wald glitt, hier und da zwischen den Bäumen aufblitzte und sich rasch wieder entfernte, um ein anderes Waldstück mit gleißendem Licht zu übergießen.

»Und was machen wir jetzt mit unserer Freiheit?«, wollte Zeno wissen.

»Ich schlage vor, wir verstecken den Beutel mit euren Kutten hier und kundschaften erst mal die Gegend aus, damit wir wissen, wo wir uns überhaupt befinden«, schlug Dante vor.

Carson nickte. »Vor allem müssen wir weiter hoch in die Berge. Hier unten ist die Gefahr zu groß, einer Patrouille Guardians in die Arme zu laufen.«

»Ja, in die Berge!«, sagte Nekia begeistert. »Auch ich will unbedingt einen Blick von oben auf die Lichtburg werfen.«

»In Ordnung«, sagte Zeno. »Aber gebt mir einen Augenblick, damit ich mir meine Kutte überwerfen kann. Bin nicht scharf darauf, im Body durch Wald und Gestrüpp zu laufen und mir dabei die Haut blutig zu schrammen.«

»Schade, so im Body hättest du bestimmt eine abschreckende Wirkung auf die wilden Tiere gehabt und sie schon von Weitem verscheucht«, sagte Nekia spitz.

»Sehr witzig«, brummte Zeno und fing seine Kutte auf, die Dante ihm zuwarf.

Kurz darauf marschierten sie los. Die dichte Wolkendecke, die bei ihrem Aufbruch vor fast anderthalb Stunden über dem Tal gelegen hatte, war inzwischen einer lockeren Bewölkung gewichen. Auch war inzwischen ein leichter Wind aufgekommen, der die vereinzelten Wolkenfelder gemächlich über den Nachthimmel segeln ließ. Der noch immer volle Mond schickte seinen hellen Schein hinunter ins Tal. Nach der pechschwarzen Finsternis unter der Erde empfanden sie den schwachen Schein, der durch die Kronen der hohen Bäume zu ihnen auf den Waldboden drang, geradezu als Wohltat für die Augen. Er reichte auch völlig aus, um nicht halbblind durch das Gelände zu stolpern.

Wenige Minuten nach ihrem Aufbruch stießen sie auf einen kleinen Bach, der sich lautlos durch den Wald schlängelte. Sie folgten ihm eine Weile bergauf in Richtung seiner Quelle. Dabei kamen sie zu einer langen, schmalen Lichtung, die ein schwerer Sturm in dieses Waldstück gerissen hatte. Der Windbruch bestand aus Hunderten von umgestürzten Bäumen.

Sie mussten ihn umgehen, weil es zu mühsam und zeitaufwendig gewesen wäre, sich einen Weg durch den Wirrwarr kreuz und quer liegender Bäume zu suchen. Aber das freie Gelände des Windbruchs gab ihnen einen guten Blick auf die umliegenden Hänge.

Kendira bemerkte zu ihrer Linken die aufstrebenden Felswände einer Schlucht, die sich als schwarze Konturen vor dem Nachthimmel abzeichneten. Dort würde es für sie kein Weiterkommen geben.

»Da drüben ist eine freie Anhöhe« rief Carson gedämpft, der

genau in die andere Richtung geblickt hatte, und wies quer über die Lichtung. »Von dort aus haben wir bestimmt einen guten Blick hinunter auf die Sicherheitszone. Was meinst du, wie weit es bis dahin ist, Dante?«

Dante spähte hinüber, versuchte die Entfernung abzuschätzen und zuckte dann mit den Achseln. »Schwer zu sagen, aber mehr als ein, zwei Kilometer dürften es nicht sein.«

»Okay, dann wollen wir doch mal sehen, ob wir auch im Wald die Richtung halten können«, sagte Kendira.

Sie versuchten, sich am Stand des Mondes und der Sternbilder zu orientieren, mit denen sie nach all den Jahren in Liberty 9 bestens vertraut waren. Aber dieses Wissen hatte wenig Nutzen, wenn man sich in einem Wald mit hohen, dicht stehenden Bäumen befand, die in mächtigen Kronen endeten, und man nur ab und zu einen Blick auf den Nachthimmel erhaschen konnte. Und wenn dann auch noch ein Wolkenfeld über diesen Himmelsausschnitt zog, blieb einem nichts weiter übrig, als sich auf sein Gefühl und vage Vermutungen zu verlassen.

Nach einer guten halben Stunde wurde das Gelände ebener. Dort legten sie auf einer kleinen Waldschneise eine Atempause ein. Die Strapazen der letzten Stunden machten sich allmählich bemerkbar.

Zeno sank an einem Baum zu Boden. »Würde mich nicht wundern, wenn ich mir heute Nacht Blasen hole«, seufzte er.

»Da wirst du nicht der Einzige sein«, meinte Dante.

Kendira lehnte sich gegen einen anderen Stamm und nahm einen Schluck aus ihrer Wasserflasche.

Auch Dante hatte gerade seine Aluflasche an die Lippen setzen wollen, stutzte dann jedoch und ließ sie wieder sinken. »Halt mal«, sagte er, drückte Kendira seine Flasche in die Hand und ging auf eine nahe Gruppe von Bäumen zu, die bis auf eine Stelle zwischen zwei mächtigen Eichen von hohen Sträuchern umgeben waren.

»Was hast du?«, fragte Kendira verwundert.

»Ich glaube, wir sind hier auf einen Pfad gestoßen«, sagte Dante, hockte sich hin und tastete über den Boden.

»Für Trikes?«, stieß Carson alarmiert hervor.

»Nein, dann müssten hier ja Spurrillen im Waldboden zu sehen sein«, sagte Dante. »Das hier sieht mir mehr wie ein Trampelpfad aus.«

»Nightraider?«, fragte Carson knapp.

»Nehme ich mal an«, antwortete Dante und kam aus der Hocke hoch. »Wir müssen jetzt ...«

Weiter kam er nicht.

»Gut geraten!«, rief in dem Moment eine fremde Stimme. Und mit einem Satz sprang der Mann, dem sie gehörte, hinter dem Baum hervor. Wie ein schwarzes Ungeheuer tauchte er vor Dante auf und rammte ihm das Schulterstück seines Schnellfeuergewehrs vor die Brust.

Der brutale Hieb schleuderte Dante rücklings zu Boden.

»Guardians!«, schrie Nekia schrill und sprang auf.

Kendira ließ vor Entsetzen ihre Wasserflasche fallen.

Dante stand wie erstarrt.

Zeno sprang wie von der Tarantel gestochen auf und wollte in die Richtung flüchten, aus der sie gekommen waren.

Er kam keine zwei Schritte weit. Zwei ohrenbetäubende Feuerstöße zerrissen aus genau der Richtung, in die Zeno hatte fliehen wollen, die trügerische Stille der Nacht. Die Mündungsfeuer, die aus zwei Gebüschen hervorschossen, zuckten wie ein synchrones Stakkato durch die Dunkelheit. Und der Kugelhagel jagte schräg vor Zeno in die Luft und fetzte Aststücke und Blätter von den Bäumen.

Die beiden anderen Guardians der Dreier-Patrouille, die sie von hinten in die Zange genommen hatten, sprangen nun ihrerseits hinter ihrer Deckung hervor.

Zeno wich vor ihnen zurück.

»Keiner rührt sich von der Stelle!«, brüllte der Soldat, der Dante niedergeschlagen hatte, und klappte sein Nachtsichtgerät am Helm hoch, während er auf Dante zuging, der sich nach Atem ringend am Boden krümmte. »Los, hoch mit dir! Stell dich zu den anderen!« Er versetzte ihm einen groben Stiefeltritt in die Seite.

Stöhnend richtete sich Dante auf und taumelte mit schmerzverzerrtem Gesicht dorthin zurück, wo Kendira, Carson und Nekia standen.

Sie alle wussten, was es für sie bedeutete, dass sie dieser Patrouille in die Arme gelaufen waren. Und dieses Wissen ließ sie innerlich gefrieren, als hätte sich ein faustdicker Dorn aus Eis in ihre Brust gebohrt.

Die Guardians kamen von beiden Seiten auf sie zu, die Gewehre im Anschlag.

»Nicht zu fassen, Bruce! Es sind wirklich vier Electoren und ein Servant!«, stieß einer von ihnen hervor.

»Ich habe euch doch gesagt, dass die fünf nicht zu den Nightraidern gehören und dass wir sie uns lebend schnappen müssen«, sagte der stämmige Guardian, der auf den Namen Bruce hörte, an seiner Uniform das Rangabzeichen eines Sergeanten trug und bei der Patrouille offensichtlich das Kommando hatte.

»Aber wie haben die es bloß geschafft, aus der Sicherheitszone herauszukommen? Das hat es doch noch nie gegeben!«

»Ist mir auch ein Rätsel, Gregg. Aber keine Sorge, im Camp werden sie das schon ausspucken!«, versicherte Bruce. »Und danach kriegen sie alle den Helm!«

Kendira bekam weiche Knie und hatte das Gefühl, sich jeden Moment übergeben zu müssen.

»Mann, da haben wir heute Nacht ja den dicksten Fang gemacht, den man sich nur wünschen kann! Das gibt die Prämie unseres Lebens, Sergeant!«

Der lachte grimmig. »Worauf du einen lassen kannst, Todd! So, und jetzt gib unsere Position durch und mach Meldung, dass wir fünf Flüchtlinge aufgegriffen haben.«

Todd grinste breit. »Mach ich, Serge! Ich wette, der Diensthabende wird es erst nicht glauben. Der wird denken, ich will ihn verscheißern. Mann, das wird wie eine Bombe einschlagen, und wir sind es, die den Coup gelandet haben!« Aufgeregt wechselte er das Gewehr in die andere Hand und zog ein flaches Sprechfunkgerät aus seiner Gürteltasche. Er schaltete es ein, drückte die Sprechtaste und gab seine Kennung durch. »Hier Patrouille Foxtrott, Echo, Lima! ... Patrouille Foxtrott, Echo, Lima an Zen ...«

Aus dem Wald kam ein kurzer sirrender Ton und der Rest

des Wortes »Zentrale« ging in ein entsetzlich klingendes, gurgelndes Geräusch über.

Ein Pfeil hatte sich schräg von vorn durch seine Kehle gebohrt. Die Metallspitze ragte mit einem Drittel des Pfeilschafts hinter seinem linken Ohr hervor. Für den Bruchteil einer Sekunde versteifte sich der Körper des Guardians. Dann entglitt das Funkgerät seiner Hand. Er tastete nach dem Pfeil, riss dabei die Augen in Todesahnung unnatürlich weit auf und stürzte röchelnd vornüber.

Ein zweiter Pfeil sirrte heran und traf den Guardian Gregg seitlich in die Brust. Er musste das Herz getroffen haben. Denn der Mann fiel mit einem kurzen, gellenden Aufschrei wie ein gefällter Baum.

Sergeant Bruce überlebte den fast lautlosen Angriff am längsten, wenn auch nur um wenige Sekunden. Er wirbelte beim Einschlag des ersten Pfeils herum und zog den Abzug an seinem Schnellfeuergewehr schon in der Drehung durch.

Kendira stand mitten in der Feuerlinie, doch sie bemerkte es nicht. Sie blickte gerade entsetzt hinunter auf den Guardian mit dem Pfeil quer durch den Hals, der ihr direkt vor die Füße gefallen war.

Zeno, der näher beim Sergeanten stand, erkannte die Gefahr sofort. Er sah, wie der Guardian das Gewehr in die Richtung herumriss, aus der die Pfeile gekommen waren, sah Kendiras abgewandtes Gesicht und handelte geistesgegenwärtig.

»Kendira! Runter!«, schrie Zeno, wartete jedoch nicht darauf, dass sie reagierte, sondern warf sich auf sie und riss sie mit sich zu Boden.

Die Salve aus dem Schnellfeuergewehr jagte haarscharf über ihn hinweg.

Der Feuerstoß wurde jedoch nicht mit einem weiteren Pfeil beantwortet, sondern von zwei ohrenbetäubend krachenden Schüssen, die aus nächster Nähe kamen. Sie hoben den Sergeanten förmlich von den Beinen, schleuderten ihn mehrere Meter rückwärts und beendeten sein Leben, noch bevor sein Körper auf dem Waldboden aufschlug.

Die Sekunden der Stille, die dem kurzen Gefecht folgten, hatten etwas Unheimliches.

Kendira lag einen Moment wie gelähmt unter Zenos Körper, der schwer wie ein Mehlsack auf ihr lastete. Ihr Herz jagte, als wollte es ihr die Brust sprengen, und sie hörte seinen schnellen, flachen Atem an ihrem Ohr. Sie konnte nichts sehen und glaubte, keine Luft mehr zu bekommen.

»Himmel, um ein Haar hätte dich der Guardian umgemäht!«, stieß Zeno hervor.

»Danke, dass du das verhindert hast, Zeno. Aber jetzt erdrückst du mich!«, keuchte sie und schob ihn von sich. Als sie sich aufsetzte, bemerkte sie die Schatten, die von allen Seiten lautlos aus der Dunkelheit ins helle Mondlicht traten und sich ihnen näherten.

Und dann blickte sie in die Gesichter von Wölfen.

50

ES DAUERTE EINIGE SEKUNDEN, BIS KENDIRA und ihre Gefährten ihren ersten Schrecken überwunden hatten. Dann sahen sie, dass sie es nicht mit sieben geisterhaften Wolfsgestalten zu tun hatten, sondern mit Menschen aus Fleisch und Blut.

Die Männer, von denen keiner älter als Mitte zwanzig war, trugen Mokassins, mit Fransen besetzte Hosen und Hemden aus demselben dunkelbraunen speckigen Wildleder und auf dem Kopf einen präparierten Wolfsschädel samt Fell und Augen, jedoch ohne den Unterkiefer. Der Wolfskopf saß auf einer Lederkappe, die von einem ledernen Kinnband gehalten wurde.

Die harten, knochigen Gesichter unter den vorspringenden Wolfsschnauzen waren mit graublauen geometrischen Tätowierungen bedeckt. Aus diesem Muster stachen zwei nebeneinanderliegende gezackte Linien hervor, die einem zweifachen

Blitzsymbol ähnelten und von roter Farbe waren. Diese martialischen Markierungen begannen knapp unterhalb der Augen und endeten am Kinn.

Vier der Männer hielten aus Metall und nach dem Prinzip von Blattfedern gefertigte Bögen in den Händen und hatten geflochtene Pfeilköcher auf dem Rücken. Die drei anderen waren mit mächtigen, doppelläufigen Schrotgewehren bewaffnet. An ihren Gürteln hingen mit Stoffstreifen umwickelte Metallbehälter. Manche waren rund und so dick wie eine Faust, andere ähnelten Aluflaschen, nur dass sie schmaler und gerade mal so lang wie eine Hand waren. Gemeinsam war ihnen jedoch der kurze Stift, der aus dem bauchigen Teil hervorragte und an seinem Ende mit einem Ring versehen war. Zudem trug jeder an seiner Hüfte ein Messer mit langer und breiter Klinge, dessen Griffstück aus Horn geschnitzt war.

Die drei Männer mit den Schusswaffen sowie einer mit Pfeil und Bogen blieben am Rand der kleinen Schneise stehen, glitten hinter Bäumen und Sträuchern in Deckung und wandten ihnen allen scheinbar unbekümmert den Rücken zu.

Kendira wusste sofort, dass dem nicht so war, sondern dass sie den Wald wachsam beobachteten und ihre Kameraden vor unliebsamen Überraschungen schützten. Die Feuerstöße, die die Guardians abgegeben hatten, und die donnernden Schüsse aus den großkalibrigen Schrotgewehren hatte man vermutlich im ganzen Tal gehört. Es galt deshalb mehr denn je, Augen und Ohren offen zu halten.

»Wer seid ihr?«, fragte der Anführer der Fremden knapp. Er war ein hochgewachsener Mann von sehnig schlanker Gestalt.

Seine scharf geschnittene Nase ließ unwillkürlich an die eines Adlers denken und der stechende Blick seiner grauen Augen an die eines beutehungrigen Wolfs. Er war der älteste von ihnen und ihr Anführer.

»Ich bin Kendira, und das sind meine Freunde Nekia, Carson, Zeno und Dante«, antwortete Kendira, die dem Mann am nächsten stand, und blickte ihm dabei furchtlos ins tätowierte Wolfsgesicht. »Wir sind aus Liberty 9 ausgebrochen und danken euch, dass ihr uns vor den Guardians gerettet habt.«

»Ja, das war Rettung in letzter Sekunde«, pflichtete Carson ihr bei und trat neben sie, als wollte er wortlos zum Ausdruck bringen, dass sie beide zusammengehörten. Aber sie alle waren vor Schreck sowieso recht nah zusammengerückt, sodass ein Außenstehender die Bedeutung dieser subtilen Geste vermutlich nicht mitbekam.

»So, ihr nennt die Schwarzmänner also Guardians!« Der Fremde lachte kurz auf, und die beiden jüngeren Männer an seiner Seite, die im Alter von Carson und Dante sein mochten, schienen ebenfalls belustigt. »Na ja, diese ›Wächter‹ wachen schon sehr gut darüber, dass ihr nicht merkt, in was für einem Gefängnis ihr steckt.«

»Bitte die Vergangenheitsform: ›gesteckt *haben*‹«, korrigierte Zeno ihn und rieb sich dabei die linke Schulter. »Immerhin haben wir das mit dem Gefängnis inzwischen begriffen und befinden uns deshalb außerhalb der Umzäunung.«

»Jedediah, mach es kurz!«, rief einer der Schrotflinten-Männer, die Wache hielten. »Wir müssen so schnell wie möglich weg von hier! Wird nicht lange dauern, bis hier eine zweite Patrouille auftaucht und Jagd auf uns macht. Und diesmal werden die Schwarzmänner gewarnt sein.«

»Schon gut, ich mach es kurz, Jerry!«, rief Jedediah, der Anführer, gedämpft zurück.

»Seid ihr Nightraider?«, fragte Kendira mit belegter Stimme.

Jedediah zog die Augenbrauen hoch. »Nightraider?«, wiederholte er verblüfft. »Wer soll das denn sein?«

»Natürlich diejenigen, die alle paar Monate diese primitiven Raketen mit Flugblättern nach Liberty 9 schießen«, kam es von Nekia.

»Habt ihr das gehört? Die Kuttenträger nennen uns Nightraider!« sagte Jedediah und tauschte einen kurzen Blick mit den beiden Männern neben ihm, bevor er sich wieder den fünf Libertianern zuwandte. »Das mit den Raketen stimmt. Es ist eine lästige Verpflichtung, die in unserem Clan von Generation zu Generation weitergegeben wird. Aber wir sind keine Nightraider, sondern wir nennen uns *Mountain Men* und gehören dem Wolf- Clan an, der hier einen Teil seiner Jagdreviere hat. Ich bin Jedediah Wolf und die beiden hier neben mir sind zwei meiner Brüder, Jeremy und Jack. Die beiden anderen, Joshua und Jebb, schieben da drüben mit unseren Cousins Joban und Jeffrey Wache.« Er wies beiläufig zu den Männern hinüber.

»Fangen alle eure Namen mit J an?«, fragte Carson verblüfft.

»So ist es, das ist Tradition in unserem Clan«, bestätigte Jedediah und wandte sich an seine neben ihm stehenden Brüder. »Los, macht euch an die Arbeit!« Dabei deutete er mit dem Kopf in Richtung der drei toten Guardians. »Wird langsam Zeit, dass wir den Rückzug in sichere Gefilde antreten.«

»Wir sind euch zu Dank verpflichtet«, sagte Jeremy, der nicht älter als sechzehn sein konnte, zu den Ausbrechern von Liberty 9. »Wenn die Schwarzmänner nicht so sehr mit euch beschäftigt gewesen wären, hätten wir uns kaum so nah an sie heranschleichen können.«

»Ja, das gibt heute prächtige Beute«, sagte sein einige Jahre älterer Bruder Jack. »Endlich fallen uns drei Nachtsichtgeräte *und* drei ihrer verflucht tödlichen Schnellfeuergewehre in die Hände. Hoffentlich haben sie auch massig Magazine dabei.«

»Und ob! Ihre Gürtel sind gespickt mit vollen Magazinen«, sagte Jeremy.

Die beiden Brüder beugten sich zu den toten Guardians hinunter und nahmen ihnen Waffen und Magazingürtel ab. Dann griffen sie zu ihren Messern und begannen, die Schrauben der Helmhalterungen zu lösen, an denen die Nachtsichtgeräte befestigt waren.

»Wir brauchen eure Hilfe, Jedediah«, sagte nun Dante. »Ihr habt diese Waffen erbeuten können, weil die Guardians mit uns ...«

Sein Satz blieb unbeendet, denn plötzlich gab einer der Wachposten Alarm: »Schwarzmänner! Sie kommen unten über den Porcupine Gap!«

»Verdammt!«, fluchte Jedediah leise und befahl: »Los, Abmarsch, Leute!«

»Aber die Nachtsichtgeräte ...«, wollte Jeremy einwenden.

»Vergesst sie!«, befahl Jedediah seinen jüngeren Brüdern,

während die anderen vier schon ihre Posten aufgaben und zu ihnen über die Schneise rannten. »Zum Abschrauben der Geräte ist keine Zeit mehr.«

»Wir können sie doch zusammen mit den Helmen ...«, stieß Jack hastig hervor.

Schroff schnitt Jedediah auch ihm das Wort ab. »Nein, die sind zu klobig und zu schwer und würden uns auf der Flucht nur behindern. Los jetzt, Männer!«

»Und was wird aus uns?«, fragte Kendira. »Wenn wir den Guardians in die Hände fallen, sind wir tot!«

»Wir nehmen euch mit«, entschied Jedediah nach kurzem Zögern. »Aber ob ihr durchkommt oder nicht, hängt von euch ab. Wer nicht mithalten kann, bleibt zurück. Also passt auf, dass ihr den Anschluss nicht verliert!«

»Das werden wir!«, versicherte Dante.

»Welchen Weg, Jedediah?«, fragte einer der mit Schrottgewehren bewaffneten Männer.

»Wir nehmen den Weg über Coyote Glen und Hollow Point«, teilte Jedediah seinen Brüdern und Cousins mit und gab das Zeichen zum Aufbruch.

Sie rannten los – und sie bewegten sich schnell und lautlos wie Wölfe.

Keine zehn Sekunden später setzte hinter ihnen auch schon das rasende Tackern von mehreren Schnellfeuergewehren ein. Der Kugelhagel jaulte wie ein wütender Schwarm Hornissen über ihre Köpfe hinweg, schlug unter dumpfem Prasseln in Baumstämmen ein und fetzte durch die Kronen.

Erneut saß ihnen der Tod im Nacken.

51

KENDIRA UND IHRE FREUNDE HEFTETEN SICH sofort an die Fersen des Anführers. Sie wussten, dass es um ihr Leben ging und dass sie alles geben mussten, um nicht abgehängt und von den Guardians gefangen genommen zu werden.

Die Mountain Men flüchteten mit ihnen in wildem Zickzack durch den nächtlichen Wald. Sie unternahmen erst gar nicht den Versuch, sich mit ihren Verfolgern auf ein Gefecht einzulassen, sondern vertrauten auf ihre Schnelligkeit und ihre bessere Vertrautheit mit dem Gelände.

Kendira merkte schnell, wie geschickt Jedediah ihren Fluchtweg wählte. Er schien jede Senke, jeden Hügel, jede Barriere aus besonders dicht stehenden Bäumen, jeden hohen Felsbuckel und jedes Dickicht zu kennen, das ihnen bei ihrer Flucht den größtmöglichen Schutz vor den Guardians geben konnte.

Kendira achtete nicht auf die Feuerstöße, die die Guardians

ihnen hinterherjagten. Sie konzentrierte all ihre Aufmerksamkeit darauf, auch nicht einen Schritt hinter Jedediah zurückzufallen. Dass sie Kraft und Ausdauer besaß, wusste sie. Und dasselbe galt für ihre Gefährten. Selbst Zeno würde nicht so leicht an die Grenze seiner Kräfte kommen, dafür hatte Master Brewster jahrelang gesorgt. Was sie jedoch nicht wusste, war, wie lange sie durchhalten mussten, um die Guardians abzuschütteln. Und was war, wenn einer von ihnen bei dem Tempo nicht mehr mithalten konnte, das Jedediah und die anderen Mountain Men vorlegten? Würden sie denjenigen einfach zurücklassen und seinem bitteren Schicksal überlassen, um die eigene Haut zu retten?

Jedediah schlug einen wilden Haken nach dem anderen, während es immer tiefer in den Wald und zugleich immer höher hinauf ging. Keiner der Mountain Men gab auch nur ein Wort von sich. Jeder bewegte sich mit der natürlichen Eleganz und Geschmeidigkeit eines Raubtieres und schien genau zu wissen, wo er sich befand und was er zu tun hatte.

Kendira merkte, wie ihre Lungen langsam zu schmerzen begannen. Ihr war mittlerweile, als rannten sie schon die halbe Nacht bergan durch den Wald. Und dann setzten die ersten Seitenstiche ein. Jetzt war es nicht mehr lange, bis sich auch die Schmerzen in ihren Waden melden würden.

Hinter sich hörte sie Dante laut keuchen. Und das qualvolle und stoßhafte Ächzen kam zweifellos von Zeno.

Jedediah dagegen lief vor ihr so leichtfüßig und scheinbar mühelos wie in den ersten Minuten ihrer Flucht.

Lange halten wir das nicht mehr durch!, fuhr es Kendira mit aufsteigender Verzweiflung durch den Kopf. Doch sofort begehrte alles in ihr dagegen auf, dass ihr Schicksal unabwendbar sein sollte. *Aber so darf es nicht enden! Nicht nach allem, was wir durchgemacht und gewagt haben!*

Es war, als hätte Jedediah ihr stummes Flehen gehört und ein Einsehen mit ihren schwindenden Kräften. Gerade waren sie über eine nur mit Büschen bewachsene Anhöhe gerannt, die wie ein stark gerundeter, etwa vierzig Meter breiter Höcker zu beiden Seiten steil abfiel, als er seinen Lauf abbremste und am Waldrand stehen blieb.

»Joshua, Jerry – Nebelbomben!«, befahl er knapp und mit ruhiger, gedämpfter Stimme. »Jack und Jeremy – zwei Pfeile! Jack, du lässt deinen ein Stück weiter im Nordwesten herunterkommen!«

Die Brüder nickten wortlos. Sie wussten offensichtlich genau, was Jedediah beabsichtigte und was sie zu tun hatten, um das zu erreichen.

Dankbar für die rettende Atempause, beugte sich Kendira vor, stützte sich mit den Händen auf die Knie und pumpte Luft in ihren schmerzenden Brustkorb.

»Und ich dachte schon, das wäre nun wirklich das Ende«, keuchte Carson leise neben ihr.

»Ich könnte ewig so weiterrennen«, stieß Zeno erschöpft hervor. »Gelobt sei Master Brewster, der Schinder! Nein, im Ernst: Ich bin völlig am Ende!«

»Hab mich auch schon mal frischer gefühlt«, murmelte Dante mit einem Grinsen.

Nekia nickte bloß, zu sehr außer Atem, um sich eine Bemerkung abzuringen. Wie es um sie stand, war ihr auch so auf einen Blick anzusehen.

Jebb und Joshua hatten indessen jeder zu einem der länglichen Behälter gegriffen, die sie am Gürtel hängen hatten. Nun zogen sie mit dem Ring den Stift heraus und schleuderten die Behälter mit aller Kraft hinüber auf die andere Seite der buckligen Anhöhe. Dort barsten sie mit einem dumpfen Laut. Augenblicke später wallte Nebel am gegenüberliegenden Waldrand auf und breitete sich schnell zu beiden Seiten hin aus.

Darauf schienen Jack und Jeremy gewartet zu haben. Sie hatten zwar schon einen Pfeil auf ihren Bogen gelegt und die Sehne ein gutes Stück gespannt. Diese Pfeile besaßen einen besonders kräftigen, fast daumendicken Schaft. Und zu Kendiras Verwunderung trugen sie keine scharfe Metallspitze, sondern waren an ihrem vorderen Ende einfach nur abgerundet stumpf. Es waren eindeutig keine Pfeile, die töten und in einem Körper stecken bleiben sollten.

Als sich der Nebel drüben zwischen den Bäumen ausbreitete, zogen sie die Sehnen ihrer Bögen kraftvoll ganz nach hinten und schossen die seltsamen Pfeile ab.

Jeremy jagte seinen Pfeil steil in die Luft, sodass er nicht weit hinter dem Nebelfeld vom Himmel und durch die Baumkronen fallen würde. Jack wartete dagegen noch drei, vier Sekunden mit seinem Schuss, dann erst ließ er seinen Pfeil, den er etwas weniger steil in den Nachthimmel gerichtet hatte, von der Sehne schnellen.

Fast augenblicklich waren Schüsse zu hören. Doch das trockene Stakkato hatte auf einmal einen veränderten Klang. Auch schlugen keine Kugeln irgendwo in ihrer Nähe ein. Die Feuerstöße der Guardians gingen in eine andere Richtung – und zwar in jenes Waldstück, wo die Pfeile vermutlich geräuschvoll durch die Baumkronen herabgefallen und im Unterholz aufgeschlagen waren.

»Sie haben den Köder geschluckt, Jedediah!«, raunte der junge Jeremy mit einem breiten Grinsen und hängte sich seinen Bogen wieder über die Schulter.

Jedediah nickte knapp und ohne eine Spur von Erleichterung. »Trotzdem sollten wir von hier verschwinden.«

Zügig, aber nicht mehr in wilder Hast ging es nun weiter. Nicht ein Wort fiel. Wachsam mit allen Sinnen führten die Mountain Men die fünf Libertianer durch den Wald. Und diese wagten es nicht, das angespannte Schweigen durch irgendwelche Fragen oder Bemerkungen zu brechen.

Schließlich gelangten sie zu einer Schlucht und die Männer vom Wolf-Clan hielten auf die südliche, fast senkrecht vom Talboden aufsteigende Felswand zu. Auf dem Weg dorthin wurde der Wald immer lichter. Ein schmaler Trampelpfad, dessen Beginn sich hinter Salbeisträuchern und einem dornigen mannshohen Dickicht verbarg, führte so dicht an der Felswand entlang, dass man den Arm nicht einmal ganz ausstrecken musste, um sie zu berühren.

Kendira fragte sich schon, wohin es bloß ging, als Jedediah nach gut dreihundert Metern unverhofft kurz hinter einer Biegung der Canyonwand bei einem vorspringenden Gesteinszacken stehen blieb, obwohl sich der Pfad dahinter noch weiter an der Wand entlang und tiefer in die Schlucht hineinschlängelte.

»Und jetzt?«, entfuhr es Kendira unwillkürlich.

Jedediah warf ihr einen leicht spöttischen Blick zu. Dann legte er den Kopf in den Nacken, formte mit den Händen einen Trichter vor seinem Mund und imitierte den heulenden Ruf eines Wolfs. Er schickte ihn dreimal lang gezogen in die Nacht, um den Ruf nach einer kurzen Pause zu wiederholen, diesmal jedoch kürzer und in einer höheren Tonlage.

Ruhig warteten die Mountain Men auf das, was nun geschehen sollte, während Kendira mit ihren Freunden verständnislose Blicke und Achselzucken tauschte.

Eine gute Minute verstrich.

»Nun mach schon, Jive!«, brummte Jack auf einmal ungeduldig.

»Es dauert nun mal, wenn es sich nicht verheddern soll«, erwiderte Jedediah.

»Ich wette, er ist da oben eingepennt«, vermutete Jeremy.

Nun vermochte Carson seine Neugier nicht länger im Zaum zu halten. »Auf was wartet ihr?«, stieß er hervor.

Bevor Jedediah noch antworten konnte, flog aus der Höhe etwas herab. Wie eine riesige Schlange wand sich das dunkle Etwas an der Felswand zu ihnen herunter.

Erschrocken sprang Carson zurück und hätte dabei beinahe Kendira umgestoßen.

Die Mountain Men lachten leise, und Jedediah sagte: »Auf diese Strickleiter, die Jive, mein jüngster Bruder, auf mein Zeichen von oben herunterlassen sollte. Ich hoffe, ihr traut euch den Aufstieg zu. Dreißig Meter Kletterpartie auf einer Strickleiter sind nicht ohne. Andernfalls trennen sich hier unsere Wege.«

Verblüfft starrte Kendira an der Felswand hoch. »Und was *ist* da oben?«

Jedediah lächelte stolz. »Unser verborgenes Adlernest!«

52

DIE STRICKLEITER FÜHRTE SENKRECHT HINAUF zu einem Plateau, das aus der Luft betrachtet die Form eines der Länge nach halbierten Kegels besaß. Es erstreckte sich über annähernd hundert Meter längs der dahinter aufragenden zerklüfteten Felswand, maß an seinem hinteren schmalen Ende keine fünf Meter in der Breite, wölbte sich aber an seinem dickeren Ende bis zur Abbruchkante mindestens zwanzig Meter vor. Doch das Erstaunlichste an dieser Treppenstufe in der Felswand waren die verkrüppelten Pinien und das verfilzte Buschwerk, die sich auf diesem Plateau in die dünne Schicht Erdreich gekrallt hatten. Büsche und Bäume reichten bis auf fünf, sechs Schritte an den Abgrund heran.

Kendira gehörte zu den Ersten, die auf das Plateau gelangten. Der neunjährige Jive, ein spindeldünner Junge, starrte sie mit großen Augen an, als ihr Kopf über dem Rand auftauchte.

Jedediah lachte rau auf und schlug ihm seine Hand auf die schmale Schulter. »Pass auf, dass dir die Augen nicht aus den Höhlen kullern, Kleiner! Wir bringen Besuch mit. Fünf von den armen Schweinen drüben aus dem Camp.«

»Allmächtiger!«, entfuhr es Jive.

Kendiras Armmuskeln schmerzten von dem anstrengenden Aufstieg. Dennoch beugte sie sich schnell zu Zeno hinunter, der ihr dicht gefolgt war und lauthals keuchte, packte ihn fest am Arm und zog ihn über die Felskante auf das Plateau. Sie half auch den anderen, die nach ihm kamen.

Wenige Minuten später stand auch der Letzte von ihnen oben auf dem kleinen Plateau. Und jeder war überwältigt von der Aussicht, die sich von hier aus bot.

Sie blickten hinunter in jenen Bereich des Liberty Valley, wo sich die Lichtburg auf einer weiträumigen Anhöhe erhob. Das mächtige Bauwerk mit der Lichtbasilika an seiner Flanke lag höchstens drei, vier Kilometer Luftlinie entfernt. Auch alle anderen Gebäude sowie das Solarfeld waren gut zu erkennen. Der Blick reichte sogar bis in die Biegung des Tals, das nach Eden führte, hinein. Alle Gebäude waren aus der Höhe gut auszumachen. Und der See glitzerte wie eine Schale Quecksilber.

Wären die ruhelos hin und her wandernden Suchscheinwerfer nicht gewesen, die von den Wachtürmen herab grelle Lichtbahnen in die Nacht bohrten, hätte das Liberty Valley ein friedliches und idyllisches Bild abgegeben. Doch die Wachtürme und die im Licht der Scheinwerfer immer wieder aufblitzende Umzäunung der Sicherheitszone gaben dem Ganzen ein unheimliches, bedrohliches Aussehen.

»Unglaublich!«, stieß Dante hervor.

Carson nickte. »Ja, einfach umwerfend! Nicht mal im Traum wäre ich darauf gekommen, dass es hier oben so eine irre Aussichtsplattform geben könnte.«

»Ja, und es ist ein perfektes Versteck«, sagte Kendira und rieb sich über die Arme, jedoch weniger wegen der schmerzenden Muskeln, sondern weil sie plötzlich eine Gänsehaut überlief. Sie sah Liberty 9 zum ersten Mal bewusst als das, was es tatsächlich war – nämlich als eine gigantische Menschenaufzucht- und Gefängnisanlage.

»Kommt, lasst uns ins Haus gehen!«, forderte Jedediah sie alle auf. »Ich denke mal, wir haben einiges zu bereden.«

»Haus?«, echote Nekia baff. »Hier oben gibt es ein Haus?«

Ein feines Lächeln kräuselte Jedediahs Lippen. »Zumindest so etwas in der Art. Und nun kommt schon!«

Neugierig folgten sie ihm zu einem schmalen Durchgang zwischen zwei Krüppelpinien. Dabei bemerkten sie, dass sich hinter den Bäumen und dem Buschwerk ein brusthoher Lattenzaun in einem weiten Bogen entlangzog, der von immergrünem Efeu überrankt war.

»Ein zusätzlicher Sichtschutz«, erklärte Jedediah, als er Kendiras verblüfften Gesichtsausdruck bemerkte.

Im selben Moment kam das, was er als ›Haus‹ bezeichnet hatte, in ihr Blickfeld. Es handelte sich um eine Blockhütte aus massiven Baumstämmen, in deren lang gestreckte Vorderfront und kurze Seitenwände schmale Fenster eingelassen waren. Fenster, die wohl eher die Bezeichnung »Schießscharten« verdienten. Der hintere Teil sowie das Dach, das mit dicken

Grassoden belegt und mit niedrigem Gesträuch bepflanzt war, gingen in die Felswand über.

»Erhabene Macht!«, stieß Carson hervor. »Wie um alles in der Welt habt ihr bloß die Baumstämme hier auf das Felsplateau gekriegt? Und wieso ist das von den Guardians unten auf den Wachtürmen nicht bemerkt worden? All das Material mit Flaschenzügen hochzuziehen, muss doch einige Wochen gedauert haben!«

Jedediah grinste. »Wir haben sie nicht *hoch*gezogen, sondern durch einen Schacht, den ihr nicht sehen könnt und der unser zweiter geheimer Zugang ist, *herunter*gelassen.«

Als Jedediah sie ins Innere führte, kamen sie aus dem Staunen nicht heraus. Sie sahen vor sich einen Raum, der um ein Vielfaches größer war, als sie von draußen vermutet hätten. Er erstreckte sich etwa über dreißig Meter weit in den Berg hinein. Die Mountain Men hatten sich offenbar eine schon vorhandene Höhle zunutze gemacht.

Hohe Bretterwände unterteilten die große Fläche in einen Wohnbereich, in Unterkünfte mit rustikalen Stockbetten und in mehrere Vorrats- und Werkräume. Felle von Elchen, Bisons und anderem Wild waren über den Boden aus dicken Bohlenbrettern verteilt. Von den vorderen Deckenbalken hingen auf Rahmen gespannte weitere Felle unterschiedlicher Größe herab. Das spärliche Licht kam von zwei rußenden Öllampen, deren Glaszylinder hinter dem Metallgestänge von Rissen durchzogen waren.

So etwas wie eine Küche mit einer Herdstelle ließ sich auf den ersten Blick nicht entdecken. Wie sie später erfahren sollten, befand sich die ganz hinten im Höhlenbereich und in unmittelbarer Nähe des schon erwähnten Felsschachts. Durch ihn konnte der Rauch, wenn sie nachts Feuer machten, unbemerkt abziehen.

Einen großen Teil des Raums zu ihrer Rechten nutzten die Mountain Men als Lagerraum für sonnengetrocknetes oder geräuchertes Fleisch. Es hing in allen Größen, Längen und Formen von Dutzenden Stangen, die an Seilen von den Deckenbalken bis auf Kopfhöhe herabhingen.

Ein intensiver, herber Geruch entströmte diesem Bereich und vermischte sich mit dem Geruch von Gewehröl, Trockenpflanzen, Ruß, kaltem Tabak, Asche, Schweiß und Körperausdunstungen zu einem Gemisch, das sich ihnen schwer auf die Atemwege legte.

Kendira hätte sich gern länger in der Höhle umgesehen, aber Jedediah führte sie gleich nach links zu einem langen Tisch mit einer dicken Holzplatte, an dem gut und gern zwanzig Personen bequem Platz finden konnten. Dasselbe galt für die gleichfalls massiven Bänke.

Jedediahs Brüder und Cousins setzten sich mit erwartungsvollen Gesichtern zu ihnen. Aber keiner von ihnen bedrängte sie mit Fragen. Sie saßen schweigend am Tisch, überließen den Ablauf des Geschehens uneingeschränkt ihrem älteren Bruder und Anführer und warteten geduldig auf die Geschichte, die sie gleich zu hören bekommen würden.

Jive brachte einen Korb mit Blechbechern sowie mehrere Steinkrüge gefüllt mit kühlem Apfelcider, und während Jedediah den Gesten die Becher füllte, stellte der Junge auch noch ein großes Brett mit zwei kantigen Brotlaiben, einem Topf Butter und einer Schale Salz dazu.

Jedediah brach fünf Stücke Brot ab, strich ein wenig Butter drauf, streute eine Prise Salz darüber und reichte sie ihnen über den Tisch.

»Seid willkommen!«, sagte er förmlich. »So lehrt es unser Clankodex. Und als Flüchtlinge aus dem Camp seid ihr uns doppelt willkommen.«

Die anderen Mountain Men nickten mit feierlich ernsten Mienen.

»Bedient euch nun selbst und erzählt!«, forderte Jedediah sie auf, nachdem sie das erste Stück Brot verzehrt hatten. »Und wer gerade den Mund zu voll hat, lässt einen anderen fortfahren. Fang du an!« Er deutete auf Kendira.

Und so begann sie zu erzählen, gab das Wort jedoch schon bald an Dante weiter, weil es ihr nur gerecht erschien, dass er den wichtigsten Teil ihrer Geschichte erzählte.

»Eigentlich ist es allein seine Geschichte«, sagte sie. »Dante hat überhaupt erst den Anstoß für unser Misstrauen gegeben. Und wenn er und sein Freund nicht das Höhlensystem entdeckt und monatelang dort geschuftet und es begehbar gemacht hätten, wäre heute keiner von uns hier mit ihm in Freiheit.«

Carson verzog ein wenig das Gesicht, sagte jedoch nichts.

Jedediah nickte. »Dann erzähl du weiter, Dante!«

Die Mountain Men, die ihre Kopfbedeckungen abgelegt hatten, hörten aufmerksam zu und stellten schließlich einige Fragen zu ihrem Leben in der Sicherheitszone. Ab und zu nickten sie, als fänden sie einige ihrer Vermutungen bestätigt.

Dann hielt Nekia, die schon die ganze Zeit unruhig auf der Bank hin und her gerutscht war, es nicht länger aus. »Aber jetzt müsst ihr uns unbedingt etwas beantworten!«

Fragend hob Jedediah die Augenbrauen.

»Was hat es mit dem Lichttempel auf sich?« Das war die Frage, die sie und ihre Gefährten am stärksten beschäftigte, und sie alle konnten es nicht erwarten, die Antwort darauf zu erfahren. »Was genau geschieht mit denjenigen, die dort hingebracht werden?«

»Lichttempel?« Jedediah machte ein verständnisloses Gesicht. Auch seine Brüder und Cousins vermochten offensichtlich nichts mit dem Begriff anzufangen.

»Das ist doch der Ort nahe bei der Hyperion-Stadt Presidio, zu dem das Lichtschiff einmal im Jahr die Electoren ausfliegt, wenn sie ihre Ausbildung in der Lichtburg abgeschlossen haben«, erklärte Carson. »Man hat uns gelehrt, dass dieser Ort Lichttempel genannt wird.«

Jedediah begriff nun, wovon sie sprachen, und nickte. »Ach so, ihr meint den Ort an der Pazifikküste, zu dem man euch mit dem Chopper bringt.«

»Richtig!«, bestätigte Kendira. »Was ist das für ein Ort? Und was geschieht dort?«

»Wir wissen inzwischen«, warf Zeno ein, »dass etwas Furchtbares auf jeden wartet, der dorthin gebracht wird. Aber wir haben nicht den Schimmer einer Ahnung, was genau dort geschieht!«

Die fünf Libertianer hingen wie gebannt an Jedediahs Lippen. Jetzt endlich würde sich das schreckliche Geheimnis, das

Mysterium des Lichttempels lüften, und sie würden erfahren, warum man sie all die Jahre einer derartig aufwendigen Gehirnwäsche unterzogen hatte.

Jedediah blickte unschlüssig in die Runde und schüttelte dann den Kopf. »Tut mir leid, euch enttäuschen zu müssen«, sagte er. »Aber wir wissen auch nicht, was dort geschieht.«

Joshua, der Zweitälteste der Brüder, widersprach ihm sofort. »Na klar wissen wir, was da passiert«, behauptete er. »Die verbrecherische Bande von Hyperion zwingt sie, in einer Arena mit primitiven Waffen wie Schwertern und Spießen gegeneinander zu kämpfen – und zwar bis einer von ihnen tot ist. Manchmal lassen sie auch wilde Tiere auf sie los. Diese blutigen Spiele veranstalteten sie als Volksbelustigungen alle paar Wochen vor den Mauern ihrer Städte, um die Massen der Elenden in der Dunkelwelt bei Laune zu halten.«

Jedediah schüttelte den Kopf. »Das ist nichts weiter als ein Gerücht, Joshua. Und zwar eines von vielen. Aber hier in den Bergen weiß keiner genau, was mit den jungen Leuten unten aus dem Camp tatsächlich passiert. Keiner aus unserem Clan hat jemals die Berge verlassen, geschweige denn Hyperions Städte an der Küste auch nur aus der Ferne zu sehen bekommen.«

»Ich glaube, dass man sie in ein Bergwerk bringt, sie dort wie Sklaven hält und bei der mörderischen Arbeit unter Tage nach einem Jahr ersetzen muss«, sagte der junge Jeremy.

Jack verdrehte die Augen. »Unsinn, denk doch mal nach! Wo soll es denn da an der Küste ein Bergwerk geben? Außerdem bräuchten sie viel mehr Leute, um so ein Bergwerk zu betreiben. Ich habe da meine eigene Vermutung. Dass sie unten im Camp Jungen *und* Mädchen aufziehen und schon in jungen Jahren wegschaffen, ist für mich der Beweis, dass sie es auf ihre jungen und gesunden Organe abgesehen haben.«

Kendira erbleichte, und sie sah, wie auch Carson heftig schluckte. Nekia und Zeno zeigten sich nicht weniger schockiert. Nur Dante blieb gefasst.

»Aber auch das ist nur ein Gerücht von vielen«, stellte Jedediah klar. »Wie gesagt, wir wissen nichts Genaues darüber, was sie mit euch Libertianern an dem Ort machen, den ihr den Lichttempel nennt. Nur, dass euch der sichere Tod dort erwartet.«

Er war Dante, der nun erwiderte: »Wir haben keinen Anlass, euch nicht zu glauben. Aber hast du vorhin im Wald nicht gesagt, es wäre bei euch eine von Generation zu Generation übertragene Verpflichtung, Raketen mit Flugblättern zu uns in die Sicherheitszone zu schießen?«

Jedediah nickte. »Das ist richtig. Diese Verpflichtung hat unsere Urgroßmutter Jasmira begründet. Sie hat wohl noch gewusst, welches Schicksal auf Leute wie euch im ... im Lichttempel wartet. Sie gehörte nämlich zu einer der Wachmannschaften, die kurz nach Errichtung des Camps dort ihre Arbeit antraten«, berichtete er. »Aber schon nach wenigen Monaten hat ihr Gewissen rebelliert. Damals waren die Schutzanlagen noch längst nicht fertiggestellt, und offenbar standen damals auch viele Bezeichnungen, die ihr benutzt, noch nicht fest. Jedenfalls ist ihr die Flucht in die Berge gelungen. Dort hat sie unseren Urgroßvater Jamison Wolf getroffen und mit ihm eine Familie gegründet. Seitdem gibt es hier den Wolf-Clan.«

»Und mit eurer Urgroßmutter ist das Wissen, was der Zweck von Liberty 9 und all den anderen Lagern dieser Art ist, verloren gegangen?«, fragte Carson. »Wie konnte das geschehen?«

Jedediah zuckte mit den Achseln. »Darüber können auch wir nur spekulieren. Unsere Urgroßmutter hat sich wohl geschämt und bis an ihr Lebensende darunter gelitten, dass sie sich freiwillig für diese Aufgabe gemeldet hatte. Jedenfalls hat sie nie darüber gesprochen, für welchen Zweck Liberty 9 errichtet worden ist. Aber sie hat ihrem ältesten Sohn den heiligen Schwur abgenommen, Raketen und ähnliche Fluggeräte zu bauen und die mit Flugblättern ins Camp zu schießen, wann immer einer aus dem Clan an einen Packen Papier und einen Eimer Druckerschwärze kommen kann. Und diesem Schwur sind wir auch heute noch treu. Auch wenn«, seine Stimme wurde leiser, »die Erfüllung dieses Schwurs uns schreckliche Opfer gekostet hat – und immer noch kostet.«

Kendira dachte an die grauenhaften Hinrichtungen von gefangenen Nightraidern in Liberty 9 und eine Gänsehaut lief über ihre Arme. Und das alles nur, weil diese Leute ihnen hatten helfen wollen!

»Was steht denn überhaupt auf den Flugblättern?«, fragte Nekia in die Stille hinein. »Wir haben nie eines lesen können.«

»Leider haben wir keins hier. Die alte Druckmaschine mit der Kurbelwalze steht in unserem Lager im MacIntosh Valley. Das hier ist nur unsere Unterkunft für die Jagdzeit während der Sommermonate«, erklärte Jedediah.

»MacIntosh Valley liegt zwei Tagesreisen nordwestlich von hier«, warf Joshua erklärend ein.

»Also, auf den Flugblättern steht eigentlich nicht viel mehr, als dass ihr in einem goldenen Gefängnis lebt, man euch über eure wahre Aufgabe und euer Schicksal belügt und dass am Ende eurer Ausbildung der Tod auf euch wartet«, fuhr Jedediah fort. »Auf der alten Druckvorlage steht auch noch, dass ihr misstrauisch werden und euch auflehnen sollt. Und natürlich, dass wir euch nichts Böses wollen und mit den Flugblättern nur dem Schwur unserer Clan-Mutter folgen, die vor so vielen Jahren aus Liberty 9 geflohen ist und noch genau wusste, welches Schicksal euch droht.«

»Das ist alles?«, stieß Zeno verblüfft hervor. »Und das haben unserer Oberen als Seelengift gebrandmarkt und jeden auf den Stuhl gebunden, der so ein Blatt auch nur aufgehoben hat?«

»Und wir dachten«, sagte Kendira niedergeschlagen, »wir würden jetzt endlich erfahren, wohin sie unsere Freunde gebracht haben und was sie dort erwartet.«

»Ich wünschte, wir hätten euch eine bessere Antwort geben können«, sagte Jedediah. »Aber vielleicht können wir euch anderweitig helfen. Was habt ihr nun vor, wo ihr eure Freiheit gewonnen habt? Wohin wollt ihr?«

Die fünf Libertianer sahen sich ein wenig verlegen an. Diese Frage hatten sie bisher völlig ausgeklammert, vermutlich weil ihr ganzes Sinnen und Trachten darauf konzentriert gewesen war, ob es diesen Weg in die Freiheit denn auch wirklich gab. Was weiter geschehen sollte, wenn sie aus der Sicherheitszone herausgefunden hatten, darüber hatten sie bisher noch mit keinem Wort gesprochen.

»Eine gute Frage«, sagte Carson gedehnt.

Für einen Augenblick herrschte ratloses Schweigen unter den Freunden.

»Wir können euch über die Berge zur Küste bringen«, bot Jedediah ihnen an. »Zumindest bis in die Vorberge. Da kennen wir einige Händler, denen ihr vertrauen könnt und die euch hinunter ins Küstenland führen können.«

»Und was sollen wir da?«, fragte Nekia, jedoch nicht an die Mountain Men, sondern an ihre Gefährten gerichtet. »In eine dieser Hisecis kommen wir Flüchtlinge doch nie und nimmer hinein. Dafür braucht man Passierscheine. Und in die Trümmerstädte der Dunkelwelt zieht es mich schon gar nicht. Also, was sollen wir an der Küste?«

»Noch eine gute Frage«, sagte Kendira mit einem schmerzlichen Ton in der Stimme. »Liberty 9 ist alles, was wir kennen. Wir haben keine Eltern ...«

»Jedenfalls keine richtigen«, warf Zeno bitter ein.

»Selbst wenn wir welche hätten, wüssten wir nicht, wie sie heißen und wo wir nach ihnen suchen sollten«, fuhr Kendira fort – und wusste im selben Augenblick, was sie tun mussten. »Außerdem ... Wir können noch nicht von hier weg!«

Verwundert sah Carson sie an. »Was meinst du damit, wir können noch nicht von hier weg?«

»Es reicht mir nicht, meine eigene Haut zu retten«, erklärte Kendira, und all die Niedergeschlagenheit, die sie eben noch erfüllt hatte, war wie weggeblasen. »Vor ein paar Tagen sind unsere Freunde mit dem Lichtschiff abgeholt worden. Wir müssen sie irgendwie retten, falls das noch möglich ist. Außerdem müssen wir etwas für diejenigen tun, die noch in der Sicherheitszone sind und denen vielleicht schon in den nächsten Tagen dasselbe Schicksal droht. Aber das geht vermutlich nur ...«

»... wenn wir ganz Liberty 9 befreien!«, beendete Dante den Satz für sie. »Kendira hat recht: Das ist es, was wir tun sollten.«

»Aber wie willst du das machen?«, fragte Carson bissig. »Ich würde Duke und all die anderen auch gerne retten, das könnt ihr mir glauben. Aber sollen wir uns von den Mountain Men hier vielleicht Pfeil und Bogen leihen und damit einen Sturmangriff auf die Guardians unternehmen?«

»Natürlich nicht!«, erwiderte Kendira, ohne ihm für seinen Spott böse zu sein, und wandte sich wieder Jebb zu. »Könnt ihr uns helfen, Liberty 9 zu befreien? Ihr wisst ja jetzt, dass es einen geheimen unterirdischen Weg in die Sicherheitszone gibt.«

Jebb tauschte mit seinen Brüdern und Cousins einen langen Blick, kratzte sich dann nachdenklich am Kinn und ließ sich Zeit mit seiner Antwort. »Ein interessanter Vorschlag«, sagte er schließlich bedächtig. »Und mit dem Überraschungsmoment auf unserer Seite könnte es auch gelingen. Aber so eine Aktion hätte ihren Preis.«

»Und der wäre?«, fragte Dante.

Jedediah nagte kurz an seiner Unterlippe. »Wir haben unseren Schwur, und der ist uns heilig, auch wenn er uns viel abverlangt. Aber keiner aus unserem Clan wird sein Leben riskieren, wenn dabei für uns nichts Handfestes herausspringt.«

Nekia beugte sich gespannt vor. »Was im Klartext heißt?«

»Wir müssten uns darauf einigen, woraus unsere Beute besteht«, sagte Jedediah unumwunden. »Und die Antwort darauf kann nur lauten: In erster Linie wollen wir Waffen!«

Joshua nickte beipflichtend. »Für jeden unserer Männer zwei Sturmgewehre und mindestens zwei Dutzend volle Magazine. Und das Doppelte für jeden Toten, den wir zu beklagen haben werden. Denke, das ist ein fairer Preis für ein Leben.«

»Wenn Liberty 9 fällt, gibt es dort genug Waffen«, sagte Dante mit einem Achselzucken. »Wüsste also nicht, was dagegen spricht, uns auf diesen Handel einzulassen. Oder sieht das einer von euch anders?« Fragend blickte er seine Gefährten an.

Alle verneinten. Selbst Carson schien plötzlich Feuer und Flamme für den Plan zu sein, ganz Liberty 9 zu befreien.

»Aber da ist noch eine Schwierigkeit ...«, begann Jedediah.

»Vielleicht, dass wir nicht mehr wissen, wo der Ausstieg aus dem Höhlensystem ist?«, mutmaßte Zeno. »Richtig? Also ich würde nicht mal in tausend Jahren die Stelle wiederfinden, wo wir aus dem Spalt gekrochen sind.«

»Ich auch nicht!«, bestätigte Nekia. »Ich weiß höchstens noch den Weg bis zu dem Windbruch oberhalb des Bachlaufs.«

Kendira nickte sorgenvoll. »Danach habe ich auch die Orientierung verloren.«

Ein verhaltenes Lächeln huschte über Jedediahs tätowiertes Gesicht. »Keine Sorge, den Einstieg finden wir schon«, beruhigte er sie. »Wir wissen, welchen Windbruch ihr meint. Da sind wir auf euch und die Schwarzmänner gestoßen.«

»Welche Schwierigkeit gibt es denn dann?«, wollte Carson wissen.

»Wir sind nur ein kleiner Clan und können vermutlich nicht mehr als fünfzehn, sechzehn kampferprobte Männer für die Aktion aufbieten«, erklärte Jedediah. »Mit einer so kleinen Gruppe in ein Gefecht mit gut zweihundert schwer bewaffneten Schwarzmännern zu gehen, wäre glatter Selbstmord. Deshalb brauchen wir Verstärkung.«

»Und die könnt ihr beschaffen?«, folgerte Dante.

Jebb nickte. »Wir treiben Handel mit verschiedenen anderen Clans, die alle ihr Revier in den Bergen und im Vorland abgesteckt haben. Aber für diese schwere Aufgabe kommt nur einer infrage.«

Joshua wusste offenbar sofort, an wen sein Bruder dachte. »Du denkst an die Bones-Leute, nicht wahr?«

Jedediah nickte.

»Wer sind diese Leute?«, fragte Kendira.

»Ziemlich raue Burschen, die sich aufs Kämpfen verstehen«, versicherte Joshua. »Und sie können eine verdammt schlagkräftige Truppe von dreißig bis vierzig Mann auf die Beine stellen.«

Jebb wirkte etwas ungehalten, dass Joshua ihm zuvorgekommen war. »Ich könnte mit dem Bones-Clan Kontakt aufnehmen und ihrem Anführer den Vorschlag unterbreiten. Aber bevor wir näher in die Einzelheiten gehen, müssen wir wissen, ob es euch mit dem Vorhaben auch wirklich ernst ist.«

Dante erhob sich von der Bank. »Wir wissen euer Angebot zu schätzen, Jedediah. Aber ich glaube, wir sollten die Frage, ob wir uns wirklich darauf einlassen wollen, erst mal draußen unter uns bereden«, sagte er in die Runde. »Ich jedenfalls brauche jetzt dringend frische Luft.«

»Gute Idee«, rief Nekia und sprang auf.

Augenblicke später standen sie vor den Krüppelkiefern. Die frische Nachtluft war nach dem intensiven Geruch, der die Wohn- und Lagerhöhle erfüllte, eine wahre Wohltat. Sie blieben nahe beieinander, als bräuchten sie nicht nur den Beistand, sondern auch die körperliche Nähe der anderen mehr denn je.

Mit ernsten, angespannten Mienen blickten sie hinunter auf die Sicherheitszone, der sie mit viel Glück entkommen waren. Die Vorstellung, nun freiwillig wieder dorthin zurückzukehren, wo man sie manipulierte, bedrohte, heimtückisch belog und für einen sicheren Tod heranzog, bereitete einem jeden von ihnen ein entsetzlich flaues Gefühl.

Es war Kendira, die das Schweigen schließlich brach. »Wir wollten frei sein. Das haben wir erreicht«, sagte sie mit belegter Stimme. »Aber wir haben uns keine Gedanken darüber gemacht, *wofür* wir frei sein wollen. Jetzt müssen wir entscheiden, was wir mit unserer Freiheit anfangen wollen – und was wir für unsere Freunde zu riskieren bereit sind.«

»Wer außer uns kann die Oberen in Liberty 9 für ihre Verbrechen zur Rechenschaft ziehen?«, fragte Nekia. »Und sie dürfen nicht ungestraft davonkommen!«

Dante nickte. »Es kann uns den Kopf kosten, es kann aber auch gelingen, und das wäre ein unglaublicher Triumph. All die da unten ihrem bitteren Schicksal zu überlassen, wie auch immer das genau aussieht, das wäre nicht die Freiheit, wie ich sie mir vorgestellt habe. Und ich bezweifle, dass ich vor meinem Gewissen damit leben könnte.«

Carson atmete tief durch, als hätte er sich gerade zu einem Entschluss durchgerungen. »Ich vermutlich auch nicht. Und wenn es uns gelingen sollte, das Lichtschiff in unsere Gewalt zu bringen, das nächste Woche eintreffen soll, dann haben wir vielleicht sogar noch eine Chance, Duke und die anderen aus dem Lichttempel zu retten. Und endlich aufzudecken, was da vor sich geht.«

Zeno verzog das Gesicht zu einem schiefen Grinsen. »Ja, warum sollen wir uns eigentlich nicht auf so ein verrücktes Himmelfahrtskommando einlassen? Das Leben war ja bislang entsetzlich eintönig«, sagte er ironisch. »Höchste Zeit also, dass wir mal ordentlich auf den Busch hauen. Außerdem wollte ich immer schon ein Held sein.«

Mit seinen gequält klingenden Worten brachte er die anderen kurz zum Lachen. Doch dann verkündete Kendira mit leicht zitternder Stimme: »Ich gehe zurück! Wer von euch kommt mit, um Liberty 9 zu befreien und unsere Kameraden zu retten?« Sie streckte ihre offene Hand aus.

Dante schlug als Erster ein. Aber auch die Hände von Nekia, Carson und Zeno flogen fast gleichzeitig hoch, trafen sich über Dantes und Kendiras Hand und legten sich aufeinander.

»Freiheit für Liberty 9!«, sagte Kendira.

»Freiheit für Liberty 9!«, wiederholten ihre Freunde.

Kendira hatte plötzlich Tränen in den Augen. Die Entscheidung war richtig, das spürte sie in ihrem Inneren. Sie würden alle zurückgehen und Liberty 9 befreien, damit dieses Tal nach mehr als fünfzig Jahren seinem Namen endlich gerecht wurde!

Und dann wartete auf sie der Lichttempel!

Sie würden es schaffen!

Selbst dorthin!

Irgendwie!

© privat

Rainer M. Schröder,

1951 in Rostock geboren, ist einer der profiliertesten deutschsprachigen Jugendbuchautoren. Mit seinen bis ins kleinste Detail exakt recherchierten und spannend erzählten historischen Jugendromanen begeistert er seit mehr als zehn Jahren seine Leserschaft. Nachdem er viele Jahre ein wahres Nomadenleben mit zahlreichen Abenteuerreisen in alle Erdteile führte, lebt er heute mit seiner Frau in den USA.

Mehr über den Autor unter:
www.rainermschroeder.com

Neu von Rainer M. Schroeder bei cbj TB:

Abby Lynn - Verbannt ans Ende der Welt (40168)
Abby Lynn - Verschollen in der Wildnis (40169)
Abby Lynn - Verraten und verfolgt (40170)
Abby Lynn - Verborgen im Niemandsland (40171)

Rainer M. Schröder

Abby Lynn

Als Abby Opfer eines Justizirrtums wird, trifft sie ein schweres Urteil: sieben Jahre Sträflingsarbeit in der neuen Kolonie Australien. Doch sie hat Glück im Unglück: Die Farmerfamilie Chandler stellt sie als Landarbeiterin und Kindermädchen ein und dort findet Abby nicht nur ein neues Zuhause, sondern auch ihre große Liebe.

Abby Lynn – Verbannt ans Ende der Welt
ISBN 978-3-570-40168-2

Abby Lynn – Verschollen in der Wildnis
ISBN 978-3-570-40169-9

Abby Lynn – Verraten und verfolgt
ISBN 978-3-570-40170

Abby Lynn – Verborgen im Niemandsland
ISBN 978-3-570-40171-2

20145

cbj

www.cbj-verlag.de

Michael Scott

Die Geheimnisse des Nicholas Flamel

Der unsterbliche Alchemyst

416 Seiten ISBN 978-3-570-13377-4

San Francisco 2007. Ein Unbekannter attackiert den Besitzer einer Buchhandlung, Nick Fleming, mit purer Magie – und entkommt mit einem alten Buch.
Was die Zwillinge Sophie und Josh nun erfahren, ist unfassbar: Nick Fleming ist der berühmte Alchemyst Nicholas Flamel, geboren vor über 670 Jahren. In dem alten Zauberbuch entdeckte er das Geheimnis ewigen Lebens. Flamel, Josh und Sophie haben nur einen Monat, um das Buch zurückzuholen.
Ein atemberaubender Wettlauf gegen die Zeit beginnt!

Michael Scott

Die Geheimnisse des Nicholas Flamel – Die mächtige Zauberin

ca. 512 Seiten, ISBN 978-3-570-13784-0

Mit Müh und Not konnten Nicholas Flamel und die Zwillinge Josh und Sophie aus Paris entkommen, bevor ihr erbitterter Widersacher Dr. John Dee die Stadt verwüstet hat. Nun sind die Freunde in London – nie waren sie den dunklen Mächten so nah. Und ohne den CODEX, das magische Buch, wird Flamel schwächer und schwächer. Er muss einen Weg finden, die Zwillinge in der dritten magischen Kraft ausbilden zu lassen: in der Wassermagie. Der Einzige, der sie darin schulen kann, ist der uralte König Gilgamesch, zerrissen vom Wahnsinn ...

20033

cbj

www.cbj-verlag.de